PERTURBACIÓN

Benito Castro, 6
28028 MADRID
www.maeva.es

ISBN: 978-84-18185-84-7
Depósito legal: M-3675-2025

Diseño de cubierta: Mauricio Restrepo sobre imágenes de Yan Lerval / Alamy Stock Photo y Shutterstock
Fotografía de la autora: © Blanca Aldanondo
Impreso por CPI Black Print (Barcelona)
Impreso en España / *Printed in Spain*

Para Conchín Monzón, mi lectora fiel.

Escenarios de la novela

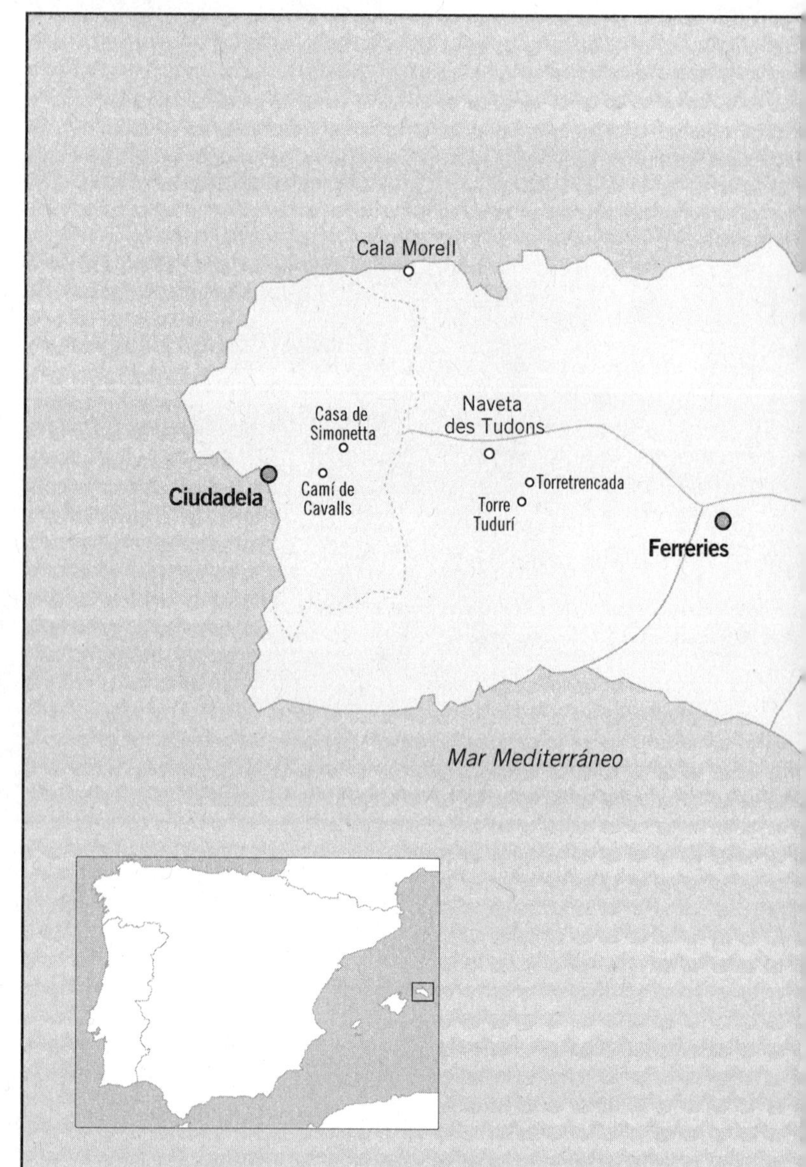

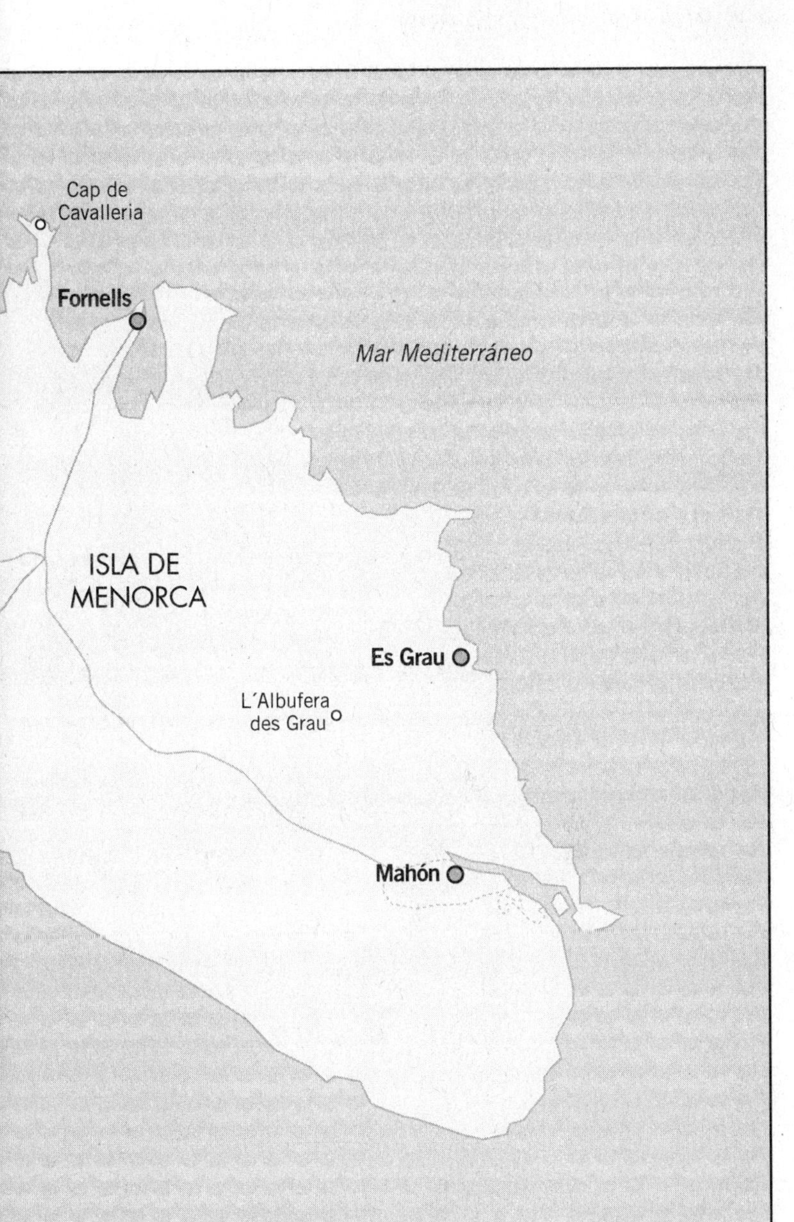
Cap de
Cavalleria
Fornells
Mar Mediterráneo
ISLA DE
MENORCA
Es Grau
L´Albufera
des Grau
Mahón

1

A MARIANNE THORSEN la luz de septiembre le recordaba a la de los escasos días de verano en los que en su país calentaba el sol. Ya de niña le gustaba recibir sus rayos sentada en el suelo, con la espalda apoyada en la fachada sur de la casa familiar, justo en el lugar donde las copas de los fresnos y los avellanos no proyectaban su sombra. Y ella podía refugiarse del mundo. Y podía soñar. Desde la muerte de Aleksander, los rayos del sol también habían sido su guarida. Se sentaba en el suelo de la pequeña terraza frente a la bahía de Es Grau, nada más amanecer, en el momento en que las primeras luces anunciaban por fin el ocaso de una noche interminable. Y ahí permanecía hasta el mediodía, cuando, ya seca como una iguana, no le quedaba otra que levantarse para beber algo. La culpa la consumía, sin embargo, no se sentía responsable de su muerte. Nadie la había responsabilizado ni culpado de ello. Pero ahí estaba, martirizándola. Por fortuna el sol salía cada día y, al menos hasta entonces, las nubes del verano que estaba a punto de acabar habían poblado el cielo solo de paso.

Los destinos donde desarrollaba su «trabajo» eran siempre los mismos, no más de tres o cuatro en toda la isla. La frecuencia con que visitaba uno u otro variaba según la simple ecuación de oferta y demanda, su propia disponibilidad —que casi siempre era completa— y la posibilidad de que, por el chivatazo de alguno de los implicados o de un inoportuno testigo, alguien la pillara. Para evitar por todos los medios que eso sucediera, nunca realizaba el mismo trayecto, y eso que era casi imposible cambiar de itinerario en la isla, donde solo había una carretera principal que la atravesaba de forma longitudinal en una gran recta.

En Menorca, las posibles rutas para llegar a cualquier destino eran sota, caballo y rey, y, aun así, ella las modificaba sobre la marcha para evitar que la siguiesen. La Guardia Civil y la Policía Nacional les tenían puesto el ojo, pero jamás habían encontrado una razón convincente para imputarles ningún delito. Porque, ¿en realidad cometían alguno? No compraban ni vendían armas, no mataban ni violaban... ni siquiera estafaban o mentían a sus clientes. Más bien habían sido ellos las víctimas de una estafa por parte de algún proveedor en más de una ocasión. Pero eso a ella no le importaba, prefería mantenerse al margen y cumplir con su trabajo de «comercial» o de «repartidora» como una trabajadora más.

A la altura de Es Migjorn Gran dudó si desviarse hasta la población o hacerlo en Ferreries. Si lo hacía entonces podría tomar luego uno de los caminos rurales que unen las calas del sur y llegan hasta el término de Ciudadela, y volver desde aquel punto a la carretera principal. De allí a Cala Morell había un paso.

Aquel día tenía ganas de acabar pronto. La debilidad la estaba extenuando, la comida le repelía y cada vez sufría más de dolor de estómago. ¡Aleksander! ¿Algún día se repondría de aquello? Decidió seguir adelante. Por una vez no se iba a desviar del camino más corto. Como siempre, en el asiento de atrás llevaba el caballete, las acuarelas y los papeles, incluso algunas láminas de las que había pintado cuando Aleksander aún vivía. En las contadas ocasiones en que la Guardia Civil la había interceptado en la carretera para un control rutinario, su rostro inocente y sus bártulos de pintora la habían salvado de un registro, y desde entonces nunca salía sin ellos. Además, ese día no llevaba mercancía. Su tarea iba a limitarse a recoger unos cuantos billetes de euro que les debían de una operación anterior. Que se habían confundido al hacer las cuentas, les habían dicho, y ellos habían reclamado. Tranquilidad, ella iría de nuevo y los recogería. Además, aquel dinero extra no les vendría mal, estaban a dos velas. Ni siquiera había repostado, lo haría al regreso.

Cuando llegó a las primeras glorietas de la ronda que circunvala Ciudadela, sí dio varias vueltas, como hacía siempre, para comprobar que ningún vehículo la seguía. Después tomó la carretera que conducía a cala Morell y, antes de llegar allí, un camino rural. No había pensado en llevarse algo de comer y estaba todavía en ayunas. La noche anterior apenas había cenado. Sintió un dolor abrasador en la boca del estómago, el mismo que la torturaba desde hacía días, pero en ese momento con una intensidad mayor. Paró un momento el coche. Había comenzado a temblar. Aquello ya le había sucedido antes, pero no de una forma tan intensa. Los polvos de la herboristería no le habían funcionado, al contrario, cada día estaba peor. Debía acudir sin falta al médico. ¿Tendría una úlcera? Su abuelo la tenía. Y su abuela le preparaba un vaso de agua con bicarbonato cada vez que se quejaba. Sonrió. Qué días tan felices en Molde: muñecos de nieve en el jardín intransitable en invierno, chapuzones en el abrevadero de los caballos en verano... Arrancó de nuevo el motor. Quedaban unos pocos metros para llegar. Aparcó donde siempre, en un pequeño ensanchamiento del camino, poco antes de llegar a la caseta. Seguía temblando, pero un poco menos; sin embargo, al dolor de estómago se habían sumado unas angustiosas punzadas en el pecho. ¿Qué le estaba ocurriendo? ¡Si apenas podía respirar! Una cama, eso era lo que necesitaba, tumbarse en un colchón, cerrar los ojos y aguardar a que aquello pasara, incluso dormir, ese lujo que estaba olvidando... Tenía que terminar cuanto antes la operación y regresar a casa.

La temperatura era buena y se oía a los pájaros cantar en lo alto de los acebuches, sin embargo, los perros no ladraban. En otras ocasiones, nada más bajar del auto, ya advertía sus ladridos. Le había costado mucho ganarse su confianza. Gracias a su amor por los animales, con mucha paciencia lo había conseguido. Podría decirse que la conocían y hasta celebraban volver a verla. Su voz los tranquilizaba y, antes de abrir la puerta, ya la esperaban. Pero aquel día no se oía un solo ladrido. ¿Se los habría llevado su dueño?

Encontró la llave donde siempre, en el hueco de uno de los ladrillos que conformaban las paredes de la caseta, todavía sin lucir y, por supuesto, sin pintar. A pesar de que conocía la cerradura a la perfección, tardó en abrir de lo mucho que temblaba. Además, las manos le sudaban y la llave se le resbalaba entre los dedos como si estuviera cubierta de baba de caracol.

Una vez consiguió abrir la puerta, dejó que la luz penetrase en el corral antes de entrar, porque quería comprobar si los canes andaban por allí. Nada se movía. Entró. En el suelo divisó unas sombras. Un fuerte olor a descomposición le arrancó una arcada. Se mareaba. Sintió un cosquilleo en los dedos de los pies, apenas cubiertos con unas sandalias. Había dejado el móvil en el coche y no tenía a mano ninguna linterna. Se acercó con temor a donde se encontraban las sombras. Eran tres bultos disformes, oscuros, inmóviles... ¡Los perros! De nuevo una puñalada le atravesó el estómago y la paralizó. Seguía notando una sensación extraña en los pies, en los tobillos, mientras un dolor lacerante se le extendía por el tronco, el cuello, las sienes...

Se arrodilló respirando con dificultad, emitió un quejido amargo que nadie escuchó y se tumbó en el suelo, al lado de los perros, mientras un ejército de garrapatas la invadía.

2

CONSULTA DE PSICOLOGÍA
RAQUEL CARRERAS
Dra. en Psicología. Especialista en Psicología Clínica
PRIMERA SESIÓN DE TERAPIA

Terapeuta: Antes de empezar con la sesión, quiero presentarme y explicarle de forma resumida en qué consiste el trabajo que realizo aquí. Por cierto, ¿le parece bien que nos tuteemos o prefiere que sigamos tratándonos de usted?

Paciente: No sé... podemos tutearnos.

Terapeuta: Muy bien. Mi nombre es Raquel Carreras. Soy psicóloga, especialista en Clínica. Trabajo desde el modelo terapéutico Terapia Familiar Sistémica Breve, y divido la sesión en tres partes.

En la primera nos conocemos, expones qué es lo que te ha traído a mi consulta y, sobre todo, en qué quieres mejorar y cómo te puedo ayudar.

Después haremos una pausa y reflexionaré sobre lo que hemos hablado.

Y para terminar nos volveremos a reunir, te expondré mis conclusiones y, posiblemente, te daré alguna indicación.

Paciente: De acuerdo. Creo que mis datos ya los tienes, porque me los han solicitado en recepción.

T: Así es. ¿En qué puedo ayudarte?

P: Tengo mucha angustia… Necesito librarme de esta sensación que no deja de atormentarme. No puedo seguir así.

T: Bien. Vamos a tratar de concretar un poco más. ¿A qué te refieres cuando dices que tienes angustia? ¿Qué es lo que notas? Angustia es un concepto muy ambiguo. Seguro que si pregunto a distintas personas me darán respuestas diferentes…

P: No sé… No sé si podré o sabré explicártelo. Solo sé que me siento muy mal.

T: A ver si te puedo ayudar... ¿Relacionas esa sensación con algo? ¿Con una situación concreta? ¿Con algo que te ocurre?

P: Me considero una persona muy celosa, no puedo evitarlo. Soy así desde siempre, desde que yo recuerdo, pero últimamente me estoy obsesionando como nunca. Y ese es otro tema: la obsesión. Me come, me agota, me mata. Puedo tener una idea en la cabeza y machacarme día y noche con ella. Trato de evitarla, pero en vez de conseguir que desaparezca, allí está, dirigiendo mi vida.

T: Entonces, ¿podríamos concretar que el motivo de tu angustia son los celos y los pensamientos obsesivos?

P: Sí. Como te decía, siempre he sido una persona muy celosa, pero esto se me está yendo de las manos.

T: ¿Qué quieres decir?

P: Pues eso, que se me está yendo de las manos.

T: Bueno, vamos a volver al punto anterior. Me hablabas de celos. ¿Qué tipo de celos? ¿Te refieres a celos sentimentales o a otro tipo?

P: De todo tipo. Yo siento celos de cualquiera que intime con las personas que quiero. Eso me irrita, me crea inseguridad, porque me da la impresión de que se van a alejar de mí, de que me los van a robar. No puedo controlarlo, lo siento con mayor o menor intensidad, según la persona de la que se trate, e incluso a veces sin que sepa el motivo. Me ha ocurrido durante toda la vida, pero ahora esta sensación me está desbordando. Siento que no valgo nada, que cualquier otra persona es mejor que yo en todo, en belleza, en inteligencia, en simpatía. Lo veo todo negro. Es un sufrimiento enorme que además tengo que ocultar para que nadie de mi alrededor se dé cuenta.

T: Pero dices que ahora te está desbordando. ¿Qué quiere decir eso? ¿Te refieres a alguien en concreto?

P: En este momento a una persona en especial. Es alguien muy próximo a mí. Y he dado este paso, el de venir aquí, porque tengo verdadero pánico a hacer algo de lo que me pueda arrepentir. No pienso en otra cosa.

T: Antes de continuar, te agradezco la sinceridad con la que estás hablando. Es muy difícil reconocer esa sensación en uno mismo y además compartirlo, en este caso, conmigo. Para poder ayudarte necesito que me cuentes con más detalle lo que pasa por tu cabeza. Qué ideas son las que te hacen tanto daño, las que te alivian... Y si esto te había ocurrido antes o no. Sé que es difícil, pero quiero que me concretes a qué te refieres cuando dices que te da miedo hacer algo de lo que te puedas arrepentir.

P. No me atrevo a contarlo, aunque creo que me haría bien.

T. Vale, no te quiero presionar. Si quieres podemos continuar, y si te ves con fuerza, me lo cuentas. Pero también podemos terminar aquí y citarnos otro día.

P: No… No, necesito ayuda. He venido a eso. Pero antes quiero saber si lo que voy a contar está bajo secreto profesional.

T: Por supuesto.

P: ¿En cualquier caso?

T: No, no es exactamente así. Puede haber alguna excepción. Pero espero que no tenga que plantearse aquí. Intenta contármelo.

P: Tengo la obsesión de hacer daño. Mucho daño.

T: ¿A quién? ¿A ti?

P: No.

T: Por lo tanto, a otra persona.

P: Sí.

SILENCIO

P: Esa es la idea que me angustia. Pero a la vez me alivia, me alivia mucho. Me permite respirar. Y también me da mucho miedo.

T: ¿Quieres contarme algo más? ¿Darme más detalles?

P: De momento, no.

T: Pero ¿te puedo seguir preguntando?

P: Sí.

T: ¿Has hecho alguna vez algo parecido a lo que piensas ahora?

P: Bueno, en alguna otra ocasión también se me ha pasado por la cabeza y, con el tiempo, he logrado olvidarlo.

T: Sé que es muy difícil, pero ¿puedes explicarme alguno de tus pensamientos?

P: Son muchos. Pienso en distintas posibilidades, todas para perjudicar. Es un infierno lo que tengo en mi interior.

T: ¿Has intentado librarte sin ayuda de nadie de esos pensamientos? ¿Cómo has logrado salir de ese infierno?

P: Sí, claro. Lo intento todos los días.

T: ¿Y cómo lo intentas? ¿Qué cosas haces para conseguirlo?

P: Intento convencerme de que no voy a llevar a la práctica mis ideas.

T: ¿Alguna cosa más?

P: También intento convencerme de que esas ideas son solo eso, y que no son factibles de llevar a cabo.

T: ¿Qué más has hecho para tratar de liberarte de esos pensamientos? Perdona la insistencia, pero debo preguntártelo.

P: En ocasiones he tomado tranquilizantes, sobre todo para poder dormir. Y últimamente me he encerrado en casa siempre que los pensamientos me atormentaban para evitar hacer algo malo.

T: ¿Alguno de esos intentos ha dado resultado, te ha serenado, te ha liberado de la angustia, de los malos pensamientos, de los celos?

P: Los tranquilizantes me ayudan a dormir, pero no hay nada que me libere del peso interior. Por eso estoy aquí.

T: Muchas gracias por el esfuerzo que estás haciendo. Sé que no es fácil. Me gustaría volver al principio de la sesión.

Después de todo lo que me has contado, quiero que me digas, que resumas, qué es lo que quieres conseguir en esta consulta. Medítalo bien, por favor.

P: Quiero dejar de tener celos de la persona que me obsesiona en este momento y de los que la rodean.

T: Perfecto. ¿Algo más?

P: Quiero controlar mis impulsos, los malos pensamientos que me ocasionan los celos. Quiero sentirme una persona valiosa.

T: ¿Y cómo sabremos que lo estás consiguiendo? ¿En qué lo vas a notar?

P: No lo sé, no tengo ni idea. Lo que me urge es controlar mis impulsos, no hacer nada malo.

LLORA

T: Antes de pasar a la segunda parte de la sesión y quedarme unos minutos a solas, quiero saber si hay momentos mejores en los que esas ideas desaparecen.

P: No lo sé, pero si los hay, no los recuerdo.

T: Y, por último, ¿harás lo que te pida?

P: Lo intentaré. Para eso estoy aquí.

PAUSA

T: En primer lugar, quiero agradecerte la confianza que has depositado en mí y la sinceridad con la que me has relatado un problema tan difícil de compartir. Por otra parte, y a pesar de lo que me has contado, tu decisión de superación personal y de actuar de forma correcta está clara. Eso es algo que valoro en gran medida.

La vida no siempre es fácil. A veces las dificultades son ajenas a nosotros mismos, pero se introducen en nuestro interior. A ti las dificultades te han calado muy hondo y por eso sientes esos impulsos tan potentes y tan peligrosos. Ten la seguridad de que te voy a ayudar para que superes esta situación. Pero, sobre todo, piensa que la mayor ayuda va a venir de ti, de tu fuerza y de tus ganas de actuar correctamente. En definitiva, de tu interior.

Tenemos mucho en lo que trabajar, pero antes me gustaría que, desde hoy hasta la próxima visita, pienses si te puedes comprometer conmigo a no hacer nada que pueda ocasionarle algún tipo de daño a otra persona. No quiero que tengas prisa en contestar, es demasiado importante y necesito que lo medites bien.

P: También lo voy a intentar. Esperemos que no sea demasiado tarde.

3

AQUEL DÍA ERA viernes, y los viernes, como si de una maldición bíblica se tratase, siempre le surgía un aviso a domicilio minutos antes de finalizar la jornada laboral. Aquello significaba que, si tenía algún plan para el fin de semana que supusiera salir desde Ciudadela a primera hora de la tarde, por ejemplo, para tomar un vuelo desde Mahón, este se le podía ir al traste, sobre todo si en vez de realizar una «visita de doctor», la atención médica se prolongaba más allá del horario habitual.

Estaba a punto de llamar a su último paciente cuando, cómo no, apareció en la pantalla del ordenador otro nombre al final de la interminable lista que poblaba la agenda con la que desayunaba a diario desde que tomó la decisión de trabajar como médico de familia en un centro de salud. Sin dudarlo un instante, entró de forma apresurada en la historia clínica del inoportuno paciente con la esperanza de que residiera en alguna de las calles próximas a Canal Salat; así podría concluir pronto, poder llevarse algo a la boca, preparar una ligera mochila y salir al encuentro de Pau. Llevaban dos semanas sin verse.

Clicó en el icono correspondiente a los datos personales del desconocido y esperó. ¡Carretera de Mahón! Ni siquiera estaba en el casco urbano de la ciudad, sino en alguna masía escondida de las que no se localizaban ni con la ayuda del navegador. Tomó aire. Al menos no perdería ningún avión, aunque si se retrasaba y la pillaba la noche por el camino, sería más difícil dar con su destino.

—Adelante —le indicó al último paciente que quedaba en la sala de espera—. Siéntese, por favor, y cuénteme qué es lo que le ocurre.

Carles Dolz Tudurí tenía cincuenta años, muy pocos antecedentes médicos, y los que tenía carecían de importancia. Eso sí, nada más verlo, Simonetta Brey dedujo que era agricultor debido a las lesiones crónicas de su cutis, lo que en otros tiempos se denominaba «piel de campesino». Había acudido a la consulta para ponerla al tanto de una visita que había tenido recientemente en Digestivo y solventar unas dudas que, según él, no le habían aclarado. Simonetta revisó la historia clínica de Atención Especializada y le explicó que todas las pruebas complementarias que le habían realizado habían salido bien, y que sus dolencias se debían únicamente a la intolerancia a la lactosa, que ya conocía.

—Pero si no bebo leche, y eso que soy ganadero —se lamentó.

—¿Y queso?

—Eso sí, claro. Lo fabricamos y de vez en cuando lo pruebo.

—El queso también lleva lactosa y esa puede ser la razón por la que sigue teniendo problemas intestinales. Tiene dos opciones, dejar de comerlo o tomarse antes una pastilla de lactasa.

—¿Lactasa? ¿Eso es una medicina?

—Más o menos. Precisamente la lactasa es un compuesto que su cuerpo no produce en la cantidad adecuada para digerir la leche y sus derivados. Desde hace algunos años ha salido al mercado este compuesto para suplir el déficit que usted tiene. Ya verá que sus síntomas mejoran. Incluso podrá beber sin problemas un vaso de su leche tan solo con tomar una pastilla de lactasa antes de probar el primer trago.

—Casi no me lo puedo creer, tantos años sin catarla. Y debe de ser un asunto de familia, porque a mi padre y a mi hermano les ocurre lo mismo.

—Pues recomiéndeles la lactasa a ellos también. Se lo agradecerán.

Cuando ya salía de la consulta, Carles Dolz se volvió hacia Simonetta.

—Ah, doctora, en recepción les he dicho que apunten a mi padre para que se pase por su casa a verlo. Está algo flojo. Mi madre dudaba si llamar al médico o no, pero como empieza el fin de semana...

—¿A qué se refiere? —le preguntó Simonetta para cerciorarse de la identidad del culpable y de tener que posponer sus planes un viernes más.

—A que si empeora nos metemos en el fin de semana, y mi madre, ya sabe, se agobia.

«Ya estamos con meternos en el fin de semana, la letanía de siempre», pensó la doctora.

—No, no. ¿A qué se refiere con lo de que está algo flojo?

—No lo sé exactamente. Mi madre es la que está con él casi todo el día.

—De acuerdo. Pasaré por allí.

—La verdad es que estamos todos bastante mal. Hemos sufrido una desgracia familiar. Algo muy duro que no le deseo a nadie.

Simonetta dudó si darle pie a que le contara de qué se trataba o hacerlo una vez que estuviera en la casa donde parecía que vivía toda la familia. Saltaba a la vista que aquel hombre era de discurso breve, así que decidió posponer la cuestión hasta algunos minutos más tarde. Aun sin conocerla supuso, sin demasiado miedo a equivocarse, que la madre de su paciente le explicaría todo con pelos y señales. Le preguntó sobre el modo de llegar a la masía y lo despidió con un hasta luego.

Si su querido enfermero Sergi hubiera estado ese día en la consulta, seguramente la hubiera acompañado con el Kia; había nacido en Ciudadela y se conocía al dedillo las calles, carreteras y caminos. Pero se había tomado una jornada de permiso, puesto que al día siguiente se examinaba de una oposición para tratar de obtener una plaza en propiedad. Iría con su Honda. No había previsto cubrirse de polvo ni perder unos minutos más en la ducha, pero no le quedaba otra opción. No podía ir andando.

La motocicleta que le había prestado Pau al poco de llegar a la isla seguía funcionando a la perfección. Para ella había sido más que un vehículo de transporte. Era aficionada a las motos desde su adolescencia. Había disfrutado de los placeres de la carretera en muchas ocasiones, pero nunca los había asociado a la sensación de libertad de la forma en que la había experimentado allí, después de una estancia en prisión por una condena injusta que quería olvidar por todos los medios posibles. Uno de ellos había sido la Honda, el placer de conducirla de una manera distinta, sin la sensación de velocidad que proporciona una autopista, pero con el aliciente de que el sosegado paisaje de la isla formara parte sustancial del viaje. Y a esas alturas del año quería aprovechar los días de final de verano para conducirla, antes de que algún amago de gota fría la obligara a dejarla en el garaje y coger el coche.

Tal como Carles Dolz le había indicado, entró en la ronda de circunvalación de la ciudad hasta la rotonda del desvío hacia Mahón. A esas horas apenas había tráfico, en parte porque casi todos los turistas ya habían desaparecido y porque la mayoría de los autóctonos estaban comiendo. Después de pasar la indicación de la Naveta des Tudons, el monumento megalítico más importante de Menorca, debía tomar la siguiente desviación a la derecha, señalizada como «Poblat Talaiòtic de Torretrencada». Aminoró la velocidad y enseguida la vio. Allí comenzaba un camino agrícola, como tantos otros que comunican las distintas zonas de la isla con la carretera principal de Ciudadela-Mahón; angostos, con paredes de piedra seca a ambos lados. Era necesario conducir con cuidado, porque había numerosos cantos rodados sobre la tierra del suelo y era bastante fácil accidentarse.

A la izquierda del camino, una considerable extensión de terreno dedicado al cultivo de forraje llegaba casi hasta el horizonte, y a la derecha abundaba la vegetación silvestre con multitud de arbustos y una hilera de pinos que lindaba con el muro que delineaba el sendero. Eran ejemplares mediterráneos de considerable altura y con una característica que a Simonetta le llamó la atención: las copas habían crecido, y con bastante probabilidad seguían haciéndolo, inclinadas hacia la otra vertiente del camino, en una especie de arco por debajo del cual pasaban vehículos y viandantes.

En ese punto, el terreno ganaba en altura ligeramente y, tras alcanzar la cúspide y trazar una ligera curva, volvía a bajar, por lo que el camino se estrechaba cada vez más. Al final de la recta que tenía delante, Simonetta vio que comenzaba una zona cultivada con riego por aspersión, que estaba funcionando en ese momento. La novedad era que uno de los aspersores estaba colocado de tal manera que no solo regaba el cultivo, sino también un tramo del camino adyacente, y su fuerza era tal que el agua lo remojaba de lado a lado. «*Che cosa orribile!*», pensó atónita, sin saber cómo actuar. No podía salirse del camino ni aun yendo a pie, porque las paredes de piedra lo impedían, y, desde que había abandonado la carretera, no recordaba haber encontrado ningún desvío por el que salvar ese inesperado obstáculo. «Pues adelante, italiana», se dijo a sí misma, emulando al comisario Darío Ferrer, su compañero en otras situaciones bastante peores que aquella. Bajó la cabeza todo lo que el casco le permitió e imaginó que se encontraba en la atracción de un parque temático. Tuvo cuidado con no derrapar en el charco fangoso que se había formado y... ¡prueba superada!

A través de la pantalla mojada del casco vio que unos metros más allá la senda se bifurcaba en dos. Paró un momento para secarla y así poder ver mejor. Carles Dolz era un hombre de pocas palabras, pero sin duda las que escogía eran las esenciales. Tal y como le había explicado, la bifurcación de la derecha conducía a algunas de las calas del sur de la isla, y la de la izquierda al poblado de Torretrencada, hacia el que tenía que dirigirse para llegar a la hacienda de la familia. ¿Podía estrecharse más el sendero? Por increíble que pareciera, sí. Por suerte, quien lo diseñó había sido muy astuto y había dejado, de cuando en cuando, un ensanchamiento para que en caso de que se toparan dos vehículos, uno de ellos dejara pasar al otro. Y eso es lo que ocurrió: de frente divisó un todoterreno cubierto de polvo que esperó a que ella pasara. Sin dejar de conducir, pudo distinguir a un hombre joven, de unos cuarenta años, bastante atractivo, de pelo muy moreno, rizado y ojos claros. Se saludaron con un movimiento de cabeza de cortesía y Simonetta prosiguió su ruta. Cavalleria Vella, Cavalleria Nova, las dos haciendas que precedían a la de los Dolz y, por fin, Torre Tudurí, su destino.

La verja de la propiedad estaba abierta. En uno de los dos pilares blancos que la sostenían habían colocado un rótulo indicador de que allí se elaboraba queso con denominación de origen Mahón-Menorca. Encima de la pared de piedra seca que separaba la finca del camino, la figura metálica de una vaca rojiza anunciaba en menorquín que en aquella hacienda se criaba la raza de vacuno autóctona *vermella menorquina*, actualmente en peligro de extinción. Nada más atravesar la reja, comenzaba un camino recto flanqueado también por dos muros de piedra, pero estos estaban construidos con argamasa, a diferencia de los del resto de la isla. De allí al primer edificio de la propiedad habría unos cincuenta o sesenta metros, pero, sin duda alguna, era el tramo más difícil de sortear. El suelo constituía una sucesión de ondulaciones, como los caballones de un huerto recién labrado, pero con la tierra dura y seca de cualquier camino. ¿Cómo podían entrar y salir de allí sin arreglarlo? Ninguna de las personas que lo atravesaba lo hacía en moto, eso estaba claro.

Cuando por fin, con enorme cuidado y algún moratón en las nalgas, se acabó aquella tortura y aparcó, se encontró con otra inesperada sorpresa: dos impresionantes mastines se habían puesto en guardia y la esperaban amenazantes con las miradas fijas en ella, preparados para atacar si seguía adelante. «Este oficio se está poniendo de lo más difícil», fue lo primero que pensó, y después le vino a la cabeza lo que estaba haciendo justo una semana antes a esa misma hora. Después de comer en el Solferino, madre e hija paseaban como dos auténticas italianas por la via Montenapoleone, en Milán. «Hay que estar preparada para todo», habría dicho su madre si la hubiera visto de esa guisa, y ella opinaba lo mismo. Tras un breve amago de duda sobre si seguir con el aviso a domicilio o darse media vuelta, se quitó el casco con cuidado de no alertar a los cancerberos, sacó el móvil, el papel con la notificación del aviso y marcó el teléfono que aparecía en los datos de Laureano Dolz Martínez.

La estrategia funcionó. Enseguida salió del edificio más próximo, una especie de nave o almacén en el que se indicaba que allí se elaboraba y se vendía queso, una mujer de unos cuarenta y tantos años, con el pelo mal recogido en una coleta y una bata blanca de trabajo. Sin mirar siquiera a Simonetta, llamó a los perros y los metió a cada uno en su caseta.

—Tranquila, que no hacen nada —le dijo entonces a Simonetta, acercándose a ella.

«Ya, ya... el cuento de siempre», pensó la médico sin querer contradecirla.

—¿Es usted la doctora? —le preguntó con cara de extrañeza a la vez que la miraba de arriba abajo.

Simonetta se percató entonces de las pintas que llevaba, con la ropa mojada como si hubiera caído un chaparrón y la hubiera pillado en pleno viaje.

—Sí, soy la doctora Brey. Un aspersor me ha regado como si fuera un ciruelo.

La mujer esbozó una leve sonrisa. Le explicó que era la nuera de Laureano, que en ese momento estaba atareada con la elaboración del queso y que su suegra la acababa de llamar para que metiera a los animales en las casetas.

—Puede dejar aquí mismo la moto. Ahí, subiendo el camino que hay detrás de la higuera, encontrará la casa. Mi suegra la está esperando.

La vivienda de la familia era una espaciosa masía de no menos de un centenar de años. Su gran fachada estaba orientada hacia el oeste y el lateral quedaba oculto por la descomunal higuera. Por eso, aunque estuviera construida en la cima de una ligera elevación del terreno, no se distinguía desde el camino de entrada a la propiedad.

En la puerta aguardaba una mujer que no llegaba a los ochenta años, pero que, por su pelo canoso, su falta de atractivo y su indumentaria pasada de moda, aparentaba algunos más. Nada más verla, se acercó a Simonetta, y esta pudo comprobar que cojeaba un poco, y se ayudaba de un bastón.

—Buenos días. Es usted la nueva doctora, ¿verdad?

—Bueno... llevo ya más de medio año en esta plaza, pero sí, supongo que se refiere a mí.

—Pero ¡cómo viene! —exclamó tras comprobar el estado de su vestimenta. Simonetta le contó lo del aspersor.

—Es que recorrer en moto estos caminos —dijo la mujer con simpatía— tiene más peligro de lo que uno espera.

—La próxima vez vendré en coche, se lo aseguro.

—¿Quiere que le saque algo de ropa y se cambia?

—Muchas gracias, pero con esta temperatura pronto se secará.

—Dicen que es usted italiana, pero habla muy bien el castellano.

—De madre italiana, pero también soy medio española y criada en España.

—¿Sabe que tiene muy buena fama como médico? Y se lo dice una persona que apenas sale de estas cuatro paredes. Pero en los sitios pequeños la información vuela y esa es la fama que usted va teniendo por aquí.

—No sé qué decirle... que me alegro, claro. —Simonetta le agradeció el cumplido, pero no se lo creyó del todo porque saltaba a la vista la agudeza de la mujer. Y ¿qué persona inteligente no quiere estar a bien con su médico?

Aunque la doctora ya había consultado previamente el historial del marido en el ordenador, dejó que su esposa le explicase el porqué de su situación como persona dependiente.

—Hace dieciséis años tuvo la mala fortuna de tener un infarto cerebral y se quedó postrado en una silla de ruedas, sin poder mover el lado derecho, con poca movilidad en el izquierdo y sin poder expresarse bien, ni al hablar ni al escribir. Lo entiende todo, pero no nos puede contar nada, solo contestar sí o no con la cabeza. Para él fue un infierno, sobre todo al principio, pero para mí… qué le voy a contar. Al final acabas acostumbrándote, pero es muy duro.

La casa estaba bien acondicionada, se apreciaba que habían ido reformándola con los años, pero sin ningún lujo. La mujer la condujo a un cuarto de la planta baja donde habían adecuado la habitación de Laureano, con una cama articulada, una grúa, un sillón reclinable con reposapiés y hasta un enorme televisor de plasma. En una de las esquinas de la habitación, encima de una peana, un busto de un Santo Cristo y, al lado, una mesita con un crucifijo y un rosario. En ese momento ya lo habían acostado después de haberle dado la comida.

—¡Rodica! —gritó la mujer—. Ven, que ha llegado la doctora y nos tienes que ayudar. Es la chica rumana que tengo para que me eche una mano —explicó a Simonetta—. Yo sola no puedo con su peso, y tanto mi hijo como mi nuera no paran de trabajar. Entre los dos y algunos operarios se encargan de todo, campo, vacas y quesería. No tienen ni un día libre. Esto es muy esclavo.

—Buenas tardes —saludó la chica con educación, recordándole que era una hora en la que la mayoría de los mortales ya había comido. Tendría unos treinta y tantos años, más o menos como la propia Simonetta, y era de mediana estatura, morena y bastante guapa.

—Rodica sirve para todo —dijo la mujer—. Para la casa, para cuidar a Laureano, para ordeñar una vaca... para todo. La verdad es que es muy trabajadora. —La joven no se inmutó.

—O sea, que Laureano lleva tres días tosiendo y ayer comenzó con unas décimas de fiebre.

—Y no quiere comer —añadió.

—Está bien. Por favor, ayúdenme a incorporarlo para poder explorarle.

Con la ayuda de las dos mujeres, Simonetta examinó al paciente.

—Parece que tiene una neumonía. Para confirmar este diagnóstico tendríamos que hacerle una radiografía, pero en la situación en la que se encuentra, mi opinión es que lo mejor de momento es tratarle la neumonía sin sacarlo de casa. Si no responde al tratamiento, siempre estamos a tiempo de derivarlo al hospital. ¿Le parece?

—Sí, sí, lo que usted diga —respondió—. Cuanto menos se mueva de aquí, mejor, estoy completamente de acuerdo.

La doctora extendió unas recetas y le explicó a la mujer cómo debían administrarle la medicación. Debido a la propia infección, el hombre estaba bastante adormilado y apenas se había dado cuenta de la visita.

—De aquí a unos días volveré a examinarlo, pero si su estado empeora deben llamar al centro de salud para que me lo comuniquen y vendré enseguida.

—Esperemos que no —intervino la mujer—. Pero, si es preciso, seguiremos sus instrucciones. Rodica —le dijo a la chica—, acompaña a la doctora hasta la fábrica y que Petra le regale un queso.

—Muchas gracias, pero tengo prisa, todavía debo visitar a otro enfermo —mintió para acabar cuanto antes.

—Pues entonces prométame que el próximo día se lo llevará.

—Prometido. Y además me gustaría que me enseñaran las instalaciones. En todo el tiempo que llevo en Menorca todavía no he visto ninguna y tengo verdadero interés.

—Eso está hecho.

La mujer cambió de opinión y, a pesar de su cojera, se empeñó en acompañarla ella misma hasta donde había estacionado la moto. El camino tampoco estaba asfaltado y Simonetta temió que tropezara con algún guijarro, pero se desenvolvía con gran soltura, señal de que iba y venía por allí a menudo, controlándolo todo. El hijo no tenía el talento de la madre, o al menos esa era la impresión que le había dado en la consulta.

Cuando llegaron a la pequeña explanada donde había aparcado, frente a la nave, la mujer se paró y agarró a la doctora del antebrazo.

—Hoy ha venido a atender a mi marido y es ya muy tarde, pero la próxima vez igual me tiene que atender a mí —le dijo con tristeza—. Ha ocurrido una gran desgracia en la familia. No sé cómo vamos a reponernos.

Simonetta recordó entonces que su hijo ya lo había mencionado en la consulta, pero ella, con las prisas, lo había olvidado.

—¿De qué se trata? —preguntó con verdadero interés al ver el cambio en la expresión de la mujer.

—Se nos ha muerto un nietecito. El único que teníamos.

—¿Hijo de Carles?

—No, ellos no tienen hijos. De mi hijo pequeño, Bernabé. Acaba de irse hace un momento. Al enterarse de que está enfermo, ha venido a ver a su padre. Igual se lo ha cruzado por el camino. Llevábamos bastante tiempo distanciados, pero esta desgracia ha limado asperezas. Estamos todos conmocionados. Pobre criatura —dijo con los ojos húmedos.

—Y esto que me cuenta, ¿es reciente?

—Hace menos de dos meses, pero como si hubiera ocurrido hoy mismo. No me lo puedo quitar de la cabeza, mi nietecito… —La mujer se echó a llorar.

—¿Y cómo fue, de qué murió? —le preguntó la doctora por puro interés profesional.

—De muerte súbita del lactante, ¿se dice así?

—Sí, así es. Menuda desgracia para toda la familia. Lo siento mucho —le dijo sinceramente—. ¿Qué edad tenía?

—Había cumplido dieciocho meses dos semanas antes de aquella fatalidad. Figúrese, fueron por la mañana a levantarlo de su cunita y ya no se despertó —continuó llorando la pobre mujer.

—¿Dieciocho meses? ¿Año y medio?

La mujer asintió con la cabeza. A Simonetta no le cuadraban los datos. La muerte súbita del lactante ocurría en niños de hasta doce meses. Si el pequeño hubiera tenido trece, aún podía justificarse, pero con dieciocho era prácticamente imposible que hubiera muerto de esa enfermedad.

—¿El niño se había encontrado mal antes de ese día? ¿Sus padres lo habían notado raro?

—Creo que sí. Mi hijo nos dijo que estaba muy rarito, llorando más que nunca y con muy poco apetito, un niño que era bastante tragón. Incluso había perdido algo de peso.

—¿Usted está segura de que les dieron ese diagnóstico a los padres? —insistió Simonetta con toda la delicadeza de la que fue capaz. Además de médico de familia, era forense, y sabía perfectamente que uno de los criterios de diagnóstico de la muerte súbita del lactante era que el niño no hubiera presentado ningún signo de enfermedad los días anteriores al fallecimiento.

—Claro que sí. Si no, ¿cómo me lo voy a inventar? No lo había oído en mi vida. ¿Qué quiere usted decir, doctora? —prosiguió la mujer al notar la suspicacia de la médico—. ¿Cree que murió de otra cosa? —preguntó, alarmada.

Simonetta meditó unos segundos antes de contestar, porque presumía las consecuencias que podían derivarse de su respuesta.

—Tengo mis dudas.

4

HABÍA CALCULADO MAL. En su pequeña villa de Ciudadela, en la cala, a orillas del mar, el tiempo era bonancible cuando la tarde anterior preparó con premura la mochila después de terminar con el último aviso en la Torre Tudurí. Había llegado una semana antes de Milán, donde había pasado unas pequeñas vacaciones visitando a su madre y, desde que partió hacia Italia, no había vuelto a ver a Pau. Lo echaba de menos. No se entretuvo en consultar las predicciones del tiempo; debería haberlo hecho para ahorrarse una noche de frío en el paraje más septentrional y, quizá, más inhóspito de la isla.

Se había citado con Pau en el Cap de Cavalleria para disfrutar de una acampada juntos. Se trataba de la última jornada del periplo anual que él emprendía como caminante de su particular Camí de Cavalls. El auténtico bordeaba el perímetro de Menorca desde hace cuatro siglos, y el de Pau Martí variaba según se le antojara cuando finalizaba la temporada de la pesca de la langosta.

—¿Seguro que un pescador te va a hacer feliz? —le había preguntado su madre, pasmada, cuando Simonetta le contó, tal vez antes de tiempo, la historia que había surgido entre ellos. Lo había hecho sobre todo para tranquilizarla, para que comprobara que aquella oscura etapa que había vivido poco antes quedaba atrás y que le sucedía otra con mejores perspectivas. Partiendo de quien partía, no le extrañó el tono que había utilizado al pronunciar la palabra «pescador»; no obstante, aun sin intención, la había herido. Como respuesta, ella le lanzó a su vez una «comprometida» pregunta:

—¿Hubieras preferido un inversor de Wall Street?

—¡No, no! ¡Horror! —había contestado de inmediato, con ademán exagerado, aquella fantástica y original mujer que tenía por madre—. ¡Qué mortal aburrimiento! Al menos —prosiguió con semblante resignado—, ¡comeremos buen pescado!

—*Prego!* —concluyó la doctora, zanjando de forma rápida el asunto. Ya habría tiempo de hablarle de ese hombre que había aparecido en su vida de entre la oscuridad una noche de invierno, y que la había librado de dormir *à la belle étoile,* rodeada de maletas en un solitario lugar de una isla desconocida.

Pau, el pescador, el vecino, el casero de Simonetta, el que la había seducido sin emplear ningún método al uso o, mejor dicho, empleando uno con resultados infalibles, nada menos que el de salvarle la vida en dos ocasiones, dormía con placidez en la diminuta tienda mientras ella rumiaba, aguardando el amanecer, sus enrevesados pensamientos. ¿Había merecido la pena aquel cambio de rumbo en su vida por él? No solo se lo preguntaba su madre, ella misma dudaba en algunos momentos de si su decisión había sido la acertada.

—Pero ¿vivís juntos? —le había preguntado Séraphine Bardot, la decoradora parisina afincada en Ciudadela que se había convertido en su mejor amiga en la isla. Aunque apreciaba a Pau, también la había sorprendido que aquella relación se hubiera consolidado.

—Esa es la cuestión.

—Ya... Pasáis ratos juntos, estáis muy a gusto los dos solos, pero luego... «cada *mojuelo* a su olivo». ¿Se dice así?

—Se dice «cada mochuelo». Pero sí, has acertado de pleno.

—Y a ti te gustaría compartir el olivo...

—Al menos —añadió Simonetta—, probar a ver si en ese olivo cabemos los dos. ¿Pido mucho?

—*Ma chérie,* Pau es un hombre con muchas cualidades, pero no olvides que las islas imprimen carácter, y él es un isleño estándar... *Ah, la solitude!* Además es pescador, pasa muchas horas solo en la mar. Está acostumbrado a ese tipo de vida; la soledad puede convertirse en una buena compañera, recuerda la canción de Moustaki...

Sentada en una roca y cubierta por una ligera manta de viaje, Simonetta contemplaba y sentía la magnificencia de las aguas que rugían desafiantes bajo sus pies. El mar y su inmensidad. La mar —madre, fecunda y hospitalaria—, y el mar —dios, temible y sobrecogedor—. Iluminado parcialmente en la noche por los haces de luz que el faro lanzaba sin descanso, bramaba como un dragón contrariado que estrellara su furia contra la rompiente del acantilado. Este había resistido la embestida desde hacía siglos y había sido testigo de invasiones y naufragios. Y el firmamento. Su inabarcable grandiosidad. Los millones de cuerpos celestes que lo pueblan. Aquella misma noche, de boca de Pau, había aprendido a nombrar y localizar algunos: Pólux, Denébola, Venus, la Estrella Polar...

—¿Conoces algún lugar del mundo donde puedas contemplar la salida del sol y también su ocaso? —le había preguntado Pau cuando le propuso encontrarse con él el último día de su ruta por la isla.

—No, pero me gustaría conocerlo. ¿Me lo enseñarás tú?

Lo que más le había llamado la atención de aquella pequeña península que conforma el cap de Cavalleria era su estrecho istmo, por el que había pasado la tarde anterior admirando cómo el mar la escoltaba a derecha e izquierda, casi rozando las ruedas del coche.

El sol estaba a punto de asomar por el horizonte. Por oriente, el cielo y el agua comenzaban a mostrar su azul. Era el momento de despertar al pescador. Lo hizo sigilosa, con un beso, sin encender siquiera la luz de la linterna del teléfono. Él sonrió para sí en la oscuridad sin mover un músculo, a la espera de que la mujer que lo había cautivado no se hubiera dado cuenta de que ya se había despertado y le obsequiara con otro. Y así fue. Tras el segundo beso, vaciló entre abrazarla y cubrirla con los suyos o regalarle el amanecer en aquel enclave tocado por los dioses. Pero ¿quién era él para privarla de ese momento mágico?

—Abrígate —le dijo Simonetta con dulzura—. Se está levantando viento.

—El viento no asusta a los marinos —le contestó Pau, alegre, y salió de la tienda sin hacerle caso—. Ah, es la *tramuntana*, el viento de «más allá de la montaña» —exclamó en voz alta, como si quisiera que lo oyeran desde donde venía el viento.

—Qué bonito nombre —añadió ella con entusiasmo.

—Es el temido viento del norte, que viene de Siberia.

—Hay otro viento más en la isla, ¿verdad?

—¿Otro? Muchos más —le respondió Martí, sentándose a su lado—. A ver si no me olvido de ninguno. El *gregal*, algo más calmado que la *tramuntana*, viene del nordeste; el *llevant,* húmedo, del este; el *xaloc*, que procede de África, llega desde el sudeste; el *migjorn*, caliente, del sur; el *llebeig*, el que levanta el mar, del sudoeste; el *ponent*, más constante y regular, del oeste, y, finalmente, el *mestral*, del nordeste, el más temido por los navegantes.

—¡Madre mía! ¡Qué variedad de vientos! ¡Y te los sabes todos!

—Claro que sí. ¿Qué clase de pescador sería si no? Un pescador tiene que ajustar las velas, querida amiga, según sople el viento. Pero mira, mira —continuó, señalando el arco anaranjado que comenzaba a emerger de entre las aguas. La superficie empezaba a brillar con unos destellos tímidos que se asemejaban a lucecitas blancas centelleando sobre las olas oscuras.

Sin haberlo acordado, asistieron en silencio a la ceremonia de la salida del sol sobre el mar, acompañados por el silbido de la *tramuntana* y los gorjeos de las gaviotas, los cormoranes y los paíños. Pau solo llevaba puesta su sempiterna camiseta gris, y Simonetta lo arropó con la pequeña manta, compartiéndola, feliz.

—Yo soy una persona muy corriente —le dijo Simonetta más tarde, cuando ya volvían con el Alfa Romeo a Ciudadela. Habían cargado todos los bártulos de la escapada de Pau después de pasar el día caminando ida y vuelta hasta la playa de Cavalleria.

—¿Y eso a qué viene? —le preguntó, divertido, esperando su respuesta.

—Me gustan las cosas que les gustan a todos.

—¿Ah, sí? Yo, en cambio, pensaba que eras una mujer original —dijo Pau, siguiéndole el juego.

—No, no, yo de original no tengo nada, *niente*! A mí me gusta lo que le gusta a todo el mundo: el *pa amb tomàquet,* la plaza de San Marcos en Venecia, *Mediterráneo,* de Joan Manuel Serrat, y, cómo no, el atardecer sobre el mar.

—Me alegro —concluyó Martí con exagerada satisfacción.

—Además, cuando me salen ampollas en los pies, no me importa que un caballero cargue conmigo a la espalda hasta llegar a mi destino.

—También me alegro —añadió él, cómplice—. Pero eso no sé si es corriente. Dudo mucho que esté de moda hoy en día. Me pueden tildar de...

—Ayudar al enfermo siempre debe estar de moda, tiene que ser algo corriente —le cortó Simonetta, divertida.

Estaban a punto de llegar a Mercadal. Ya estaban divisando El Toro, la montaña más alta de la isla. Pau Martí conducía mientras ella descansaba aliviada en el asiento del copiloto con los pies descalzos.

—¿Te parece corriente que oigamos de fondo... a Bob? —sugirió el pescador después de unos minutos de silencio. Por un momento creyó que Simonetta se había dormido.

—Me parece extremadamente corriente oír a Bob —le respondió ella mirándolo de refilón con una sonrisa—. Y, además, extremadamente oportuno. ¿Cómo lo hacemos?

—Mira en la guantera. Seguro que hay algún CD del viejo Bob.

A Hard Rain´s A-Gonna Fall sonaba inspirador mientras la tarde caía. Pau la cantaba, primero murmurando y, más tarde, casi a voz en grito, sin dejar de pronunciar ni una sola de sus sílabas, al tiempo que su cuerpo vibraba de manera casi imperceptible, pero evidente, al ritmo trepidante de la intensa melodía. Simonetta no pudo unirse a su gozo porque conocía la música, pero, lamentablemente, no la totalidad de la letra. Se recostó en el asiento con los ojos cerrados para disfrutar también de aquel instante en toda su plenitud, mecida por las voces de los dos hombres y la cadencia desgarrada de la guitarra.

«Oh, dónde has estado mi querido hijo de ojos azules [...] Vi lobos salvajes alrededor de un recién nacido [...] Vi una rama negra goteando sangre todavía fresca [...] Vi pistolas y espadas empuñadas por niños [...] ¿Y qué oíste, mi hijo de ojos azules? [...] Encontré a un niño pequeño frente a un poni muerto, encontré a un hombre blanco que paseaba un perro negro [...] Caminaré hacia el abismo del más profundo bosque negro [...] Es muy fuerte la lluvia que va a caer.»

Ramas negras de los bosques. Ojos azules de los niños que corren por los bosques. Niños con espadas que caminan hacia el abismo. El niño muere a causa de los disparos de hombres blancos. Los lobos salvajes rodean la boca del cementerio con los niños dentro. Los lobos salvajes salen de los bosques sombríos para atrapar al niño. Querido hijo de ojos azules. Los hombres vigilan la autopista mientras esperan la lluvia. Cunetas donde mueren los niños. Poetas muertos. Tambores que no cesan anunciando desgracias. El niño ha muerto. Nadie escucha los tambores. Los perros negros pasean impunemente. Heridas de odio. Cuántas manos están vacías donde solo existe el color negro. Un día lo contaré. La muerte del niño lactante. La abuela que gime. Los perros vigilan con hambre. No se puede pasar a la finca. Pobre criatura.

—Ya hemos llegado —le anunció Pau con una caricia en la mejilla cuando el coche ya estaba estacionado.

Simonetta despertó sudorosa y angustiada por una absurda pesadilla. ¿Cómo había podido relacionar la canción de Dylan con la muerte de aquel niño? Qué mala pasada le había jugado el cerebro. Terminar de una forma tan agobiante una jornada tan espléndida e irrepetible. Tenía acelerado hasta el pulso. ¿Por qué le habría preguntado a su pobre abuela los detalles del fallecimiento? ¿Quién le había dado vela en aquel entierro? Ahora trabajaba como médico de familia, no como forense. Bastantes quebraderos de cabeza le había ocasionado esa otra «faceta profesional» suya, y bastantes riesgos de todo tipo había corrido. «*C´est fini*», se prometió a sí misma el día que tomó la decisión de quedarse en Menorca en vez de reincorporarse a su plaza de forense en la península. Pero... la cabra tira al monte. Eso diría su padre, orgulloso de que se hubiera animado a seguir sus pasos en la Medicina Legal. Parecía inevitable.

—¿Qué ha pasado? —le preguntó Martí al verla algo descompuesta.

—He tenido una estúpida pesadilla.

—Estabas profundamente dormida. No he querido despertarte antes, debes de estar cansada. ¿Qué tal van las ampollas de los pies?

—Parece que un poco mejor. Esperemos que mañana se curen del todo, porque el lunes tengo guardia.

—¿Podrás andar hasta allí? —le preguntó señalando la pequeña villa que él mismo le había alquilado cuando llegó a la isla.

—Claro que sí. Descalza, por supuesto.

Pau hizo el intento de cogerla en brazos, pero Simonetta se resistió.

—Aquí no es necesario, no te preocupes. ¿Entras?

El pescador titubeó.

—Mañana madrugo. He quedado con Quim Gascón, el mecánico, para que revise el motor de la barca. Yo también estoy cansado.

—¿Comeremos juntos?

—Como Quim nunca me quiere cobrar, le invitaré a algo en el puerto. Si quieres acercarte...

—No, tengo que preparar una sesión clínica para presentar en el centro de salud y, además... mis ampollas tienen que curarse.

Se despidieron con un breve beso. Después de abrir la verja, atravesó de puntillas el pequeño jardín y entró en la casa. Ya casi había anochecido por completo. Subió al piso de arriba, donde se encontraba el salón, y miró por la ventana que daba a la calle. Vio luz en casa de Pau, situada casi frente a la suya. ¿Qué estaría haciendo? Le gustaría saberlo solo por curiosidad, si fuera preciso, aguaitando con unos prismáticos. Por fortuna no los tenía, porque hubiera sido ridículo utilizarlos. Tenía que reconocer que había confiado en pasar la noche con él, y esa vez en una confortable cama, pero no iba a ser así. Había planeado preparar al día siguiente los *gnocchi* que tanto le gustaban para comerlos juntos, pero también se había frustrado ese plan.

«Los hombres nunca se apresuran en las relaciones amorosas, *ma chérie,* y no me refiero a las eróticas, claro. Jamás tienen prisa por adquirir el menor grado de compromiso. ¿Aún no te habías dado cuenta? —le había preguntado Séraphine un día de confidencias—. Nuestro Pau es, en muchos aspectos, diferente a la mayoría, pero me temo que en ese es uno más, o, si me apuras, peor. Todos *escabullen el bulto* y se inventan las más variadas teorías que hasta ellos llegan a creer: que no están lo suficientemente preparados, que si avanza la relación se sienten amenazados, que están quemados de una relación anterior y no quieren tropezar dos veces con la misma piedra, que todavía son jóvenes y no quieren atarse de por vida (independientemente de la edad que tengan...), que su amor por la libertad les impide tal y cual... Y eso en *la France*, en España y supongo que en Costa de Marfil. Para uno que encuentras «maduro», te topas con noventa y nueve más verdes que una lima. Debes tener paciencia y saber esperar, sobre todo porque no llevas mucho tiempo con él y, es mi sincera opinión, tienes que conocerlo mejor. Porque, eso sí, cuando uno de ellos se lanza a la piscina, a mujeres como tú y como yo nos resulta muy complicado salir en caso de hartarnos del agua.»

Séraphine y sus consejos. Claro que Simonetta conocía a los hombres, de sobra. Pero, desde esa perspectiva, cuando comenzó su relación con Pau creyó que no era como los demás. Se equivocó. Sergi le contó en una ocasión que el pescador había convivido con una extranjera, escandinava creía recordar, pero ninguno de los dos había sacado nunca el tema a relucir. Ni ese ni ninguno parecido. Por su parte, Simonetta no quería entrar en detalles acerca de su relación con Toni Sagrera, en parte por la enemistad manifiesta entre Pau y él, y también porque no quería confesarle a Pau que en su momento había comenzado a querer de verdad a Toni. Mejor dejarlo así. Tampoco Pau le había preguntado al respecto, a pesar de que había presenciado desde su casa las entradas y salidas del empresario a la villa de Simonetta cuando todavía estaban juntos.

Antes de desvestirse salió como cada noche a la terraza que daba a la cala. Ya no se veía el mar, pero el sonido relajante de las olas rompiendo con indolencia en la arena la tranquilizó. Aspiró profundamente su efluvio como si de un rapé se tratase o un vapor curativo de las afecciones del alma. Aquello estaba mejor. Hora de descansar.

5

—Otra vez será, no se preocupe, doctora. Como usted dice, me queda mucha vida por delante.

Después de haber estado trabajando mano a mano durante más de medio año, Simonetta Brey todavía no había conseguido convencer a su joven enfermero de que la tuteara, si bien esto, por suerte, no había supuesto un obstáculo para afianzar la franca relación de confianza mutua y cariño que ambos habían logrado alcanzar. Llegar a Menorca ya había supuesto suficiente fortuna para ella, pero conocer y trabajar con una criatura espléndida y luminosa como él quizá lo había sido aún más. Todas las mañanas, tan solo con atisbar su figura grácil y espigada, su mirada cristalina y su amigable sonrisa dándole los buenos días, le bastaba para obtener la energía suficiente que le permitía disfrutar con sosiego de una jornada laboral a veces complicada.

—La mayoría de los mortales que hemos entrado en la Administración hemos suspendido alguna oposición, Sergi. Hasta don Santiago Ramón y Cajal suspendió, o mejor, le suspendieron, una oposición a cátedra. Y, además, te voy a ser sincera: puesto que la plaza que ocupas ahora no ha salido a concurso, la buena noticia es que sigues en ella, es decir, conmigo y... siendo egoísta, lo prefiero. ¿Qué haría yo en esta consulta sin ti? Ahora tómate una temporada de descanso en los estudios y recarga pilas para la próxima.

—El que está recargando pilas es nuestro vecino de al lado —intervino Sergi con cara de pillo, señalando con la cabeza la pared que lindaba con la consulta adyacente.

—¿Quién, Quique? —preguntó Simonetta, sorprendida.

—Sí, sí, Quique Coll, el doctor Coll. Ahí donde lo ve, desde que usted le dio calabazas se está dedicando al oficio de seductor.

—¿En serio? —continuó la doctora con los ojos como platos, reprimiéndose para no soltar una sonora carcajada.

—Y tan en serio. Después de una, otra. Un conquistador, vamos. Me parece que tiene lista de espera y todo. —Ahí fue cuando Simonetta ya no pudo contener la risa.

—¿Y tú cómo lo sabes?

—Me lo cuenta todos los lunes a la hora del café. Seguro que hoy mismo me informa con pelos y señales de sus hazañas de este fin de semana. Eso de ser médico parece que atrae a las mujeres. Él mismo lo reconoce, dice que está ligando más que cuando era joven.

Simonetta sonrió. ¿Sería cierto todo eso o más bien elucubraciones de un fantasioso? En cualquier caso, mejor así. Desde que meses atrás le dejó claro que solo lo quería como amigo, su relación había cambiado para bien, y su continua «persecución» se había transformado casi en camaradería.

—Bueno, Sergi, ¿cómo vas de agenda? —le preguntó, cambiando de tema, mientras comenzaba con la tediosa labor de escribir una contraseña tras otra hasta dejar la pantalla del ordenador preparada para trabajar.

—A tope, como siempre. ¿Necesita algo? —se ofreció.

—Si estás ocupado, no. Me cité a primera hora un aviso a domicilio para revisar a un paciente que atendí el viernes. Pero no es necesario que me acompañes, y menos si tienes pacientes esperando.

—¿Lo citó a primera hora? —le preguntó, extrañado, porque no era lo habitual—. ¿Y eso?

—Vive fuera de Ciudadela y voy a tardar. No quiero arriesgarme a ir al final de la mañana y no poder llegar a tiempo de coger el móvil de la guardia.

—¿Quién es el enfermo?

—Laureano Dolz, ¿lo conoces?

—Claro —respondió de inmediato el enfermero—. Hace mucho tiempo que no llaman para que lo visitemos, pero ha habido temporadas que sí. ¿Conoció el viernes a su mujer, a Consuelo Tudurí?

—Sí, sí. Ella fue quien me recibió.

—Es una mujer con dos... Ya sabe —añadió Sergi abriendo los ojos de forma exagerada—. Es la que, en realidad, ha sacado adelante a toda la familia. Él ha debido de ser un viva la virgen que, al casarse con ella, dio un buen braguetazo.

—¿Ella tenía dinero?

—Según como se mire. Para lo que era Menorca entonces, su familia tenía una gran propiedad, la Torre Tudurí, y eso debía de ser mucho. Lo sé porque ella me lo contó en una ocasión. En aquella época acudía a diario para curarle a Laureano una úlcera por decúbito. Sin preguntarle nada, ella parecía que se desahogaba conmigo, pero, como a mí esas historias me importan un bledo, ni me enteraba. Un día hasta decidí ponerme unos auriculares con música porque, la verdad, no me dejaba concentrarme en la cura.

—¿Ya tenían entonces el busto del Cristo en la habitación de Laureano? Te confieso que cuando lo vi, me asusté. Creí que era un hombre de verdad agazapado en aquel rincón.

—Sí, sí. El Cristo ha estado siempre ahí, al menos desde que yo los conozco. Ella es muy religiosa. Me dijo que para lo único que salía de la masía era para ir a misa, que la religión había sido su único consuelo. Ya sabe, marido tunante y esas cosas —concluyó Sergi con expresión de pícaro.

—Hay que ver todo lo que nos cuentan los pacientes —dijo Simonetta, pensando en lo que opinarían sus familias si estuvieran al tanto de lo que la gente larga en las consultas—. Por cierto, ¿sabías que se les ha muerto hace poco un nietecito?

—¿Sí? No tenía ni idea, pero ¿de Carles? No sabía que habían tenido un niño.

—De Carles no, del hijo pequeño.

—Ah, sí, Bernabé. He oído hablar de él, pero no lo conozco. ¿Y de qué ha muerto el pobrecito? —preguntó con auténtico interés.

—La abuela me dijo que de muerte súbita del lactante, pero —continuó la doctora, recapacitando— eso es imposible porque el niño superaba la edad en que aparece ese síndrome.

—¿Entonces les dieron un diagnóstico equivocado?

—¿Un diagnóstico equivocado? ¿Quiénes?

—Los médicos que lo atendieron —respondió el enfermero, como si fuera lo más razonable del mundo.

—Eso es aventurarse demasiado, Sergi —le replicó la doctora moviendo la cabeza—. Para empezar, según me explicó la abuela, encontraron al niño sin vida en su cuna cuando fueron a despertarlo por la mañana. Lo más probable es que avisaran rápidamente al 112 y acudiera el equipo de guardia con una UVI móvil. Si el niño no presentaba signos de que la muerte hubiera ocurrido hacía bastante tiempo comenzarían las maniobras de soporte vital, está claro que sin éxito. Pero si objetivaron que se encontraban ante un cadáver sin posibilidades de reanimación, comprobarían la ausencia de signos vitales, consolarían a la familia y poco más. En ambos casos, ante una muerte inesperada, seguro que fue el forense quien intervino después y, tras la autopsia pertinente, se llegaría al diagnóstico de la causa de la muerte.

—En este caso, un diagnóstico equivocado —le interrumpió el enfermero.

—Eso tampoco lo sabemos.

—Pero usted acaba de decir que no le cuadra ese diagnóstico en un niño de su edad.

—Y lo mantengo. Lo que desconozco es el resultado de la autopsia, es decir, la información que han recibido los padres. Como también desconozco la información que ha recibido la abuela. De lo único que estoy segura es de la información que la abuela me ha transmitido a mí.

—¿Quiere decir que la familia oculta algo? —le preguntó Sergi con enorme curiosidad.

—Uy, decir eso es decir mucho, Sergi. Todo son meras hipótesis, excepto la muerte del niño y lo que me contó la abuela. A lo largo de la cadena niño fallecido-médico de guardia-médico forense-padres-abuela-doctora Brey ha podido pasar de todo: desde un error profesional, una mala comunicación, una mala interpretación, una intencionalidad por no confesar la verdad al siguiente eslabón de la cadena... A saber.

—Muy interesante, doctora —añadió el enfermero, que permanecía muy atento—, se nota que, además de médico de familia, es forense e investigadora. Por eso voy a hacerle una última pregunta que, si no me equivoco, va a ser la fundamental. —Sergi simuló portar un micrófono de periodista en la mano y, con voz de Gloria Serra, le preguntó: —¿Tiene usted la premonición de que hay algo raro en este caso?

Simonetta soltó una sonora carcajada, para después contestar, con tono serio:

—La tengo.

Como no le gustaba tropezar dos veces con la misma piedra, esa mañana había cogido el Alfa Romeo en vez de la Honda. No quería mojarse de nuevo, ni magullarse las posaderas por el sinuoso camino de entrada a la Torre Tudurí, ni mucho menos enfrentarse cuerpo a cuerpo a los mastines que vigilaban la masía. Llamó a la casa desde la consulta para advertirles de su visita y la chica rumana le aseguró que la estarían esperando.

Ese día o, al menos, a esa hora, el riego por aspersión no estaba funcionando. Además, cuidó de manera exquisita la conducción por el firme tan descuidado de la propiedad de los Dolz Tudurí, por lo que llegó sin tantas incidencias como en la visita anterior. Aparcó el coche en la pequeña explanada que había al lado de la nave donde elaboraban el queso, justo en batería con un Seat Panda azul marino con bastantes años a sus espaldas que estaba estacionado entre las dos casetas de los perros. En cuanto Simonetta abrió la puerta para salir del coche, los canes comenzaron a ladrar. Antes de retirar la llave del contacto se cercioró a través de los cristales y del retrovisor de que los dos estaban bien amarrados. Estaba inclinada cogiendo el maletín del asiento trasero cuando oyó una voz a sus espaldas.

—¡Doctora! —Era Carles, el hijo mayor de la familia, que salía de la nave—. ¿Viene a ver a mi padre?

—Sí, ¿qué tal ha pasado el fin de semana?

—No está peor.

—Muy bien. Voy a ver cómo va todo —repuso la doctora, consciente de que no iba a sacar mucha más información de aquel hombre.

Carles volvió a la nave, y la doctora tomó el camino de detrás de la higuera y se dirigió hacia la casa. En la puerta, la mujer de Laureano estaba hablando con un hombre joven de unos treinta y cinco años; mediana estatura, complexión atlética, vestido con tejanos y un polo gris. Portaba en la mano una especie de neceser de color negro. En cuanto la vio, Consuelo Tudurí la invitó a que se acercara. Su semblante era menos sombrío que el día que la conoció.

—Venga, venga por aquí, doctora, que los voy a presentar. Es la doctora Brey, nuestra médico de cabecera —le dijo al joven con cara de espabilado, que le tendió la mano—, y él es el coadjutor de nuestra parroquia, el padre Eladio.

—Eladio a secas, por favor —la interrumpió él con un marcado acento andaluz mientras le dedicaba a Simonetta una afable sonrisa.

—Desde que vino a vivir a Ciudadela, nos visita casi todos los días para darnos la comunión. ¿Cuánto tiempo hace de eso, padre?

—Pronto hará tres meses.

El sacerdote se despidió con el pretexto de que tenía que celebrar misa en la catedral media hora más tarde.

—Es joven, pero con unas convicciones religiosas muy fuertes —le susurró en voz baja a Simonetta. No llevaba el bastón y había cogido del brazo a la doctora para sortear una pequeña rampa delante de la puerta que, con toda probabilidad, habían construido para poder salvar un escalón con la silla de ruedas de Laureano—. Además, es una buenísima persona, muy atento con todo el mundo y muy caritativo. Apenas adivina una necesidad, se adelanta para ayudar. En el poco tiempo que lleva en la parroquia le he tomado mucha confianza. En esta casa siempre tiene las puertas abiertas.

LAUREANO TENÍA MUCHO mejor aspecto. Había recuperado el color, respiraba con más tranquilidad y estaba bastante más despejado. Lo habían colocado en la silla reclinable y, aseado y afeitado, parecía otro. Rodica estaba terminando de hacer su cama y, en cuanto concluyó, recogió las sábanas sucias del suelo y, con un gesto de cabeza, salió de la habitación.

—Laureano —le dijo su mujer—, ¿te acuerdas de la nueva doctora? ¿La que vino a verte el otro día?

El hombre negó con la cabeza

—¿A que es guapa?

Esta vez la respuesta fue afirmativa y Simonetta sonrió.

—Veo que está muy bien, Laureano. El tratamiento le ha sentado de maravilla. Vamos a ver si la auscultación nos indica lo mismo.

La mujer, más que acostumbrada, ayudó a la doctora a subirle la chaqueta del pijama mientras Simonetta lo exploraba—. Está mejor que el viernes, eso es indudable, pero todavía no está recuperado. Deben seguir con el tratamiento hasta completar los días que les indiqué.

—¿Volverá a visitarlo para ver si está curado del todo?

—Lo más seguro es que sí. Si por algún motivo no puedo, no se preocupe, los llamaré por teléfono para que me informen de su estado.

La mujer parecía haberse quedado conforme con la respuesta.

—El que se encuentra mejor es Carles —añadió mientras Simonetta guardaba el fonendoscopio en el maletín. En un principio, no adivinó a qué se refería. Se giro hacia ella con cara de interrogación—. La pastilla que le recetó le va muy bien —añadió Consuelo. Entonces la doctora Brey cayó.

—¡Ah, la lactasa! Sí, es un invento de los buenos.

—Y en esta casa más. Ni a mi marido ni a mis hijos les han sentado nunca bien la leche ni el queso. ¡En una vaquería! Ya conoce el refrán: «En casa del herrero, cuchara de palo». Pues eso nos ha pasado a nosotros hasta ahora. Suerte de usted. No es de extrañar que tenga tan buena fama. —Simonetta volvió a sonreír—. Ayer le mandé a Bernabé una foto de la caja para que se compre él también esas pastillas. Con Laureano... no sé qué hacer. A estas alturas no sé si merece la pena probar.

—Usted verá. Desde luego, Laureano está bien alimentado —dijo, despidiéndose del paciente con la mano.

—Hoy no se irá sin ver nuestras instalaciones, doctora —le dijo Consuelo cuando advirtió que Simonetta daba por concluida la visita.

—Dispongo de veinte minutos —contestó ella después de consultar el reloj. Se lo había prometido en la visita anterior y no le gustaba incumplir sus promesas, mucho menos a una persona mayor. Estaba claro que a la mujer le hacía ilusión mostrarle su hacienda.

—Estupendo. Yo misma se lo enseñaré todo.

Enseguida apareció la cuidadora. Consuelo le explicó que ella iba a acompañar a Simonetta a la nave y que debía supervisar a Laureano, y esta afirmó con la cabeza.

—¿Cuánto tiempo lleva Rodica con ustedes? —le preguntó la doctora mientras bajaban por el camino.

Consuelo había cogido el bastón y, como el día anterior, se desplazaba con seguridad por aquella senda tan descuidada.

—Unos cuantos años —contestó la mujer, sin precisar.

Simonetta estaba segura de que lo sabía con exactitud, pero por la razón que fuera no quería concretárselo. Ese pequeño detalle le llamó la atención y le despertó la curiosidad. A propósito, dejó pasar el tiempo sin pronunciar palabra con la intención de que su interlocutora se viera obligada a completar la información para rellenar el molesto silencio. Y así fue.

—La acogí en la finca por caridad. Me lo pidió el párroco de entonces, don Ángel, que en gloria esté, y todavía continúa con nosotros. No es mala chica, a pesar de que todas estas —dijo murmurando— tienen un pasado. Sin embargo, tengo que admitir que es muy trabajadora y también muy discreta. En una familia que comparte casa y negocio eso no es fácil de encontrar, al menos entre la gente de aquí, porque todos nos conocemos.

«Y todos opinamos de los demás», pensó Simonetta.

—¡Petra! —llamó Consuelo, una vez hubieron entrado por la puerta lateral de la nave, en la que se indicaba que esa era la entrada para el que quisiera adquirir los productos de la finca.

La pequeña sala que hacía las veces de tienda tenía un mostrador de madera con un ordenador, una estantería de material similar con unas dos docenas de quesos envueltos y etiquetados, y dos sillas. De un hueco que había en la pared detrás del mostrador, junto a la estantería, colgaba una cortina de lino grueso de color beis con unas rayas verticales anaranjadas. Se levantó un poco la cortina y apareció la mujer de Carles Dolz. Aparentaba ser más joven que él; al menos no tenía la piel avejentada de su marido, señal de que su quehacer diario en la propiedad transcurría más en el interior de la nave que en el campo. No llevaba ningún tipo de maquillaje ni de adorno, sino una bata corta blanca y un gorro desechable con gomas del mismo color. «El complemento de vestir menos favorecedor del mundo», pensó Simonetta, que la encontró poco agraciada.

—Buenos días —dijo, dirigiéndose a Simonetta. Esta le respondió con un saludo idéntico.

Consuelo le explicó a su nuera que iba a enseñarle la fábrica a la médico.

—Sí, sí, pueden pasar —repuso Petra—. Yo voy a quedarme aquí porque estoy esperando a un cliente de un restaurante, que estará a punto de llegar.

Las dos mujeres pasaron al otro lado de la cortina después de colocarse sendos gorros idénticos al que llevaba Petra.

—Esta Petra vale un potosí —reconoció su suegra cuando esta ya no las oía—. Hemos tenido mucha suerte con ella. Sabe lo que es trabajar porque también proviene de una familia ganadera, aunque no de la envergadura de la nuestra —añadió, ufanándose sin pudor—. En su casa le ha tocado de todo, como nos ha tocado a todos los que tenemos tierras y animales, y aquí hace un gran papel. Yo sola con mi hijo no podría hacerme cargo de todo esto, imposible.

—Pero ¿no cuentan con ayuda, con trabajadores?

—Sí, por supuesto, no queda otra, pero los necesarios. Entre los sueldos y la seguridad social se te llevan los beneficios a poco que te descuides. Y tienes que estar al tanto de ellos a todas horas, si no, en cuanto te das la vuelta, a fumarse un cigarro o a mirar el móvil. Si no hay alguien de la familia vigilando, ya puedes cerrar. Y se lo digo yo, que llevo toda la vida bregando con operarios de todas las clases. Si Carles no se hubiera quedado en la finca, adiós muy buenas.

Pasaron de una sala a otra, todas de techos tan altos como la propia nave, con las paredes pintadas de blanco y repletas de mesas, máquinas, cubas y demás material, todo de acero inoxidable. En todas las salas había algún operario trabajando con bata, mandil, botas y gorro blancos. Al ver a la dueña, la saludaban con un gesto, sin demasiada sorpresa, por lo que Simonetta dedujo que se paseaba por allí con bastante frecuencia.

—Vamos a comenzar por el principio —le dijo la mujer antes de salir de la nave por la otra puerta lateral, en el extremo opuesto por el que habían entrado. Unos metros más allá había otra nave similar, aunque algo más antigua en apariencia. La gran puerta estaba abierta y las mujeres se asomaron, sin entrar—. Es la hora del ordeño, casi están terminando —le dijo antes de señalar las dos hileras de vacas que aguardaban pacientes mientras decenas de tubos metálicos vaciaban sus ubres—. Pastan en nuestros campos y dos veces al día, al amanecer y al atardecer, las recogemos para ordeñarlas. ¿Sabía que nuestros quesos son de tan buena calidad porque la *tramuntana* arrastra la sal marina hasta nuestros pastos y se impregnan del sabor del mar? —Simonetta no le contestó. Científicamente quizá fuera difícil de demostrar, pero la poesía que transmitía semejante afirmación era motivo suficiente para probarlos.

Consuelo dio media vuelta y la doctora la siguió.

—Ahora, venga por aquí.

Frente a la segunda nave, había una especie de corral de pequeñas dimensiones y un terreno adyacente cercado con una valla de madera. Dentro del terreno, una vaca pastaba tranquila.

—¡Se está comiendo esas flores! —exclamó Simonetta. La mujer rio.

—No se preocupe, todo es alimento. ¿Qué le parece el ejemplar?

—Imponente —contestó la doctora, sin tener ni idea ni entender de vacas. Puesto que el bóvido en cuestión tenía el privilegio de tener morada y terreno propios, y hasta de alimentarse de las florecillas que adornaban su jardín, supuso que tendría algo de especial.

—Es un ejemplar que ha ganado muchos premios. Raza autóctona *vermella* menorquina, como las demás, pero con unos rasgos especiales que la hacen única. Todos los miembros de la familia la cuidamos como a una reina, hasta Rodica, porque los premios dan mucho prestigio a las ganaderías.

Simonetta miró el reloj sin disimulo para que la mujer abreviase. No quería llegar a la consulta y tener una docena de pacientes esperando. Como Consuelo era lista, enseguida se dio cuenta y entraron de nuevo en la primera nave mientras le prometía que la visita sería concisa y breve.

—En estos tanques refrigerados se va almacenando la leche recién ordeñada —le iba explicando—. Como ve, la leche de los tanques se vierte en estas cubas, que se llaman cubas holandesas; no me pregunte por qué, será porque las inventaron los holandeses. En ellas se añade el cuajo, que tiene que actuar durante un mínimo de treinta a cuarenta minutos, y siempre con una temperatura de entre treinta y treinta y cuatro grados, hasta que se coagula y se forma la pasta de queso. Mire, aquí ya está formada —le indicó, señalando otra cuba—. Ahora, mire cómo la corta Pere, que lleva con nosotros... ¿cuántos años, Pere?

—Dieciséis —contestó el empleado con un marcado acento menorquín.

—Hay que cortarla hasta que tengamos un grano del tamaño de un garbanzo. Es una pena que tenga prisa, doctora, porque lo interesante es ver todo el proceso de principio a fin, pero con los tiempos necesarios.

—No se preocupe, me hago una idea bastante real.

—Ahora —prosiguió la mujer—, después de reposar, se elimina el suero. Y pasamos a la siguiente sala. —Allí había dos mesas, también de acero, sobre las que trabajaban dos operarias. Iban colocando los pedazos de cuajada en unos paños de lienzo, los *fogassers*, y, con gran maestría, los envolvían hasta formar un saquillo uniendo los cuatro vértices. Cada saquillo lo suspendían de unas anillas que colgaban del techo para que escurrieran el suero restante. De allí, los ataban con un cordel, el *lligam,* y un palito—. Una vez atados —continuó Consuelo— pasan a las prensas para que pierdan el suero que aún les queda. Cuando salen de allí, unas diez horas después, ya tienen la forma de las arrugas del lienzo, la forma típica del queso de Mahón-Menorca.

—Es asombroso —dijo Simonetta, encantada con todo lo que estaba viendo.

Consuelo la condujo a la tercera sala, dividida en tres estancias. En la primera, una vez retirado el lienzo, sumergían los quesos en salmuera y después los trasladaban a la segunda, donde se oreaban. En la tercera maduraban durante el proceso de curación mientras los untaban periódicamente con aceite de oliva.

—Catalina —le dijo a una chica que estaba por allí—, muéstrale a la doctora los distintos tipos de queso.

—Tenemos tres tipos —le explicó Catalina mientras le iba señalando diferentes estantes que casi llegaban al techo—, según el período de maduración. De menos a más tiempo: semicurado, curado y viejo.

—Catalina también es de las veteranas. ¿Con cuántos años entraste a trabajar con nosotros?

—Con diecinueve —respondió la empleada—, y tengo treinta y cuatro, así que haga cuentas...

—Tiene una mano para la salmuera y el curado que no hay otra, ¿verdad, Catalina?

—Se hace lo que se puede —respondió—. Son muchos años y una va aprendiendo. ¿Le ha gustado la fábrica? —le preguntó a Simonetta con cordialidad. A pesar de la indumentaria profesional, era una mujer bonita.

—Me ha parecido muy interesante, y lo digo con total sinceridad. Lo que más me ha gustado es la combinación entre las últimas tecnologías y la elaboración manual, siguiendo la tradición. Sin duda, es un valor adicional. Una experiencia, como les digo, enormemente interesante.

Las dos mujeres se mostraron satisfechas por la impresión que les transmitía la doctora. Simonetta y Consuelo entraron a la salita que hacía de tienda, donde estaba Petra trabajando con el ordenador.

—¿Qué haces? ¿Ya se ha ido el del restaurante? —preguntó Consuelo, un tanto seca.

—Ahora mismo acaba de irse —respondió Petra en un tono similar—. Estaba haciendo un pedido de semillas para la nueva temporada.

—¿Ha visto el adelanto que es internet? —le dijo Consuelo a Simonetta—. Antes había que ir a Palma a comprar las semillas, o incluso a Barcelona si no pasaba por aquí algún comercial, y ahora lo compramos desde esta mesa en cualquier parte del mundo. Hasta yo he aprendido. Y vender, lo mismo. Esto es un gran avance.

—Vendemos y enviamos quesos hasta Australia —corroboró la mujer de Carles.

—Dile a Catalina que te dé un queso curado y una bolsa de leche para que se los lleve —le dijo Consuelo a su nuera. Simonetta no quiso llevarle la contraria porque sabía que la mujer se lo ofrecía con gusto.

—¿También venden leche?

—Sí, pero a unos pocos clientes que tenemos fijos en Ciudadela. Es leche pasteurizada, de la que hay que conservar en frío y consumir en pocos días. Ya me dirá qué le parece, porque es extraordinaria.

Al poco salió Petra con una bolsa. Le explicó las recomendaciones del consumo de la leche y volvió a su trabajo. Cuando se quedaron a solas, antes de despedirse y al recordar la inquietud que la mujer le había confesado unos días antes, Simonetta le preguntó:

—He visto a su marido bastante mejor. Pero usted, ¿cómo se encuentra?

—Yo, doctora —le contestó con tristeza—, me encuentro regular. Lo que nos ha pasado es un drama tremendo y tardaremos en recuperarnos, pero también debo decirle que ha cambiado la situación de la familia para bien.

—¿Y eso? —preguntó Simonetta.

—Mi hijo pequeño, Bernabé, llevaba mucho tiempo sin hablarnos, sin aparecer, y a raíz de esta desgracia hemos perdido a un nieto, pero hemos recuperado a un hijo.

6

La cafetera humeaba sobre la pequeña placa eléctrica del cuarto de estar del personal del centro de salud de Canal Salat. Sergi, siempre tan servicial, estaba preparando unas tostadas cuando Simonetta Brey entró, después de haber podido acostarse y descansar las últimas tres horas de la guardia. Hasta ese momento habían atendido a un buen número de pacientes de todas las edades, la mayoría sin un motivo real para acudir de urgencia que no fuera la impaciencia y la costumbre, favorecida por los gestores sanitarios de abreviar el inevitable tiempo de espera hasta la cita con su médico. A pesar de no haber descansado apenas entre paciente y paciente, no habían atendido ningún caso grave ni habían tenido que salir corriendo para ocuparse de alguna urgencia fuera del centro.

—Hemos tenido buena guardia, doctora —le dijo el enfermero a Simonetta nada más verla aparecer por la puerta.

No les importaba visitar a un paciente detrás de otro, pero les molestaba tener que acudir rápido a un domicilio mientras un grupo más o menos numeroso de pacientes aguardaba su vuelta en Canal Salat para ser atendidos cuando regresaran.

—¿Cómo se te ocurre decir eso? —exclamó la doctora a la vez que consultaba el reloj de encima de la puerta—. ¡Son las ocho menos cinco! ¡Aún puede sonar este teléfono! —dijo, señalando el móvil que llevaba en el bolsillo de la bata.

Cruzó los dedos de las dos manos y se sentó delante de las tostadas, la mantequilla y la mermelada de arándanos casi como si estuviera orando. Antes de llevarse a la boca la primera tostada, el teléfono sonó, por supuesto.

—¡No! ¡No puede ser! —soltó Sergi—. ¡Lo siento, doctora, lo siento! —se lamentó juntando las manos frente a Simonetta. Ella se encogió de hombros, con la tostada medio cubierta.

—Contesta tú, por favor —le pidió mientras se señalaba el bolsillo con un gesto de cabeza. Fuera lo que fuese lo que se avecinaba, al menos quería llenar un poco el estómago antes.

Sergi siguió sus instrucciones. Efectivamente, tal y como se temían, les llamaban desde Coordinación del 112 para darles un aviso urgente. El enfermero asentía y tomaba alguna nota.

—No creo que haya ningún problema, y, si no, llamaré a la centralita —concluyó. Simonetta estaba alerta—. Es un fiambre.

—¡Bah!, entonces me relajo —dijo, terminándose de comer la tostada—. ¿Algún abuelito que ha subido al cielo?

—No lo sé —contestó Sergi—, o, mejor dicho, no lo saben. Es algo raro.

—¿Y eso?

—Llaman para certificar una muerte, pero no se trata de un fallecimiento en un domicilio. Han encontrado un cadáver en medio del campo. El 112 no sabe nada más. Está allí la policía. Y otra cosa...

—Sorpréndeme.

—Tenemos que llevar EPIS.

—¿EPIS? —preguntó Simonetta, en verdad sorprendida—. ¿Sospechan de ébola o gripe A? No me fastidies.

La doctora recordaba que, meses atrás, cuando ejercía la Medicina Legal, a los forenses los dotaron de ese tipo de equipos de protección por si se enfrentaban a algún caso de cualquiera de esas dos enfermedades infectocontagiosas.

—No han dicho nada de ébola ni de gripe —contestó el enfermero—. Solo que mejor que llevemos EPIS porque los podemos necesitar.

—¿Y tenemos en el centro?

—Uno, y está usado. El que utilizamos para el simulacro de epidemia de ébola antes de que usted llegara. Dedicamos media mañana para aprender a ponerlo y a quitarlo, y ahí se acabó todo. Han pasado por lo menos dos años y aún estamos esperando a que traigan más equipos. Si nos pillara una epidemia de las serias, ¿qué ocurriría?, ¿de qué nos serviría lo aprendido si no contamos con equipos?

—Yo te lo diré: que caeríamos todos como moscas. Los que estamos al pie del enfermo, claro. Las cabezas pensantes de los despachos, esos no; esos seguirían teorizando y escribiendo protocolos en Power Point mientras nos ponen a los demás a parir por no seguirlos al pie de la letra.

—Confiemos en que no llegue ese día —concluyó Sergi.

Simonetta afirmó con la cabeza.

—¿Sabes ir al lugar de los hechos? —preguntó la doctora, cambiando de tema mientras subían al Kia del enfermero.

Para los avisos de fuera del casco urbano de Ciudadela, preferían usar el coche de Sergi porque el que les facilitaba el Gobierno balear para las guardias tenía el chasis muy bajo, y en más de una ocasión los había puesto en un aprieto en algún camino con piedras sueltas.

—Más o menos. Me han dado la localización. Creo que conozco la zona. Esperemos encontrar pronto el sitio exacto.

Salieron de la ciudad por la ronda. Sergi le explicó que debían tomar la carretera que llevaba a cala Morell, una de las calas del norte del término municipal de Ciudadela. Simonetta la conocía de sobra porque de esa misma carretera partía el camino que conducía a la propiedad de Toni Sagrera, con el que había mantenido una relación sentimental poco después de llegar a la isla. Rememoró las noches en que la recorrió junto a él en su Mercedes Cabrio, expectante y con cierto grado de excitación ante aquella historia que estaba comenzando. Las circunstancias y Pau convirtieron aquello en polvo de estrellas, pero seguía guardando un magnífico recuerdo.

—¿Nerviosa? —le preguntó Sergi.

—Si me esperara un vivo al que le tuviera que salvar la vida, sí. Pero los muertos no me producen nerviosismo, sino una enorme curiosidad. Confío en que los agentes no hayan metido mano y esa curiosidad se vea recompensada con unos hallazgos interesantes.

—Qué suerte tenerla de compañera, doctora —le dijo el joven con total sinceridad.

—No seas bobo. ¿Dónde iba yo a encontrar una pareja de baile como tú?

Cuando avistaron la Torre d´en Quart a la izquierda de la carretera, el enfermero avisó a Simonetta.

—Estamos cerca. Me han dado como referencia esa torre defensiva.

Un kilómetro más adelante tomaron un camino rural, también a la izquierda.

—Si no me equivoco, es por aquí.

La vegetación era bastante frondosa y Sergi temía pasarse de largo por que los arbustos y los árboles ocultasen el lugar donde la policía los estaba esperando. Sin embargo, pronto divisaron un coche de la Policía Nacional estacionado al comienzo de otro camino secundario que partía del principal, y, a escasos metros, una especie de corral o borda de ladrillos con una puerta metálica. Cerca del pequeño edificio, entre dos árboles, estaba aparcado un Ford Fiesta.

Desde el Kia ya se percataron de que los dos agentes que aguardaban delante de la puerta tenían un aspecto y un comportamiento extraños. Al bajar del coche y acercarse, los policías les gritaron:

—¡No pasen sin ponerse protección!

En efecto, sus uniformes, por lo general azules, estaban cubiertos de algún material o sustancia que los hacía aparecer negruzcos, y ellos no paraban de sacudirse los pequeños elementos que habían colonizado toda su superficie corporal.

—¿Qué es eso? —exclamó alucinado el enfermero.

—Garrapatas. De ahí la necesidad del EPI —contestó Simonetta—. Rápido, Sergi, sácalo y ayúdame a ponérmelo.

Desde la distancia, los policías les explicaron que estaba a punto de llegar otra patrulla que acababan de solicitar para que los auxiliara.

—A ver con qué nos encontramos —dijo la doctora una vez ataviada de arriba abajo a la vez que se disponía a entrar en el corral.

Uno de los agentes le abrió del todo la puerta y alumbró el interior con una linterna.

El hedor de aquel chamizo era repulsivo, incluso con mascarilla, pantalla y unas cuantas experiencias en aquello de levantar cadáveres. En el suelo del pequeño espacio que constituía aquella especie de corral se distinguían cuatro figuras acostadas de medio lado, como las de las ruinas de Pompeya, víctimas de la lava del Vesubio, con la diferencia de que estas estaban completamente cubiertas de garrapatas, como si hubieran sido sepultadas por una avalancha de carbón. A la derecha, tres de las siluetas correspondían a otros tantos perros, pero la de la izquierda era de un ser humano, casi con seguridad. Por su complexión, debía tratarse de una mujer. Simonetta no estaba allí para cerciorarse de ese hallazgo, eso ya lo habían hecho los agentes; estaba allí para certificar la muerte de aquella mujer y para tratar de obtener la máxima información posible acerca de las causas de su fallecimiento.

Con bastante dificultad por el mono que llevaba, se arrodilló frente al cadáver y lo volteó para tratar de verle la cara. También estaba cubierta de garrapatas, que se habían aferrado a la piel perforándola y anclándose en ella. Menudo festín se estaban dando, tocino de cielo para aquellos bichos. Era imposible extraerlas en ese momento y en aquellas condiciones. Sí que pudo retirar algunas de las que estaban adheridas a la ropa y así consiguió desabrochar la camisa y comprobar casi de forma mecánica que carecía de pulso carotídeo. Daba auténtica grima contemplar aquel rostro cuajado de pequeños ácaros succionadores de sangre al lado de la fina piel del cuello que, a pesar de la palidez de la muerte, ponía de relieve la juventud de la víctima. Tiró y abrió del todo la camisa para comprobar si se observaba algún signo de violencia, pero, a simple vista, no evidenció ninguno. El resto lo dejaba para el forense. No quería inmiscuirse demasiado y que le llamaran la atención. Estaba más que cómoda en su papel de médico de familia.

De todas formas, antes de salir de aquel cuartucho no pudo evitar la tentación de mirar a su alrededor por si conseguía vislumbrar alguna pista de lo que había ocurrido allí: había porquería por todas partes, heces de los canes esparcidas por el suelo y, en un rincón, unas cuantas herramientas de campo, ropa de hombre usada y sucia y un par de botas desgastadas. Suficiente.

—Cuidado, doctora. ¿Ha visto cómo está? —le preguntó cuando salió al exterior el policía que había iluminado la escena para que ella pudiera trabajar.

En efecto, ni se había percatado de que el EPI también había cambiado de color. ¿De dónde habría salido tal cantidad de aquellos pequeños monstruos?

—No se preocupe —le contestó con serenidad—. Mientras lleve puesto el EPI, no hay peligro. Pero, antes de empezar a quitármelo, me gustaría saber quién ha encontrado semejante desaguisado.

Los agentes le explicaron que el dueño del corral y de los perros era un anciano soltero y sin apenas familiares cercanos que vivía solo en Ciudadela. Tuvo que ingresar en el hospital Mateu Orfila de Mahón porque se fracturó de forma accidental la cadera. Durante el ingreso se desorientó de tal manera que no sabía dónde estaba ni en qué día vivía. Una vez lo operaron y logró estar más restablecido, fue recuperando la memoria poco a poco y, cuando estaba ya centrado, recordó a sus perros, solos en el corral, seguramente ya muertos de hambre y sed, puesto que solo él iba a darles de comer y beber a diario. De inmediato la enfermera supervisora de la planta avisó a la policía.

—Imagínese nuestro estupor cuando, además de encontrar a los animales muertos, que es lo que esperábamos, nos topamos también con... un cadáver.

En ese momento se oyó que se acercaba un coche. Era la patrulla que acudía a apoyar a los pobres agentes.

—A ver si nos han traído ropa para poder cambiarnos.

Sus compañeros salieron del coche y se dirigieron hacia ellos. La sorpresa de Simonetta fue mayúscula cuando vio que el policía que iba de avanzadilla era ni más ni menos que su antiguo compañero, el comisario Ferrer.

—Buenos días, señor comisario —lo saludó Simonetta con sorna desde aquella especie de armadura que le distorsionaba la voz y la apariencia.

—Buenos días —respondió Darío Ferrer, con educación, extrañado de que aquel ser informe lo conociera—. Es usted... —continuó, aguardando que la susodicha se presentara.

—Soy una doctora que pasaba por aquí y he tenido la premonición de que las fuerzas del orden me necesitaban para desparasitar una lujosa vivienda.

El resto de los agentes, que estaban siendo testigos de la conversación, se miraron con disimulo, desconcertados por la inesperada respuesta de Simonetta. Ferrer, en cambio, lanzó una sonora carcajada.

—¡Italiana! Pero ¿de verdad eres tú? ¡Qué jodida eres! ¿Qué *rediós* haces tú aquí y de esa guisa? —exclamó aproximándose a ella.

—¡Quieto! —lo previno Simonetta con un ademán de detenerlo con las manos—. Esto se contagia más que el bostezar. Ya ves, la profesión se está poniendo fatal y estoy con pluriempleo.

—Te juro que pensaba que ya no podías sorprenderme más, pero te sigues superando, italiana —añadió Ferrer, moviendo la cabeza, incrédulo.

—¡Pero no te quedes ahí parado! ¡Ordena a tus agentes de refuerzo que traigan algo de ropa para sus compañeros! —El comisario sonrió a la par que gestualizaba la orden a los policías, atónitos.

—¿Y usted, doctora? —Se oyó desde atrás la voz de su fiel Sergi—. También tiene que cambiarse, y cuanto antes mejor.

Ferrer se giró. Entre las prisas y las sorpresas no se había dado cuenta de la presencia del enfermero.

Con mucho cuidado, todos los implicados fueron desvistiéndose, y los policías, además, pudieron cambiar sus uniformes por otros limpios.

—Tú que has entrado ahí, ¿qué opinas de esto? —le preguntó el comisario a la doctora, ya en serio, cuando los demás no los oían.

—No me huele nada bien. ¿Qué hacía esa mujer allí dentro? Los agentes han dicho que la puerta no estaba cerrada con llave; no han tenido que forzarla, simplemente han levantado el picaporte para acceder al interior.

—¿Quién habrá muerto antes, ella o los animales?

—*Qui lo sa?* Lo primero de todo, habrá que averiguar quién es.

—Sí, uno de mis agentes está revisando la documentación del coche. ¿Has visto si portaba efectos personales?

—Creo que no, pero podría llevar algo en los bolsillos del pantalón que yo no haya visto.

—¿Y algún indicio de violencia?

—En principio, ninguno. Ni en el cadáver ni en el cuartucho. Pero habrá que esperar a la autopsia.

—Eso se da por hecho. Ya vienen para aquí la forense y la juez de guardia.

—Entonces ha llegado mi hora, ya tengo bastante por hoy. Aquí finaliza mi guardia. *Ciao, bambino!* —Simonetta se despidió de Ferrer con un saludo militar.

—Me pregunto —dijo la doctora ya en el Kia, camino de Ciudadela—, de dónde habrá salido esa mujer.

—De Noruega —respondió impasible Sergi.

—¿De Noruega? ¿Y tú cómo lo sabes?

—Mientras usted se despedía de su amigo, yo me he acercado a los agentes que estaban revisando la documentación del Ford. No he oído el nombre de la fallecida, pero sí su procedencia.

—Pobre desgraciada.

Estaba tan profundamente dormida cuando sonó el teléfono que, al despertarse, no sabía si estaba tumbada en su cama de Ciudadela, en el camastro del centro de salud o en el confortable colchón de casa de su madre en via Condottieri. Para no caer, como se temía, en un letargo total, había dejado la ventana algo entreabierta con el fin de que entrara un hilillo de luz, pero de poco le había servido porque, con todas las peripecias vividas en las últimas horas, Morfeo la había tentado como nunca, y ella había sucumbido abandonándose entre sus brazos cual bebé entre los de su amantísima madre. Aguardó unos segundos a que los latidos de su corazón aminorasen el ritmo y el ímpetu antes de comprobar la identidad del entrometido que se había aventurado a sacarla, sin su consentimiento, de aquel pozo recóndito donde había caído, y con una voz ajena a este mundo logró preguntar:

—¿Sí?

—¿Estabas dormida? —le contestó Pau medio sorprendido, medio arrepentido de haberla llamado.

—No... Sí...—titubeó Simonetta, todavía confundida—. ¿Es muy tarde? —Al menos había podido coordinar y articular un pensamiento razonable.

—Según como se mire. —Esa era una expresión típica de Pau Martí, breve y sin sacarte de dudas, pensó la doctora. Como ella no añadió nada más, él prosiguió—. Son las siete.

—¿Las siete de la tarde? —exclamó Simonetta, sentándose de un brinco en la cama—. ¡Si quería levantarme para comer! —se lamentó.

—Pues levántate para cenar y todo arreglado. —También aquella era una respuesta característica de Pau, simple y sin complicaciones añadidas. «De perdidos, al río», hubiera añadido su padre.

—¿Has tenido un buen día? —se interesó, en vista de que el de ella casi había terminado.

Pau le explicó con cuatro palabras que la faena había sido productiva y que en la cofradía de pescadores había vendido todo lo capturado a varios restaurantes de la localidad.

—Pero he reservado un *cap-roig* para cenar. Ese era el motivo de mi llamada.

—¡Buah! ¡Con lo que me gusta!

—Por eso mismo. Levántate con calma, tómate tu tiempo y yo me encargaré del resto. Tendré todo listo y, cuando llegues, lo meteré en el horno para que podamos saborearlo recién hecho.

Ojalá hubiera presenciado su madre esa escena, pensó Simonetta. A partir de ahí, podía empezar a conocerlo en profundidad.

Pau cenaba sobre las nueve. Todavía tenía margen para darse un buen chapuzón. Con el fin de no sufrir una hipoglucemia, se comió un huevo duro que andaba solitario por el frigorífico y un plátano de Canarias, de los que nunca faltaban en el frutero. Se enfundó el traje de neopreno y bajó a la cala. Aunque todavía no había atardecido, no se veía el sol, oculto por una barrera de nubes en forma de estratos que cubrían el horizonte. A esas horas y a finales de septiembre, apenas quedaban bañistas, tan solo se distinguían dos figuras flotando, probablemente charlando en mitad de la cala, y un individuo escuálido ataviado con un llamativo bañador de color naranja fluorescente que caminaba como un sonámbulo por el exiguo trayecto de arena que conducía de una vertiente a otra de la cala, con los pies dentro del agua, una y otra vez, una y otra vez.

Como siempre, el agua del mar la reconfortó y el ejercicio la tonificó, con la ventaja añadida de la contemplación de aquel paraje de rocas, arbustos y veleros fondeados mecidos por las olas que, inevitablemente, había llegado a amar.

Salió pletórica, renovada, y aún tuvo tiempo de sentarse en la arena, frente al mar, con los pies acariciados por la espuma salada generada por las idas y venidas del agua, en ese momento de la tarde, silente y sosegada.

Ya en la villa, libre de arena y de sal, se vistió con un vaquero y una camiseta blanca. No olvidó el queso que le habían regalado en la Torre Tudurí ni una botella de Chianti que había traído de Milán.

Pau seguía sin necesitar timbre en su casa. Llamó con los nudillos para no tener que vocear, pero nadie contestó. Puesto que últimamente estaban pasando de una casa a la otra con asiduidad, lo más práctico hubiera sido disponer de un juego de llaves —como él disponía de las de la villa— para poder entrar sin tantos obstáculos, pero ni Simonetta se había atrevido a proponérselo ni él a entregárselas. ¿Era demasiado impaciente? Es lo que le había dado a entender Séraphine.

—¡Toma las llaves y sube! —le gritó desde la ventana del piso de arriba mientras las tiraba al parterre.

Como había supuesto, el pescador estaba escuchando música en la buhardilla, medio tumbado en el sofá, frente al telescopio desde el que exploraba el firmamento las noches despejadas.

—¿Qué es lo que suena? —le preguntó Simonetta, señalando el equipo de música.

—*Holdin´on*, de Jerry Lee Lewis. ¿Te gusta?

—Sí —respondió ella con convencimiento después de concentrarse durante unos breves segundos en la seductora melodía, con los ojos semicerrados, adivinando por el tono de voz de Pau lo que podría venir después.

—Entonces, ven aquí a mi lado —le pidió él, casi en un susurro, rozando con la palma extendida el hueco del sofá que quedaba libre.

Ella se le acercó, sugerente, deseosa de fundirse entre sus brazos.

«¿AMAR ESTIMULA EL apetito? Si apenas has probado bocado, ya lo creo que sí», pensaba Simonetta mientras preparaba la mesa en el salón de la planta baja. Pau andaba en la cocina, ultimando el pescado.

—Qué buen cocinero eres —lo elogió, para después besarle al vuelo mientras él transportaba con cuidado la fuente con el *cap-roig* recién sacado del horno.

—Hago poco, pero lo que hago me sale bueno —afirmó riendo el pescador.

El queso de los Dolz Tudurí estaba muy rico, el pescado, fabuloso, y el Chianti, no digamos. Para el postre, Pau sacó unas nueces ya sin cáscara en un plato y un pequeño cuenco con miel de sus propias abejas para untar.

—Yo te he contado mi jornada de trabajo —dijo Pau cuando estaban ya acabando—, ahora cuéntame tú la tuya. ¿Has tenido buena guardia?

—Si te soy sincera, no sé qué decirte.

—Ante la duda, no me digas nada.

—No, tampoco es eso. Quiero decir… que no sé qué contestar. No sé si ha sido buena o mala. Lo que sí te puedo asegurar es que ha sido... inolvidable. O, mejor dicho —rectificó—, de las que no se olvidan.

—¿De verdad? ¿Y eso por qué? —preguntó interesado.

—Hemos tenido que certificar una muerte en el campo, cerca de cala Morell.

—Por donde yo tengo las colmenas —señaló Pau.

—No exactamente, pero sí en la misma zona, aunque accediendo por otra carretera.

—Menudo papel os toca hacer —reconoció.

—No te puedes ni imaginar lo que hemos encontrado. Una mujer con tres perros, todos muertos y cubiertos de garrapatas, incluida la mujer, en un corralucho que había en medio de un terreno sin cultivar. Muy desagradable.

—Ya lo creo, madre mía. ¿Y has ido tú sola?

—No, no. He ido con Sergi y ya estaba allí una patrulla de la policía.

—Uf, pobre mujer.

—Es lo mismo que he pensado yo. Habrá que ver qué es lo que hacía allí o quién ha podido llevarla a ese lugar, viva o muerta.

—¿Sabes si era de por aquí, vecina de Ciudadela?

—No sé si vivía en Ciudadela, pero no era natural de aquí. Era extranjera.

—¿Extranjera?

—Sí, noruega.

Nada más oír su procedencia, Pau Martí mudó de cara, tanto que palideció. Abandonó la nuez que estaba a punto de untar en la miel y se quedó unos segundos en suspenso, como bloqueado.

—¿Estás segura de que era noruega? —le preguntó, tal vez para llenar el tenso silencio que se había originado.

—Sí —contestó Simonetta, con el pálpito de que Pau la conocía—. ¿Sabes de quién se puede tratar? ¿Conoces a alguna noruega que viva por aquí? —le preguntó con auténtico temor de que le contestara afirmativamente.

—No —respondió sin pensarlo—, a ninguna.

—Como te has quedado tan parado... —le insinuó ella.

—Me ha impactado tu descripción de los hechos, nada más —concluyó, y se levantó de la mesa a la vez que recogía los platos para llevarlos a la cocina.

A Simonetta le extrañó esa actitud, porque lo habitual era que, a la hora del postre, la conversación se alargara *ad infinitum* en la misma mesa hasta que ella le propusiera irse a dormir, pues él madrugaba mucho. Esa noche no fue así. A Pau se le notaba nervioso, incómodo, entrando y saliendo del salón, hasta que Simonetta, intranquila también, dio por concluida la velada.

7

ENTRE LA MONUMENTAL siesta del día anterior y la inquietud con la que se acostó después de comprobar la reacción de Pau, Simonetta no había pegado ojo en toda la noche. Ya de madrugada, había recibido un wasap del comisario Ferrer con el nombre completo, edad y origen de la víctima hallada en el corral de los perros. Se trataba de Marianne Thorsen, de treinta y nueve años, natural de Molde, Noruega, y con domicilio en la localidad menorquina de Es Grau.

Ese día, en vez de esperar en su consulta a que Sergi la saludara desde la suya a través de la puerta que unía ambas, fue la doctora quien esperaba impaciente la llegada de su enfermero a primera hora de la mañana.

—Buenos días, doctora —exclamó con sorpresa el joven—. Veo que hoy se me ha adelantado. ¿Pudo descansar ayer después de un final de guardia tan… —buscó la expresión más acertada— cinematográfico? —concluyó.

—Regular —contestó la doctora sin tratar de ocultar su nerviosismo.

—¿Y eso? —le preguntó su compañero con interés y casi con preocupación, al observar el semblante serio de Simonetta. Dejó la mochila que llevaba encima de la mesa y se puso la bata sin dejar de mirar a su interlocutora, aguardando su respuesta. Esta no tardó en llegar.

—Estoy preocupada, Sergi. No sé si con motivo o sin él, y quizá tú puedas ayudarme.

—Usted dirá. Ya sabe que siempre estoy a disposición de quien lo necesite.

—Lo sé, y por eso recurro a ti. Se trata de algo muy concreto. Necesito que me confirmes si fuiste tú quien me habló de una mujer con la que había convivido Pau.

—Se refiere a Pau Martí, nuestro Pau, ¿verdad?

—Sí, sí claro, estoy hablando de él.

—Creo que sí —contestó el enfermero, tranquilizándose. Si se trataba de un asunto de celos sentimentales, la cosa no era tan grave—. Vamos, estoy seguro. Lo que no recuerdo es el contexto en el que se lo conté.

—Vuélvemelo a contar, por favor —le pidió Simonetta, tomando asiento como si fuera una paciente. Sergi la imitó al otro lado de la mesa.

—No fue una gran información. Le dije lo que yo sé: que Pau convivió un tiempo con una mujer, que casi nadie supo de su existencia y que, de un día para otro, desapareció y no se volvió a saber de ella.

—¿Tú la llegaste a conocer?

—Yo no. Si la vi por Ciudadela, desconocía que fuera ella. Mi padre es el que la mencionó porque se la presentó en una ocasión el propio Pau. Ya sabe que siempre han sido muy amigos y que nuestras familias eran vecinas. Lo más probable es que nadie más supiera de su existencia porque Pau ha sido siempre muy discreto con todo lo suyo.

—Recuerdo que me dijiste que era extranjera —insistió Simonetta.

—Sí, sí, era extranjera, de eso estoy seguro.

—Escandinava, creo.

—Puede ser... —dijo, dudando—. Pero no puedo afirmarlo con rotundidad. ¿Qué es lo que está pensando? —preguntó el enfermero, que de pronto adivinó los temores de la doctora.

—Lo mismo que tú. Por edad y lugar de nacimiento, ¿no podría tratarse de la víctima que encontramos ayer?

—Sería una tremenda casualidad —respondió Sergi, escéptico—. En Baleares hay muchas extranjeras; también escandinavas, que vienen y van. ¿No cree que la probabilidad de que se trate de ella es muy baja?

—¿Y si te dijera que a Pau le mudó el semblante cuando le conté que habíamos acudido a certificar la defunción de una mujer noruega? —le preguntó ella a su vez—. ¿Y que de repente su comportamiento cambió? —El enfermero no sabía qué pensar.

—Póngame un ejemplo de ese cambio de comportamiento.

—Siempre que cenamos en su casa me acompaña hasta la villa, entra al jardín y nos despedimos en la puerta de la vivienda. Hasta que no he entrado, no regresa a la suya. Pensarás que es una tontería, puesto que vivimos en la misma calle, uno frente a otro, pero hasta ahora ha tenido ese bonito detalle. Sin embargo, ayer me despidió casi mecánicamente en el salón de su casa, abstraído. No es lo habitual en él, Sergi. Y hasta que le conté el suceso, su comportamiento había sido de lo más normal.

—En ese caso —vaciló—, quizá... Usted sabe cómo es mejor que yo. Quiero decir que, aunque lo conoce desde hace menos tiempo, lo conoce de otro modo, más íntimamente.

—Esto es muy sencillo de aclarar, Sergi —repuso ella como quien lo tiene ya todo planeado—. Pero necesito tu ayuda. O, mejor dicho, la de tu padre.

—Entiendo —intervino el enfermero—. No creo que haya ningún problema.

—No es necesario que le expliques todo. Y, desde luego, es importante que no llegue a oídos de Pau que estoy indagando sobre el tema a sus espaldas.

—Claro, claro, por ese aspecto no debe preocuparse. Yo sabré interrogar —dijo, entrecomillando en el aire— a mi padre. A él no le gustan los chismes. No va a sospechar nada.

—Perfecto, Sergi —lo interrumpió aliviada—. Yo te voy a dar los datos de la mujer y lo único que debes averiguar es si coinciden con los de la antigua pareja de Pau.

—Eso está hecho. Pero tendrá que esperar hasta la noche. Hoy mi padre tiene reunión de alcaldes en Mahón por la mañana, y pleno municipal por la tarde. La alcaldía lo absorbe demasiado.

—Esperaré —concluyó Simonetta, levantándose del asiento.

ESTABA YA PREPARADA para llamar al primer paciente cuando Quique Coll entró en su consulta. Simonetta sabía que la tarde y la noche del día anterior había tenido guardia y que, por lo tanto, libraba aquella jornada.

—¿Todavía no te has ido? —le preguntó.

—Ahora mismo iba a hacerlo, pero antes quería comentarte que esta noche hemos tenido un aviso urgente de una de tus pacientes.

—¿Ah, sí? ¿De quién se trata?

—De Consuelo Tudurí. Una crisis de ansiedad.

—¿Una crisis de ansiedad? Pero si estuve con ella antes de ayer y estaba bastante tranquila —se extrañó Simonetta.

—Sí, pero con la noticia…

—¿Les ha ocurrido algo?

—¿Cómo que si les ha ocurrido? ¿No estabas tú de guardia? ¿No certificaste tú la defunción?

—¿Qué defunción? —preguntó Simonetta, confundida—. ¿Acaso ha fallecido Laureano, su marido?

—Que yo sepa, no. La que ha fallecido es su nuera —le respondió Coll.

—¿Quién, Petra?

—¡Pero qué lío te estás armando! ¿No reconociste un cadáver en cala Morell? ¡Está en boca de todo el mundo! Era el cadáver de la mujer de Bernabé, el hijo menor de la familia. —Simonetta enmudeció. ¿La mujer de Bernabé? ¿El cadáver cubierto de garrapatas, la mujer de procedencia noruega era la mujer de Bernabé? ¿Qué lío monumental era aquel? Porque si la fallecida era la nuera de Consuelo Tudurí… también era la madre del niño muerto. ¿Podía ser eso posible? ¿Semejante tragedia familiar en tan breve espacio de tiempo? Y entonces… sus suposiciones respecto a Pau ¿seguían teniendo algún sentido? ¿O más bien, una vez más, había prejuzgado un hecho sin contar con ninguna prueba real?

—¡Espabila, Simonetta! —la exhortó su compañero en vista del estado de obnubilación y desconcierto que la doctora reflejaba.

—Estoy algo ofuscada, perdona —se disculpó.

—¿Algo ofuscada, dices? ¡Tremendamente ofuscada! —repuso Coll— ¿Con lo lista que es usted, doctora Brey, y no había atado cabos? ¡No lo puedo creer!

—Soy nueva aquí, Quique. No te burles de mí. Nadie me ha informado de nada de esto hasta que tú has entrado por esa puerta —le contestó algo más serena. En el fondo, gracias a situar a Marianne Thorsen en la familia Dolz Tudurí, ahuyentaba de alguna forma la posibilidad de que se tratara de la antigua pareja de Pau, que, en realidad, era lo que la turbaba.

AL FINAL DE la mañana, Sergi entró en su consulta. Llevaba el flequillo demasiado largo y apenas dejaba adivinar el color azul cielo de sus ojos. Simonetta, algo más relajada, iba a proponerle un pequeño arreglo cuando el joven se le adelantó:

—¿Se ha enterado de la noticia?

—¿Lo de Marianne Thorsen? —el enfermero asintió.

—Muy fuerte, ¿no?

—Fuerte se queda corto.

—Acabo de llegar de la Torre Tudurí —intervino Sergi—. Tenía programado ir a tomar la tensión a Laureano y no he querido aplazar la visita.

—¿Cómo están? —preguntó Simonetta con interés—. ¿Es necesario que me acerque yo?

—Por el momento, no. Están todos revolucionados, incluido Laureano, que se entera de todo. Pero, por el momento, no hace falta que vaya. Ya se lo he ofrecido a Consuelo, pero me ha respondido que mejor más adelante, que no quería que usted se tomara la molestia. Están a la espera de la autopsia para poder enterrarla.

—Esperaré, entonces. Me acercaré por allí dentro de unos días.

—Esto cambia las cosas, ¿no? —preguntó Sergi.

—Posiblemente —contestó la doctora después de reflexionar unos instantes.

—Sabiendo que Marianne era la esposa de Bernabé, hay menos posibilidades de que fuera la mujer con la que convivió Pau.

—Eso mismo es lo que yo pienso. O, mejor dicho, lo que quiero pensar. Cuando los sentimientos interfieren, la razón patina. En fin… tendremos que esperar. De todas formas, tienes que hablar con tu padre. Es la única manera de salir de dudas.

—Lo haré.

8

Había conocido a Francesc Fernández en casa de Séraphine al poco de llegar a la isla. Era un joven pintor menorquín que, después de estudiar Bellas Artes y viajar por el mundo, había regresado a vivir a Ciudadela.

—En realidad lo mantiene su padre —le dijo un día Séraphine—. Al pobre, con lo que vende, le llega justo para pagar pinceles y lienzos.

Lo último que le apetecía era asistir a la exposición que Francesc iba a inaugurar esa misma tarde en el Imperi, el mejor bar de copas de Baleares, según presumía Norberto Blasco, su dueño. Sería un acto privado para unos cuantos amigos, prensa y redes.

Simonetta había quedado antes de la inauguración en casa de Séraphine para darle un pequeño regalo que le había traído de Milán.

—¡Ah, orégano de Peck! *Très bien, ma chérie!* ¿Sabes que tenía muchas ganas de verte? —La decoradora recibió a Simonetta con su chispa de siempre—. ¿Y también que he conocido a un hombre que me tiene enamorada? —le confesó, riendo, mientras la invitaba a pasar a su salón. Simonetta abrió los ojos con sorpresa.

—¡Menuda noticia de bienvenida! ¡Cuánto me alegro! —Séraphine había tenido un tormentoso divorcio en París y había jurado que no volvería a fijarse en un hombre jamás—. ¿Lo conozco?

—No lo sé, puede que sí —contestó soñadora—. Estoy con él a todas horas. ¡Es tan romántico! Ahora mismo vas a conocerlo.

Simonetta se quedó a cuadros. ¿Acaso lo tenía escondido en algún rincón de la casa? ¿O aguardaba en el dormitorio de Séraphine, bajo el techo azul celeste y la pléyade de angelotes y serafines que lo decoraban? La francesa se dirigió a uno de los ángulos del espacioso salón y Simonetta se percató de que estaba trajinando con el equipo de música.

¡Anda!, quítate el vestido, las flores y las trampas.
La concupiscencia secreta que recatas y ven a mis brazos…

Séraphine, con los ojos entreabiertos y simulando un abrazo, comenzó a bailar por el salón, sorteando con gracia todas las butacas, alfombras, mesitas y sofás que con tanta gracia había instalado.

—¿Aute? —le preguntó la doctora, divertida—. ¿Luis Eduardo Aute es tu amor? ¿El hombre del que te has enamorado?

—¿Lo conoces? —Séraphine no dejaba de bailar con expresión embelesada. Simonetta movió la cabeza, sonriendo. ¡Qué mujer tan única y genial!—. Yo lo acabo de conocer y ya no puedo pensar en otro. En cuanto llego a casa, ya está acompañándome, *mon amour.*

—¿Y en la tienda, no?

—¡No! Solo lo quiero para mí, en la intimidad. No quiero compartirlo con nadie, ni siquiera con mis clientes.

—Haces bien —añadió la doctora, siguiéndole la corriente, mientras la francesa apagaba el equipo de música una vez finalizada la canción.

—¿Crees que soy demasiado original, *chérie*? Norberto Blasco siempre me lo dice. —Séraphine estaba cerrando la puerta de su casa. Simonetta la miró con detenimiento, sin disimulo: sus aparatosas gafas negras, su diminuta figura, su tez apergaminada por el sol, los llamativos colores de su ropa, la vivacidad de sus ojillos oscuros, su sonrisa perenne…

—De que eres original no tengo ni la más mínima duda, Séraphine —le respondió con convicción y cariño—, y de que son necesarias personas como tú, tampoco. ¿Te he respondido?

—*Très bien!*

Séraphine cogió del brazo a Simonetta, y así recorrieron el carrer de Santa Clara, con sus encantadoras tiendas, Ses Voltes, la *plaça* de la Catedral... hasta llegar a Es Born, donde se asentaba el Imperi. Antes de entrar, Séraphine la detuvo y le preguntó:

—¿Sabes algo de Toni?

—¿De Toni? —repitió a su vez Simonetta, que no esperaba aquella salida—. No —respondió algo desconcertada—. Lo último que sé es que se había ido a Barcelona.

—La semana pasada me llamó y, entre otras cosas, me preguntó por ti. Tiene intención de volver pronto.

—¿No estará invitado a la exposición? —preguntó la doctora algo alarmada. No tenía ninguna gana ni estaba preparada para encontrárselo.

—No creo. No me dijo nada al respecto. Pero prepárate, porque cuando vuelva es fácil que coincidáis en cualquier sitio —concluyó la francesa antes de entrar en el local.

—¡Hombre, Serafina! ¡Bienvenida a mi humilde café! ¡Y también usted, querida doctora Brey! —las saludó Norberto Blasco con una exagera reverencia—. ¿Vienen a fisgonear o a comprar obra? Se dice así, ¿verdad? ¡Qué culto soy! ¡Y qué moderno! Pasen, pasen, aquí va a estar *la crème de la crème*, y ustedes dos no podían faltar a este evento.

—Hay que reconocer —intervino la francesa— que tienes mérito. No todo el mundo comprende este tipo de pintura.

—¡Toma! ¡Ni yo! —la interrumpió raudo Blasco—. Bueno —se les acercó como para confesarles un secreto—, que no me oiga nadie, pero no me creo que ninguno de los que van a venir la entienda. ¡Qué buenos actores somos los humanos! Pero por un amigo hay que interpretar, ya lo creo. Yo el primero.

Todos los cuadros estaban ya colgados en las paredes del café, incluso habían colocado unos focos que los iluminaban individualmente, todo muy bien preparado. Sobre el mostrador había bandejas con trocitos de distintas cocas menorquinas, queso y fiambres. Al fondo se encontraba Francesc hablando animadamente con una pareja que Simonetta no conocía. Después de las presentaciones, el pintor les explicó que estaban hablando de la noticia del día: la muerte de la nuera de los Dolz Tudurí.

—Ese Bernabé es un cabrón —dijo Francesc—. Por supuesto que no se merece esta doble tragedia, pero esta circunstancia no lo hace mejor persona.

Contó que su padre, un potente empresario de la isla dedicado al transporte y la logística, lo había contratado, como a otros muchos paisanos, por compromiso con su familia, aunque sabía que era un bala perdida y un conocido consumidor de drogas.

—A mi padre no le quedó otra —continuó Francesc—. Consuelo Tudurí, erre que erre hasta que consiguió que lo contratara. Se lo llevó a Mahón, donde vive mi padre y está la sede de la empresa, y empezó a trabajar, bueno, a cobrar un sueldo. A los tres o cuatro meses, mientras descargaba un barco, se le enrolló una cadena a la altura de la muñeca y le seccionó la mano. Mi padre se llevó un disgusto tremendo y, tal como exige la ley, se investigó la causa de aquel fatídico accidente. Había varios testigos y todos declararon lo mismo: Bernabé Dolz no había respetado ninguna de las normas de seguridad que la empresa había puesto a su disposición. Es muy difícil, casi imposible, que una inspección de trabajo llegue a esa conclusión, porque lo más habitual es que encuentren algún fallo en los instrumentos de prevención de accidentes de la empresa implicada, por mínimo que sea.

»Pues bien, en este caso no encontraron ni uno, y eso que Bernabé y su familia contrataron a un bufete de abogados de Barcelona que saca punta de donde no la hay. Aun así, y sin que le correspondiera, mi padre le pagó una indemnización considerable, y él, por supuesto, consiguió una pensión por incapacidad laboral. No satisfecho con esto, comenzó a difundir por todo Menorca el bulo de que mi padre había comprado a los inspectores de trabajo, que era un mafioso, pero mafioso de los de verdad, que tenía conexiones con la mafia marsellesa, dando datos falsos sobre él y sus negocios... Hasta que comenzaron a llamarlo clientes y proveedores que pedían educadamente una explicación. Qué más os puedo contar; una auténtica pesadilla.

—Pero ¿todavía siguen con el litigio? —le preguntó el hombre.

—En realidad no hay ningún litigio porque los tribunales, como no podía ser de otra manera, le han dado la razón a mi padre. Aunque, si os soy sincero, no sé si él todavía intenta hacerle la vida imposible. Es un tema del que mi padre, desde hace un tiempo, ya no quiere hablar.

Poco a poco, el Imperi se fue llenando de gente.

—Como no nos presentan, me presento yo —le dijo un hombre de unos setenta años, elegante y bien vestido—. Soy Félix Fernández, el padre de Francesc. Usted es la doctora Brey, ¿no?

—La misma —le respondió Simonetta tendiéndole la mano. Cualquiera que se hubiera encontrado en la misma situación hubiera concluido que era un hombre «con personalidad». Denotaba audacia, como buen empresario, seguridad y cortesía; una buena combinación para triunfar.

—Francesc me ha hablado muy bien de usted. —Simonetta se extrañó porque, aunque habían coincidido en reuniones de amigos, nunca hubiera esperado que el pintor tuviera tan buena opinión sobre ella—. Lo que no me había dicho, y no se lo voy a perdonar, es lo guapa que es usted. —Simonetta sonrió. «Además es un galán», pensó—. Mucho más guapa de lo que era su padre.

—¿Mi padre? ¿Lo conoció? —preguntó extrañada.

—Ya lo creo que lo conocí. Coincidimos en Madrid, en el colegio mayor, cuando estudiábamos nuestras respectivas carreras; él, Medicina, y yo, Ingeniería Industrial. Qué buenos tiempos aquellos.

Después de intercambiar unos cuantos recuerdos y de ponerse al día someramente del presente de los dos, Fernández le preguntó:

—¿Guarda la biblioteca de su padre?

—Por supuesto que la guardo. Está en nuestra casa de Milán, la casa familiar de mi madre. Precisamente la he visitado hace algunos días y me he traído dos libros de Medicina Legal que mi padre consultaba a menudo.

—Voy a pedirle un favor: la donación de un ejemplar antiguo de esa biblioteca. Soy miembro de la junta de la Fundación Hospital Isla del Rey. Trabajamos en la restauración del antiguo Hospital Naval Británico del puerto de Mahón, lo estamos convirtiendo en el mayor museo-hospital de Europa. Necesitamos buenos libros para la biblioteca.

—Eso está hecho. Cuente con ello, con una condición.

—Lo que usted me diga.

—Quiero ver ese hospital.

Como respuesta, Fernández le estrechó la mano.

—¡Este Norberto es la monda, viva México lindo! —gritó Séraphine en ese momento, cogiendo al padre de Francesc para bailar un corrido mexicano. La juerga se fue extendiendo como gota de tinta y el lío que se montó fue monumental. Entonces Simonetta decidió que había llegado el momento de regresar a casa.

9

ENTRE UNAS COSAS y otras, su ánimo había mejorado. Había aparcado el Alfa Romeo en la playa de Es Born, delante de Pachamama. Pensó en Pau. Había desestimado la invitación para el evento del Imperi. «A mí no me gustan ese tipo de cosas —le había dicho. Además, apenas conozco a Francesc.» Simonetta trató de convencerlo, pero no lo consiguió. En verdad era un gran solitario. «Lo tomas o lo dejas», pensó. Pero el resto del lote la convencía y la atraía tanto que, de momento, no le importaba socializar por su cuenta.

Las calles de Ciudadela estaban ya vacías y la noche se había apoderado de las últimas horas de la jornada. De repente comenzaron a caer algunas gotas y Simonetta tuvo que activar el limpiaparabrisas. Casi en silencio, con el sonido de fondo del motor y de la lluvia, que iba *in crescendo*, avanzó por el *passeig* de Sant Nicolau con lentitud y con el espíritu más calmado. El castillo de Sant Nicolau, robusto y austero, iluminado por potentes haces de luz que apuntaban al cielo frente al mar, la sosegaba. Aquella era la razón por la que siempre salía del núcleo urbano por allí, dando un largo rodeo antes de tomar el desvío hacia cap d'Artrutx, que la conducía a su cala.

La lluvia arreciaba y ponía en peligro la visibilidad. Simonetta temía atropellar a algún vecino de la zona que a esas horas regresara en su bicicleta de cenar o tomar unas copas en Ciudadela. Cuando por fin llegó a la altura de la villa, aparcó en la calle, vacía de coches, para no tener que abrir la puerta del garaje y regresar al auto. La cortina de agua era colosal, con una fuerza tal que a Simonetta le costó abrir la verja y atravesar el pequeño parterre que hacía las veces de jardín. Desde allí no se distinguía la casa de Pau ni las adyacentes.

Una vez dentro, empapada de la cabeza a los pies, corrió escaleras arriba a cerrar la puerta de la terraza, que daba al salón. Como temía, el agua había entrado con ímpetu y empezaba a cubrir el magnífico suelo de baldosas hidráulicas. «Al menos ya estoy a salvo», pensó una vez logró cerrar la puerta. Se cambió de ropa, se secó el cabello y acababa de bajar a la cocina a coger un cubo y una fregona cuando oyó sonar el móvil que había guardado dentro del bolso.

—Simonetta —era Pau—. ¿Estás en casa? Ni siquiera puedo ver desde aquí si tienes luz.

—Sí, sí, acabo de llegar de la inauguración de Francesc. Iba a achicar un poco del agua que ha entrado en el salón.

—¿Es mucha cosa? —le preguntó preocupado.

—No, en dos minutos lo habré resuelto.

—Entonces, cuando acabes —continuó el pescador—, hazme el favor de asomarte al sótano. Puede formarse *rissaga**, y en ese caso hay peligro de que se inunde. Si es así, pasaré con una bomba de achique, o, de lo contrario, podría llegar el agua al piso de abajo.

—Ahora mismo bajo y te llamo.

—No es preciso que corras. Hay tiempo. Primero recoge el agua del salón.

Simonetta siguió sus instrucciones. Aquel sótano no la entusiasmaba, pero sabiendo que Pau estaba alerta y esperaba sus noticias, no sintió temor, como en otras ocasiones. Una vez abajo, abrió la puerta y encendió la luz. El suelo de cemento estaba humedecido, pero no inundado; tan solo se estaban formando algunos charcos en la zona más cercana a la puerta que daba acceso directo a la cala. En el otro extremo había unos

---

* Variaciones transitorias del nivel del mar de carácter extraordinario, que pueden alcanzar los dos metros de amplitud en pocos minutos, y que se produce en algunas calas y puertos de las islas Baleares.

cuantos bártulos viejos sin valor aparente y dos maletas antiguas que se conservaban en bastante buen estado. Si los charcos crecían podían alcanzarlas y estropearlas. Bajó el tramo de escaleras, cogió las maletas y las subió a la vivienda. Una de ellas apenas pesaba, pero el peso de la otra evidenciaba que contenía algo. Le pudo la curiosidad. En el mismo vestíbulo, encima de una butaca color púrpura que Séraphine había colocado allí cuando decoró la vivienda, la abrió. Quedaba claro que era de una mujer, porque dentro había unas revistas de labores, otras de patrones, algunos sobres y varios periódicos antiguos. ¿A quién pertenecerían?, pensó, puesto que la villa en un principio era propiedad de la madre de Toni Sagrera, y, más adelante, esta se la legó en herencia a la difunta madre de Pau Martí, su empleada de hogar. En eso estaba cuando volvió a sonar el móvil. Era Pau de nuevo.

—Tranquilo —le dijo Simonetta—. El sótano no está inundado, tan solo algo húmedo. Eso sí, he subido dos maletas por miedo a que se estropearan. Una de ellas parece vacía, pero me he tomado la libertad de abrir la otra y he encontrado algunas cosillas de una mujer. ¿Serían de tu madre?

La doctora esperaba una contestación, pero Pau no dijo nada. Interpretó el silencio como un corte de la línea telefónica, pero su sorpresa fue mayúscula cuando, por fin, oyó la voz nerviosa de Pau.

—Ahora mismo paso.

—¿Por qué? —le preguntó extrañada.

Lo primero que se le ocurrió fue revisar todo lo que había encontrado para poder entender la razón de aquella prisa. Pau no había pasado para comprobar el estado del sótano, pero sí para llevarse una maleta vieja con cuatro recuerdos de su madre. ¿Es que no podía esperar al día siguiente? Por mucho valor sentimental que tuviera aquello, ya estaba a salvo del agua y, si tan importante era el contenido, ¿a santo de qué guardarlo en el sótano inundable de una casa alquilada? Ni corta ni perezosa, Simonetta metió dos de los cuatro sobres en el cajón de una consola que adornaba el *hall*, así como el contenido de los otros dos, y fotografió las páginas de periódico, ya amarillentas. Pau llamó enseguida. Llevaba el impermeable amarillo con capucha, estilo pescador, que ya le había visto en alguna ocasión.

—¡Menuda está cayendo! —exclamó después de darle un beso en la mejilla—. ¿Estas son las maletas? —le preguntó un tanto serio. Simonetta acababa de cerrar con dificultad la que había abierto porque desconocía el sistema de cierre, ya pasado de moda.

—Sí, son antiguas, pero se han conservado en buen estado —respondió, intentando normalizar la conversación. Iba a preguntarle si las reconocía cuando él las agarró de las asas y salió por la puerta, que había dejado entreabierta.

—¡Hasta mañana! Me voy antes de que la calle se transforme en un río.

—Mañana descansarás, ¿no? —le preguntó Simonetta desde la puerta mientras Pau atravesaba el jardín.

—¡Con este tiempo no se puede hacer otra cosa! —le gritó él de espaldas, con un pie ya en la calle.

¿Eso era todo? Simonetta se quedó estupefacta. Ni siquiera le había dado tiempo a invitarlo a subir o a compartir la noche, o al menos a comenzar una simple conversación de vecinos que observan la lluvia desde una de las ventanas. Era muy raro en él, siempre atento y cariñoso cuando estaban juntos. Recordó la noche anterior y su extraña reacción después de conocer la nacionalidad de la víctima cuya muerte había certificado Simonetta. La duda la volvió a invadir. ¿Acaso la conocía? ¿Sería la mujer que había convivido con él, la que quizá lo había amado? De nuevo se inquietó. Y ahora esto. ¿A qué se debía aquel cambio de actitud? Subió sin su brío habitual las escaleras hasta el primer piso. Había previsto cenar algo porque apenas había picado cuatro cosas en el Imperi, pero de repente había perdido el apetito.

En la calle, el agua seguía cayendo con vigor, y de vez en cuando se oía el estruendo de un trueno a lo lejos.

Menuda noche le esperaba. Se desvistió, se puso el camisón y, cuando iba a meterse en la cama, se cortó la luz. «No importa —pensó—. Para dormir, mejor la oscuridad.»

Llevaba el móvil en la mano y, en vez de apagarlo, lo dejó encima de la mesita de noche por si pudiera necesitarlo como linterna. Antes de que se rindiera ante el sueño, el teléfono sonó indicando la llegada de un nuevo mensaje. «Qué alivio», pensó con agrado. Había dado por supuesto que procedía de Pau, que se había arrepentido de la brevedad de su encuentro y le proponía tal vez un plan para el día siguiente. Pero Simonetta se equivocaba de cabo a rabo. De forma consciente o no, había olvidado a su enfermero y la «tarea» que le había encomendado: preguntarle a su padre si la mujer noruega que habían encontrado muerta era la antigua pareja de Pau. A pesar de lo tarde que era, Sergi cumplió con lo pactado y acabó con la incertidumbre de la doctora con tan solo dos palabras: «Es ella».

10

La noche es larga. Una eternidad. Casi como la muerte. «He pasado la noche en blanco», dicen. ¿Cómo que «en blanco»? ¿Están locos? La noche es negra, que no se engañen, terriblemente negra. Y angustiosa. Una noche y después otra, y otra... La de hoy, además, tormentosa y sin luna. Y el silencio... Silencio en la casa, silencio en la isla... ¿Cuándo acabará esta noche? ¿Cuándo volveré a dormir, a descansar? ¿No tenía que descansar, al fin, una vez hubiera concluido el plan? ¡Si no tengo remordimientos! ¿Por qué mi cabeza sigue en ebullición si todo ha pasado ya?

Necesito silencio, pero silencio interior, y solo tengo el silencio de fuera. Qué fácil fue todo. Planificar. Planificar. Las cosas que nos parecen más complicadas pueden convertirse en las más simples con una buena planificación. En eso la noche me ha ayudado. Hay que ver lo bien que lo planeé todo. La gran sorpresa es darte cuenta de lo sencillo que resulta matar con una planificación adecuada.

Primero te surge la idea, después la meditas y luego comienzas a planificar. Todo en tu mente, claro; no puedes correr riesgos. La noche es una ayuda, un buen momento para organizarlo todo. Una noche en vela te va quemando por dentro, te va consumiendo poco a poco, pero de las cenizas también se saca provecho. ¿No se usan las cenizas de los volcanes como abono? Eso tengo entendido. Bueno, pues con las mías he ido abonando mi plan y ha funcionado a la perfección. Me parece mentira que haya sido así. Pero ha sido.

¡Ja! Marianne vista y no vista. Al fin y al cabo, es como si hubiera vuelto a su país. Fácil, creíble. Se cansó de este y regresó al suyo, como hacen muchas. ¡Buen viaje! De mí no se ríe nadie. Yo existo. Ahora ha quedado claro.

11

El cielo seguía encapotado, pero las previsiones no anunciaban nuevas precipitaciones. Aun así, la doctora Brey no dudó en elegir la Honda en vez del Alfa Romeo, consciente de que corría el riesgo, bastante lejano, de sufrir un fallo de Aemet y tal vez encontrarse con la lluvia de última hora y tener que lidiar con un asfalto mojado y peligroso.

Darío Ferrer la había citado de forma un tanto precipitada en el bar de carretera de Ferreries, en el que ya habían mantenido encuentros con anterioridad, para ponerla al tanto de ciertas averiguaciones en torno a Marianne Thorsen, la nuera de Consuelo Tudurí. A Simonetta le había extrañado que lo hiciera en jueves, porque los jueves, exceptuando los que estaba de guardia en comisaría, Ferrer los reservaba para sus hijos. Los solía llevar a un campo de fútbol donde los niños entrenaban. Evitó preguntarle la razón de ese cambio porque en realidad no le importaba, y porque no quería que él pensase que le importaba.

Una vez supo que Marianne Thorsen y la antigua pareja de Pau eran la misma persona, se estableció como objetivo prioritario desde el minuto cero olvidarse de aquella historia y tratar por todos los medios de que no influyera de ninguna manera en su relación con el pescador. Bien podía justificarse la actitud de negación de Pau en el hecho de que no deseaba volver la vista atrás, o en su intención de mantener al margen de su pasado a la propia Simonetta. ¿Por qué no respetarlo y confiar en él como él mismo había hecho con ella? La llamada del comisario, sin embargo, la espoleó, y su faceta investigadora, la curiosidad de todo médico, sobre todo un forense, por averiguar las causas de cualquier padecimiento y más de una muerte, la empujaron una vez más a acudir a la llamada de Darío.

El coche camuflado estaba aparcado a pocos metros del bar. Una de las cualidades más sobresalientes del comisario era la puntualidad. Simonetta valoraba a las personas puntuales y rehuía de las que no lo eran, que demostraban, según su propio criterio, una colosal falta de educación. «¿Qué es la educación, si no el pensar en los demás?», se repetía en las múltiples ocasiones en que debía esperar a alguien. ¡Con lo valioso que es el tiempo de cada uno!

Darío estaba sentado a la mesa, de espaldas a la puerta de entrada con la vista elevada, mirando el televisor. A su alrededor, el resto de las mesas estaban ocupadas por jubilados; unos jugaban a las cartas y otros mostraban la misma actitud que el comisario. Simonetta se acercó a él con sigilo.

—Hay que ver lo que os gusta a todos el doctor Pol —le susurró al oído.

—¡Joder, italiana, qué susto me has dado! —exclamó él, saltando de la silla.

—Vas perdiendo facultades, Al. —Simonetta, cuando estaban de broma, lo llamaba así por su evidente parecido con Pacino—. ¿Cuándo se ha visto que todo un comisario de policía se embobe con un veterinario y deje su espalda a disposición de cualquier quinqui con pistola?

—Me he puesto así a propósito —intervino Ferrer, guiñándole un ojo— para sentir tus labios rozando mi piel. —Simonetta lanzó una carcajada—. ¿No te lo crees?

—Sí, sí, claro. Yo de ti me lo creo todo —le respondió riendo mientras se sentaba frente a él. Darío la miró de arriba abajo.

—Hay que ver lo sexi que te has puesto para venir a verme, *italiana* —añadió.

—¿Sexi yo?

—De motera.

—¿Tus hijos ya no entrenan los jueves? —preguntó para cambiar de tema. Sabía lo pesado que podía ponerse cuando quería hacerse el gracioso.

—Mercedes y los niños no están en Menorca.

—¿Y eso? —preguntó extrañada Simonetta—. ¿No os habréis separado?

—No, no, por supuesto que no. Mercedes está en Inglaterra haciendo un curso de reciclaje de inglés para profesores y, hasta que vuelva, hemos llevado a los niños a Zaragoza con sus abuelos.

—Te habrás quedado a tus anchas.

—No creas, los echo de menos. Pensé en quedarme con los niños, pero, con todo el jaleo del trabajo, habría tenido que contratar a una *au pair*, y Mercedes no quiso.

—La entiendo. Mejor no poner tentaciones cerca del marido...

—¿Y a ti qué tal te ha ido por *la Italia*? —Ahora era él quien cambiaba de tema.

—*Molto bene.*

—¿Has contemplado el *duomo* de noche justo al salir de la boca del metro? ¿Has viajado a Florencia para visitar a tu tocaya en los Uffizi?

—¡Claro que sí! —lo interrumpió Simonetta—. ¿Acaso lo dudabas? Mi madre me estaba esperando con el tique del metro y los billetes del tren.

—¡La *signora Giovanna*! ¿Ya se ha echado novio?

—No, no, *grazie a Dio*! Lo que sí tiene es una amiga apasionada también por la ópera. Las dos están medio enamoradas de un tenor treinta años menor que ellas y lo siguen por toda Europa, concierto tras concierto. Increíble, pero real.

—Déjalas que disfruten.

El camarero se les acercó y Simonetta pidió un café.

—Tú dirás —le dijo seria al comisario, cambiando de tercio. Tras los preámbulos, no olvidaba a lo que había ido—. ¿Sabéis algo de la autopsia?

—Tengo ya el informe preliminar.

—¿La practicó la titular?

—Sí.

—Menos mal.

—Sí, es una suerte que estuviera ella. Bueno, al grano: de momento no se ha encontrado nada concluyente. Cannabinoides en orina en dosis no letales y poco más. Por supuesto, ningún signo de violencia. Parece ser que ella misma se recostó en el suelo antes de morir, porque ni siquiera hay señales de golpes al caer. Le he preguntado a la forense si las garrapatas podrían ser la causa de la muerte y me ha contestado que no, muy convencida. ¿Tú qué opinas?

—¿Respecto a las garrapatas? —Ferrer asintió—. Opino lo mismo. Las garrapatas pueden transmitir distintas enfermedades, alguna de ellas grave, pero no originar una muerte inmediata por muchas picaduras que un ser humano reciba. Además, aunque el aspecto del cadáver era terrible, en realidad la víctima tenía pocas zonas corporales descubiertas. Es decir, que no fueron tantas las garrapatas que le picaron como en un primer momento pudiera parecer. Otro tema son los perros, ellos sí recibieron muchas más picaduras, pero en ambos casos estoy segura de que las garrapatas no ocasionaron su muerte, sino que acudieron a parasitar los cuerpos. ¿Y no encontró ninguna alteración macroscópica en ningún órgano que pudiera sugerir una enfermedad grave?

—Ninguna.

—Habrá que esperar a la anatomía patológica y a los análisis de tóxicos menos habituales, pero el hecho de descartar la violencia es importante. Tal vez se trate de una muerte natural.

—Lo dudo.

—¿Y eso?

—El contexto. Su marido, ese Bernabé Dolz, está fichado. Cobra una pensión porque perdió una mano, pero no tiene bastante con lo que le dan y tiene un bar en Es Grau con un socio. Llevamos siguiéndoles la pista desde hace tiempo porque estamos convencidos de que trafican con droga, pero, hasta el momento, no hemos conseguido las suficientes pruebas para obtener una autorización judicial que permita hacer un registro tanto del bar como de sus domicilios. Se las saben todas. Una pena, porque algo encontraríamos. Seguro. Y estoy convencido de que la difunta hacía de camello. ¿Qué otra cosa podía hacer en aquel corral?

—Pero ¿habéis encontrado droga en el lugar de los hechos?

—Lamentablemente, no, tan solo tres billetes de cincuenta euros escondidos en el interior de una bota vieja —contestó el comisario, moviendo la cabeza.

—¿Estás al tanto de que perdieron a un hijo hace unos meses? —preguntó Simonetta.

—Eso es lo que me han dicho.

—¿Has visto el informe de la autopsia del niño?

— Lo he leído antes de venir. Tampoco encontraron nada, fue una muerte súbita.

—Del lactante... —añadió la doctora.

—Sí, eso, del lactante.

—¿Quién practicó la autopsia?

—La del niño la practicó el forense sustituto.

—¿Rodríguez?

—Sí, Rodríguez.

—Entonces no lo llames forense. Si acaso, doctor Rodríguez.

—Eso.

—Es decir, que tiene la misma validez que si la hubieras practicado tú. —Ferrer levantó los hombros, como queriendo decir que ese era el único recurso con el que contaban—. ¿Piensas que hay muerte dolosa en los dos casos?

—Si no te crees lo del lactante, sí —respondió Darío—. Y parece que no te lo crees.

—No, no me lo creo. Y pienso como tú. Hay alguien detrás de estas dos muertes. —Como el comisario no seguía la conversación, Simonetta continuó—. ¿O no?

—Estaba pensando —intervino él— en la mejor manera de decirte que tenemos al primer sospechoso.

—¿En serio? ¿Tan pronto?

—La policía es así, *amore*.

—Lo celebro. ¿Y puedo saber quién es?

—Siempre y cuando garantices la confidencialidad. Lo siento mucho, pero tienes que prometérmelo.

—Por supuesto que te lo prometo, Darío.

—Sobre todo porque lo conoces. —Simonetta palideció—. ¿No adivinas quién es? —Ella negó con la cabeza—. Se trata de tu casero.

—¿Pau? ¿Estás seguro?

—Claro que lo estoy —le respondió, rotundo. ¿A santo de qué, si no, te lo diría? —Simonetta no le respondió, pero le resultó imposible sostener la mirada—. ¿Y tú por qué pones esa cara de afligida? No me digas que es algo más que tu casero... —Simonetta permaneció en silencio, mirando la taza de café—. ¡No me jodas, italiana, no me jodas! ¡Vas de oca en oca! ¡Primero el chulo del Sagrera y ahora el mosquita muerta del pescador, y los dos metidos en líos con la justicia! ¿No te puedes buscar un hombre corriente, de los honrados de toda la vida?

—Que yo sepa, a ninguno de los dos lo han juzgado, y mucho menos condenado —le respondió ella, mirando a la barra para evitar los ojos inquisitivos del comisario.

—Tú sabes bien que eso tampoco quiere decir gran cosa.

—Ninguno de los dos es un delincuente, Darío. Ni lo era Toni ni lo es Pau.

—Por tu bien, espero que no te equivoques, italiana —le dijo con sutileza, inclinando el tronco hacia ella—. Y no solo me refiero a la implicación de Martí en el caso que nos ocupa, sino a la hora de integrarlo en tu vida —añadió, algo celoso. En realidad apenas lo conocía, pero le fastidiaba que compartiera su cama con Simonetta, aunque su historia con ella hacía años que había acabado.

—¿Y cuáles son las pruebas que lo implican en el caso? —preguntó la doctora, intentando reponerse del estupor inicial.

—Marianne Thorsen dejó el móvil dentro del coche, cuya titularidad, por cierto, es de la mujer del socio de Bernabé, otra buena pieza. Y, como bien sabes, el móvil es el gran espía que todos llevamos en el bolsillo, que canta en cuanto un policía avispado como yo —dijo en tono de broma para levantarle el ánimo— lo invita a una birra. Pues bien, el móvil de la víctima ha cantado a la primera, entre otras cosas porque la pobre Marianne debía de ser bastante ingenua y, según parece, no borraba ninguno de los wasaps, ni siquiera los más comprometedores. —Simonetta cada vez estaba más atenta. Ferrer tenía ramalazos de fantasma, pero no se le podían negar sus dotes como comunicador—. Ha quedado claro que su actividad laboral fundamental era vender cocaína en dos o tres puntos de la isla, del mismo estilo que el corral donde encontraron su cuerpo, pero los wasaps también han destapado otra de sus, llamémoslas, ocupaciones… —Ferrer apuró el último sorbo del café y, con un gesto, le pidió otro al camarero que aguardaba detrás de la barra—. Una ocupación que implica a tu casero: es muy posible que lo estuviera extorsionando.

—¿Extorsionando? —preguntó Simonetta, anonadada—. ¿Quieres decir que lo estaba chantajeando?

—Las conversaciones que hemos encontrado apuntan en esa dirección.

—Pero ¿por qué? —continuó la doctora sin salir de su asombro—. ¿Con qué motivo?

—*This is the question*, querida amiga. Tras una primera investigación superficial, como puedes suponer por el escaso tiempo transcurrido, creemos que el origen de la extorsión no es un asunto de drogas. Casi lo hemos descartado. Ellos hablan bastante del chiquillo, en el sentido de que Marianne le lloraba diciendo que necesitaba dinero para pañales, ropa y ese tipo de cosas...

—Espera —lo interrumpió Simonetta—. ¿Es que el niño es de Pau?

—No estamos seguros —le contestó el comisario—. No te quería mencionar el tema porque no lo tenemos nada claro, y si la cosa no se confirmaba no quería ni nombrarte esta hipótesis, pero es una de las que estamos barajando.

—Como dice la gente —le confesó la doctora, apoyando el codo en la mesa y la mano en la frente—, me está dando un bajón…

—¿Quieres otro café? —le ofreció Darío, un tanto preocupado al verla tan afectada.

—No, un café no, que bastante nerviosa estoy ya. Mejor un vaso de agua fría. —Darío se levantó y enseguida volvió a la mesa con el agua y su café.

—¿Tan en serio vas con él? —le preguntó.

Simonetta no le contestó. ¿Merecía la pena responderle? Darío no era de esas personas que se ponía en la piel de los demás. Y menos en la de ella. Sacó fuerzas de flaqueza e intentó hilar toda aquella información. No podía perder la calma.

—¿Algo más aparte de lo del niño? No asesinas a alguien solo porque te pida dinero para su hijo.

—Muy bien, italiana, has resucitado en menos de cinco minutos —le dijo Ferrer. No soportaba verla alicaída—. Aparte de lo del niño hay más cosas, claro, pero no demasiado consistentes. Ella habla de sacar algo a la luz, alguna cosa que Pau no quiere que se sepa. Puede ser la paternidad del niño o algún otro asunto que por ahora desconocemos, pero cuyo origen viene de lejos, porque hay un momento en que él le dice que está harto de cargar desde hace tanto tiempo con el tema.

—Entonces es poco probable que se trate de la paternidad del niño —repuso Simonetta, pensando en voz alta—. Si murió con dieciocho meses...

—Ese es uno de los motivos por los que te he dicho que tan solo es una hipótesis, pero ni siquiera la más probable.

—¿Y solo con esos datos consideras que Pau es sospechoso del presunto crimen? ¿Con una autopsia que, a día de hoy, ni siquiera concluye que la muerte fue violenta?

—Solo con esos datos, no.

—Entonces, hay otros que me ocultas.

—Como comprenderás, no te puedo poner al corriente de todo —le dijo el comisario abriendo ostensiblemente los brazos.

—¿Cómo que no? ¿Y por qué? Al fin y al cabo, soy la doctora que certificó la defunción, y sabes bien que, si este asunto termina en juicio, yo voy a ser una testigo importante. —Ferrer movió la cabeza, como enojado.

—¡No tendría que haberte citado ni tendría que haberte puesto al corriente de lo del Martí ese, ostia!

—Pero lo has hecho, entre otras cosas porque sabes que me lo debías, y ahora tienes que continuar. No te queda otra —le espetó Simonetta con rotundidad.

—De acuerdo —contestó él dando su brazo a torcer, consciente de la inteligencia y la fuerza moral de la mujer que tenía enfrente—. Pero en ningún momento —añadió, levantando el dedo y mirándola fijamente— lo que oigas debe servirte para alertar a Pau Martí. O, como sabes, incurrirías en delito. —Simonetta asintió. Conociéndola como la conocía, con eso le bastaba—. No hay mucho más que contar, pero en los últimos días, según se sobreentiende en los mensajes, Martí parecía más agobiado con la situación y reticente a entregarle más dinero a Marianne, hasta el punto de que la amenazó con poner fin a aquello sin importarle las consecuencias. En fin, que todos los que hemos leído los mensajes hemos coincidido en que había que interrogarlo. Y no vamos a dar marcha atrás.

12

SERGI SE HABÍA ofrecido a acompañarla. Después de la conversación con Darío Ferrer, a Simonetta no le venía mal tenerlo al lado como apoyo profesional y, sobre todo, como bastón emocional. El enfermero conocía a Pau desde la infancia, lo apreciaba y lo valoraba, por eso la doctora no dudó en ponerlo al corriente de las sospechas que le había transmitido Darío el día anterior.

—¡Madre mía! —exclamó, asombrado por la posible implicación del pescador en el caso de Marianne Thorsen.

—Me ayudarás a sacar a Pau de este lío, ¿verdad? —le preguntó Simonetta en el asiento de copiloto del Kia mientras se dirigían a la Torre Tudurí.

—Por supuesto que sí, ¿lo dudaba?

—Claro que no, Sergi. Podría haberte mantenido al margen, pero me temo que toda ayuda va a ser poca.

—A mí me tiene en cuerpo y alma, doctora. Por Pau y por usted.

—Esperemos que no haga falta tanto, pero te lo agradezco —se sinceró Simonetta. Aquel muchacho era extraordinario.

—Usted dirá lo que hay que hacer. Lo único... —El joven vaciló si seguir o no.

—Dime, Sergi, ¿tienes alguna duda? Ya sabes que a mí no me gusta implicarte en nada de lo que no estés absolutamente seguro.

—¿Hay que hacer algo este fin de semana referente a lo de Pau?

—¿Este fin de semana? No sé, seguramente no. ¿Por qué lo dices?

—Bueno... —titubeó—. Porque tengo un plan —añadió con ilusión.

—¿Un plan? ¿Te refieres a un plan personal? —le preguntó Simonetta con curiosidad.

—Sí, sí, personal, pero no sé si a usted le parecerá bien.

—¿A mí? No me asustes, Sergi. ¿Qué barbaridad has planeado?

—He quedado con un chico en Palma para pasar el fin de semana.

—Desconocido, claro —le interrumpió Simonetta.

—Bueno... Sí.

—... que has conocido en una web de contactos.

—Más o menos...

—Más más que menos... —Sergi rio—. Yo no soy quién para meterme en tu vida, pero sí te aconsejo, porque tengo más edad que tú, que andes con cuidado. Y, por supuesto —añadió guiñándole un ojo—, después me tienes que poner al tanto.

—¡Eso está hecho! Respecto a lo que le contó el comisario sobre Pau —intervino el enfermero, volviendo al tema que a los dos les preocupaba—, ¿tiene usted alguna ligera idea sobre la razón del supuesto chantaje?

—Qué va —contestó ella—. El único motivo que se me ocurre es que Pau fuera el padre del pequeño que murió, pero, según me dijo Darío, en las conversaciones de wasap que han podido leer se adivina que la extorsión viene de más atrás, y por lo tanto es poco probable que la paternidad del niño fuera el pretexto. De todas formas, hay que esperar un poco a que la investigación siga su curso. En caso necesario, habría que exhumar al pequeño para llevar a cabo las correspondientes pruebas de paternidad.

—Esperemos que no haga falta.

—Desde luego. Por eso debemos poner toda la carne en el asador para esclarecer cuanto antes las dos muertes, la del niño y la de la madre. Y, de esa forma, liberar a Pau de una hipotética acusación.

—Pero ¿él sabe que usted está al corriente de todas estas cosas?

—No —respondió Simonetta moviendo la cabeza—. En primer lugar, porque él negó conocer a Marianne Thorsen, o, mejor dicho, a alguna mujer noruega, y, en segundo lugar, porque Ferrer me ha hecho prometerle que no le diría nada, al menos hasta que él lo interrogue y la investigación esté más adelantada.

—¿Y piensa respetar su promesa?

—Por supuesto que sí, Sergi. Yo soy una mujer de palabra. Además, no se puede poner la mano en el fuego por nadie. Quiero decir que, aunque estoy convencida de que Pau no tuvo nada que ver en la muerte de Marianne, no puedo asegurar que no fuera víctima de un chantaje por parte de ella. Es más, si el comisario lo sospecha después de leer sus conversaciones, lo más probable es que esté en lo cierto. Y en ese caso, es mejor que yo no me entrometa en las pesquisas policiales, ni desde el punto de vista legal ni personal. Otra cosa es que yo consiga información por mi cuenta.

—Usted sabe lo que aprecio yo a Pau, pero también recordará que siempre le he dicho que es un tanto raro.

Los dos perros andaban sueltos cuando Sergi aparcó el coche en la pequeña explanada de la hacienda de los Dolz Tudurí. Antes de que apagara el motor ya se habían puesto en guardia y habían empezado a ladrar.

—¿Quién se va a atrever a venir hasta aquí a comprar queso? —preguntó el enfermero señalando a los mastines.

—El primer día que vine estuve a punto de dar media vuelta y no regresar.

Sergi hizo sonar el claxon. Al poco salió Petra de la nave y Carles de detrás de la higuera. Mientras ella ataba a los perros, él se les acercó.

—Buenos días —lo saludó Simonetta.

—¿Ya se ha enterado de lo de mi cuñada? —le preguntó él, preocupado, después de corresponder a su saludo con un gesto de cabeza.

—Sí, ya estoy enterada. No sabe cuánto lo siento.

—La mala vida es lo que tiene —se oyó decir a Petra, que entró de nuevo en la nave. Carles se ruborizó, pero hizo como que no la había oído.

—Era una chica maja —continuó él—, no se merecía un final así.

—¿Sabe usted si estaba enferma? —indagó Simonetta. Aunque lo suyo no era la oratoria, tal vez Carles pudiera aportar algo de información.

—Parece que no estaba bien del todo, según dice mi hermano, pero le echaban la culpa a los nervios. No sé si sabe que se les murió el niño.

Simonetta asintió. Como Carles no decía nada más, le explicó que había ido a ver a su padre y, junto a Sergi, tomó el camino hacia la casa.

—Parco en palabras —dijo Sergi mientras subían la pequeña cuesta—. Y su mujer… —añadió— parece que le tenía poca simpatía a la difunta.

—Ya sabes, las familias... —intervino la doctora, moviendo la cabeza—. Por cierto, ¿conoces al nuevo sacerdote, al padre Eladio?

—He oído hablar de él a una de mis abuelas, la que frecuenta la iglesia. A ella y a sus amigas les parece extraño que se haya trasladado de Sevilla a Baleares, y se han montado una historia elucubrando si es una especie de castigo por algún asunto feo que tuvo por allí.

—¿Y es verdad?

—A saber. El otro día, sin ir más lejos, le estaba diciendo a mi madre que también lo habían echado de Mahón y por eso estaba aquí. A mi madre no le importó nada ese tema y se limitó a advertirle que no dieran por ciertas las murmuraciones ni que, ella al menos, las propagara ni las exagerara, porque podían salpicarle a mi padre.

Simonetta recordó a su propia madre. Era también una persona muy religiosa, pero vivía la religión de una manera muy particular. Ella creía sobre todo en los ángeles y la corte celestial, y asistía solamente a misa si le gustaba el oficiante; a poco que le desagradara, aunque tan solo fuera por el timbre de la voz o el aspecto del peinado, la abandonaba sin miramiento y se ponía a orar arrodillada en el reclinatorio de la capilla de su casa de Milán, herencia de sus padres. El oratorio estaba situado en el lugar más retirado de la vivienda y, debido a sus circunstancias ambientales, albergaba, además de una imagen de la Virgen, de un pequeño altar y del reclinatorio, la bodega de la casa, constituida por dos o tres docenas de botellas de vino adquiridas por el doctor Brey bastantes años atrás. Lo bueno era que Simonetta, a fuerza de ver esa combinación durante toda su vida, la encontraba de lo más normal.

Lo que sí debe de ser verdad —prosiguió Sergi—, es que el padre Eladio es un buen organista. Hay quien piensa que esa es la razón principal por la que le han asignado Ciudadela. Acaban de reparar el órgano de la catedral y el anterior organista era muy mayor.

—¿Has visto el coche que estaba aparcado al lado de las casetas de los perros? —Sergi asintió—. Pues es de él. Seguro que está en la casa.

La puerta de la masía, como era habitual, estaba entreabierta. Entraron sin llamar mientras apartaban las tiras metálicas de la cortina, y aguardaron unos instantes para ver si aparecía alguien por el zaguán. De las paredes colgaban unos cuantos aperos antiguos de campo, la mayoría desconocidos para Simonetta, y, frente a la puerta de entrada, al lado de la escalera que conducía al piso de arriba, un banco de madera cubierto por tres cojines invitaba al visitante a descansar. A mano izquierda estaba la habitación que habían acondicionado para Laureano, y a la derecha comenzaba un pasillo que, según le dijo Sergi, llevaba a la cocina. Desde allí se oían unas voces conversando, aunque no se apreciaba lo que decían ni a quiénes pertenecían. El enfermero se encogió de hombros en un gesto de duda sobre qué hacer. Simonetta se decidió.

—¡Consuelo!

La conversación cesó, y de la habitación de Laureano salió Rodica.

—Buenos días —les dijo—, pueden pasar. Acabo de asear al señor Laureano y de darle el desayuno.

Sergi se adelantó para medirle la tensión. El paciente tenía mucho mejor aspecto. Incluso los saludó con la cabeza.

—Doctora, no la esperaba tan pronto. —Consuelo Tudurí se asomaba desde el vano de la puerta—. Venga conmigo, haga el favor. —Simonetta la siguió—. Es que no quiero que me oiga Laureano. Bastante disgusto tiene —le dijo en voz baja.

En el zaguán esperaba el padre Eladio. Tanto la dueña de la hacienda como él tenían el semblante serio, sombrío, nada que ver con el del último día en que Simonetta visitó la masía. Si no hubiera sido así, le habría preguntado al clérigo por su faceta de organista, pero al ver su expresión prefirió posponerlo para otro momento.

—El padre Eladio ya se iba —comentó Consuelo Tudurí. El joven se despidió y la mujer le indicó a Simonetta el pasillo de la derecha, invitándola a pasar—. Tómese un café conmigo, doctora. —La cocina era espaciosa y Simonetta calculó que llevaría sin reformar desde los años setenta, pero todo estaba limpio y en orden. Encima del hule de la mesa había dos servicios de café ya utilizados, señal de que no era el primero que Consuelo tomaba esa mañana—. ¿Ha visto la desgracia que nos ha sobrevenido, la maldición que ha caído sobre nuestra familia? —dijo con tono amargo mientras retiraba lo que había sobre la mesa y ponía otros dos juegos de café limpios.

Simonetta no supo qué contestar. Esperó a que la mujer le sirviese y se sentase.

—Sí, ha tenido que ser muy duro.

—No lo sabe usted bien, porque esto viene de lejos. Primero se mueren mis padres antes de mi mayoría de edad.

Hasta entonces a mí no me había tocado hacer nada de nada. Era hija única, nacida de padres mayores que me trataron como a una marquesa. El día que me quedé sola tuve que espabilar porque se me presentaron lo menos una docena de potenciales compradores que, haciéndose pasar por amigos de mis padres y benefactores de una huérfana, pretendían quedarse con la hacienda por un puñado de pesetas. Ahí empecé a aprender de cero, a ocuparme yo de todo y a no fiarme de nadie... en los negocios, se entiende, porque en lo demás me confié demasiado. ¿Sabe a lo que me refiero?

—¿Al amor? —le preguntó Simonetta.

—Ha acertado, doctora. No sé a quién se le ocurriría decir que el amor es ciego, pero qué razón tuvo.

—Se le ocurrió a un gran escritor, al mejor: a William Shakespeare.

—¿De verdad? ¿El de *Romeo y Julieta*?

—El mismo.

—Bueno, pues mi historia con Laureano no fue la de Romeo y Julieta, fue más bien la de don Juan Tenorio.

—Entiendo.

—Juego, mujeres, alcohol... y, para colmo, una embolia cerebral y postrado en cama desde los sesenta años. ¿Qué le parece? —Antes de que Simonetta contestara, la mujer continuó—: Si la cosa se hubiera quedado ahí... Pero no, todavía no teníamos bastante. Mi hijo mayor, Carles, que hay que reconocer que es muy trabajador, carece de espíritu y, además, el matrimonio no puede tener hijos. Y Bernabé, el pequeño, es la viva imagen de su padre: todos los vicios que usted pueda imaginar los tiene, y aún le parecen pocos. Pues bien, quien quiera que sea que nos haya echado el mal de ojo, no contento con eso, nos envía más, y Bernabé pierde una mano, después un hijo y finalmente a su mujer, que parecía haberlo encarrilado un poco. ¿Es o no es una maldición? —concluyó Consuelo Tudurí, con resentimiento, al borde del llanto.

Simonetta se dio su tiempo para acabar el café antes de contestar.

—Si le soy sincera, yo no creo en esas cosas, pero tiene usted razón. No ha tenido una vida fácil.

—Y esto de Marianne, ¿qué le parece? Terminar así... ¡A saber lo que estaba haciendo tan lejos de su casa!

—¿También llevaba la mala vida de Bernabé?

—Eso yo no lo sé. Lo que sí puedo decirle es que cuando se conocieron vivieron aquí con nosotros unos meses, y ella era muy educada y muy cariñosa con todos. Después, Bernabé se puso como un loco porque le expliqué que, mientras viviera bajo este techo, debía respetar unas normas. No lo aceptó, hicieron las maletas y se fueron. —Simonetta se mantenía expectante y no solo para recabar información, sino también para tratar de colmar la curiosidad que la personalidad de Marianne, al fin y al cabo la mujer con la que había vivido Pau, le provocaba—. Qué desgraciada, perder a un hijo y después acabar de esa forma —continuó Consuelo—. Yo estoy hundida, y no solo yo; a todos nos ha perturbado. Si viera cómo está el padre Eladio...

—¿La conocía? —preguntó la doctora, sorprendida.

—Sí, sí, eran muy amigos —respondió la mujer—. Ya de antes de trasladarse él a Ciudadela, de cuando estaba en Mahón.

—¿Marianne era religiosa?

—No, ni siquiera era católica, sino protestante. Pero el padre Eladio es muy humano y él se acerca a las personas sin importarle la fe que puedan profesar. Cuando vino a vivir a Ciudadela y lo conocí, enseguida me contó la relación de amistad que lo unía a mi nuera y se ofreció a tender puentes entre ellos y nosotros. Yo se lo agradecí porque, en el fondo, soy una madre, aunque no todos los de la familia pensaban lo mismo que yo.

Simonetta se imaginó lo que pudo ocurrir: hermano mayor y mujer trabajadores y responsables; hermano pequeño y mujer viva la vida y a vivir del cuento.

Se había hecho tarde. Una vez más, la doctora recurrió a la socorrida argucia de mirar el reloj para abreviar la conversación. Volvieron a la habitación de Laureano, lo exploró con detenimiento y comprobó que ya estaba restablecido de su infección respiratoria.

—¿Ya podemos sacarlo afuera con la silla de ruedas? —preguntó Consuelo.

—Cuando quieran. Seguro que le sienta bien.

13

En el trayecto de vuelta a Canal Salat, cada uno expuso su punto de vista mientras el Kia avanzaba con cuidado por los caminos de tierra. El padre de Sergi no recordaba con exactitud el año en que Pau le presentó a Marianne, y el enfermero no había querido insistirle; bastantes preocupaciones le generaba ya su cargo de alcalde de Ciudadela. Hubiera sido un dato a tener en cuenta no solo para la investigación policial, sino por la curiosidad y el interés propio de Simonetta, que no hacía más que darle vueltas a la relación que habían vivido la fallecida y Pau. ¿Cómo se conocieron? ¿Qué grado de complicidad los unía? ¿Por qué se separaron? ¿Ella se veía con Bernabé cuando todavía vivía con el pescador? ¿Ya trapicheaba con drogas?

A Simonetta no se le había ocurrido que Bernabé y Marianne Thorsen pudieran haber vivido como pareja en la Torre Tudurí, como Consuelo le había contado; ni que la matriarca de la familia reconociera todas las debilidades de su hijo menor.

—¡Mira! —exclamó de pronto Simonetta—. ¿Ves aquel aspersor de riego?

—¡Sí! —contestó el enfermero—, me temo que nos va a pillar.

—¿Pillar? ¡Pero si estamos a resguardo! ¡A mí sí que me pilló el primer día que vine a la Torre Tudurí en la Honda! Aquella mañana, los ladridos de los mastines estaban más que justificados con la pinta que yo llevaba.

—Hablando de pintas... —dijo Sergi, cambiando de tema nada más pasar por el improvisado surtidor—, la que ha cambiado de pintas y de vida es la chica rumana.

—¿La conocías?

—En los últimos tiempos la he visto por la Torre Tudurí, pero la conocí en circunstancias bastante diferentes.

—¿Y eso? —preguntó la doctora con evidente curiosidad. A ella le había llamado la atención su seguridad al hablar y al manejar a Laureano, casi como una profesional, y también la frialdad que dejaba traslucir detrás de un rostro en apariencia delicado.

—Yo todavía no había terminado la carrera. Estaba haciendo prácticas cuando nos llamaron para un aviso urgente: un dolor torácico sugestivo de un infarto de miocardio en un cliente de un prostíbulo. Fuimos de inmediato y el paciente estaba en parada cardiorrespiratoria. Intentamos reanimarlo durante casi una hora, pero fue inútil, había fallecido. ¿Adivina quién estaba allí? La chica rumana.

—¿Rodica?

—Rodica, sí, con unas pintas, como le decía, bastante diferentes a las de ahora.

—¿Y el fallecido había estado con ella? ¿Estaba en ese momento en la cama?

—No, no. Lo encontramos en el pasillo que daba a las habitaciones. Parece ser que sí había estado con ella y ya se iba en el momento en que sufrió el infarto. Pero, claro, cuando llegamos ella estaba... con poca ropa, arrodillada a su lado, muerta de miedo. Una escena difícil de olvidar. Cuando la volví a ver como cuidadora de Laureano por poco me da un ataque. Llegué a dudar si era ella, pero la mirada que me lanzó nada más verme me dio a entender que ella tampoco se había olvidado de mí.

—Es que eres difícil de olvidar.

—Eso será.

—Me pregunto —dijo Simonetta, como pensando en voz alta—, cómo habrá llegado hasta la hacienda. Consuelo Tudurí no aparenta ser una mujer demasiado comprensiva con este tipo de... podríamos decir... dedicaciones. Ahora que recuerdo —prosiguió—, me dijo algo de un sacerdote que se la había recomendado o una cosa por el estilo.

—Si quiere saber la verdad, lo tiene muy fácil.

—¿Sí? Tú dirás.

—Usted no ha coincidido con el doctor Gomila, ¿verdad?

—No me suena de nada.

—Don Higinio Gomila fue un médico de familia de nuestro centro de salud que se jubiló hace unos dos años. Trabajaba en el centro por las mañanas y por las tardes de manera privada; era el médico de todos los clubes de alterne de Menorca.

—¿En serio? —exclamó Simonetta, sorprendida.

—Tenía contratado un taxi con conductor incluido y una ruta, de manera que cada mes controlaba desde el punto de vista médico a todas las prostitutas que ejercían en los clubes, haciendo hincapié en las enfermedades de transmisión sexual. Les tomaba muestra para análisis, las trataba si era necesario...

—¿Y quién le pagaba? ¿Las chicas?

—No, los dueños de los puticlubs tenían una especie de iguala. Lo que no sé es si eso se lo descontaban a ellas del sueldo.

—Curiosa forma de pluriempleo —dijo la doctora.

—Yo creo que hacía un gran papel —intervino el joven.

—Sí, desde luego, eso no lo pongo en duda. Solo que nunca había oído algo parecido, con taxista y todo. ¿Y podemos hablar con él?

—El día que usted quiera lo llamo y vamos a verlo. Ahora vive en Palma de Mallorca. Él estará encantado porque es una persona muy afable y le gusta mucho contar sus aventuras de tantos años de burdel en burdel, respetando, claro está, cierta confidencialidad. Pero estoy seguro de que con usted, dada su condición de médico, hasta se saltaría esa línea entre lo que se puede y no se puede contar.

—¿Conocerá a Rodica?

—Eso ni lo dude, de arriba abajo, y también su vida, con pelos y señales, al menos mientras ejercía de chica de alterne.

—Muy bien, entonces ya puedes ir hablando con él para ver cuándo podríamos conversar un rato. No creo que Rodica esté implicada en este caso, pero cuando Consuelo Tudurí me habló de ella me dio la impresión de que me ocultaba algo, y a mí me gusta saberlo todo. Nos ocurre a todos los forenses, y hasta me atrevería a decir que a todos los médicos. Sin la información del paciente al completo es imposible llegar a un diagnóstico certero. En la investigación policial ocurre lo mismo.

—¿Y al cura, lo ha visto?

—Sí, sí, cuando Consuelo me llamó él se iba ya de la masía. Eran sus voces las que escuchamos desde el zaguán. Debían de estar tomando un café en la cocina, porque cuando he entrado con Consuelo aún estaban los servicios encima de la mesa. Y, prepárate para escuchar lo que me ha dicho: que el padre Eladio era amigo de Marianne antes de que él se trasladara a vivir a Ciudadela.

—¿Qué? —exclamó Sergi con exageración.

—Lo que oyes. Yo también me he quedado de piedra. Que sea íntimo de Consuelo Tudurí me cuadra, pero de una posible traficante de droga... la verdad es que no.

—Es otro tema que tendremos que investigar.

—Claro, claro, él nos puede dar pistas sobre la personalidad de Marianne y sobre la vida que llevaba.

—Si es que no tiene nada que ocultar sobre la relación que los unía...

—Muy bien, Sergi, ¡cómo vas aprendiendo! Pronto voy a tener que ascenderte de ayudante a segundo investigador —le dijo Simonetta en tono de broma mientras el Kia entraba en la zona de estacionamiento de Canal Salat.

QUIQUE COLL SALÍA a llamar a un paciente cuando Simonetta se disponía a entrar en su propia consulta. Ella ya tenía a varios esperándola y no quería retrasarles más la visita, pero su compañero le hizo un gesto con la mano para indicarle que se acercara. Sus consultas estaban en el mismo pasillo, casi contiguas, solo separadas por la de Sergi.

—¿Sabes algo más sobre la noruega? —le preguntó, de espaldas a la media docena de personas que aguardaban sentadas en la sala de espera. Las más próximas a ellos parecían ajenas a la conversación mientras consultaban sus móviles, excepto una mujer mayor con el cabello teñido de negro recogido en una cola, que los observaba con ojos escudriñadores, a la caza de lo que pudiera captar.

—Ahora mismo vengo de la Torre Tudurí, pero de la muerte de Marianne Thorsen no sé nada más —respondió Simonetta, que entró en la consulta para que nadie oyera sus palabras.

—En Ciudadela no se habla de otra cosa. —Coll era natural de allí y siempre era una estupenda fuente de información. La que no le llegaba desde la consulta la recibía en la infinidad de comidas a las que asistía con amigotes solteros y de buen apetito como él, y en las románticas cenas con mujeres a las que asistía todos los lunes y de las que presumía manteniendo la confidencialidad acerca de la identidad de las protagonistas—. El morbo es un alimento que no se sacia jamás —continuó—. Entre la nacionalidad de la difunta, la mala fama de su marido y la escenita en el corral de los perros la historia se va agrandando y hay versiones de todo tipo...

—¿Tú conoces a la familia? —lo interrumpió Simonetta. A ella no le interesaban las versiones, sino averiguar cuanto más mejor de los Dolz Tudurí.

—La duda ofende, doctora Brey.

—La sesión clínica de hoy se ha suspendido, así es que dispondremos de algo de tiempo a última hora. Podrías contarme lo que sepas de ellos.

Quique Coll le dio su conformidad cerrando el puño con el pulgar en alto.

CON LAS PRISAS por comenzar con la consulta, la doctora Brey había pospuesto la tarea de redactar el curso clínico de Laureano Dolz. Siempre le gustaba hacerlo nada más llegar de atender al paciente para no olvidar ningún dato de la anamnesis ni de la exploración, la evolución o el tratamiento. Aquel día habían transcurrido unas tres horas, pero recordaba todo a la perfección. Después de despedir al último de sus pacientes, entró en su historia informatizada y escribió:

> Mejoría del estado general. Ausencia de fiebre. Buen apetito. Sin tos.
> Eupneico en reposo. Normohidratado. Normocoloreado.
> Auscultación cardíaca arrítmica; auscultación pulmonar con normoventilación, sin ruidos añadidos. Abdomen anodino.

Como acostumbraba a hacer con todos los pacientes antes de cerrar su historia, Simonetta repasó el tratamiento crónico de Laureano y revisó el resto de episodios por los que se le había atendido con anterioridad: accidente cerebrovascular, infección respiratoria, hipertrofia benigna de próstata, hipertensión arterial, tabaquismo, hiperlipemia, diabetes mellitus, estreñimiento... y otro que le llamó la atención y que no firmaba ningún médico ni enfermera, sino la trabajadora social. Clicó en él casi de forma mecánica y a simple vista le llamó la atención. Lo leyó con detenimiento y mucha curiosidad.

La trabajadora social explicaba que había acudido a su consulta la esposa del paciente, Consuelo Tudurí, a informarse sobre si, en la situación de dependencia en la que se encontraba su marido, tenía potestad legal para modificar el testamento. La trabajadora social le había preguntado a qué se debía ese repentino interés por enmendarlo y Consuelo le había contestado que las circunstancias de la familia también habían cambiado, y era voluntad tanto de ella como de su marido acudir al notario para dar fe de sus últimas voluntades. «¿Cambio en las circunstancias familiares? —pensó Simonetta—. ¿A qué se estaría refiriendo? ¿Acaso aquella visita a la consulta de la trabajadora social tuvo lugar cuando Bernabé y Marianne fueron a vivir a la casa familiar? ¿O cuando, inducidos por la matriarca, la abandonaron debido al comportamiento de Bernabé?»

Simonetta revisó la fecha: hacía aproximadamente un año de aquello. Enseguida le acudió a la mente el pequeño fallecido, el hijo de Marianne y Bernabé. Si murió con dieciocho meses, en ese momento debía de tener unos seis. ¿Sería él la causa de que los abuelos quisieran modificar el testamento? ¿Los abuelos... o la abuela en solitario? La doctora siguió leyendo. La trabajadora social le había indicado a Consuelo que necesitaría un informe de un neurólogo en el que quedara constatada la capacidad mental de su marido y, después, la valoración profesional del notario tras una entrevista personal con Laureano. De inmediato, la doctora entró en la historia clínica de atención especializada y revisó una por una todas las visitas a las que Laureano había acudido en Neurología, por si en alguna de ellas, aunque hubiera tenido lugar incluso antes, se había hablado del tema o se había elaborado un informe médico sobre la capacidad legal del paciente.

No encontró nada al respecto. ¿Eso indicaba que Consuelo no había seguido adelante con aquel asunto? ¿La razón había sido que, en realidad, su marido no razonaba lo suficiente para que un médico le diera «la autorización» para tomar decisiones legales? Pero también cabía otra posibilidad... El informe podía haberlo redactado un neurólogo privado. En ese caso no estaría en la historia clínica del centro de salud, a no ser que alguien, por ejemplo, la misma Consuelo, se hubiera tomado la molestia de llevarlo para que quedara constancia de su existencia en el caso de que se precisase.

—¿Macarena?

—Dime, Simonetta. —La administrativa, aunque acababa de trasladarse al centro de salud, controlaba a la perfección las extensiones telefónicas de todo el personal de Canal Salat.

—Necesito la historia clínica en papel de Laureano Dolz Escorza.

—Ahora mismo voy al archivo y te la llevo a la consulta.

A los pocos minutos, la doctora Brey tenía sobre la mesa la historia en papel del paciente. En realidad, junto con el resto de historias del centro de salud, esta iba a desaparecer muy pronto, ya que estaban escaneando todos los documentos, la mayoría antiguos, para que formaran parte de la historia informatizada de cada paciente. Hoja por hoja, revisó el contenido del sobre que le había llevado Macarena, pero no encontró informe neurológico alguno.

—Doctora Brey, ¿se puede? —Quique Coll asomaba por la puerta. Acababa de peinarse, poniendo orden en los caracolillos que se le formaban por debajo de las orejas y que aligeraban su cara redonda y lustrosa—. ¿Qué información necesita?

—Toda la que usted pueda darme sobre Consuelo Tudurí y su familia. —Simonetta lo invitó a sentarse con un gesto de la mano.

—Gracias, pero estoy bien de pie.

Coll tenía la costumbre de apoyarse en la pared frente a ella, abrirse la bata por debajo del último botón abrochado y meterse las manos en los bolsillos del pantalón. De ahí, iba y venía por la consulta mientras comentaban el último cambio operativo que se le había ocurrido a la gerencia o la ponía al tanto de un futuro plan de fin de semana, que casi siempre consistía en invitar a una *gachí* —como llamaba a sus conquistas— a alguno de los hoteles rurales del interior de la isla.

—Los Tudurí, me refiero a los padres de Consuelo —comenzó a explicar—, eran unos payeses que, gracias al trabajo duro, fueron comprando poco a poco terrenos que ampliaron su hacienda. Su hija era de edad parecida a la de mi madre y siempre he oído hablar de ellos en casa. Tuvo la mala suerte de quedar huérfana bastante joven y no le quedó otra que hacerse cargo de las tierras y los animales. Sin demasiada ayuda, porque tenía poca familia directa. Un joven de aquí invitó a las fiestas de San Juan a un amigo que había conocido en la mili. Era Laureano. Mi madre contaba que enseguida llamó la atención entre las chicas, porque debía de ser el típico guaperas que las atrae a todas. Yo lo recuerdo de antes de que sufriera el ictus y todavía le quedaba algo: seguridad en sí mismo, un rostro agraciado y varonil... Si me gustaran los hombres, diría que era un hombre guapo.

—¿Y por qué no puedes decirlo, aunque no te gusten los hombres? Menuda tontería —lo interrumpió Simonetta—. Yo reconozco cuando una mujer es guapa o atractiva o resultona sin necesidad de que me gusten las mujeres desde el punto de vista sexual, que es al que tú te refieres.

—De acuerdo, doctora Brey, era un hombre guapo.

—Así está mejor. Prosigamos.

—Guapo y listillo.

—Ya me imagino. Sobre todo porque sé con quién se casó.

—¿Te lo cuento o ya lo sabes todo? —repuso Coll, contrariado con tanta interrupción.

—Perdona, perdona —dijo Simonetta, juntando las manos. Disponía de uno de los mejores informadores de Ciudadela y estaba a punto de perderlo.

—A él no le gustaba Consuelo Tudurí porque de joven era aún más fea que de mayor y, claro, un guaperas como él podía permitirse ligar con la más deseada. Entonces, hoy y siempre. Pero Laureano Dolz no solo era guapo: buen porte —explicó imitándolo—, ojos verdes, pelo negro ensortijado... sino también un caradura. Y, además, estaba sin blanca. En realidad, nadie supo de dónde procedía, pero dio bastante de qué hablar cuando lo vieron bailando con la Tudurí, a la que ningún chico se le había arrimado nunca, por poco agraciada y por poco simpática. Creyó que Laureano bebía los vientos por ella —como suele decirse— porque, eso sí, a embaucador no le ha ganado nunca nadie, y en menos de un año ya estaban casados. Creo que ella ni siquiera tenía la mayoría de edad, que entonces se obtenía a los veintiún años, y un tío que tenía en Palma tuvo que darle permiso para poder contraer matrimonio. —Quique Coll hizo una pausa—. ¿Qué te parece?

—Muy interesante —respondió la doctora alargando las sílabas.

—¿Te lo esperabas?

—Algo me había adelantado la Tudurí, como tú la llamas, pero, sí, la historia, aunque tampoco es tan original, me parece que tiene bastante interés.

—¿Entonces, sigo?

—¡Por supuesto! No soy yo quien te ha interrumpido.

—Continuemos, entonces —dijo Coll, que comenzó a caminar por la consulta—. Si la hubo, poco duró la felicidad en el matrimonio, porque Laureano Dolz tenía una tendencia natural hacia ciertos... —Quique dudó— gustos difícilmente compatibles con tener contenta a una mujer, que además era joven y recién casada: cartas, mujeres de la vida, como se llamaban entonces, alcohol... y, en cambio, ninguna inclinación hacia el mundo —titubeó hasta dar con la palabra que buscaba— laboral. Antes de la boda dicen que él se comprometió a hacerse cargo de la hacienda, pero lo único por lo que mostraba interés era por abrir y cerrar la caja del dinero, ya me entiendes. —Simonetta asintió—. Para más inri, empezó a decir por ahí que se sentía un don nadie, que no encontraba su sitio en la familia, que su mujer lo tenía relegado a un segundo plano y cosas por el estilo. Ella no se enteraba de la misa la mitad, o no se quería enterar, y nadie se atrevía a ponerle al tanto de las correrías de su marido, ni a aconsejarle que debía poner freno a la vida que llevaba.

»Una noche de partida, a Laureano no le debieron de ir las cartas de cara y perdió todo lo que llevaba encima. Con la cabeza caliente por el alcohol, firmó un pagaré por una parte de la finca Tudurí, que también perdió. En realidad no tenía validez, puesto que no era propietario de la misma, pero el acreedor se presentó al día siguiente ante Consuelo para reclamar lo que había ganado, y ella por poco no lo cuenta del disgusto que se llevó. Pudo arreglar la deuda con dinero, pero se corrió la voz y fueron el hazmerreír de toda Ciudadela. Por fin Consuelo Tudurí abrió los ojos, se quitó el velo que ella misma se había colocado para no ver lo que sucedía en realidad y, como en el fondo los tiene bien puestos, tomó cartas en el asunto. Siempre ha sido muy religiosa, entonces también, y pidió orientación al que era su confesor. Este le aconsejó que buscara un trabajo para Laureano fuera de la finca con el fin de que tuviera un horario que cumplir y unas responsabilidades que atender.

—¿Y el estar fuera de casa no le facilitaba más el irse de juerga?

—El clérigo fue astuto, porque él mismo le sugirió la ocupación. ¿Adivina usted cuál fue, doctora Brey?

—¿De sacristán?

Coll se echó a reír.

—¡Habría acabado con el vino de la iglesia! —dijo, divertido—. Y con la colecta... ¡directo al Barrio Chino de Barcelona!

Simonetta rio también.

—La verdad es que no se me ocurre ningún trabajo libre de tentaciones, no soy tan astuta como aquel confesor.

—Para según qué mentes, no hay ninguna ocupación libre de tentaciones, pero la que le buscaron lo obligaba a una cierta respetabilidad, a guardar unas formas.

—¡Suéltalo de una vez!

—Policía municipal.

—¿Policía municipal? ¿Un viva la virgen como él? —exclamó Simonetta, tan divertida como sorprendida—. ¿Y cómo logró el puesto? Creo que hay que superar unas pruebas físicas y una oposición. —Ahora el que volvió a reír fue Quique Coll.

—¿Oposición? ¿Pruebas físicas? ¡Pero si estamos hablando de los años sesenta! Aquí en Ciudadela no había ni oposiciones ni nada por el estilo. ¡Ni siquiera se olía la Transición! El que tenía enchufe conseguía el puesto y listo.

—Y Consuelo tenía enchufe.

—¡Claro! Y no digamos el cura... Fueron un día a hablar con el alcalde y todo arreglado. A Laureano no le hacía demasiada gracia ponerse a trabajar, pero su mujer no le dio otra alternativa. O sí, le dio otra: cierre absoluto del grifo del dinero. Y otra más: patitas en la calle y vuelta a la península con lo puesto. Como de tonto no tenía un pelo, se embutió el uniforme, se encasquetó la gorra y decidió que iba a hacer cumplir la ley, es decir, se tomó más o menos en serio su trabajo. Además, como te puedes imaginar, era el más elegante y presumido de la patrulla.

—¿Y cambió de vida? —le preguntó la doctora, intrigada.

—Al menos en apariencia, sí. Y se permitía criticar a los que poco antes habían sido sus compañeros de juergas. En fin, un figura. Dio mucho que hablar.

—¿Y así hasta el ictus?

—No, no, de eso nada. Eso fue en los primeros años. Luego vinieron los hijos. La Tudurí seguía trabajando en su finca y él se fue transformando en una persona malencarada que no suscitaba simpatía a nadie de Ciudadela. Por edad y, según se llegó a comentar, porque su mujer había «untado» al alcalde, lo nombraron jefe de la Policía Municipal y entonces sí que se «subió a la parra». Actuaba como si la ciudad fuera de su propiedad y la gente comenzó a temerlo. Era *vox populi* que recibía dinero por hacer la vista gorda a infracciones de todo tipo, aunque, que yo sepa, nadie lo probó ni lo denunció. Ni siquiera con los alcaldes de la democracia cambió. Y después llegó el ictus.

—Vaya, vaya, Laureano Dolz... Lo que es la vida. Ahora parece un bondadoso viejecito postrado en una cama articulada.

—Sí, todos lo parecen, pero las apariencias engañan.

—¿Y qué me cuentas de los hijos? ¿Los conoces bien?

—Los conozco. Punto —contestó Coll antes de sentarse en una de las sillas destinadas a los pacientes, después de haberla apartado de la mesa para poder repantingarse a sus anchas apoyándose también en los reposabrazos—. Ni bien ni mal. Ninguno de los dos ha sido ni es amigo mío.

—¿Y?

—Carles, el mayor, es un pan sin sal. Siempre bajo la sombra de la madre, que le da cien mil vueltas en todo, pero al menos es trabajador y parece que honrado.

—¿Y Bernabé?

—Ese es clavado al padre, pero elevado a la enésima potencia.

—Lo del accidente de la mano ya lo conozco, y lo de que está metido en asuntos turbios y en un bar, también.

—Veo que estás bien informada —repuso Coll con sorpresa—. ¿Te lo ha contado su madre?

—No, eso no. Me lo ha contado Francesc.

—¡Ah, claro! En esa familia no lo pueden ni ver. Y con razón. Menudo pájaro.

—De mujeres, ¿qué me cuentas?

—¿De mujeres? Ha tenido las que ha querido. Otro guaperas como el padre, con la misma chulería o más. Bueno, es un decir, porque yo no conocí a su padre de joven. Todo lo que sé es de oídas. Pero te aseguro que a Bernabé lo perseguían las mujeres, al menos cuando era más joven. Una pasada.

—¿Alguna relación seria antes de Marianne Thorsen?

—No te puedo decir. No lo sé. Hace tiempo que le perdí la pista.

Después de consultar el reloj, Quique Coll se levantó de la silla.

—Doctora Brey, ¡a plegar! Ya es la hora y empieza el fin de semana. Continuará...

—¿Tienes algún plan? —le preguntó Simonetta, levantándose a su vez y cerrando una por una las aplicaciones del ordenador.

—¿Acaso lo duda, doctora? Un servidor siempre tiene un plan el fin de semana. Y, si me apura... dos.

—Vaya pilluelo que te estás volviendo.

—*Arrivederci, dottora!* ¿Se dice así?

—*Ciao, bambino!*

Simonetta se estaba quitando la bata mientras daba vueltas a todo lo que había hablado con su compañero cuando Sergi entró en la consulta. Él todavía la llevaba puesta.

—Doctora.

—¿Qué haces todavía por aquí? ¿No te vas a Palma a pasar el fin de semana?

—Tranquila, tengo tiempo. El avión sale a las cinco y media y no voy a facturar. Me voy directo desde el centro con una mochila. Pasaba a despedirme y a preguntarle si ha podido entrar en la historia clínica de la víctima, de la noruega.

—Es verdad —dijo Simonetta, que en ese momento cayó en la cuenta—, lo había olvidado. Después de la consulta he estado enfrascada en otros asuntos y se me ha ido de la cabeza.

—Pues no hace falta que se moleste, porque ya no hay nada.

—¿No hay nada? ¿Ni siquiera la información sobre su ingreso por el parto? —preguntó extrañada.

—No es que no haya nada porque no ha acudido al médico, sino porque, como usted ya sabe, a los pocos días de un fallecimiento desaparece la historia clínica del paciente. En algún sitio la guardarán, supongo, pero ya no se puede consultar. Pensaba que, si había indagado antes que yo, quizá hubiera tenido más suerte.

—No, como te digo, lo había olvidado. Y no es un asunto menor, al contrario, es de sumo interés para conocer la causa de su muerte. Qué lástima, hubiera sido muy sencillo acceder desde aquí mismo. Ahora tendré que pedirle al comisario Ferrer una autorización o bien que solicite la historia impresa.

—Bueno —continuó el enfermero después de consultar el reloj—, ahora sí me voy o perderé el vuelo.

—Sí, sí, claro, vete ya. Seguro que, al ser viernes, encuentras bastante tráfico hasta el aeropuerto. ¡Que lo pases muy bien!

14

DESDE QUE LLEGÓ a la isla, Simonetta Brey había adoptado la costumbre de dedicar la mañana de los sábados a comprar en el mercado y a cocinar.

El día anterior no había visto a Pau, a pesar de que los viernes solían cenar en casa de él, sin prisas, porque el sábado no salía a pescar y podía trasnochar. Cenaban algo sencillo, sin demasiada complicación. Después, si el cielo estaba despejado, a Pau le gustaba subir al piso más alto de su casa, donde tenía instalado un impresionante telescopio.

El mundo del cosmos era complejo y absorbente, perfectamente indicado para solitarios como él. Pero cuando alguien siente una pasión procura transmitírsela a los de su entorno, y Simonetta recibía las clases de iniciación de mano del pescador con curiosidad y también con ternura.

Pero la noche anterior ni había cenado con Pau ni habían contemplado juntos las estrellas. Nada más amarrar en el puerto, le había enviado un mensaje a Simonetta diciéndole que tenía asamblea en la cofradía de pescadores y que, con bastante probabilidad, se prolongaría hasta bien entrada la noche. «Mejor que no me esperes. Mañana nos vemos.» En realidad, Simonetta lo agradeció. No le gustaba fingir, y tendría que hacerlo si no quería poner en evidencia su intranquilidad y sus dudas ante un Pau quizá también nervioso e intranquilo.

Le quedaban dos naranjas y las aprovechó para hacerse un zumo. Se le había estropeado el exprimidor eléctrico y había tenido que pedirle a Pau uno manual, de los de toda la vida. Le había prestado uno de cristal, precioso, heredado de su abuela. Primero pensó en desayunar en la terraza, pero el fresco que penetró en su habitación cuando abrió la ventana hizo que cambiara de opinión. En la cocina estaría bien.

Aunque se había resistido a hacerlo, al final no pudo evitar la tentación de mirar por la ventana que daba a la casa de Pau. Daba la impresión de que ya se había levantado, porque la contraventana de su dormitorio estaba abierta. Sin embargo, no se le veía por el jardín, como tenía por costumbre los fines de semana, andando de acá para allá, de la casa al cobertizo o arrancando las malas hierbas. Terminó de desayunar, fregó los cuatro cacharros y lo recogió todo. Después hizo la cama y se duchó. Mientras se secaba, oyó el sonido del teléfono móvil que indicaba la llegada de un mensaje. Lo había dejado encima de la mesita de noche. Era de Pau. «No me esperes a comer. Vamos a seguir con la asamblea en la cofradía. Seguro que se alarga.» Nada más leerlo, oyó su Vespa en la calle. En otras circunstancias hubiera corrido a la ventana para despedirlo o incluso lo habría instado a detenerse para poder hacerlo con un beso. Pero en esa ocasión no se atrevió.

El depósito de combustible del Alfa Romero marcaba la reserva. Tendría que pasar por la gasolinera antes de entrar en Ciudadela. La bordeó por la ronda casi sin toparse con ningún vehículo, apenas alguna furgoneta de reparto y dos o tres motocicletas conducidas por otros tantos hombres, seguramente jubilados, que se dirigían a aquella hora a sus huertos. Uno de ellos incluso portaba una barquilla vacía sujeta con unas tiras elásticas a la parrilla de detrás del asiento de su antigua Mobylette. Se iniciaba la época en la que la isla quedaba libre de extraños y comenzaba a replegarse sobre sí misma como una mimosa, ajena al guirigay y al deslumbramiento del estío. Los menorquines recuperaban los espacios ocupados hasta entonces por foráneos, rescataban sus lacónicas conversaciones y restablecían sus elocuentes silencios. La vida echaba el freno.

Estaba saliendo de la estación de servicio cuando miró por el espejo retrovisor y, casi por casualidad, vio entrar detrás de ella a otro coche que iba a repostar. ¿No era Pau quien lo conducía? El sol de la mañana se reflejaba en el espejo y la deslumbraba. Imposible girarse, ni parar, porque ya estaba dentro de la rotonda y una camioneta se le acercaba. «Se parecería a él —pensó—. Pau no tiene coche y, además, lo he visto salir de casa montado en la Vespa.»

Los sábados, para acercarse a Ciudadela a por avituallamiento, no le quedaba otra que dejar la Honda en el garaje de la villa y coger el Alfa Romeo. Aparcaba en el passeig es Pla de Sant Joan, la explanada de arena fina contigua al puerto antiguo de Ciudadela, donde se celebran los actos finales de las fiestas de San Juan. El momento solemne y jubiloso en que *els caixers* y *els cavallers,* con traje de gala, a lomos de sus caballos y a galope, protagonizan una serie de juegos, señalados de manera precisa en los protocolos de las fiestas de San Juan de Ciudadela, ante los miembros del consistorio y el público asistente.

Ese día Es Pla estaba a rebosar, pero el resto del año podía utilizarse como aparcamiento. Desde allí le gustaba pasear sin rumbo fijo durante aproximadamente una hora antes de dirigirse a la plaça de la Llibertat, donde se ubicaba el mercado. Allí mismo, entre el edificio de la carne y el del pescado, los sábados colocaban sus puestos los payeses. Aquel día se dirigió hacia el puerto. Tomó el passeig des Moll, que bordeaba uno de los lados de la rada. Todas las embarcaciones amarradas en esa zona, desde el más pequeño de los *llaut* hasta el barco de mayor calado, estaban dedicados a la pesca, mientras que los deportivos amarraban en el otro lado, el más cercano al centro de la ciudad. Simonetta sabía localizar la barca de Pau, *La Élida,* y la buscó con la mirada. Descansaba indolente entre sus compañeras, todas acunadas al ritmo acompasado del agua. Desde allí se contemplaba la rotundidad de la muralla y, en lo alto, el privilegiado enclave del Ayuntamiento de Ciudadela. Dejando tras de sí el puerto, al final del passeig des Moll subió la pequeña cuesta que había que salvar hasta llegar al carrer de sa Farola.

Cuando las casitas terminaban, comenzaban dos hileras paralelas de pinos verdes y frondosos a ambos lados del camino. Miró hacia el cielo. Las espículas de los pinos centelleaban como cristales. ¿Cuántos años llevarían allí? Porque también ellos eran finitos. Tanto era así que desaparecieron de pronto del camino. Vistos y no vistos. Lo bueno fue que, tras ellos, llegó la sorpresa en forma de recompensa, de premio inesperado, capaz de hacer olvidar el desasosiego y la duda: abajo estaba el mar, abierto, inmenso, rotundo, alejado del punto donde Simonetta se encontraba por una considerable extensión de terreno áspero y rocoso que impedía bajar a cualquier humano hasta el nivel del agua. No importaba. La altura desde donde estaba le proporcionaba una panorámica inigualable. Se sentó en una de las rocas frente a él en completa soledad, hipnotizada por la iridiscencia de su superficie, con la única compañía de unas nubes blancas casi velazquianas que, con lentitud, se iban acercando desde Cala'n Blanes, y del susurro intrigante de las olas en un lugar donde no tenían sitio para romper. Las velas de algunas embarcaciones se adivinaban bajo los puntos cercanos al horizonte y otras navegaban con sigilo cerca de la costa, poniendo a prueba con pericia el milenario arte de la navegación. Quién pudiera disipar los pensamientos de la mente. ¿No era ese uno de los fundamentos de la sabiduría?

15

CUANDO LLEGÓ DE nuevo al puerto elevó la mirada hacia las ventanas de la cofradía de pescadores, donde, según le había dicho Pau, se estaba celebrando la continuación de la asamblea de la tarde anterior. Estaban completamente cerradas. La puerta de entrada a las oficinas y a la sala de reuniones no se podía ver desde abajo, porque para acceder a ella había que subir tres tramos de escalera, ocultos desde la calle. Desechó la idea de plantearse si Pau estaba dentro, y hasta de si en realidad había reunión de pescadores. Para qué. No quería complicarse más la vida. Si era verdad, estupendo, y si no, él sabría la razón de su mentira.

Subió hasta el carrer de sa Muradeta. Algunos comercios comenzaban a cerrar sus puertas hasta la siguiente temporada: helados, abarcas, *souvenirs*... Las calles de Ciudadela, con sus suelos lustrosos y sus característicos silencios, volvían a seducirla. Cada vez que se perdía por ellas dando un paseo casi religioso, arrobada por el blanco y el verde de fachadas y puertas, la cautivaban de nuevo por su simplicidad, por su armonía. Recorrió el carrer d'es Mirador hasta llegar a la plaça de la Catedral, de ahí tomó el carrer Josep Maria Quadrado, el carrer del Sant Crist y después el carrer de Sant Onofre hasta desembocar en la plaça de la Llibertat. Allí, en medio del mercado, los payeses ya habían colocado sus puestos multicolores, y los clientes miraban con atención antes de decidir en cuál llenar sus bolsas o sus carros.

Después de hacer la compra le gustaba sentarse en la terraza del restaurante *granaíno,* como señalaba el cartel a pesar de tener nombre menorquín, para observar a la gente y admirar los dos naranjos que escoltaban el edificio de venta del pescado. Desde allí, sus copas verdes pobladas de naranjas destacaban con elegancia sobre el decadente fondo rojizo de la fachada donde se ubicaba el Ulysses, el bar donde había entablado conversación con Toni Sagrera por primera vez. Siempre que se sentaba en algún lugar de la plaza pensaba en él; todavía no se lo había quitado de la cabeza. Todo había ocurrido muy deprisa desde aquel día, también sábado de mercado, en el que Toni la había llamado desde lejos para que se sentara a su lado.

—Buenos días, doctora. —Simonetta se sobresaltó.

—¡Ah!, es usted —dijo, tranquilizándose. Era el padre Eladio el que la saludaba. Llevaba el mismo polo gris de siempre y unos pantalones similares. Parecía una versión de Pau, solo que este en vez de polo solía llevar una camiseta gris.

Simonetta lo invitó a sentarse. En un principio el sacerdote se negó, pero cambió de opinión cuando se percató de que la doctora se levantaba como deferencia hacia él.

—Tengo prisa, pero no tanta como para despreciar su invitación, siempre y cuando nuestra charla sea breve. —Simonetta asintió—. Pasaba por aquí y, al verla, he querido saludarla y también darle las gracias por sus atenciones para con Laureano y Consuelo.

—Es mi obligación, no hago nada más que no sea cumplir con mi trabajo —repuso con sinceridad.

—Pero uno tiene muchas formas de cumplir con su trabajo, con entrega y excelencia o sin ellas. Los médicos cumplen un gran papel.

A Simonetta le agradó el cumplido, porque no era lo habitual. La sociedad había evolucionado hacia la exigencia y las reclamaciones, también hacia los médicos y el mundo sanitario en general, en la mayoría de las ocasiones, de manera injusta.

—¿Conoce a la familia Dolz desde hace tiempo? —le preguntó, después de pedir al camarero un bíter para el sacerdote.

No estaba mal aprovechar aquel encuentro y el tema de conversación que el padre Eladio había iniciado para poder sacar algo de información de la familia Dolz Tudurí.

—A algunos de sus miembros, pero no desde hace mucho tiempo. Lo que ocurre es que hay personas que, a pesar de que las hayas conocido hace poco, te parece que las conoces de toda la vida por su calidad humana, su empatía o el grado de confianza que logras alcanzar con ellas —explicó sin detallar a quién se refería.

No se le veía alegre, pero de su rostro había desaparecido el rictus sombrío que tenía el último día que lo había visto de refilón en la Torre Tudurí. El acento andaluz dotaba a su lenguaje de una gracia especial, aunque su discurso fuera lo más corriente del mundo.

La charla fue breve, apenas un intercambio de anécdotas.

—Y ahora tengo que despedirme —dijo el sacerdote de repente, girándose para buscar al camarero.

—Yo invito —se adelantó Simonetta.

—En ese caso —dijo él mientras se levantaba de la silla—, queda pendiente otra invitación por mi parte para otro día, tal vez en el palacio catedralicio, que es donde yo vivo. Tenemos unas plantas preciosas de las que me ocupo personalmente. Estoy seguro de que le gustarán.

—Anoto yo también la invitación —dijo ella, imitándolo en el gesto de la libreta imaginaria y el lápiz.

Mientras pagaba la cuenta, dieron las doce en el campanario de la catedral. Cargada con las dos bolsas, bajó de nuevo paseando hasta Es Pla, las depositó en el maletero del Alfa Romeo, arrancó y partió hacia la cala donde vivía.

Antes de que Pau le comunicara que no iba a ir a su casa a comer, la doctora Brey tenía previsto preparar de primero un plato de pasta y de segundo un entrecot a la plancha. No había razón alguna para cambiar de menú. Bastante mal se alimentaba los días laborables como para no darse un placer al menos durante el fin de semana. Seguiría con lo planeado.

Comió en el salón, con la mesa ataviada como si tuviera invitados, con un mantel de lino comprado en Papillon, pero con cubiertos solo para ella. Después de unas *melanzane alla parmigiana* se sirvió un entrecot, seguido de un zumo de naranja, y más tarde dos galletas de chocolate con el café. Un menú completo.

Se recostó en el sofá después de acomodar la mesa del televisor para tenerlo de frente. Simonetta cerró de forma inconsciente los ojos al poco de comenzar una de las películas alemanas con las que viajaba por idílicos parajes de Europa los fines de semana.

Al despertar de la breve siesta se dispuso a seguir algo del hilo de la película, que parecía desarrollarse en Francia. En ese momento, la que con bastante probabilidad era la protagonista, estaba buscando a hurtadillas algo en un cajón de una antigua casa de campo. Allí encontraba unas fotografías en blanco y negro con unas frases escritas en el dorso que ponían en duda el origen de sus progenitores, algo relacionado con la época de la Ocupación que ella desconocía. A Simonetta la escena le recordó la que ella misma había interpretado al ocultar en un cajón los sobres que había encontrado en la maleta del sótano. Entre unas cosas y otras ya no había vuelto a pensar en ellos. Se despejó por completo y vaciló. ¿Era oportuno rescatarlos? ¿Había hecho bien al esconder algo que no le pertenecía? ¿Quién era ella para sustraer un objeto de aquella casa, para arrebatárselo a Pau, que, al fin y al cabo, era el propietario de todo? Le remordió la conciencia. ¿No sería mejor dejarlo pasar y al cabo del tiempo decirle al pescador que los había encontrado en el cajón por casualidad? ¿O simplemente lo mejor era abandonarlos allí para que fuera el azar el que los pusiera en manos de quien diera de nuevo con ellos?

No pudo resistir la tentación, le pudo la curiosidad. Después de pensarlo durante unos segundos, se levantó del sofá y bajó al piso inferior. Había recordado la inesperada actitud de Pau cuando pasó a toda prisa por su casa, con la tormenta que caía, tan solo para llevarse el contenido de las maletas. A pesar de que notaba un cierto nerviosismo, estaba convencida de que no cometía ningún delito ni infringía ninguna norma, ni siquiera moral, si echaba un vistazo a aquello, con toda probabilidad recuerdos de familia. Dentro del cajón había dejado dos sobres y el contenido de otros dos. Lo cogió todo y subió al salón. Se sentó a la mesa de trabajo, apartó los apuntes médicos y se dispuso a inspeccionarlo con detenimiento.

En uno de los sobres había una fotografía en blanco y negro. En ella aparecían tres chicas jóvenes con peinados y ropa típicos de los años cincuenta o sesenta. Estaban delante de un coche, un Citroën dos caballos o uno similar. Una de ellas estaba apoyada en la parte delantera, y las otras, una a cada lado. La que estaba sentada llevaba una falda y un suéter, y las otras dos sendos vestidos por debajo de la rodilla. Un poco más arriba de sus cabezas, alguien había escrito sus nombres: Élida, Irma y Solín. Élida era la madre de Pau. Ella y la chica de la falda posaban sonrientes y felices, mientras que Solín estaba seria. En el dorso de la fotografía, la misma persona que había señalado los nombres —por la grafía casi seguro que se trataba de una mujer—, también había escrito la localización y la fecha de la instantánea: «Ciudadela de Menorca, fiestas de San Juan de 1959».

Además de la fotografía, Simonetta había ocultado en el cajón otro sobre y el contenido de dos más que, para que Pau no sospechara nada, había dejado dentro de la maleta junto con las revistas y los hojas de periódico. Se trataba de tres folios tamaño cuartilla, de los que se utilizaban para escribir cartas, todos ellos con notas dirigidas a la misma persona y firmados también por el mismo individuo.

Ciudadela, 27 de junio de 1959

Querida Élida:

Lo que hiciste por mí no tiene precio y nunca en la vida voy a poder pagarte tu ayuda, sino con mi amistad inquebrantable. No sé si es buena idea que no nos veamos durante una temporada, ¿no sospecharán algo si de repente no nos ven juntas? Y Solín, ¿crees que se ha podido enterar? Sería terrible, porque es capaz de denunciarnos.

Tu amiga del alma,
Irma

Ciudadela, 30 de junio de 1959

Querida Élida:
Yo también estoy muy asustada, hazte a la idea de que igual o más que tú. Sí, me encuentro bien dentro de lo que cabe. Tengo que disimular para que nadie se dé cuenta de nada, eso es lo más importante. Me obligo a comer y a sonreír sin ganas porque las ojeras me llegan al suelo. Tengo muchos remordimientos. Tú tienes que estar tranquila, porque yo soy la única responsable. Tú fuiste la mejor de las amigas.

Te quiere,
Irma

Ciudadela, 6 de julio de 1959

Querida Élida:
Estoy de acuerdo contigo en que Solín sospecha algo. Yo no puedo más. Ni como ni duermo, y cada vez estoy más débil. Mi madre se ha dado cuenta y quiere llevarme al médico. Como alternativa le he propuesto pasar el verano en Mallorca con mi abuela. Mañana cojo el barco. Siento dejarte sola, pero no me queda otra opción. Guardaremos el secreto de por vida. Yo lo prometo y sé que tú también lo harás.

Tu amiga incondicional,
Irma

Cuando acabó de leerlo, Simonetta estaba sobrecogida. De repente, con tan solo abrir un cajón, se había inmiscuido en la intimidad de dos mujeres, una de ellas, al menos, ya fallecida. Y si esa Élida era la madre de Pau Martí, ¿quiénes serían las otras dos? ¿Alguna sería la anterior propietaria de la villa, la madre de Toni Sagrera? Entonces, también estaba muerta. Toni jamás había mencionado su nombre y a Simonetta tampoco se le había ocurrido preguntárselo. Sabía que Élida y ella habían sido amigas en su juventud y también, según le había contado en su día Séraphine, que por Ciudadela se hablaba de algún hecho desconocido de su pasado por el que guardaban una unión más allá de lo que suele ser normal en una amistad entre mujeres. ¿Acaso en el contenido de la maleta se hallaban las claves que resolvían el enigma?

Su mente de forense comenzó a elaborar múltiples hipótesis que pudieran haber generado el temor de las jóvenes, fruto de unos hechos protagonizados o causados por ellas y que estuvieran fuera de la moral, de los convencionalismos o incluso de la ley. ¿Sospechaba o sabía algo Pau y por eso había pasado a buscar las maletas con tanta premura? Le acudieron a la memoria las fotografías que había hecho a los periódicos que estaban junto a las cartas. Quizá clarificaran el misterio.

Pero ¿dónde había dejado el móvil? Después de mucho buscar lo encontró en la misma mesa de trabajo, debajo de las guías de hipertensión. En la galería pronto localizó las fotos, pero para desilusión suya, estaban bastante desenfocadas. Sí podía apreciarse en algunas de las páginas la fecha de publicación. Dos estaban fechados en 1959, y el otro en 1995. ¿Tendrían relación con la historia de las dos chicas o estarían en la maleta por casualidad, tal vez para proteger las cartas de la humedad? A saber. De momento no le apeteció seguir con el tema que, en realidad, no le incumbía. ¿A santo de qué meterse en otro entuerto que, para más inri, implicaba de nuevo a Pau? ¿No tenía ya bastante con su turbia relación con Marianne Thorsen? Además, ¿qué familia carece de secretos? Ella no era nadie ni estaba autorizada para meter las narices en la de... su casero —en realidad, no estaba segura de que él la considerara algo más que una inquilina con la que pasaba ratos románticos entretenidos—. Sin pensarlo más, introdujo las notas en los sobres y bajó hasta el piso de abajo para guardarlos de nuevo en el cajón del zaguán. Sin embargo, antes de cerrarlo, volvió a coger la fotografía y a mirarla detenidamente. Pensó en la brevedad de la juventud, ese divino tesoro, y en la vida que habrían llevado aquellas muchachas. ¿Alguna de ellas seguiría viva?

Lo decidió en un instante: los sobres se quedarían allí y la fotografía también... pero más tarde. Encima de la butaca color berenjena del vestíbulo solía dejar el maletín de médico nada más llegar de la consulta, y ahí la esperaba hasta la jornada siguiente. Lo abrió y guardó la foto en un bolsillo interior que reservaba para algún papel o nota que no debía olvidar. Tan solo debía encontrar a alguien que pudiera identificar a las tres mujeres.

16

DARÍO FERRER SE había despertado mucho antes de la hora a la que había programado el despertador.

Ese día no había sido exactamente un caso lo que le había hecho amanecer antes de que el sol apareciera por el horizonte, sino uno de esos tentáculos imprevisibles que crecían como hidras en relación, eso sí, a uno de ellos. Porque, en esa ocasión, la hidra atrapaba a su querida, admirada y adorada Simonetta Brey, y la vinculaba de refilón al último que estaba investigando. No era la primera vez que se arrepentía, o, mejor dicho, que ponía en tela de juicio la decisión de atraerla a la isla, pues le había ofrecido un anzuelo que ella no pudo dejar de morder.

Con los ojos abiertos en la oscuridad, mirando al techo «de memoria», como diría su abuela, lo carcomía la inquietud. Tan solo unas horas atrás había conversado con Simonetta por wasap sobre la autopsia de la noruega fallecida. Habría sido una buena oportunidad para informarla de que aquella misma mañana estaba citado a declarar en la comisaría Pau Martí, sin embargo, no se atrevió a hacerlo, temeroso de su reacción. De no haber hablado con ella, más adelante habría podido aducir que, por trabajo, no había tenido oportunidad de comunicárselo, pero, dado que habían conversado, ni esa ni ninguna otra excusa servían.

Desde el punto de vista formal, no tenía por qué ponerla al tanto del asunto, pero sabía que Simonetta lo interpretaría como una especie de traición hacia ella, que tanto lo había ayudado en otros tiempos y con quien compartía el recuerdo de días felices y momentos apurados que habían superado juntos, como un gran equipo. Fue cobarde, tenía que reconocerlo, y no le gustaba mostrar cobardía delante de nadie, y menos ante Simonetta. ¿Cómo se lo tomaría ella cuando se enterara? Mal; conociéndola, no había otra opción. Pero ¿por qué leches había tenido que intimar con ese individuo?

Ferrer consultó el reloj. Faltaban cinco minutos para las siete. Ese sábado tenía guardia y había aprovechado para citar a Martí, porque quería interrogarlo él mismo y que no hubiera mucha gente alrededor, al menos no tanta como acostumbraba a haber cualquier día laborable por la comisaría. Además, sabía que los sábados Pau Martí no salía a faenar.

Para Darío, el interrogatorio del pescador suponía una especie de reto personal. Por una parte, el caso que estaba investigando lo atraía e intrigaba, sobre todo porque, aparte de Martí, no tenía ninguna otra pista que pudiera arrojar luz sobre un asunto con muchos flecos: mujer extranjera sin familia directa conocida, casada con un potencial traficante de drogas, extorsionadora, hijo fallecido recientemente, familia política compleja, hallada muerta en circunstancias poco habituales... Pero, ante todo, su curiosidad, que rayaba en el morbo, ponía el foco en el interrogado como persona, como hombre y, lo que más le importaba, como amante de Simonetta Brey. Deseaba conocerlo y, al mismo tiempo, temía encontrárselo frente a frente y descubrir que era un hombre de valía. Esa era la innegable realidad, el motivo de sus celos. Conociendo la fina inteligencia de Simonetta, tarde o temprano se percataría de la necedad de quien tenía al lado si realmente era un necio, como le había ocurrido con Sagrera. Pero si se trataba de un hombre honesto y cabal... la cosa tenía peor remedio.

A veces se preguntaba si en su fuero interno todavía confiaba en volver a tenerla como amante, aunque no se detenía a aguardar esa respuesta que, en el fondo, conocía y rechazaba por inalcanzable. «Una diosa establece sus límites», le increpó años atrás cuando lo suyo terminó. Le salió esa frase absurda y pretenciosa después de que ella renunciara a ser «la otra», resumen cañí de lo que en verdad sentía.

Ahora, una vez más, sin mentirle, no le había contado toda la verdad. Sí, Mercedes se encontraba en una estancia de perfeccionamiento del inglés y aquella era la principal razón por la que no estaba en Menorca, pero también lo era el hecho de que su relación matrimonial se había deteriorado. Su mujer le echaba en cara que pasara tan poco tiempo en el hogar, y que cuando lo hacía alegara cansancio para no ocuparse de los niños ni de la casa. Ella tampoco se había aclimatado a la isla y en todo encontraba incomodidades. Vivirían separados unos meses y después todo volvería a la normalidad, eso era lo que habían pactado y lo que transmitieron a las personas que los querían. Y Darío se había quedado solo. Los echaba de menos, claro, a los niños y también a Mercedes. Era muy desolador acostarse una noche tras otra en la cama vacía. No quería volver a llenarla con nadie, eso lo tenía claro, ni quería ocupar otras camas; por responsabilidad, por Mercedes y por su propia salud mental. Esperaría. Las aguas volverían a su cauce.

La panadería Es Cós estaba en su misma calle. Hasta que su familia se fue, todas las mañanas, nada más levantarse, bajaba a comprar la barra del día para casa y dos bollitos de pan de cristal para el almuerzo de los niños. Lo hacía con agrado a pesar de que debía madrugar unos minutos más para no llegar a la comisaría con retraso. Era un pequeño acto de amor para con sus hijos y una contribución a las necesidades domésticas, o, al menos, así era como él lo interpretaba. Sin embargo, para su sorpresa, cuando Mercedes le plantcó su intención de aceptar los tres meses de formación en Irlanda que la Consejería de Educación le brindaba, y aprovecharla como una oportunidad para poner en claro desde la distancia su relación matrimonial, fue una de las cosas que le echó en cara. Argumentó que él utilizaba «esa tontería» para acreditar su «notable» implicación en el funcionamiento familiar.

—¿Lo de siempre? —le preguntó la dueña, que hacía también las veces de dependienta. Los humanos somos animales de costumbres, y Ferrer no había querido abandonar su visita diaria a Es Cós cuando se quedó solo, aunque a veces la barra de pan que adquiría se convirtiera en una piedra antes de darle el primer bocado.

—Sí, y además también quiero un pedazo de coca de carne —respondió con la intención de guardarla para la cena. Su jornada de guardia concluía a las diez de la noche y a esa hora no le apetecería ponerse a buscar un sitio para cenar.

Dejó la barra en el cajón donde guardaban el pan y volvió a la calle. Las escasas nubes que había estaban desapareciendo. Se auguraba un día despejado. Pasó por el Colegio de San José, donde estudiaban los niños, casi enfrente de donde vivían.

La comisaría de policía de Mahón se ubicaba en la plaça de la Miranda. Era un sencillo edificio de aspecto un tanto deteriorado que hacía chaflán con el carrer de Sant Sebastià, donde estaba la puerta principal de acceso. Tanto Darío Ferrer como todos sus subalternos estaban convencidos de que ellos y, sobre todo, la institución a la que representaban y servían, merecían una sede mejor. Desde el Ministerio habían sido múltiples las promesas para su puesta al día o, incluso, para su traslado a un inmueble de nueva construcción, pero ahí seguían, peleando contra los desconchados de las paredes y las goteras.

Antes de entrar cada mañana, Ferrer apuraba un cortado en la cafetería Nou Miranda, en la plaza, codo con codo con los usuarios que aguardaban la apertura de las oficinas de renovación del documento nacional de identidad. Como los sábados la comisaría no prestaba ese servicio, la cafetería abría más tarde y el comisario cambiaba de local, un pequeño bar, el Teberis, que también ofrecía menús a un precio bastante asequible y del que era cliente al mediodía con bastante asiduidad.

—¿De guardia, comisario? —le preguntó la dueña desde detrás de la barra. Era una mujer joven muy guapa de origen dominicano que había contraído matrimonio con el propietario, un murciano cincuentón, hacía poco tiempo. Ella le sacaba un palmo y, fuera verano o invierno, llevaba como uniforme una ajustada camiseta negra de tirantes de escote pronunciado y una minifalda del mismo color. «Desde que está ella el negocio ha reflotado. Tiene unas manos divinas para la cocina», decía el murciano, ufano.

—Lo has adivinado —le respondió Ferrer, señalando una magdalena envuelta en papel celofán. El café lo daba por pedido. Normalmente le gustaba entrar al trapo con algún piropo velado o alguna broma que ella seguía con picardía y gracia, pero ese día estaba demasiado centrado en lo que vendría después como para que se le ocurriera algo ingenioso.

—Resérvame un menú —le dijo cuando ya se iba—. Pero llegaré tarde.

—Aquí lo tendrá —dijo ella guiñándole un ojo.

Antes de entrar en la comisaría le dio por acercarse al mirador a contemplar el puerto. Esa zona estaba ya próxima a la bocana y en ella siempre había menos actividad que en la parte más cercana al centro. Mahón poseía el puerto natural más grande del Mediterráneo y uno de los más grandes del mundo. Los cruceros y los barcos de carga se sucedían a diario para abarrotar la isla de turistas y para aprovisionarla de productos. Era muy entretenido controlar su continua actividad desde la considerable altura del mirador de la Miranda.

—¡Darío! —el agente que salía de guardia lo llamaba desde la esquina de la comisaría. Había adquirido la rutina de tutearlo porque habían sido compañeros de promoción en la academia y se habían corrido un par de juergas juntos. Con diferencia, era el más pelmazo de todo el equipo y Darío, cuando lo adivinaba cerca, hacía malabares para esquivarlo. Estaba claro que esa vez no había podido ser.

—¿Qué hay, Rodríguez? —Y este le empezó a contar lo que había: hora por hora y punto tras punto, todos los sucesos de las últimas quince horas en Mahón y sus aledaños.

—BUENOS DÍAS, SEÑOR comisario —lo saludó el agente que vigilaba la entrada de la comisaría. Estaba sentado detrás de una pequeña mesa de madera que precisaba una buena mano de barniz.

—Buenos días. ¿Ha venido ya Mendieta?

—Hace unos minutos. Me ha dicho que subía a su despacho.

—Dígale que acuda al mío, por favor.

El agente, uno de los más veteranos de la comisaría, levantó de inmediato el auricular del teléfono para cumplir la petición de su superior. Ferrer dejó abierta la puerta de su despacho mientras encendía, de pie, el ordenador. Enseguida llegó el subinspector Mendieta que, aunque no estaba de guardia, se había ofrecido para ayudar a Ferrer en los aspectos más burocráticos de la declaración de Martí.

—¿Quedamos con el sospechoso a las nueve y media, verdad? —le preguntó Darío después de saludarlo.

—No, ayer llamó a última hora y solicitó aplazar la cita hasta las once. Dijo que no disponía de coche propio y el amigo que se lo prestaba no podía dejárselo antes. Me pareció una excusa bastante torpe, pero tampoco pienso que hora y media arriba o abajo tenga ninguna importancia. Como tienes guardia y de todas formas tenías que aparecer por aquí a estas horas, no te lo comuniqué.

—Está bien, no importa —dijo Ferrer algo contrariado. Quería acabar con el tema lo antes posible.

—¿Necesitas algo más? Tengo informes por redactar.

—De momento, nada más. Me informas en cuanto llegue y listo.

Mendieta afirmó con la cabeza y salió del despacho. El subinspector era un hombre cumplidor y un excelente policía, pero carecía de ambición profesional. Con su edad —rondaba los cincuenta y cinco— bien podría haber ascendido a inspector, e incluso a comisario, pero había preferido ser un segundón antes de asumir las responsabilidades que un cargo superior implicaba.

QUÉ ESTARÍA HACIENDO Simonetta a esas horas, pensó Darío. Y también si habría pasado la noche con Martí. Rechazaba imaginárselos juntos, durmiendo en la misma cama, pero la imagen, aun sin conocer al pescador, lo asaltaba de cuando en cuando en los últimos días, desde que conoció la implicación, sustancial o no, de Pau Martí con el caso de la muerte de la noruega y la relación que lo unía a Simonetta. No había olvidado la imagen de ella, dormida como un ángel, con la sábana cubriéndola hasta el cuello y el cabello castaño sobre la almohada, a pesar de que había transcurrido mucho tiempo desde que compartieron lecho por última vez.

El sonido del teléfono lo sobresaltó. Miró el reloj antes de responder: las once menos diez. Seguro que Martí había llegado ya.

—¿Sí?

—Ferrer, Pau Martí espera abajo. ¿Lo paso a la sala para interrogarlo? —le preguntó Mendieta.

—No, quiero que venga a mi despacho. Declarará aquí.

—¿En tu despacho? —preguntó el subinspector, sorprendido.

—Sí, en mi despacho. Martí y yo nos sentaremos en la mesa de reuniones y tú en la mía, grabando y tomando las notas.

—De acuerdo. Ahora vamos.

17

Desde hacía un tiempo dormía mal todas las noches, antes ya de que la muerte de Marianne lo sacudiera como el certero impacto de un proyectil dirigido al centro de su cuerpo. Se levantó de la cama consciente de que todavía no había amanecido y, por lo que pudiera ocurrir después, la dejó hecha. La sábana bien tirante, la almohada en su sitio y la delgada colcha de algodón colocada de forma simétrica, metida debajo del colchón por los pies y colgando por los dos lados. Los cojines que le había regalado su hermana los puso uno a cada lado, a pesar de que a Simonetta le gustaban más juntos, en el centro. No sabía si ducharse antes o después de desayunar, en todo caso tiempo tenía de sobra, hasta las nueve no iba a llegar Quim Gascón a su taller.

Abrió un poco la contraventana y después también la ventana. No solo quería ventilar, sino también comprobar si Simonetta estaba despierta. Para él mentir suponía un enorme sacrificio, tanto por el descuido moral de la mentira en sí como por el esfuerzo que debía realizar para que resultara convincente. Lo lamentable era que, en ocasiones, una mentira conllevaba otra, y esta otra más, y así hasta un punto en que, para ocultar la cadena de embustes, uno actúa alejado de sus propias normas, incluso de las de la sociedad, rodando dentro de un peligroso cilindro directo al precipicio... ¿Por qué la primera mentira? En su caso estaba claro: porque la sorpresa lo sobrepasó. Quería ocultar su relación con Marianne, sí, pero no es lo mismo no contar que mentir. ¿Quién iba a pensar que sería Simonetta quien le anunciara, aunque de manera indirecta, su muerte? No le dio tiempo a reaccionar. ¿Cómo no iba a mentir? La verdad es compleja a veces, y el que la quiere conocer no se conforma con una parte: exige su totalidad.

Preparó la cafetera y sacó del frigorífico el último yogur. La miel estaba encima de la mesa desde la noche anterior. Había mentido a Simonetta sobre la reunión de la cofradía de pescadores porque no tenía valor para decirle la verdad, y ahora todo su afán era salir de casa antes de que ella pudiera verlo. Simonetta. No quería ni considerar la posibilidad de perderla, ese pensamiento sí era un suplicio para él, pero ¿cómo evitarlo si se enteraba de todo? Se sirvió el café en la taza de siempre y se sentó a la mesa. ¿Qué preguntas le harían? Cuando se presentó el policía con la orden de citación para la comisaría, se le ocurrió preguntarle si le hacía falta un abogado, pero se contuvo por si caía en el ridículo. Más tarde, cuando llamó para intentar aplazar la declaración, sí lo hizo. Las películas bien servirían para algo, pensó. Le respondieron que no era necesario, que lo habían citado, de momento, en calidad de testigo.

Recogió los restos del desayuno con desasosiego y se duchó. Dudó si vestirse formalmente con camisa y americana o llevar su indumentaria de siempre: vaqueros, camiseta y, si acaso, cazadora. Optó por algo intermedio: pantalón chino, camisa y cazadora. Cuando salió miró de nuevo hacia la villa de Simonetta. El portón de la ventana del primer piso que daba a la calle estaba entreabierto, pero no se veía ninguna luz.

La Vespa arrancó a la primera, salió con ella del cobertizo donde la guardaba, atravesó la zona de jardín y, ya fuera, la aparcó un momento para cerrar la verja con llave.

No le importaba haber llegado al taller de Gascón con tanto tiempo de antelación. Como era sábado, el polígono estaba muerto. Nada más pedírselo, el mecánico le había ofrecido un Volvo que guardaba allí, porque para trasladarse del trabajo a casa empleaba un utilitario. Pau sabía que no le haría ninguna pregunta y por eso se atrevió a pedírselo después de pensarlo mucho; detestaba solicitar favores.

—Vamos allá —dijo tan solo Gascón cuando llegó, antes de lo acordado. Era algo mayor que Martí, muy espabilado, bien parecido y un gran trabajador. Además de mecánico, en sus horas libres le gustaba cultivar tomates en su huerto y aún sacaba tiempo para cuidar de sus padres, que estaban algo delicados—. Ahí lo tienes —dijo, señalando el coche—. Está puesto a punto, pero el depósito está en la reserva. Ayer no me dio tiempo a llevarlo a repostar, tendrás que ir directo a la gasolinera. Y no tengas prisa por devolverlo, que no me hace ninguna falta.

Como respuesta, Martí le dio las gracias con una mueca y una palmada en el hombro.

En efecto, el depósito del Volvo marcaba la reserva. Desde el taller, el pescador se dirigió hacia el extremo del polígono más cercano a la ciudad, donde había una estación de servicio que abría bastante pronto, incluso los sábados. Cuando puso el intermitente para entrar desde la rotonda, de repente vio el Alfa Romeo rojo que le había prestado a Simonetta saliendo de la gasolinera. También ella había ido a repostar, pero ¿lo habría visto? Lo más probable era que no, ni se habría fijado ni lo habría relacionado con el coche de Gascón.

Al ser sábado, había poco tráfico en la carretera. Intentó recordar la última vez que había visitado Mahón. Sí, había sido unos meses antes con motivo de la renovación del DNI, qué casualidad, en la comisaría de la Policía Nacional, el mismo lugar hacia donde se dirigía. Quién le habría dicho entonces que poco tiempo después volvería para declarar en relación a la muerte de Marianne. Impensable. Qué sorpresas da la vida. ¿Cómo había sido capaz de complicarse tanto la suya desde que la conoció? A él y a su familia parecía arrastrarlos la mala suerte, que había ido *in crescendo* con un final que todavía desconocía.

Lo citaban como testigo de aquel asunto, pero ¿a qué se referirían con ese vocablo? Había oído por la radio que, con motivo de los escándalos de corrupción de algunos políticos, estaban intentando «blanquear» esa terminología. ¿No lo considerarían sospechoso? Había sido demasiado ingenuo comunicándose con Marianne a través del móvil. No tenía ninguna duda de que aquella era la razón por la que habían averiguado que se conocían, y lo más seguro era que hubieran accedido también a sus conversaciones. Nada más recibir la citación, buscó las últimas palabras que había intercambiado con ella, pero, tal como creía, las había borrado. ¿Habría hecho ella lo mismo? De todos modos, aunque así fuera, podían haberlas recuperado, y eso lo inquietaba. Marianne había estado a punto de traspasar todos los límites y él no había podido guardar la calma.

A la altura de Es Mercadal había algo de retención de tráfico. Consultó el reloj. Menos mal que había salido con tiempo. Volvió a pensar en Marianne. Lo había dejado sin blanca. Con los beneficios de la pesca apenas le llegaba para pagarse la seguridad social y los gastos fijos de las dos casas; y el alquiler de la villa, que era su segunda fuente de ingresos, lo destinaba al resto. Cuando Simonetta decidió quedarse en Menorca, Pau le bajó la renta a un precio razonable y asequible para ella. Hasta entonces, parte del montante lo abonaba un organismo oficial dependiente del Ministerio del Interior en relación a una historia pasada, pero aquello había acabado. Él no quería que abandonase la villa, por supuesto. ¿Debería haberle ofrecido compartir su propia casa? ¿Había llegado la hora de que vivieran en pareja? Pau no se había atrevido a proponérselo. Una cosa eran los buenos momentos que pasaban y otra proyectar el presente, y quizá el porvenir, juntos. No la creía capaz de sacrificar su intimidad, su independencia, su futuro profesional por él, un humilde pescador de una pequeña isla. No les iba mal viviendo el presente. ¿Para qué hipotecar el futuro? Además, estaba seguro de que la amaba, pero también lo estaba de que un día ella volaría, y Pau prefería preservar su propio espacio para que, llegado el fatídico momento, al no tenerla en su cotidianeidad, el sufrimiento no fuera tan destructivo.

El comportamiento de Marianne también le había hecho rechazar la idea de invitar a Simonetta a compartir su hogar. Temía volver a verla aparecer cualquier día pidiéndole el dinero que ya no podía darle. No podía correr otra vez ni en sueños ese riesgo innecesario. Hasta ese momento, claro. Ahora el peligro se había disipado, aquella ya no era una razón para seguir viviendo solo... Pero ¿de verdad el riesgo se había evaporado... o se había multiplicado? El fantasma de Marianne planeaba sobre él, amenazante. Su muerte no lo había liberado de ella, sino que lo estaba atenazando. Ese mismo viaje era buena prueba de ello.

Siempre que tenía que visitar Mahón procuraba aparcar en la zona del puerto. De esa manera, tomaba el desvío al poco de pasar el del aeropuerto, antes de entrar en la ciudad, y evitaba las calles estrechas, las furgonetas de reparto estacionadas sobre las aceras y los turistas despistados que caminaban por las calzadas. A ver si tenía suerte y encontraba un sitio. Los sábados la zona azul era gratuita.

Recorrió con precaución la gran curva de bajada que conducía a la entrada del puerto, a la zona del Moll de Ponent. A su izquierda comenzaban los primeros pantalanes; ese día, por ser sábado, con pequeñas barcas de pesca amarradas, como la suya en Ciudadela. Después de ellos, otros más grandes, y más allá, lanchas y barcos deportivos de poca eslora, seguidos de pequeños veleros, propiedad de menorquines y de catalanes con segunda vivienda en la isla. El carrer Andana de Ponent seguía su camino bordeando ese lado de la rada. A mano derecha volvió a ver una vez más el edificio blanco de las destilerías de Xoriguer, la ginebra elaborada en Menorca y, enfrente, cerca de la estación marítima, de nuevo barcos de pesca de todos los tamaños.

Cuando llegó al Moll de Llevant, nada más pasar la imponente escalinata que bajaba de la ciudad, buscó sitio para aparcar. Más adelante, el puerto continuaba con numerosos locales comerciales y restaurantes a la derecha, y magníficos barcos de recreo a la izquierda, pero Martí no quiso seguir más allá. Encontró un hueco libre y aparcó, por casualidad, delante de S'Abarca. Como siempre, el establecimiento anunciaba sus productos con una gran muestra del tamaño de una persona al lado de la puerta. Se trataba de un taller artesanal de abarcas menorquinas regentado por una pareja de hermanos... ¡turolenses! En Menorca todo podía ocurrir. Pau los conocía desde hacía bastantes años y les compraba las abarcas que llevaba en su embarcación cuando salía a pescar. Ellos las llamaban «fraileras» y eran algo diferentes a las típicas de la isla; estas llevaban talón y sujetaban algo más el pie.

La comisaría estaba cerca. Subió por la plaça del Carme dejando la iglesia del mismo nombre a su izquierda, después giró por la plaça del Príncep, y giró de nuevo a la izquierda para entrar en la plaça de la Miranda. Eran las once menos diez, había llegado el momento.

18

NADA MÁS ENTRAR en la comisaría, un agente uniformado que se encontraba de pie delante de una mesa le pidió la documentación. Pau sacó del bolsillo interior de la cazadora el carnet de identidad y se lo entregó. El policía pasó detrás de la mesa, se sentó, se colocó las gafas y consultó los datos que figuraban en el DNI.

—Ah, Pau Martí —dijo—. Sí, lo esperan —agregó, consultando la hora en un reloj de pared que había sobre su cabeza—. Un momento.

Hasta entonces, el pescador había estado preparándose las respuestas a las posibles preguntas que pudieran formularle. Lo que no había tenido en cuenta era quién podía ser la persona encargada de hacérselas. No estaba al tanto de los roles ni de las distintas jerarquías o estamentos de los policías que trabajaban en una comisaría, más allá de lo que todo el mundo sabía gracias a las películas de cine y a las series de televisión. Conocía la relación laboral que había existido en el pasado entre el comisario Ferrer y Simonetta, cuando ella se dedicaba a su profesión de médico forense y ambos vivían en la península.

También tenía constancia, porque ella se lo había explicado, que había sido Ferrer quien le había ofrecido un puesto de médico de familia —su otra especialidad— en Menorca, para que lo ayudase en un caso policial de difícil resolución y para que, de esa forma, también pudiera poner fin a un asunto penal que la había llevado a prisión injustamente. Nada más. No se había interesado por la época en la que trabajaron juntos ni por saber si su colaboración profesional había terminado el día en que resolvieron el último caso allí mismo, en Menorca.

Tampoco le incumbía si se citaban de vez en cuando ni si se comunicaban por teléfono o por correo electrónico. No quería interferir en esas cosas ni que Simonetta se sintiera controlada por él. A Ferrer recordaba haberlo visto una vez, en la villa, en medio de una complicada situación, con un asesino reducido por dos agentes y una Simonetta en estado de *shock*. Había tanta gente por allí que, en cuanto llegó Ferrer, él se esfumó sin que el comisario se percatara de su presencia. Pero Pau sí lo vio, y también su desproporcionada reacción hacia Simonetta, cuando se lanzó a abrazarla con una inusitada inquietud. Lo sucedido había sido grave, por supuesto, pero su actuación en cuanto la vio dejó entrever que en algún momento de su vida habían sido algo más que compañeros. Habría que ver si ahora era él quien le tomaba declaración.

—Subinspector —dijo el agente por teléfono—, Pau Martí acaba de llegar. De acuerdo —agregó, antes de colgar—. Acompáñeme, por favor —le dijo al pescador, levantándose de la silla.

El policía le señaló una escalera que partía del lado derecho y lo invitó a subir delante de él. «Será para que no me escape», pensó Martí, intentando desdramatizar la complicada situación. En el primer piso los esperaba un hombre vestido de paisano.

—Subinspector Mendieta —se presentó, tendiéndole la mano. No era muy alto, de edad indefinida pero cercana a la jubilación, de mirada sagaz y con un tic en el ojo izquierdo apenas perceptible si no fuera porque, cuando aparecía, no solo se le cerraban los párpados bruscamente, sino que la montura de las gafas, bastante estridente, se movía a su compás y desbarataba el aspecto circunspecto que aquel hombre pretendía transmitir—. Haga el favor de pasar por aquí —le indicó a Pau—, el comisario Ferrer quiere hablar con usted.

El despacho del comisario, señalizado con una placa, estaba dos puertas más adelante. El subinspector llamó y, desde dentro, se oyó el ruido de una silla. La puerta se abrió y apareció Ferrer con una sonrisa.

—Señor Martí —saludó, ofreciéndole la mano. Pau estaba bastante nervioso, pero le pareció que el comisario tampoco estaba del todo sereno—. ¿Le apetece un café? —le preguntó mientras señalaba una mesa ovalada que había en uno de los extremos del despacho. Estaba totalmente vacía y a su alrededor había seis sillas metálicas idénticas con el asiento de madera de una tonalidad que nada tenía que ver con la de la mesa. Frente a la puerta, una mesa de despacho repleta de objetos y varias pilas de documentos presidía la estancia. Detrás, la silla de Ferrer, sobre la que había dejado una americana gris. Él iba en mangas de camisa.

—Uno solo, si no es molestia —respondió Martí. Mendieta recogió el guante y llamó desde el teléfono de la mesa principal para pedir tres cafés iguales. Después se sentó en la silla del comisario sin titubear, como si lo hubieran pactado de antemano. Ferrer y Pau lo hicieron frente a frente en la mesa ovalada.

—Me parece que tenemos una amiga en común —dijo Darío, como para relajar el ambiente. Había cogido una especie de dosier de su mesa y lo movía con nerviosismo antes de decidirse a dejarlo encima de la mesa donde se habían instalado. Martí sonrió sin ganas, a modo de respuesta. No era su intención mezclar a Simonetta en todo aquello. Le pareció que el comisario lo entendió, porque de inmediato cambió de tercio—. ¿Cuándo conoció a Marianne Thorsen, señor Martí? —le preguntó sin más preámbulos—. ¡Ah, por cierto! —agregó antes de que el pescador contestara—, debe saber que hoy está aquí en calidad de testigo, en relación con la muerte, no sabemos si natural o provocada, de la señora Thorsen. Por lo tanto, mientras su condición no sea otra que la de testigo, no precisa de ningún asesor legal que lo acompañe durante la declaración que va a realizar. Pero debe saber que sus palabras van a ser grabadas. En realidad, ya ha comenzado la grabación. ¿Alguna pregunta al respecto?

—Ninguna, por ahora —respondió Martí, un tanto sobrecogido, pero manteniendo el tipo.

—Entonces, prosigamos. Le preguntaba cuándo la conoció.

—Hace cuatro años aproximadamente.

—¿En qué contexto? ¿Los presentó alguien? —Ferrer había abierto el dosier, pero no lo consultaba. Era como si tuviera en la cabeza el hilo del interrogatorio y las hojas de papel fueran una simple excusa para evitar la tensión que provocaría entre los dos hombres un enfrentamiento cara a cara.

—Nos conocimos un día cerca de mi casa. Ella era aficionada a la pintura y estaba dibujando sentada en unas rocas una tarde en que se había levantado la tramontana. Me hizo gracia y me acerqué a decirle que tuviera cuidado, porque el viento podía llevarse alguna de las láminas que había dejado por allí. Estaba frente al mar, en lo alto de una cala.

—Ya... —dijo el comisario en vista de que Martí no continuaba—. Así se conocieron. Y, después, ¿qué pasó?, ¿se volvieron a ver? ¿Cómo empezó su... amistad, o la relación que los unía?

—Ella volvió al mismo lugar al día siguiente, a pocos metros de donde yo vivo, y así durante varios días seguidos. Era simpática y enseguida hicimos buenas migas.

—¿Le contó algo de su pasado, de sus orígenes? —Ferrer lo miraba fijamente mientras el pescador respondía, casi sin pestañear.

—Poca cosa, tan solo que procedía de Noruega y había venido a España para pintar por la luz, el color...

—¿Y más adelante? ¿Le habló de su familia o de su pasado? —insistió Ferrer, en vista de lo escueto de las respuestas.

—Sí, me habló de sus padres, de su hermano, pero sin dar demasiados detalles. Hablaba de vez en cuando con ellos, pero durante el tiempo que estuvimos juntos nunca fue a verlos ni ellos vinieron aquí —contestó, arrepintiéndose en el acto de haber confirmado que habían compartido techo sin que nadie se lo hubiera preguntado.

—Adelante —dijo de pronto el subinspector a sus espaldas. El policía que vigilaba la entrada a la comisaría les traía los cafés. Ferrer no detuvo el interrogatorio.

—¿A qué se refiere con «el tiempo que pasamos juntos»? ¿Llegaron a tener una relación sentimental?

«Este las caza al vuelo —pensó Martí—. Sobre todo si se lo pongo tan fácil.»

—Sí, fuimos lo que ahora se llama pareja durante un tiempo —reconoció, muy a su pesar.

—¿Llegaron a vivir juntos?

—Sí.

—¿Dónde? —insistió el comisario.

—En mi casa.

—¿Y eso sucedió al poco tiempo de conocerse o tardaron bastante en convivir?

—No sé —simuló titubear el pescador—, un mes o así.

—Y hasta entonces, ¿dónde vivía ella?

—Vivía en cala Morell.

—¿Sola?

—Sí, sola. Al menos es lo que ella me contó.

—¿Sabe que su cuerpo se encontró precisamente cerca de cala Morell? —Ferrer continuaba con sus preguntas sin darle un respiro. Aprovechaba las respuestas de Pau para dar un sorbo al café, impertérrito, sin interrumpir el interrogatorio.

—Sí. —Martí se había propuesto contestar sucintamente a las cuestiones que le plantearan. No quería hablar ni una palabra de más.

—Por cierto, ¿cómo se enteró del fallecimiento de la señora Thorsen?

—Me enteré por las noticias —mintió.

—¿De la televisión?

—No, de la radio. Normalmente no veo la televisión.

—¿Dónde estaba usted en ese momento?

Martí titubeó.

—¿A qué momento se refiere? —«¿Es que tenía que inventarme una coartada?», pensó alarmado.

—Me refiero —dijo Ferrer— al momento en que se enteró por la radio de que habían encontrado el cuerpo de Marianne

Thorsen. —Pau se bloqueó. Ni siquiera sabía si la historia había salido en las noticias de la radio. Por no haber confesado la verdad y decir que se había enterado por boca de Simonetta, ahora tenía que seguir mintiendo. Deplorable. Le habían dicho que estaban grabando su declaración, pero no que estaba bajo juramento. Menos mal. Además, ¿tan importante era la circunstancia en que se enteró de la fatídica noticia?

—Estaba pescando —improvisó—. No le puedo decir cuál fue el momento exacto porque en la mar la noción del tiempo cambia —exageró.

—¿Escucha usted la radio mientras pesca?

—Casi siempre la tengo encendida.

—¿Y qué emisora escucha? —A Martí le dio la impresión de que el interés del comisario al formularle la última pregunta tenía menos que ver con el caso en cuestión que con una inexplicable curiosidad personal.

—Radio Clásica —ahí no quiso mentir—. Y, en ocasiones, la radio local.

—Ya... —añadió Darío, quien apuró el último sorbo de café—. Y escucharía la noticia de la muerte de la señora Thorsen en esta última emisora.

—Sí, claro.

—¿Y qué sintió usted cuando la oyó? ¿Qué se le pasó por la cabeza? —Pau se tomó unos segundos para reflexionar. Hasta entonces había respondido con fluidez, pero con esa respuesta no quería fallar y la mejor forma de acertar era contestar con sinceridad.

—Primero me sorprendió. Pensé que se habían podido equivocar con su nombre, deseé que se hubieran equivocado. Después sentí una tremenda desazón.

—¿No se lo esperaba?

—Por supuesto que no —dijo convencido.

—Volvamos al principio —prosiguió Ferrer—, retomemos los días en que se conocieron y empezaron a convivir. ¿De qué vivía la señora Thorsen? ¿Cuál era su medio de vida?

—Había trabajado en Noruega dando clases de pintura a niños durante dos años y había ahorrado algo de dinero. De eso vivía cuando la conocí. En aquel momento necesitaba poco. También vendía sus acuarelas en el mercado semanal de Es Born y obtenía ingresos para algunos de sus gastos.

—¿Usted no la mantenía?

—En el tiempo en que vivió en mi casa, sí. Yo asumía la mayor parte de los gastos de los dos.

—¿Cómo fue aquella convivencia? —El comisario seguía indagando sin desviar ni un momento la mirada de Pau. Este vaciló antes de contestar.

—Supongo que similar a la de otras parejas. Tuvimos momentos mejores y otros no tanto.

—Centrémonos en los peores —insistió Ferrer, que se mantuvo a la espera. Martí comenzó a ponerse más nervioso.

—¿A qué se refiere? —Si quería saber más de su intimidad, tendría que currárselo.

—Por ejemplo, me gustaría saber por qué se acabó su relación.

—Marianne un buen día se fue, sin apenas dar explicaciones. Ella era así, vivía a su aire. Podríamos decir que era un ser libre al que no le gustaban las ataduras. —Pau no estaba dispuesto a profundizar más. De lo contrario, podría complicarse la vida.

—¿Quiere decir que Marianne se sentía atada al vivir en pareja?

—Eso es lo que yo interpreté, pero, como le he dicho, no me dio apenas explicaciones. Me dijo que se iba tal y como había entrado en mi vida, apenas sin hacerse notar. Esa fue su versión. Quería salir de ella y explorar otros mundos. Esta última frase fue literal.

—¿Se sentía encorsetada, vigilada, controlada por usted? —prosiguió Darío.

—Tal vez, porque, como le he dicho, era un ser libre.

—¿Demasiado? —lo interrumpió el comisario.

—Depende para quién. Yo quiero que la persona que comparta mi vida lo haga libremente. Si no está a gusto conmigo, lo mejor es dejarlo.

Hasta entonces, el comisario llevaba los puños de la camisa doblados hacia arriba, y en ese momento comenzó a doblarlos hasta casi alcanzar el codo. Martí no se había quitado la cazadora y también comenzaba a sentir calor.

—¿Cuánto tiempo estuvieron viviendo juntos?

—Un año aproximadamente.

—¿Y tiene usted constancia o sospechó en alguna ocasión que se estuviera viendo con algún otro hombre durante ese período de tiempo?

—No, no tengo constancia de eso ni lo sospeché —respondió, sintiendo un inevitable sonrojo por la simple razón de que nunca se le había pasado por la cabeza esa posibilidad.

—¿Alguna vez le habló o mencionó algo relacionado con su marido, Bernabé Dolz?

—Mientras éramos pareja, nunca.

—¿Está usted seguro?

—Por supuesto. Conozco a la familia y lo recordaría.

—¿De qué conoce a la familia Dolz Tudurí? —El comisario estaba bien informado.

—De Ciudadela. Aquí nos conocemos todos.

—Su familia —prosiguió, señalando a Pau—, ¿tenía relación con ellos?

—Ninguna fuera de lo que es habitual en una pequeña ciudad isleña, que yo sepa.

—Cuando Marianne Thorsen se fue de su casa, ¿sabe usted dónde se instaló? ¿Perdieron el contacto o siguieron comunicándose por algún medio?

—Al principio no sabía qué había sido de ella, porque se negó a contármelo. La vi tan convencida que preferí no saber más de su vida. Más tarde, un amigo me dijo que la había visto en un supermercado de Mahón, haciendo un pedido para que se lo llevasen a su casa. Dio la localidad de Es Grau como dirección. Así es como me enteré de que vivía allí. Me dijo que tenía buen aspecto y ahí acabó todo. No me gusta volver la vista atrás. Prefiero pasar página.

—Cuando vivía con usted, ¿Marianne consumía drogas?

—Algún porro de vez en cuando —repuso Martí tras dos o tres segundos valorando las posibles respuestas.

—¿Usted la acompañaba?

—No, yo no consumo drogas —respondió, como quien dice que no le gusta el café. —Al subinspector se le escapó un sonoro suspiro. Ferrer dirigió como una flecha su mirada hacia él como señal de reprobación. ¿Habría suspirado de aburrimiento?, pensó Martí. Entonces, la cosa marchaba bien.

—¿Cómo se enteró de que la señora Thorsen se había casado con Bernabé Dolz?

—Me lo dijo ella misma un día que nos encontramos en el puerto antiguo de Ciudadela —dijo, sucinto. El pescador había preparado la respuesta. Si querían más, que preguntaran.

—Cuéntenos algo más de ese encuentro, señor Martí.

—Yo acababa de amarrar la barca y me dirigía hacia la cofradía de pescadores con una caja que contenía la pesca, entonces me llamó desde la otra orilla de la rada. Hablamos, me dijo que se había casado y que estaba esperando un hijo. La vi muy bien, la felicité y nos despedimos.

—¿Le llamó la atención lo de su matrimonio?

—Claro que me llamó la atención. No consideraba que fuese una mujer que creyese en el matrimonio.

—Y respecto a Bernabé Dolz, ¿le extrañó que se hubieran convertido en pareja?

—Apenas lo conozco y, por lo tanto, no opiné de ese tema —volvió a mentir Pau. Se estaba convirtiendo en un auténtico profesional.

—Si le parece, vamos a hacer un pequeño receso —le dijo el comisario con un tono de voz más campechano, menos formal, mientras se levantaba de la silla. Se dirigió hacia donde estaba el subinspector y Martí oyó cómo le pedía que llevara unos botellines de agua. Mendieta debió de salir y Ferrer debió de abrir una de las ventanas. El pescador adivinaba todo por los sonidos de los objetos, porque en ningún momento se quiso girar a mirar lo que sucedía a su espalda.

—¿Qué tal va la pesca? —le preguntó Darío desde su mesa del despacho.

—Va bien, como siempre —respondió Martí, en su línea, sin mover ni un ápice la cabeza. No quería seguir el juego que el otro se llevaba entre manos ni simpatizar con él. En el fondo, Ferrer era un chulo de los que miran por encima del hombro a los que no comparten su idea del mundo, pensó. ¿Por qué ponérselo fácil, por muy amigo de Simonetta que fuera? Detrás, notaba cómo Darío tecleaba en el móvil, probablemente para enviar un mensaje. ¿Estaría casado? El subinspector volvió a entrar, debió de darle un botellín de agua a Ferrer y dejó otro en la mesa, delante de Pau.

—¿Le parece que continuemos? —le preguntó el comisario, acercándose de nuevo. Martí le respondió abriendo las manos, invitándolo a sentarse frente a él. Antes de comenzar a hablar, consultó las hojas del dossier y lo dejó abierto por una de ellas.

—Vamos a ver, señor Martí —comenzó —. Usted es un hombre inteligente, a la vista está. —Pau ni se inmutó—. Y sabe perfectamente por qué está hoy aquí. —El pescador siguió sin mover un músculo ni articular palabra. Ferrer aparentaba que empezaba a impacientarse—. Usted sabe, estoy seguro, de que en el móvil de Marianne Thorsen hemos localizado sus conversaciones sin ningún tipo de dificultad, puesto que ella no las había borrado. En vista de la actitud que usted ha tenido hasta el momento en este interrogatorio, doy por sentado que, *motu proprio*, no nos va a contar la verdadera relación que tenían ustedes dos en los últimos tiempos ¿Me equivoco? —Darío había apoyado los antebrazos sobre la mesa, había cruzado los dedos de las manos y había adelantado el tronco hacia el interrogado, que permanecía erguido, pero con naturalidad.

—Usted pregunte lo que desea saber y yo le responderé encantado —dijo.

A Ferrer se le escapó otra mirada rápida hacia Mendieta, un gesto que denotaba que estaba perdiendo la paciencia.

—¿Por qué lo estaba extorsionando Marianne Thorsen, señor Martí? Si prefiere preguntas, yo se las voy a seguir haciendo, no le quepa ninguna duda. De aquí no se mueve nadie hasta que aclaremos toda la verdad.

—Marianne Thorsen no me estaba extorsionando, comisario —replicó Pau.

—¿Cómo que no lo estaba extorsionando? —dijo Darío, subiendo el tono de voz. Sacó del dossier la página por la que lo había dejado abierto y tres más, y las dejó todas en la mesa, delante del pescador—. Como puede comprobar, esta es la copia de sus conversaciones con la fallecida. Las he revisado yo mismo, y también los miembros de mi equipo. Dan a entender una extorsión en toda regla, señor Martí. Cuanto antes lo reconozca, antes pondremos fin a su declaración. ¿O quiere que las empecemos a analizar una por una? Nosotros lo hemos hecho, y en el resto del dossier —prosiguió colocando la mano derecha encima de los papeles— figura un análisis pormenorizado de todas ellas, así como las conclusiones a las que hemos llegado. Si lo desea puede consultarlo —le ofreció tendiéndole el dosier con la mano.

—De acuerdo, comisario —dijo al fin el pescador después de organizar en su mente el discurso que quería transmitir—, le contaré mi versión de los hechos y ustedes sacarán las conclusiones que quieran. —Martí interrumpió un momento su declaración para beber agua—. Sigo afirmando —continuó— que Marianne Thorsen no me estaba extorsionando. ¿Me estaba coaccionando? Según cómo se mire, tal vez.

—Explíquese, por favor —lo apremió el comisario.

—Como acabo de declarar, vi a Marianne cuando ya se había casado y estaba esperando un hijo. No volví a saber de ella hasta meses después, cuando ya había dado a luz. Un día recibí un mensaje suyo en el teléfono con la fotografía del niño recién nacido a modo de presentación. Le respondí dándole la enhorabuena y deseándoles lo mejor a los dos. A los pocos días me envió otro, en el que ya se quejaba de la mala situación económica en la que se encontraban. Como no le contesté, al día siguiente me llamó por teléfono.

—¿Por qué no contestó usted a su segundo mensaje? —interrumpió Darío.

—Porque imaginé lo que buscaba.

—Que era…

—Ayuda económica, claro. La conocía muy bien. En el fondo era una buscavidas. Sabía cómo pedir las cosas, empezando por el dinero.

—¿Y acertó? Quiero decir si su llamada telefónica iba por ahí.

—Por supuesto que acerté. Empezó por decirme que su marido no le daba dinero, que tanto el niño como ella pasaban necesidades y cosas por el estilo.

—¿Y usted la creyó? —le preguntó Ferrer, contento de que Pau estuviera contando al fin algo de mayor enjundia.

—A medias. Aunque, como le he dicho antes, apenas conocía a Bernabé Dolz, sí había oído hablar de él, de su accidente laboral, que fue muy comentado, de su reacción contra el propietario de la empresa donde trabajaba… y también de la fama que tenía de llevar una vida un tanto turbia.

—Entonces —interrumpió Darío—, aunque insiste en que no lo conoce, sí sabe bastantes cosas sobre su vida.

—Las que sabe cualquiera, como le he dicho; en Ciudadela todo el mundo se entera de lo que les sucede a los naturales de aquí, como si fuera un pueblo. Con esos antecedentes y la fama que lo acompañaba, no me resultó demasiado extraña la versión de Marianne. Podía ser creíble. Además, en el tiempo que vivimos juntos nunca la tuve por mentirosa.

—Entonces —Ferrer tomó de nuevo la palabra—, ¿usted le dio el dinero?

—Sí, esa fue la primera vez que se lo di.

—¿Sin comprobar si la versión de Marianne Thorsen era verdadera?

—Por supuesto. No iba a perder el tiempo en averiguar qué vida le estaba dando su marido. Aunque hubiera tenido un interés desmedido, tampoco creo que hubiera sido fácil encontrar la manera de averiguarlo.

—¿Cuánto dinero le dio esa vez?

—Creo que cincuenta euros. Quiero que entienda que lo hice por compasión hacia ella, con independencia de que me dijera la verdad o no. En los dos casos era digna de lástima.

—¿También si mentía?

—A mi modo de ver, tal vez más aún.

—¿Y qué sucedió después? —El comisario parecía cada vez más interesado.

—Lo que era de esperar, que nunca se daba por satisfecha. Todo era llorar y llorar, pedir y pedir.

—¿Sin ofrecerle nada a cambio? —le sugirió Ferrer.

—¿A cambio? ¿Qué podía ofrecerme ella?

—Tal vez una nueva relación a espaldas de su marido.

—No, no creo que fuera capaz. De todos modos, no lo hizo. No fuimos amantes, si es a eso a lo que se refiere, comisario.

—¿Y las amenazas que transmite en los mensajes? —le preguntó a Pau mientras señalaba las hojas que había sacado del dosier y había entregado al pescador.

Este se las volvió a entregar al comisario. Darío fue revisando los mensajes hasta encontrar el que buscaba.

«Necesito más dinero, tienes que entenderlo. De lo contrario, no tendré más remedio que contarlo todo.»

—¿Qué amenazaba con contar Marianne Thorsen? ¿No es esto acaso una extorsión?

—Amenazaba, si quiere llamarlo así, con venir a casa y conocer a Simonetta para que supiera de su existencia.

—¿Qué tenía de malo que la doctora Brey conociera a Marianne Thorsen? —preguntó Ferrer, simulando extrañeza. Pau calló, no sabía si el comisario estaba al corriente de que entre Simonetta y él había algo más que una relación inquilino-propietario.

—Yo no quería que la doctora la conociera, nada más —repuso.

—¿Y por qué, si puede saberse? —insistió Ferrer.

—¿Es preciso que conteste a todas las preguntas? —Pau notaba que se estaba ofuscando. Se tomó su tiempo para beber un trago de agua del botellín.

—Es preciso para nosotros y conveniente para usted, sobre todo si no ha tenido nada que ver con la muerte de la señora Thorsen —le respondió Darío, tajante.

—Simonetta Brey y yo comenzamos una relación hace unos meses —se decidió a contar—. Ella no sabe que Marianne y yo fuimos pareja. No tengo ninguna razón para ocultarlo, pero no se lo he contado ni tengo intención de hacerlo.

—¿Ni siquiera en estas circunstancias?

—Si puedo evitarlo, lo prefiero.

—¿Sabe usted que fue la doctora Brey quien certificó la defunción de la víctima?

—No, no lo sabía. —Pau tuvo que volver a mentir. Había confesado que se había enterado de la noticia por la radio, y si decía la verdad ahora, quedarían en entredicho él y toda su declaración—. La doctora Brey es muy discreta en todo lo relacionado con su trabajo.

—Si le parece, señor Martí —dijo Ferrer tras un suspiro, pero sin perder la calma—, vamos a volver a la personalidad de Marianne y a sus circunstancias. ¿Usted sabía que ella y su marido traficaban con drogas?

—No, no lo sabía —respondió con convicción.

—¿Cuándo fue la última vez que la vio?

—Hace aproximadamente un mes —respondió Martí después de simular haberlo pensado durante unos segundos.

—¿Se puede saber dónde?

—Vino a verme a mi casa.

—¿En Ciudadela?

—Sí, sí, claro, yo vivo allí.

—¿Le avisó de que iba a ir?

—No. Además, entró en mi casa sin llamar; abrió la puerta con una llave que, al parecer, aún tenía en su poder.

—¿Y qué es lo que fue a hacer? ¿Le pidió algo?

—Lo de siempre, más dinero. Me dijo que su marido se lo gastaba todo en el juego y que necesitaba efectivo para comprar unas medicinas que necesitaba.

—¿Y usted se lo dio?

—Le di treinta euros. Era lo que llevaba encima en ese momento. Pero le dejé claro que no podía darle más aunque quisiera.

—¿Ella se enfadó?

—Al principio sí, pero como me conocía y sabía que no mentía, cogió el dinero y se fue.

—Ya sabe —prosiguió el comisario— que esta declaración se está grabando y, además, el subinspector Mendieta está tomando notas de nuestra conversación, así que confrontaremos los datos que usted nos está dando con los mensajes que ustedes dos se enviaron. —Pau asintió con la cabeza—. ¿En ese último encuentro, cómo la vio usted de salud?

—Bastante desmejorada. Había perdido peso y tenías unas grandes ojeras que yo nunca le había visto.

—¿Le dijo algo al respecto?

—Dudé, porque a nadie le gusta oír que tiene mal aspecto, y menos a una mujer, pero al final sí le dije que tenía que cuidarse, que había adelgazado demasiado.

—Y ella, ¿qué le respondió?

—Que desde que se le había muerto el niño había perdido el apetito y no tenía ganas de vivir. Me dio lástima, esa es la verdad. No sé la cara que pondría yo, pero me dijo que no me preocupara, que iba a ir a un psicólogo para ver si la podía ayudar, que en realidad era ese el motivo por el que necesitaba el dinero.

—¿La creyó en ese momento?

—Si le soy sincero, me hubiera gustado creerla, pero no, no la creí, y así se lo dije. Entonces cambió su versión diciendo que primero iba a probar con unos productos naturales de herboristería y, si no le funcionaban, recurriría al psicólogo.

—Pero días más tarde volvieron a comunicarse mediante mensajes de móvil —continuó Ferrer.

—Sí, ella siguió mandándome mensajes. Como comprobarán —dijo, señalando las hojas del dosier—, a la mayoría no le contesté.

—A pesar de que usted la vio enferma —lo interrumpió el comisario.

—La vi delgada, apagada, pero yo no interpreté que estuviera enferma. Pensé que todo estaba relacionado con la muerte del niño, como ella me había explicado. Además, nunca me pidió ayuda de ningún tipo que no fuera económica. Alguien que está enfermo pide otro tipo de cosas: compañía, orientación sobre qué hacer…

—A partir de ese último encuentro, las conversaciones podríamos decir que subieron de tono.

—Sí, porque yo estaba sobrepasado. Antes de que saliera de mi casa le advertí que no debía volver, y mucho menos entrar sin avisar. Le pedí la llave y se negó a dármela. Conociéndola, temía que abandonase a su marido de la noche a la mañana ahora que el niño ya no los unía, como hizo conmigo, y que se instalara en mi casa. Era muy capaz.

—¿Esa era su máxima preocupación?

—Sí, pero eso no significa que le deseara ningún daño, ni que se lo provocara —advirtió Martí, temeroso y expectante ante la deriva que estaba tomando el interrogatorio. Ferrer era bueno en lo suyo, no cabía la menor duda; él, sin embargo, era un auténtico pardillo. Tenía ganas de acabar—. Simplemente, no quería que me complicara la vida, con su todavía marido detrás y con mi nueva relación en riesgo.

—¿Marianne Thorsen sabía que usted había comenzado una relación con otra mujer?

—No lo sé, no creo, porque yo soy muy discreto con mi vida y creo que Simonetta también. Tampoco creo que a Marianne le importara mucho, la verdad.

—¿En algún momento ella le insinuó que quería abandonar a su marido?

—No, no, eso no. Es algo que yo temí al verla aparecer de pronto en mi casa, nada más.

—¿Y que con su marido no se llevara bien o incluso que ejerciera algún tipo de violencia sobre ella?

—Aparte de lo que he contado, sobre que no le daba dinero para gastos básicos, nada más.

—Bueno… —dijo Ferrer, ralentizando su discurso—, ahora, para finalizar, quiero pedirle un favor. —Pau esperaba sin decir nada—. Por lo que hemos visto en los mensajes, usted le daba el dinero a través de transferencias bancarias.

—Sí, era lo más fácil.

—¿Podría facilitarnos los extractos bancarios? Ese era el favor del que le hablaba. Nos allanaría el camino de la investigación. Se puede negar, por supuesto, y entonces tendríamos que pedir una autorización al juez para que el banco nos los proporcionara. Pero usted es una persona razonable y sé que va a colaborar con nosotros.

—Por supuesto —respondió Pau, sin otra alternativa.

—¿Las transferencias eran electrónicas?

—Sí.

—¿Recuerda usted sus claves bancarias?

—Sí, sí, las recuerdo.

—Entonces, si hace el favor de pasar a la otra mesa —dijo el comisario, levantándose y señalándole la suya propia—, allí tenemos un ordenador desde el que puede acceder a su cuenta. Imprimimos los extractos y… finalizamos la declaración.

Pau casi agradeció la propuesta, porque estaba muy tenso y tenía las piernas entumecidas. Pasó a la mesa de Ferrer, se sentó en su silla y, ante la atenta mirada de los dos policías, entró en la página web de su entidad bancaria. Cuando llegó el momento de escribir las claves, los dos hombres desviaron un momento sus miradas. ¿Estaría haciendo bien?, se preguntó. ¿No estaba siendo demasiado ingenuo? ¿De verdad un juez daría la autorización para facilitarle a la policía el extracto de su cuenta? En todo caso, no sería él quien pusiera más trabas a la investigación. Una cosa era no contar toda la verdad y otra distinta era negarse de forma explícita a colaborar con la investigación. «La policía no es tonta», se dice popularmente. Acababa de comprobarlo.

—¿Desde cuándo quieren los extractos? —preguntó.

—De los últimos cuatro años, por favor —le respondió Ferrer. «Esto va en serio», pensó Martí—. Una última cosa —dijo el comisario cuando Pau se levantó y la impresora comenzó a expulsar las hojas—. Antes de que se vaya queremos que nos explique el significado de varios mensajes más. —Había dejado el dosier sobre su mesa y ahora estaba consultándolo de nuevo.

«Necesito doscientos euros. Con eso me arreglo.»

«Todavía no me los has ingresado.»

«¿Quieres que vaya a tu casa a por el dinero?»

«Marianne, ya vale. Te dije que no puedo darte más dinero. No tengo.»

«No me hagas perder la paciencia.»

«Hola, ¿ya tienes algo de dinero?»

«Necesito que me ingreses algo.»

«Vas a obligarme a lo que tú sabes.»

«Recuerda lo que tengo.»

«No me escribas más. Estoy perdiendo la paciencia.»

«Te he dado mucho dinero y ya no tengo.»

«Necesito cien euros. Espero tu ingreso.»

«Déjame en paz, por favor.»

«Con cien me conformo.»

«No me has ingresado nada.»

«Se acabó. Si no me dejas en paz, no seré yo responsable de lo que pase.»

«Yo tampoco seré responsable de lo que haga.»

—Bueno, señor Martí —dijo Darío, todavía de pie al lado del pescador—, ¿de qué forma puede explicarnos los últimos mensajes que intercambió con la víctima? —Pau los leyó en un instante y le entregó el papel a Ferrer.

—Es lo mismo de antes, ella me pedía dinero y yo ya no se lo podía dar.

—Los tres últimos mensajes están fechados dos días antes del fallecimiento de la señora Thorsen. ¿Usted se da cuenta de que lo incriminan?

—No veo por qué —alegó Pau—. Reflejan la situación de un hombre agobiado por las reiteradas peticiones de dinero por parte de otra persona.

—¿Y usted cree que un hombre en esas circunstancias sería capaz de hacer cosas de las que podría arrepentirse después?

—Creo que lo que yo expresé en el mensaje es tan solo una forma de hablar, y ni siquiera está dicho cara a cara. En persona lo más probable es que ni lo hubiera expresado. De hecho, jamás le dije a Marianne nada parecido cuando nos encontramos.

—¿Y el último mensaje que le envió ella? ¿Pudo ser la responsable de su propia muerte? ¿La cree capaz? —continuó el comisario.

—No estoy seguro —respondió Pau con sinceridad tras meditar unos instantes.

—Otro mensaje anterior incide en lo mismo: «Vas a obligarme a lo que tú sabes» —leyó Ferrer de la página del dosier—. ¿Cree que fortalece la hipótesis anterior? ¿Usted interpretó de esa forma estos mensajes? ¿Sospechó en algún momento que pudiera pretender poner fin a su vida?

—No —dijo Pau sin querer pensarlo más. ¿Iban a acusarlo de incitarla al suicidio?

—¿Y este otro? —Darío seguía interrogándolo sin darle tregua—: «Recuerda lo que tengo». ¿A qué se podía referir? ¿A que tenía un objeto o una información referente a usted con los que estaba extorsionándole?

Pau no contestó. Procuró por todos los medios mantener la mirada sabuesa del comisario, pero, finalmente, la desvió.

—Quizá se refería a que estaba deprimida por la muerte de su hijo. Yo lo interpreté así.

—Pero usted no dijo ni hizo nada por ayudarla.

—Ella utilizó su supuesta depresión para volver a pedirme dinero con la insistencia que revelan los mensajes. No me pidió nada más, ni yo hubiera podido dárselo.

—Mendieta —dijo Ferrer, dirigiéndose al subinspector—, ya puede apagar la grabadora. —El policía había vuelto a sentarse en la silla de comisario y seguía tomando notas en un bloc del tamaño de una cuartilla.

—Listo, Martí —le dijo Ferrer al pescador de repente en un tono amistoso mientras le daba una palmada en el hombro—. ¿Es la primera vez que le toca un marrón como este?

—La primera, y espero que sea la última.

19

CUANDO SALIÓ DE nuevo a la calle, Pau Martí se sintió liberado. A la mente le acudió una película de la que era devoto —*Érase una vez en América*—, y su protagonista, un joven Robert de Niro que pisaba la calle de nuevo después de permanecer en prisión. Como sucede en la mayoría de películas, alguien lo estaba esperando. A él no lo esperaba nadie ni había estado en prisión, sin embargo, estaba convencido de que la sensación de alivio que experimentaba se asemejaba a la del inolvidable Noodles. En realidad, dudaba de si su declaración había sido o no oportuna, de si le había salvado de convertirse en sospechoso o, por el contrario, lo había condenado. Aunque había intentado ocultarlo por todos los medios, estaba seguro de que su nerviosismo lo había traicionado a la hora de contestar a las múltiples cuestiones con las que el comisario Ferrer lo había asaetado. «Prácticamente no ha dejado nada en el aire», pensó. Al despedirse, le había preguntado si todavía se le consideraba un testigo. «¡Claro!», le había contestado Ferrer de forma grandilocuente, como si se tratara de un antiguo amigote con el que acabas de tomar unas cañas y te perdona una antigua deuda que ni tú recordabas.

Pero Pau no se fiaba de los amigotes, y menos de uno como él. ¡Si no se fiaba ni de sí mismo! Apenas recordaba pasajes puntuales de su declaración. Si le volvieran a formular el mismo cuestionario, sería incapaz de responder en términos similares a muchas de las preguntas. ¿Por qué tuvo que fijarse en Marianne aquel día de tramontana?

Consultó el reloj, ya era cerca de la una. Por la plaça del Príncep había mucho guirigay. Los sábados, tanto el mercado del claustro como el del pescado estaban muy concurridos. La Mojigata ya estaba abierta y había sacado media docena de mesas a la calle, aprovechando el buen tiempo del mediodía. Dudó si sentarse a picar algo, pero decidió hacerlo abajo, en el puerto.

Se sentó cerca de donde había aparcado el coche, enfrente del lugar desde donde parten los catamaranes que ofrecen la visita al puerto, y pidió un menú del día que le pareció aceptable. Comió con apetito, después de la tensión de la última semana. ¿Habría acabado ya todo allí? La policía no tenía más pruebas contra él y, además, nadie le había comunicado que Marianne hubiese fallecido de forma violenta. Todo lo demás eran conjeturas de una mente sobrepasada por una situación delicada e inaudita. Tenía que liberarla de la manera que fuera.

En el trayecto de vuelta había poco tráfico. No había quedado a una hora concreta con Quim Gascón porque no sabía cuándo finalizaría la declaración. Llegó al polígono y aparcó frente al taller. Gascón le había propuesto prestarle el auto todo el fin de semana o incluso más días, si es que lo necesitaba, pero Pau se había negado.

Salió del coche y llamó a Quim. Iría de inmediato. Qué buen chaval. Celebraban el cumpleaños de su suegra, le dijo, y lo invitaba a tomar un pedazo de tarta con la familia.

—Si lo llego a saber —dijo Pau cuando apareció el mecánico—, espero hasta el final de la tarde, no tengo prisa.

—¿Dónde vas a esperar, aquí en el polígono? ¡Venga ya! De bueno te pasas, Pau. Casi no puedo creer que me hayas pedido el coche, con lo mirado que tú eres. Pero me alegro de que hayas tenido esa confianza conmigo. —Gascón le dio una palmada en el hombro, tal y como había hecho Ferrer. «Esta sí que es de verdad», pensó.

A diario, a él le bastaba con su Vespa. Y llegaba a todas partes. También a casa. Había decidido no mentirle más a Simonetta. Si se interesaba por lo que había hecho aquel día, le respondería que «estaba por ahí», pero no soportaba más embustes. El Alfa Romeo estaba estacionado en la calle, delante de la villa, así que, a no ser que hubiera cogido la Honda, ella estaba en casa. Miró sin disimulo hacia las ventanas, pero no la vio. En ocasiones, cuando oía la Vespa, se asomaba para saludarlo o bajaba directa a la calle a darle un beso de bienvenida. Era una mujer extraordinaria. Un sueño hecho realidad. No quería implicarla en aquel embrollo. Pronto pasaría todo y volvería a transmitirle la serenidad que ella tanto valoraba.

Abrió la verja de su propiedad. Debía regar los parterres. Tenía las plantas un tanto descuidadas. Metió la Vespa en el cobertizo que hacía las veces de garaje, de trastero, de taller de bricolaje, de almacén de leña… Aún estaba por ahí un pequeño caballete que Marianne había dejado olvidado cuando se fue. Los objetos nos sobreviven. Tremendo. Se desharía de él, no tenía ningún sentido tenerlo por allí, y menos ahora.

Pasó a la casa y se duchó. Le reconfortó volver al hogar. Cuando salió por la mañana temió, por un momento, no regresar, al menos aquel día. No había vivido nunca una situación así, y no sería el primero en pasar una noche en el calabozo. Hasta los banqueros que salían en los telediarios habían conocido ese lugar que imaginaba lúgubre y frío. Pronto atardecería. Añoraba a Simonetta. Rodeó la villa antes de entrar porque a esa hora de la tarde a ella le gustaba nadar un rato en la cala. Lo había adivinado. Encima de la balaustrada de la terraza había colocado el farol que él mismo le regaló para que, en caso de que la noche la pillara en el agua, tuviera un punto luminoso de referencia para volver a la orilla.

Bajó a la altura de la pequeña playa por la escalera que alguien había construido en plenas rocas. Unos jubilados charlaban animadamente con los pies en el agua, y una mujer joven se estaba secando con una gran toalla amarilla un poco más atrás mientras su *cocker spaniel* corría desaforado por la arena.

En el agua ya no quedaba nadie y el sol se despedía precipitadamente, hundiéndose en el horizonte cual Neptuno decidido a regresar a su lar. La distinguió al lado de un velero fondeado a la entrada de la cala, un punto oscuro entre las olas que poco a poco iban perdiendo su azul. El perrillo y su dueña se fueron, y los jubilados comenzaron a vestirse. Pau localizó la toalla de Simonetta entre dos rocas. La esperaría allí.

Para que no se asustara, encendió la linterna del móvil cuando estaba ya próxima a la orilla con el fin de que lo reconociera. Salió del agua como una sirena moderna. En vez de escamas plateadas, la cubría una fina piel de neopreno, y poseía la misma gracia, el mismo encanto que aquellas criaturas mitológicas que atraían a los marinos de manera irremediable. Aun en la semioscuridad pudo distinguir su sonrisa y, cuando se quitó las gafas de bucear, el brillo de sus ojos al verlo con la toalla abierta, esperándola, lo subyugó una vez más. En el abrazo sintió su humedad y también el calor de su cuerpo que, además, temblaba por el frío del agua y del atardecer. La cogió en brazos como a una niña y, con cuidado, subió la escalera tallada en las rocas. Simonetta había dejado la puerta exterior de la villa entreabierta y Pau llevaba en el bolsillo la llave de la puerta interior, como si el destino quisiera ponérselo fácil.

La depositó en su cama con la delicadeza de un amante y comenzó a desvestirla con mimo, acariciando una por una las zonas que iba liberando del neopreno para después secarlas con sus besos. Sabía a sal. Delicia de mujer-pez, entregada y libre a la vez, astuta e inocente a un tiempo, decidida y tierna… Quién podría resistirse a sus efluvios… Qué dios benefactor y genio misericordioso la había puesto en su camino…

20

Nada más llegar a la primera rotonda tuvo que poner en marcha el limpiaparabrisas. Caía una lluvia fina, de la que ensucia más que limpia la carrocería y las lunas. Tendría que haber llevado el coche al autolavado, pero la semana había sido tan intensa que no lo había recordado; tampoco hubiera encontrado un hueco en su ajetreada agenda para acercarse al túnel de lavado. Si al menos lloviera con más intensidad, igual podría librarse de una tarea que le agradaba tan poco.

«¿Sigue todo adelante?»

El primer mensaje de móvil del domingo lo había recibido antes siquiera de abrir los ojos. Fue el sonido que lo anunció lo que la despertó, a pesar de que había tomado la precaución de dejar el aparato en la mesa del salón en lugar de hacerlo encima de la mesita de noche. Antes de ir a por él para conocer el emisario y el contenido del wasap, pensó que podía ser su madre, que madrugaba hasta los días de fiesta, quien lo enviaba. Si hubiera sabido que era de Darío, no habría abierto ni los párpados. Qué pesado. ¿Qué querría a esas horas?

«¿Sigue todo adelante?» «¿Y por qué no va a seguir? —pensó Simonetta—. Este ya se ha contagiado de sus hijos, seguro.» Los más jóvenes necesitan comprobar una y otra vez la capacidad de sus amigos para estar pegados al teléfono y manejarlo continuamente.

«¡Claro! Todo sigue adelante.» Le respondió. La tarde anterior había recibido una propuesta del comisario para comer y ponerla al día de los avances en la investigación del caso de Marianne Thorsen.

«Elige el restaurante que te guste de Ciudadela», le había dicho. Pero Simonetta no quería que los viesen juntos allí, donde empezaba a conocerla bastante gente. Era por Pau, claro. No tenía ninguna gana de darle explicaciones, ni de su pasado con Darío ni de la relación de colaboración que los unía en el presente. Ferrer tampoco había querido citarse con ella en Mahón durante el tiempo en que Mercedes vivía allí para no avivar los celos de su mujer después de los años de paz que habían transcurrido desde que su *affaire* acabó.

«Si no quieres en Ciudadela, te propongo un sitio neutral: Fornells.»

«Hecho. No lo conozco.»

Era verdad. Llevaba más de nueve meses en Menorca y todavía le faltaban lugares por descubrir.

Su plan inicial había sido ir en moto. Nada más recibir el mensaje de Darío la tarde anterior, antes de bajar a nadar a la cala, había buscado la ruta y hasta la había personalizado, eligiendo carreteras secundarias donde el paisaje era más agreste y se podía viajar casi en soledad. Pero al levantarse y contemplar el color plomizo de las nubes, desechó la idea. «Otra vez será.» Se despidió de Pau mintiéndole. Le dijo que iba a comer a Fornells, pero con unos amigos. No le quedaba otra. Había pasado la noche con él. Lo encontró algo más relajado que los últimos días. ¿Pasarían pronto las nubes que habían enturbiado de repente su vida?

En realidad, Fornells era una pedanía perteneciente al municipio de Mercadal. Estaba situada al norte de la isla, en la bahía que lleva su nombre, alrededor de la Torre de Fornells, la atalaya defensiva más grande de toda Menorca. Así se lo había explicado Pau cuando se despidieron. «Ten cuidado, la lluvia es peligrosa.» Si la luz y el color de la isla en verano —el azul del cielo, el turquesa del mar, el rojo de las amapolas, el verde de las colinas, el amarillo del cereal— la habían fascinado, la brumosa atmósfera de aquella mañana de otoño la estaba atrapando con su plácido silencio de domingo; los ocres, los tostados, los rojizos de las hojas de los árboles y el olor, siempre reconfortante, de la tierra húmeda. Cuando entró en Fornells, la lluvia había cesado.

Aparcó a la entrada de la población en previsión de que más adelante quizá no encontrara ningún otro sitio. El agua de la bahía parecía mimetizarse con las nubes cenicientas que vigilaban desde arriba la media docena de embarcaciones que se habían aventurado a navegar aquel día.

El paseo marítimo se extendía ante sus ojos bordeado por una larga hilera de palmeras, que parecían extrañar el sol frente a una sucesión de sencillas casitas blancas. Simonetta se tomó el paseo con calma. Había salido de Ciudadela con el tiempo suficiente para conocer Fornells antes de su cita con Darío.

—¡Italiana! —oyó a su espalda al volver al puerto. Siempre que podía le hacía lo mismo. Le gustaba sorprenderla, aguardándola en un lugar donde ella no lo pudiera ver. Simonetta, al reparar en él, tan solo sonrió. Se saludaron con un par de besos—. Hoy te traigo a un sitio mejor —dijo, señalando el puerto y el restaurante donde la había citado—. La última vez que nos vimos te quejaste de aquel estupendo bar de carretera, así que he querido compartir contigo mesa y mantel aquí para que veas que yo también tengo gustos refinados.

—Y yo me alegro de poder comprobarlo —le respondió Simonetta, siguiéndole el juego. Aunque la había recibido con su buen humor de siempre, estaba un tanto nervioso. Con un gesto, Ferrer le indicó el local donde iban a comer, un restaurante en el mismo puerto, el S'Algaret, donde se anunciaba que era un establecimiento familiar que databa de 1963.

—Ni tú ni yo habíamos nacido —comentó Darío señalando la fecha. Había reservado una mesa para dos con vistas al mar. Como era todavía bastante temprano, el camarero enseguida les tomó nota. Compartirían unos mejillones como aperitivo y un arroz caldoso de langosta como plato principal.

Simonetta se dio cuenta de lo acicalado que se había puesto. Su piel morena y sus ojos negros resaltaban con el buen rasurado de la barba y el cuidado corte de pelo. Llevaba americana azul marino, camisa Oxford blanca con una fina raya azul bordeando el cuello y la tapeta, pantalón gris y zapatos marrones perfectamente abrillantados. Conservaba intacta la densidad de su cabello, aunque habían aparecido ya unas indisimuladas canas en las patillas y en las sienes, un recordatorio de que de que ya había cumplido los cuarenta.

—¿Cómo están Mercedes y los niños? —le preguntó mientras esperaban a que les sirvieran.

—Están todos muy bien. Acabo de hablar con ellos.

Ferrer le propuso comer primero y después hablar del tema que les había llevado a quedar allí. Antes de los postres, Simonetta le preguntó si no creía que había llegado ya el momento.

—Sí, claro —le respondió el comisario, como dudando—. ¿Has visto recientemente a Pau Martí? —la doctora se puso en guardia.

—Sí. De hecho, acabo de despedirme de él antes de partir hacia aquí —le respondió, consciente de sus palabras.

—¿Y le has dicho con quién te ibas a encontrar? —Ahora fue Simonetta la que titubeó.

—No —respondió, negando a su vez con la cabeza.

—¿Habéis —Ferrer vacilaba— pasado la noche juntos? —se atrevió a decir.

—¿De verdad te interesa? —repuso ella, sorprendida de una pregunta tan directa.

—De no ser así, no te lo preguntaría —respondió serio, cosa rara en él.

—No tengo ningún motivo para mentirte —manifestó Simonetta después de reflexionar unos segundos—. Sí, hemos pasado la noche juntos.

—¿Y has notado algo raro en él? —insistió Darío.

—Pero ¿a santo de qué me haces todas estas preguntas? —le dijo, comenzando a inquietarse.

—Debo confesarte algo —dijo Ferrer mientras le cogía la mano. En ese momento Simonetta sí que se alarmó.

—Dime lo que sea, pero cuanto antes —dijo ella, retirando la mano con suavidad.

Darío parecía buscar las palabras más apropiadas.

—¿Te dijo Martí que ayer estuvo declarando en nuestra comisaría? —Simonetta palideció de pronto.

—¿Qué? —articuló casi en un susurro.

—Está claro que no te ha dicho nada.

—No, pero me lo estás diciendo tú. —Ferrer sabía que tardaría poco en reaccionar—. ¿Ayer? —preguntó para confirmar las sospechas que acababan de rondarle por la cabeza.

—Sí, ayer, concretamente a media mañana.

—Y ¿se puede saber quién lo había citado? —preguntó la doctora atropelladamente. Darío dejó pasar unos segundos antes de contestar.

—Yo mismo, Simonetta.

— O sea —lo interrumpió ella—, que si ayer estuvo en la comisaría de policía y tú mismo lo habías citado anteayer, cuando hablamos, tú ya sabías que a las pocas horas lo ibas a interrogar y no me advertiste. Dime que me equivoco, por favor —añadió, empezando a sofocarse.

—No te equivocas, italiana, pero debes comprender…

—¿Qué es lo que debo comprender? —le cortó enfadada, y subió el tono de voz—. ¿Que me estás utilizando en el caso como si fuera una infiltrada?

—Cálmate, Simonetta, por favor, cálmate —le rogó Darío, indicándole con la mano que bajara la voz—. Si te estuviera utilizando, ¿acaso te lo estaría contando ahora?

—Me lo cuentas por temor a que me entere de boca de Pau —le replicó.

—Eso no es cierto —le rebatió Ferrer con toda la amabilidad que pudo—. Es muy poco probable que Martí te cuente algo, mientras que mi deseo es que estés al tanto de todo, pero a su debido tiempo. Debes entender mi situación, italiana, utiliza tu magnífica inteligencia para intentar comprenderme. ¡Soy comisario de policía! ¿Cómo iba a prevenirte del interrogatorio de tu novio, amigo, amante… o lo que diablos sea? Te hubiera colocado en una situación muy embarazosa.

—¿Pensabas que iba a avisarle de la citación o a asesorarlo sobre la declaración? —le recriminó, todavía enojada.

—Por supuesto que no —aseveró el comisario—, pero el «marrón» que me estoy tragando yo en este momento te lo hubiera transferido a ti. Piensa, recapacita unos minutos. En el fondo te he hecho un gran favor. ¿Qué grado de fingimiento hubieras tenido que poner en práctica delante de él para que no sospechara que lo sabías todo? Además, yo tengo una responsabilidad, Simonetta, y un deber. Y en ocasiones como esta, rozo el límite a partir del cual ni soy responsable ni cumplo con mi deber. Ahora mismo, y lo sabes bien, no tendría que estar contigo hablando de este tema. Si un día te citan desde el juzgado para declarar como médico sobre la muerte de la noruega, perfecto. Mientras tanto, no eres nadie para husmear en el caso, al menos desde el punto de vista de la investigación policial.

—Sabes que me necesitas, que puedo serte de gran ayuda.

—¡Por supuesto que lo sé! ¡Como lo has sido en tantos casos que hemos resuelto juntos! Pero este es un caso especial, Simonetta, y tú lo sabes. Piénsalo.

El camarero sirvió los postres, tarta de limón para ella, flan de huevo para Ferrer. Simonetta aprovechó para recapacitar sobre todo lo que acababa de decirle el comisario. Una de las mayores cualidades de Darío era su capacidad de argumentar y de convencer. Intentó serenarse.

—¿Van a tomar café? —les preguntó el camarero. Simonetta miró a Darío y afirmó con un simple movimiento de los ojos.

—Un café con leche y uno solo —pidió Ferrer, que conocía de sobra cómo lo tomaba Simonetta.

—Ya he tomado la decisión —le dijo, sin más.

Darío sonrió.

—Déjame que adivine. —Ella permanecía seria—. Vas a seguir con esto. ¿Me equivoco?

Ella negó con un gesto y esbozó por fin una leve sonrisa.

—¡Qué mujer! —exclamó Ferrer, moviendo la cabeza.

—¿Te parece mal?

—Me parece cojonudo —le dijo, mirándola con intensidad. Simonetta tuvo la impresión de que para él la historia sentimental que habían vivido años atrás todavía no había finalizado.

—No me mires así, Darío, por favor —casi le rogó.

—No sé mirarte de otra forma —confesó, serio.

—Creía que ya habías aprendido a hacerlo.

—Hay cosas que cuestan, italiana —dijo con una media sonrisa.

—Debes conseguir que Mercedes vuelva pronto. No sabes vivir solo. —Por un instante, Simonetta pensó que iba a ofrecerle compartir su vida, porque hacía un sinfín de tiempo que no lo notaba tan solemne y circunspecto. Aquello no podía seguir por aquellos derroteros.

—¿Te parece que empecemos a trabajar en nuestro caso? —le propuso, más relajada, tras unos segundos de incómodo silencio.

—Claro que sí, será lo mejor —dijo Ferrer, con un ligero atisbo de resignación.

—¿Qué pasó en el interrogatorio, Darío? —rompió el hielo Simonetta.

—Bueno… —el comisario desvió la mirada—. Tengo que confesarte que me sorprendió.

—¿En qué sentido? —preguntó ella, aunque creía adivinar por dónde iban los tiros.

—Es inteligente, es educado, tiene cultura… y no parece mala gente.

—Para que tú digas eso —lo interrumpió Simonetta— debe de haberte causado muy buena impresión. No recuerdo haberte oído decir tantas alabanzas de un hombre en mucho tiempo.

—Y menos si es pareja tuya —añadió él, con cierta picardía.

—Eso, además.

—Sí, parece buen tío, he de reconocerlo. Sin embargo… —Ferrer vaciló.

—Temo tu «sin embargo».

—Sin embargo, los que parecen ser buenos tíos a veces cometen faltas que ni ellos mismos se explican. Mis años de profesión me lo han enseñado. Como policía, no puedo ni debo fiarme de nadie. Tampoco de él. Por cierto, no me dio la impresión de que fuera simplemente un pescador. Algunos estudios debe de tener.

—Estudió varios cursos universitarios, en concreto de la carrera de Física.

—Esa carrera es bastante complicada. Hay muchos que no pueden con ella y la abandonan —apostilló Darío.

—No fue el caso. Pau dejó los estudios para hacerse cargo de la barca de su padre cuando este falleció.

—¿Eso te lo ha dicho él?

Simonetta titubeó. No quería que Darío se enterara de que chismorreaba del pescador a sus espaldas. En realidad, había sido Séraphine quien se lo había contado cuando entre Pau y Simonetta solo había una relación de amistad.

—Lo comentó un día de pasada —mintió, intentando quitarle importancia.

—¿Y tú te lo creíste?

—¿Por qué no habría de creérmelo?

—Porque no es creíble. —Simonetta, a su pesar, se ruborizó. Cuando Séraphine se lo contó no lo puso en duda, pero al comprobar con sus propios ojos la surtida biblioteca y el telescopio que Pau tenía instalado en su casa, dudó de la versión que la francesa le había dado—. Una cosa es que perdiera un curso, pongo por caso, pero abandonar la carrera…

—Tendría que mantener a su familia.

—Hemos investigado a su familia. Su madre estaba empleada en casa de los Sagrera y su hermana, varios años mayor que él, estudió Turismo y muy pronto se colocó. Además, lo más probable es que Martí gozara de una beca. Pero tampoco me quita el sueño este asunto. Solo quería comprobar cuál era el grado de sinceridad con el que os relacionáis. Y que conste, te vuelvo a repetir, que me pareció un tío cabal.

—Pero ¿cómo fue su declaración? —preguntó Simonetta, impaciente—. ¿Manifestó alguna incongruencia? ¿Justificó los mensajes de los móviles? ¿Qué historia te contó acerca de ellos dos, de Marianne Thorsen y de él, cuando vivían en pareja y más adelante?

—Vayamos por partes —el comisario comprendía su interés, pero no estaba dispuesto a darle una versión completa de lo que sucedió el día anterior en su despacho, sino, más bien, un sucinto resumen—. Se conocieron por casualidad. Yo he visto fotografías de Marianne Thorsen, cuando estaba viva me refiero, y no hace falta ser muy avispado para comprender por qué Pau Martí se fijó en ella. No era un bellezón nórdico, pero hasta en foto transmitía un encanto, si me apuras, exótico, que difícilmente deja indiferente a cualquier hombre. Ella se las arregló para entrar muy pronto en casa de Martí y vivir a su costa. No sé si con buena o mala intención, pero fue así. Un buen día, sin más ni más, y siempre según la versión del pescador, desapareció sin apenas dejar rastro. Tiempo después, según piensa Martí, y yo pongo en duda, se encontraron por casualidad cuando ella ya se había casado con Bernabé Dolz y estaba embarazada. A partir de ahí comenzó a pedirle dinero con la excusa de que su marido llevaba una mala vida y a ella no le daba para sus gastos. Y así hasta el día de su muerte.

—¿Eso es todo? —preguntó Simonetta después de dejar pasar unos minutos por si Ferrer completaba de algún modo el relato de la declaración.

—Te he contado lo fundamental. Ya sabes que no me gustan las narraciones prolijas. —Simonetta suspiró. Estaba visto que tendría que sacarle la información con calzador.

—¿Y respecto a los mensajes de teléfono?

—En eso hemos tenido bastante suerte porque, aunque no se lo preguntamos ni salió de él, no hay dudas de que los había borrado de su móvil. Aunque recordara alguno, quedó patente que no se acordaba de todos. Sí que llevaba preparada la relación de los hechos, más o menos lo que te acabo de contar, y que tenemos que contrastar, pero en lo referente a las preguntas que le hice sobre los mensajes, respondió lo que le vino en gana y no aportó ni mucho menos toda la información que le pedimos. Te diré más: calló más que habló.

—¿Estás seguro? Él no está acostumbrado a estas cosas, pasa más horas a solas que en compañía. Tal vez te dio una impresión equivocada.

—A ver, Simonetta —intervino Ferrer, simulando paciencia—. Entiendo que quieras justificarlo, pero si deseas información debes esforzarte por intentar ser neutral. De lo contrario, ¿cómo puedes pedirme que confíe en ti? Si te sirve de algo, te diré que durante la declaración estuvo presente el subinspector Mendieta, y te aseguro que coincidimos en todo una vez salió de allí tu Pau, en todo. ¿De acuerdo?

—De acuerdo —dijo Simonetta, cerrando los ojos.

—Oculta algo ese Pau, eso lo tenemos claro. No sabemos el qué, pero oculta algo. En ese momento no quise presionarle y no sé si hice bien —confesó Darío, molesto.

—¿Quieres decir que no lo presionaste más… por mí?

—Posiblemente. No de una manera premeditada, pero es posible que me refrenara… por ti, porque sé que estás ahí, detrás. Y quizá debería haber hecho todo lo contrario para conocer cuanto antes la verdad y no ponerte en peligro.

—Yo no estoy en peligro de nada, Darío.

—Confío en ello. De todos modos, si no se aclara pronto este asunto y no conseguimos información concluyente, volveremos a tomarle declaración, y esta vez sabrá lo que es un verdadero interrogatorio en toda regla. Además, tenemos un as en la manga. No le enseñamos todos los mensajes de los móviles. Guardamos los más comprometidos para esa próxima ocasión. —Ferrer se dio cuenta de que Simonetta estaba seria de nuevo y decidió tomar otro camino—. Por cierto, tengo lo que me pediste, la historia clínica de Marianne Thorsen, la de su hijo y las dos autopsias. —La doctora cambió de semblante.

De un bolsillo interior de la americana sacó un sobre, y de él, unos folios. Se los entregó a Simonetta. Ella los leyó con detenimiento.

—En resumidas cuentas —dijo cuando acabó—, ninguno de los dos ha estado ingresado en el hospital si exceptuamos el ingreso por el nacimiento de Aleksander. Lo que falta es la historia clínica de Atención Primaria. Ahí podemos encontrar pruebas de si se encontraron mal antes de la muerte. Eso queda pendiente. —Darío asintió—. Y, respecto a las autopsias: la de Marianne está todavía incompleta porque faltan algunos resultados de toxicología y la anatomía patológica, el resto es normal. En la del niño, que ya está completa, tampoco han encontrado nada; y, sí, el médico que la practicó erró en el diagnóstico, supongo que por ignorancia, ya que, por definición, la muerte súbita del lactante no puede ocurrir en un niño de dieciocho meses. En fin… de momento yo esperaría a tener la autopsia completa de la madre antes de recurrir a acciones ingratas.

—¿Como exhumar a la criatura?

—Por ejemplo.

—Para concluir esta conversación —intervino el comisario—, quiero ponerte al tanto de otra cuestión. Después de tomar declaración a Martí, estuvo declarando Bernabé Dolz en la comisaría.

—¿Y se vieron?

—¡No! —respondió Ferrer—, claro que no; uno por la mañana y el otro por la tarde. Aproveché que tenía guardia para interrogarlos a los dos. Me gusta hacerlo así, un implicado detrás de otro, para estar más inspirado.

—¿Y…?

—Bernabé es un buen pájaro que se las sabe todas, lo contrario que Martí. Parece mentira que una misma mujer haya podido estar con dos tipos tan distintos. Como era de esperar, no dijo gran cosa, pero estoy seguro de que estaba al tanto de la extorsión a Martí.

—¿No sería él quien estaba detrás?

—Eso es lo que pensé. Por la información que he recibido, Marianne Thorsen era una pobre criatura. Lo más probable es que le pidiera dinero a Martí por iniciativa de su marido. Lo que sí hemos averiguado con total certeza es que ella hacía de camello por distintos lugares de la isla, uno de ellos la caseta de los perros donde apareció muerta. Parece ser que, antes de conocer al pescador, había vivido una temporada en cala Morell y conocía bien la zona, e incluso al dueño de la caseta. Lo hemos interrogado en el hospital, donde todavía está ingresado, y nos ha confirmado que la conocía, que habían sido vecinos, que incluso la había ayudado económicamente en alguna ocasión y que la había llevado a conocer a los perros porque ella adoraba a los animales.

—Y sabía dónde guardaba el dueño la llave.

—¡Por supuesto! La cogió y la volvió a dejar en un hueco de la pared delante de ella. Lo que no imaginaba el pobre anciano era que tiempo más tarde Marianne utilizaría la caseta para comprar y vender la droga.

—¿Se lo habéis dicho?

—De momento no, al menos hasta que le den el alta. Los médicos nos lo han prohibido. Si no es necesario, no se va a enterar. Además, como no tiene familia, va a ir directo desde el hospital a una residencia de ancianos, así que es poco probable que vuelva por la caseta.

—Y Bernabé, ¿crees que tiene algo que ver con la muerte de su mujer?

—Como te he dicho antes —prosiguió Ferrer—, yo no me fío de nadie, mucho menos de un individuo como él, pero, de entrada, no me dio esa impresión. Se le veía bastante afectado por la pérdida del niño y también por la de la madre, es más, incluso estaba como demacrado.

—¿Y esa es una razón para que lo descartes como sospechoso? —preguntó Simonetta con intención.

—¡Claro que no! Ya te he dicho que, si no me fío de nadie, ¿cómo me voy a fiar de él? Lo que sí te puedo decir es que tanto a Mendieta como a mí nos pareció que tenía miedo, temor a algo. Y no a nosotros precisamente. Mendieta lo conocía porque le había tomado declaración en otras ocasiones por asuntos de tráfico de drogas, y dice que su actitud siempre ha sido de chulería. Ayer lo encontró cambiado. Es lo que te puedo decir —concluyó el comisario.

—Pero lo vais a seguir investigando… —insistió Simonetta.

—Por supuesto, es otra de las líneas de investigación. A él y a su entorno, para empezar, a los socios del bar que tiene en Es Grau. Estamos seguros de que también participan en el negocio de las drogas, aunque, por el momento, no lo hemos podido demostrar.

—Podría tratarse solo de un ajuste de cuentas...

—Es posible, pero, hoy por hoy, lo veo poco probable. Implicar a una criatura no es lo habitual entre los pequeños traficantes que andan por aquí. Lo que sí tenemos cada vez más claro es que las muertes no fueron fortuitas ni naturales. Solo había que ver la expresión de Bernabé Dolz para sospechar que hay algo detrás de todo esto. Vamos a desplegar todos los recursos disponibles para averiguar de qué se trata. Entre ellos, localizar a compradores y vendedores de droga que se relacionaban con Marianne y su marido. Tu misión, si es que sigues queriendo colaborar, será encontrar la causa de la muerte que pueda aclarar el caso de forma determinante.

—Entonces —continuó Simonetta—, Pau Martí no es el único investigado.

Darío reflexionó antes de contestar.

—Podríamos decir que tenemos varias líneas de investigación, pero hoy por hoy la más consistente sigue siendo, y lo siento de verdad, la que implica a Pau Martí como autor de la muerte de Marianne Thorsen.

21

—BUENOS DÍAS, DOCTORA. ¿Cómo ha ido el fin de semana?

No había mejor manera de comenzar un lunes que ver el rostro jovial y luminoso de Sergi apareciendo de pronto en la puerta que separaba las dos consultas.

—¡Ay, Sergi! ¿Sabes que no sé qué responderte?

—¡Respóndame «muy bien» y me hará feliz!

—¿Te conformas con un «bastante bien», pero movido?

—Si no hay más remedio…

—Pero ¡pasa! —dijo Simonetta, cayendo en la cuenta de algo—, ¡si el que me tiene que contar cómo le ha ido eres tú! ¿Qué tal tu fin de semana en Palma? —El enfermero pasó a la consulta de la doctora y se sentó en uno de los asientos destinados a los pacientes.

—A mí también me ha ido bastante bien.

—¿Qué tal el chico con el que quedaste? ¿Te gustó? ¿Era como lo imaginabas?

—Bueno… —respondió el enfermero, titubeando—, no exactamente.

—¿Qué quieres decir? Verías fotos suyas en la web. ¿Acaso eran de otra persona? —preguntó la doctora, extrañada.

—No, no, eran de él, pero… de hacía unos cuantos años. Stefan es algo mayor de lo que parecía en las fotos. En realidad, las fotos estaban hechas hace tiempo.

—¿Muchos? ¿Cuántos tiene, entonces?

—Tiene cuarenta y uno.

—Doce más que tú —lo interrumpió Simonetta.

—Sí, pero no los aparenta.

—Pero los tiene. Y en la web intentó ocultarlo. ¿No es así?

—Es así, lo admito. Pero es buena gente, puede estar tranquila.

—No me gustaría que nadie se aprovechara de tu bondad.

—¡Que no soy tan bueno! —exclamó el enfermero, y se dirigió a su consulta—. Por cierto —añadió, volviéndose de repente—, yo le he contado más o menos mi fin de semana, pero usted no ha hecho lo mismo con el suyo. ¿Algo que reseñar? —Simonetta suspiró desde la silla.

—¿Crees que Pau Martí es de fiar?

—¿Otra vez duda de él? —exclamó el enfermero abriendo los brazos.

—Ya ves, Sergi, intento no dudar, pero parece que los astros estén alineados para ofrecerme información que me hace volver a las andadas. No veas el fin de semana que he pasado, de un sobresalto a otro, y todos relacionados con Pau. ¿Sabes que lo han interrogado en la comisaría de Mahón?

—¿Qué? —Sergi volvió a sentarse delante de Simonetta, con los ojos abiertos como ventanas—. ¿Quién, el comisario Ferrer?

—El mismo.

—¿Y ellos saben… que la tienen a usted en común?

—Sergi, tal y como lo expresas, parece que formamos un triángulo amoroso.

—Usted ya me entiende —repuso el enfermero, esperando que la doctora explicara más detalles. Ella le puso al tanto de lo que le había contado Darío sobre la declaración del pescador.

—Pobre Pau —dijo Sergi—, me parece que está metido en un buen lío.

—Entre los dos lo sacaremos de él, ¿verdad? —lo interrumpió Simonetta.

—¡Claro que sí! Si usted me dirige, yo la sigo. Por Pau, lo que haga falta.

—Aguarda un momento, Sergi —le dijo la doctora mientras se levantaba de la silla. Guardaba el maletín en la parte baja de un armario con estantes que había a la derecha de su mesa. Abrió con una llave la puerta, sacó el maletín y buscó en su interior—. Mira lo que he encontrado en la villa que me ha alquilado Pau —le dijo, acercándole la fotografía que había en la maleta del sótano—. ¿Conoces a estas tres mujeres? Como ves, la foto está hecha en Ciudadela. —El enfermero cogió la fotografía y la observó con interés, anverso y reverso.

—Élida creo que será la madre de Pau. Así se llama su barca.

—Eso me pareció a mí. ¿Y a las otras dos, las reconoces?

—No, ni sé quiénes pueden ser. No tengo ni idea.

—¿Crees que alguna de las dos podría ser la madre de Toni Sagrera?

—¿De Toni? No sé cómo se llamaba su madre. La conocí poco antes de morir. Alguna vez me tocó atenderla aquí, en el centro. Creo que le puse alguna vacuna de la gripe, pero su nombre no lo recuerdo, y por la foto… tampoco la identifico. Eran muy jóvenes y con esos peinados… Yo olvido pronto las caras de la gente, no soy nada fisonomista.

—Es que era muy amiga de la madre de Pau. De hecho, en su testamento legó la villa donde vivió a Élida. Eso Toni lo lleva mal. Es una de las razones por las que entre Toni y Pau hay una cierta enemistad —manifestó Simonetta.

—Vaya suerte la de la madre de Pau —dijo el enfermero—, porque esa villa es extraordinaria. Y con el precio que tiene la vivienda por aquí… es un buen regalo.

—No es algo habitual, ¿verdad? Me refiero a que alguien con descendientes teste a favor de una amiga, que además ha sido una especie de doncella en su casa.

—No, de normal no tiene nada.

Simonetta le explicó lo que se hablaba en Ciudadela sobre las dos mujeres, y su sospecha de que se tratara de dos de las que aparecían en la fotografía. También le detalló todo lo que había encontrado en la maleta y las notas manuscritas firmadas por la madre de Pau.

—¡Buah! —exclamó Sergi—. ¡Eso sí que es un misterio! Seguro que de lo que hablan las dos en las notas está relacionado con la herencia de la villa. ¿No lo cree usted también?

—Puede ser. Sin tener más datos es un poco aventurado dar por cierta esa hipótesis, pero en vista del contexto, es bastante probable. Ten en cuenta que estamos hablando de los años sesenta, en pleno franquismo. Los tiempos eran muy diferentes a los de ahora: machismo, falta de libertades, prejuicios, costumbres inamovibles... Pudo pasar cualquier cosa, seguramente algo grave que implicaría a una o a las dos jóvenes. Y a partir de ahí, para que el secreto no saliera a la luz, sellaron un pacto de por vida.

—Parece de película.

—Sí, ya sabes, la realidad supera la ficción.

—La ficción se nutre de la realidad —aseveró Sergi—. De todas formas —continuó después de reflexionar unos segundos—, eso es agua pasada. Las dos mujeres han fallecido. ¿Por qué no le dice a Pau que le cuente lo que sepa con la excusa del hallazgo de la maleta?

—Eso es otro lío, querido Sergi. —Simonetta lo puso al tanto de la reacción del pescador al enterarse de que la doctora había abierto la maleta.

—Esa es una salida típica de él —aseguró el enfermero—. Es muy discreto con todo lo suyo. Y si además se trata de un secreto de familia, con mayor motivo. Yo no le daría demasiada importancia. Han pasado un montón de años. Una eternidad.

—Pero me pica la curiosidad. Además, empiezo a hartarme de tanto secretismo por parte de Pau. En primer lugar, ¿por qué me negó que conociera a Marianne Thorsen? Cuando le anuncié que había certificado la muerte de una mujer noruega, tendría que haber reconocido que sí sabía de su existencia. Se necesita tener mucha sangre fría para mentir en ese momento, y también a partir de entonces. Esto de las fotografías es una auténtica tontería en comparación con lo anterior, ya lo sé. Lo que ocurre es que, como te he confesado, la duda sobre Pau vuelve una y otra vez a mi mente sin que pueda remediarlo. ¿Todavía puede ocultar algún asunto más? ¿Es un «ocultador patológico»? Ya que el caso de Marianne Thorsen lo lleva la policía, yo al menos quiero averiguar por qué tanto misterio con la dichosa maleta y las notas de las muchachas de la foto. ¿Tan descabellado te parece? Al fin y al cabo, Pau y yo somos «algo», solo que ni yo puedo precisar el qué. Pero si lo nuestro sigue para adelante, no puede asentarse en mentiras, sospechas ni en medias verdades —aseveró Simonetta.

—Entonces, querida doctora —dijo Sergi levantándose de nuevo—, se me ocurren dos cosas. La primera es poner nombre y apellidos a las chicas de la foto, y la segunda es averiguar qué noticias incluían los periódicos que fotografió. La primera cuestión es muy fácil de solucionar. Solo tiene que hablar con Macarena, la nueva administrativa. Ella conoce a toda Ciudadela y, si no logra reconocer a las mujeres que buscamos, su madre lo hará, téngalo por seguro.

—¿Su madre? ¿La conozco?

—Es posible que no la conozca porque no es paciente nuestra. Se trata de la señorita Pity. Ha sido profesora de inglés, la mejor de Ciudadela, y prácticamente todos hemos pasado por su clase. Entre alumnos y familias, es la mejor fuente de información que encontrará. Además, es muy simpática y sociable.

—Bueno, eso parece sencillo. ¿Y la segunda cuestión?

—También es sencilla. Se trata de contactar con Rubén, periodista de el *Diario de Menorca,* en Ciudadela, para que le permita indagar en el archivo del periódico. Lo más probable es que lo tengan todo escaneado. Si en las fotografías que usted hizo con el móvil aparecía la fecha del diario, solo hay que buscarla y consultar las noticias de ese día.

—¡Qué magnífico lugarteniente eres, querido Sergi!

—Ahora, si me permite, doctora, también quiero ser buen enfermero. ¡Me esperan en la sala de extracciones! —se despidió soplando como solía hacer para apartarse de los ojos su largo flequillo rubio.

HACIA MITAD DE la mañana, cuando estaba a punto de llamar al siguiente paciente, la trabajadora social del centro entró en la consulta de la doctora Brey.

—Simonetta, ¿puedo pedirte un favor?

—Por supuesto, adelante, Esther.

—Te dejo este informe de Atención a la Dependencia para que lo rellenes cuando puedas.

—¿Para quién es? —La trabajadora social le explicó de qué paciente se trataba—. Procuraré hacerlo hoy mismo, nada más acabe la consulta. Por cierto, Esther, quería hablar contigo sobre otro paciente que tenemos en común.

La mujer, con experiencia y siempre dispuesta a colaborar con sus compañeros, se sentó frente a Simonetta.

—Tú dirás.

—Se trata de Laureano Dolz. ¿Sabes de quién te estoy hablando?

—¿El marido de Consuelo Tudurí?

—El mismo.

—Sí, lo conozco, claro.

—Es paciente mío. No sé si recuerdas que se trata de una persona discapacitada por las secuelas que le dejó un ictus.

—Por supuesto —dijo Esther—. Recuerdo que le llevé todo el papeleo para solicitar la dependencia en cuanto la ley entró en vigor.

—El otro día —continuó la doctora—, mientras revisaba su historia clínica, me percaté de que su mujer había estado hablando contigo sobre si era posible un cambio en el testamento dadas las condiciones en las que Laureano se encontraba. ¿Lo recuerdas? —La trabajadora empezó a pensar.

—Algo me quiere sonar. ¿Me dejas que lo consulte en su historia clínica? —preguntó, señalando la pantalla del ordenador.

—Voy a buscarla. —Simonetta tecleó el nombre de Laureano y, una vez localizó su historia, giró la pantalla para que su compañera pudiera verla bien.

—A ver… ¡ah, ya me acuerdo! Sí, vino Consuelo, pero el tema se solucionó. ¿Han vuelto a mencionarte algo?

—No, ellos no me han dicho nada, lo que ocurre es que, en la situación en que se encuentra Laureano, me parece poco probable que consigan lo que pretenden.

—Pues lo consiguieron. Esa Consuelo es muy astuta y tenaz. Es raro que no logre lo que se propone. Es capaz de mover cielo y tierra hasta alcanzar un objetivo.

—Tuvo que llevar a su marido a la consulta de un neurólogo privado, porque aquí, en su historia, no figura ningún informe médico sobre su capacidad legal.

—Sí, sí, tiene un pariente neurólogo en Barcelona. Lo hizo venir hasta su casa y él fue quien redactó ese informe. Me lo explicó Consuelo abiertamente.

—¿Y el notario?

—El notario también fue a la Torre Tudurí, y debió de hacerle una serie de preguntas a Laureano que este contestó adecuadamente, moviendo la cabeza de forma afirmativa o negativa. Entre eso y el informe médico, dio su consentimiento para redactar un nuevo testamento —concluyó la trabajadora social.

—¿Esto es habitual en pacientes discapacitados? —preguntó Simonetta, con extrañeza.

—No suele serlo, pero de vez en cuando se nos plantean este tipo de casos. Aunque en la mayoría de ellos ni el médico ni el notario dan su visto bueno, pues los pacientes en realidad no están en su pleno juicio para tomar decisiones tan importantes. Eso es lo que sucedió hace unos meses con un paciente de Quino Merino, nuestro compañero del centro —respondió Esther.

—No te dirían en qué sentido querían cambiar el testamento… —dejó caer Simonetta para ver si su compañera poseía más información y la quería compartir con ella.

—Sí, sí, en eso Consuelo Tudurí suele ser muy franca. Con tal de conseguir lo que pretende no le importa dar las explicaciones que hagan falta. —La doctora seguía atenta. Su compañera disfrutaba contándole todo, satisfecha de que su quehacer diario en el centro de salud fuera de tanto interés para una doctora—. Sabrás que el matrimonio Dolz Tudurí tiene dos hijos —Simonetta afirmó con la cabeza—. Pues bien, aunque la ley que hace siglos determinaba que toda la hacienda debía ir a parar a manos del primogénito ya no está en vigor, en vista del nulo interés del pequeño hacia las tierras y los animales, cuando el pequeño Bernabé cumplió veintiún años, los padres decidieron testar a favor del mayor para que, el día de mañana, la propiedad no se partiera. En ese momento no tenían ninguna intención de desheredar al pequeño y le donaron una importante cantidad para compensarle. Todos estuvieron de acuerdo, padres e hijos, con aquel arreglo. —Esther estaba en su salsa contando la historia—. No sé si estás al tanto de la vida que ha llevado Bernabé. —Simonetta volvió a hacer un gesto de afirmación, sin querer intervenir para que la trabajadora social no perdiera el hilo.

»Ese tipo de vida lleva aparejado un gasto muy elevado y, en pocos años, debió de fundirse todo lo que sus padres le habían entregado. Cuando Consuelo vino a mi consulta, me lo relató con pelos y señales antes de que yo le preguntase para ponerme en antecedentes y justificar su cambio de opinión respecto al testamento. Carles, el heredero, estaba casado desde hacía bastantes años, pero parece ser que no habían tenido descendencia, a pesar de que lo habían intentado por todos los medios. Por otra parte, Bernabé, que vivía con una mujer, se había casado y acababan de tener un hijo. Su relación con la familia no era muy fluida, pero el nacimiento de la criatura ablandó el corazón de los abuelos y no quisieron que el niño pagara la mala cabeza del padre. Tal y como habían testado, ese niño no iba a recibir ningún tipo de herencia de su familia paterna, mientras que Carles, su tío, iba a ser el destinatario de toda la hacienda sin que, hasta el momento, tuviera ningún heredero a quien legárselo después. No les pareció justo y por eso quisieron redactar un testamento nuevo. En el momento del fallecimiento de Laureano y Consuelo, su herencia se dividiría en dos partes iguales, una para Carles y otra directamente para Aleksander, el hijo de Bernabé.

—No les parecía justo con el niño —interrumpió Simonetta—, pero el testamento nuevo tampoco lo era para Carles.

—Eso es lo que le dije.

—Además, si Carles moría sin heredero directo, la herencia iría a parar a Aleksander de todos modos —dijo Simonetta.

—Sí, sí, yo también pensé lo mismo —aseveró la trabajadora social—, pero eso no es del todo cierto, porque si Carles fallece antes que Bernabé, su herencia pasaría a su hermano directamente, y no a su sobrino Aleksander.

—A no ser que Carles teste a favor del niño —le cortó Simonetta.

—Pero eso ya es mucho suponer. Los abuelos tenían claro que querían dejarle al niño la mitad de la herencia, y la única forma de asegurarlo era redactando un testamento nuevo donde quedara especificado. Esa era su voluntad y Consuelo Tudurí estaba decidida a llevarla a cabo por el bien de su nieto. Y te digo más, como no se fiaba en absoluto de Bernabé, si los abuelos fallecían antes de la mayoría de edad del nieto, la herencia sería administrada por la madre del niño hasta que este cumpliera los dieciocho años.

Simonetta se quedó pensativa. Menudo hallazgo.

—Y Carles, ¿qué opinó del cambio de testamento?

—Al principio Consuelo no quería que se enterara. Decía que era un asunto de Laureano y de ella, y no quería que el tema pudiera interferir en la relación entre los dos hermanos, que ya era bastante mala. Pero Carles debió de enterarse el día en que el notario visitó la masía. Consuelo me lo mencionó de pasada meses más tarde, en una ocasión en que vino a informarse sobre un contrato para una cuidadora. Desde entonces, no he sabido más.

—Te habrás enterado de que tanto Aleksander como su madre han fallecido —intervino de nuevo Simonetta.

—Sí, claro. Se ha enterado todo el mundo. Menuda tragedia.

Como Esther no hizo ninguna alusión más al testamento, incluso después de sacar a colación las dos muertes, Simonetta prefirió no hurgar más en el tema, que ya rozaba lo morboso.

—Si necesitas alguna cosa más, estoy a tu disposición —se despidió la trabajadora social y salió de la consulta.

Antes de cerrar la historia clínica de Laureano para abrir la del paciente que tenía citado a continuación, Simonetta se dio cuenta de que el marido de Consuelo Tudurí tenía una cita a domicilio pendiente ese mismo día para que Sergi lo visitara. Se trataba de la revisión periódica para controlar sus niveles de coagulación y así poder pautarle la dosis correspondiente de Sintrom. Pasó a la consulta del enfermero.

—Sergi, ¿cuándo vas a visitar a Laureano Dolz? —le preguntó.

—Pensaba ir a última hora, así me voy a casa directamente desde allí. Mañana le prepararé el calendario con las pautas del Sintrom nada más llegar a la consulta.

—¿Puedo acompañarte?

—¡Por supuesto!

—Por el camino te cuento. No te vas a creer el nuevo embrollo del que me he enterado.

HABÍA ESTADO LLOVIENDO casi toda la mañana. El camino que partía desde la carretera a la Torre Tudurí era un barrizal plagado de charcos.

—Menos mal que el Kia lo resiste todo —dijo Sergi después de atravesar lo que casi parecía un pozo camuflado. El cristal del parabrisas recibió de pronto tal salpicadura de agua y barro que el enfermero tuvo que parar un momento porque la visibilidad era nula—. Tiene usted razón —le dijo a Simonetta después de lograr limpiar la luna delantera lo suficiente para continuar— de que el lío alrededor de la muerte de la noruega va en aumento. Ahora, lo del testamento.

—Sí, la cosa se complica… o se aclara. Necesitamos estar al tanto de todo lo que ocurrió alrededor de las dos víctimas para que la verdad salga a la luz y nuestro Pau quede libre de toda sospecha.

—Tendrá que contárselo a Ferrer —sugirió Sergi.

—Creo que por ahora no voy a hacerlo.

—¿Y eso? —le preguntó extrañado el enfermero.

—Él, junto con su equipo, se ocupa de hacer averiguaciones por otras vías que se están abriendo. Sobre la de la familia prefiero comenzar a indagar yo misma para levantar menos suspicacias. Si se presenta la policía y empieza a interrogar a todo el mundo, pueden alertarse y ocultar datos valiosos. Creo que confiarán más en mí, al menos Consuelo Tudurí, que, al fin y al cabo, hoy por hoy es la matriarca y la que manda.

—Usted tendrá sus propias hipótesis sobre la causa de la muerte del niño y de la madre, ¿me equivoco? —preguntó Sergi.

—No creas —le contestó la doctora—, el caso no es nada fácil. Apenas tenemos información del posible cuadro clínico previo a las muertes tanto de la madre como del niño, si es que existió, y que podría poner luz en el caso. Y en las autopsias no se ha hallado, de momento, nada relevante. Tampoco sabemos si la madre amamantaba todavía al pequeño. Es un dato que tengo intención de preguntar a Consuelo en cuanto la vea. Es posible que Aleksander, con dieciocho meses de edad, aún se alimentara de leche materna. En ese caso, podría haberse envenenado con alguna sustancia tóxica que ella hubiera consumido, y que pasara al niño a través de la leche. Quizá la misma sustancia que intoxicó a Marianne. Es la hipótesis más lógica a la vista de los datos con los que contamos. Pero es demasiado suponer. Necesitamos mucha más información.

—¿Y si no lo amamantaba? —preguntó Sergi con sumo interés.

—Si establecemos en principio que su muerte se debió a un tóxico, el mismo en los dos casos, entonces la vía por la que el pequeño se envenenó cambia, claro.

—¿Y si no se trata de ningún tóxico? Los análisis toxicológicos del niño han salido negativos. Al ser los padres presuntos traficantes, se descarta un envenenamiento, accidental o no, por drogas, ¿no le parece?

—En efecto, al no encontrarse restos de drogas en el cadáver del niño, queda eliminada esa posibilidad. Pero ante la muerte inexplicable de un niño siempre hay que pensar, entre otras posibilidades, en la intoxicación por un medicamento de forma fortuita o intencionada. Simplemente la ingestión de algunas medicinas con dosis de adulto puede acabar con la vida de un niño de esa edad sin que se encuentren rastros en la autopsia. Si se tiene la sospecha, hay que averiguar qué medicinas existen en su entorno más próximo y analizar una por una si pueden haber originado el fatal desenlace. De igual manera, en el hogar hay numerosas sustancias que, en manos de un menor de esa edad, pueden ser letales para él: detergentes, insecticidas, quitamanchas... Y pueden plantearse muchas más hipótesis. Por ejemplo, que la madre y el niño padecieran una enfermedad hereditaria difícil de diagnosticar, una alteración del ritmo cardíaco, es un suponer, que tuviera su origen en el sistema eléctrico del corazón. En la autopsia no se detecta.

—En ese caso, sería una casualidad que los dos fallecieran en un espacio tan corto de tiempo.

—En efecto, hubiera sido una verdadera casualidad, pero no es algo imposible. En fin, podemos establecer muchas más hipótesis, pero para llegar a la correcta debemos indagar y volver a indagar. Es lo que voy a hacer en cuanto lleguemos a la masía.

Ese día los mastines estaban atados cerca de sus respectivas casetas. En la pequeña explanada de la entrada, todo el suelo estaba completamente embarrado.

—¿Por qué no asfaltarán todo esto, desde el camino hasta la casa? Parece mentira que viva aquí una familia y, además, tenga una tienda abierta al público —se quejó Simonetta.

—Así ya se puede tener dinero —afirmó el enfermero mientras cerraba la puerta del coche.

—La próxima vez —prosiguió la doctora— traigo unas buenas botas.

—Buena idea —dijo Sergi—. Podemos coger un par cada uno y guardarlas en la consulta. Así podremos disponer de ellas si nos sale algún aviso a domicilio lejos del mundanal ruido.

Subieron la pequeña cuesta que llevaba a la casa familiar con cuidado de no resbalar. Cada uno llevaba su maletín y, en un descuido, Simonetta tuvo que apoyarse en su compañero para no acabar de bruces en el suelo. Como siempre, la puerta estaba semiabierta, y su hueco, disimulado por una cortina de tiras metálicas. Sergi entró sin más, acostumbrado como estaba a andar por allí.

—¡Consuelo, soy el enfermero! —gritó. Y, sin esperar contestación, fue hacia la habitación donde habían instalado a Laureano. En ese momento salió a su encuentro Rodica, su cuidadora, que lo había oído.

—Adelante, pasen —dijo, educada como siempre—. ¿Quieren que llame a la señora Consuelo? —preguntó, mirando a la doctora.

—Si está por casa, avísela, gracias —contestó Simonetta. Laureano estaba bastante despierto y parecía conocerlos.

—¿Qué tal estamos, Laureano? —le preguntó Sergi con familiaridad. El hombre afirmó con la cabeza mientras sonreía—. ¿Conoce a la doctora Brey? —El hombre repitió el gesto. Simonetta iba a dirigirse a él cuando oyó a su mujer nombrarla desde la puerta.

—Doctora, no la esperaba —dijo con cordialidad.

—Vengo a acompañar a Sergi y, de paso, a verlos a ustedes y preguntarles qué tal se encuentran.

—Se agradece el cumplido, doctora —dijo la mujer—. ¿Qué quiere que le diga? La tragedia que se nos ha venido encima no se olvida en un día. Yo no me los puedo quitar de la cabeza, ni a la madre ni al niño.

—¿Cuántos meses me dijo que tenía su nietecito? —le preguntó Simonetta para ver si sacaba algo más de información.

—Dieciocho —respondió la mujer, compungida.

—Qué edad tan bonita —prosiguió Simonetta—, igual hasta lo amamantaba su madre todavía.

—¿Darle teta, quiere decir? No, su madre nunca le dio de mamar. No sé a santo de qué, porque es lo mejor para los recién nacidos. Cuando llegó al mundo, casi ni nos enteramos. Gracias a Dios, el padre Eladio nos lo anunció. Después pudimos conocer al niño, pero, en situaciones así, cuando la familia se relaciona lo justo, es mejor que la suegra no se meta demasiado. Yo le pregunté a mi nuera si solo tomaba biberón y me dijo que sí. En fin, las extranjeras, ya se sabe, no tienen nuestras costumbres, no se sacrifican como nosotras.

—Puede ser —intervino Simonetta, intentando no llevarle la contraria—, o tal vez su nuera no se encontraba bien, estaba enferma, y prefirió no darle el pecho al niño.

—Qué va. No creo que estuviera enferma. La gente joven no se complica la vida y directas a la leche en polvo.

—Consuelo, alguna enfermedad tendría, puesto que se murió —saltó Sergi desde la silla donde tenían sentado a Laureano. Rodica, que lo ayudaba sosteniendo la mano del hombre mientras el enfermero le pinchaba en el pulpejo de un dedo, miraba con sus grandes ojos a Sergi, sorprendida por su comentario.

—¿Qué dice el chico? —le preguntó Consuelo a la doctora. Ella le repitió las palabras de su compañero—. A saber… —replicó, sin añadir nada más.

—¿Cómo lleva este drama su hijo Bernabé? —Simonetta no se daba por vencida.

—Muy mal —respondió Consuelo con rictus sombrío—. Nunca lo había visto así. Parece otro; ha adelgazado, está cabizbajo, sin fuerzas… Ya no sé qué puedo hacer para ayudarlo. Espero que no vuelva a las andadas.

—¿A las andadas? —reiteró la doctora. La mujer llevó a Simonetta a un rincón de la habitación, cerca de una ventana, con la intención de que los demás no se enteraran de la conversación.

—Las drogas —le susurró cerca de la oreja, de espaldas a los otros. Rodica, aunque intentaba disimular, estaba pendiente de todo.

—¿Su hijo tiene enemigos que puedan intentar perjudicarlo? —le preguntó la doctora de forma directa.

—¿Enemigos? —repitió la mujer, sorprendida—. No lo sé, en realidad desconozco la vida que lleva. Ahora tiene un bar.

—¿Nunca le ha gustado trabajar en la hacienda?

—Nunca, ni siquiera de niño. Es igual que su padre, su vivo retrato, pero al menos Laureano fue policía municipal, llegó hasta jefe local. ¡Ay! ¡Quién nos habrá echado esta maldición encima!

—Doctora —dijo el enfermero—, yo ya he terminado.

—Simonetta se acercó a Laureano. Se despidió de él y también de Rodica. Consuelo acompañó a Simonetta al zaguán mientras Sergi terminaba de recoger sus bártulos.

—Doctora, ¿usted cree que la muerte de mi nieto y de su madre están relacionadas? —le preguntó con visible preocupación.

—¿Por qué me lo pregunta, Consuelo?

—Usted ha hablado de enemigos de mi hijo que pudieran perjudicarlo. ¿Se refiere a que hayan podido provocar las dos tragedias? —La mujer casi temblaba.

—Es algo que se me ha pasado por la cabeza. Tal vez he cometido una imprudencia diciéndoselo a usted. Olvídelo, son cosas mías. Me gusta saber la razón por la que los pacientes enferman. Nos ocurre a todos los médicos. —La mujer se echó a llorar.

—¿Cómo no va a tener enemigos en los ambientes en los que se ha movido? Si yo los tengo y siempre he sido una mujer honrada que en la vida ha faltado a nadie, al menos de forma intencionada... Bernabé, ya en el colegio, tenía compañeros que no lo podían ni ver. Me he ido enterando con los años. Uno te dice esto, otro recuerda lo otro... Uno de sus problemas es que siempre ha sido muy guapo, de llamar la atención, parecido a su padre de joven. Esto, aunque usted no lo crea, puede convertirse en un inconveniente, porque las chicas se les acercan y los demás se quedan a dos velas. Surgen las envidias y, para más inri, ellos se lo creen y miran a los demás por encima del hombro. Si esto fuera poco, a Bernabé siempre le ha gustado juntarse con muchachos mayores que él en vez de frecuentar a los de su propia edad, y ya desde bien pequeño aprendió demasiado de la vida, sobre todo lo que no debería haber aprendido nunca.

—¿Y usted conoce a alguna persona que a lo largo de estos años se la haya jurado? Por envidia, por celos, por venganza, por ajuste de cuentas, por codicia... por la razón que a usted se le ocurra.

—Hasta el punto de hacer daño a un niño y a su madre, no. Pero le repito que, en los últimos años, hemos estado muy alejados, sin saber los unos de los otros. Quién sabe a quién ha podido conocer y de qué calaña.

—Se comenta que su nuera traficaba con drogas. ¿Usted ha oído algo?

—No. Y confío en que no sea cierto.

—También se comenta que Bernabé y su socio del bar son los que en realidad mueven el tema. —Consuelo Tudurí se sonrojó.

—Es triste decírselo, pero de mi hijo Bernabé me creo todo, aunque también quiero que recuerde un refrán popular: «Unos tienen la fama y otros cardan la lana». ¿Lo conoce?

—Sí lo conozco y, como casi todos los refranes, tiene mucho de verdad. Quién sabe si le cuadra a su hijo.

—Yo, mientras nadie me lo demuestre, haré que le cuadre.

Simonetta no sabía cómo sacarle el tema del cambio de testamento, pero no quería salir de aquella casa sin averiguar directamente de la matriarca si ese cambio había podido alterar las relaciones dentro de la familia. Determinó ser directa.

—Antes de irme —le dijo a la mujer—, quiero plantearle una pregunta.

—Usted dirá.

—En el historial de su marido he comprobado por casualidad que usted acudió a la trabajadora social para intentar cambiar su testamento. ¿Lo consiguió? ¿Autorizaron a Laureano? Hoy mismo ha venido a mi consulta la familia de un paciente con unas secuelas similares a las de su marido preguntando qué había que hacer para conseguir un informe médico que acredite la capacidad legal de su pariente —mintió.

La mujer le contó poco más o menos lo que la trabajadora social le había relatado a Simonetta. Las dos versiones coincidían en lo fundamental.

—Y ahora que, por desgracia, ha fallecido su nieto, ¿qué piensan hacer?

—¿Nosotros? Nosotros en este momento no tenemos ganas de hacer nada. No tenemos ninguna intención de volver a modificar el testamento. Eso se acabó, se quedará tal y como está. Lo último que me apetece es volver a empezar de cero con todo el papeleo que tuvimos que presentar. Y ya ve para lo que ha servido. Para nada.

En eso, apareció Sergi en el zaguán. Al oírlo, las dos mujeres se volvieron y no solo lo vieron a él, sino también a Rodica, que se metía hacia el pasillo que conducía a la cocina. A Simonetta le dio la impresión de que había salido antes de la habitación de Laureano y había permanecido en silencio mientras ellas hablaban, escuchando la conversación. Antes de abandonar la casa, Consuelo llamó a la nave desde un teléfono fijo que descansaba en un mueble auxiliar, apoyado en una de las paredes.

—Mi nuera los espera con unos productos de la hacienda para cada uno. Que pasen un buen día y gracias por la visita.

—Mañana, como siempre, tendrán el calendario con las nuevas pautas de Sintrom en las oficinas de Canal Salat —le explicó el enfermero.

Los dos salieron al exterior. Comenzaba a llover de nuevo y no llevaban gorro ni paraguas. El suelo estaba todavía más resbaladizo y fangoso.

—Entre usted al coche, doctora —le dijo Sergi—. Yo iré a la tienda a recoger lo que nos hayan preparado.

Simonetta lo obedeció y se acomodó en el Kia. En la salita que hacía de tienda no estaba Petra, pero se la oía hablar con otra mujer detrás de la cortina que comunicaba con la fábrica. El tono que empleaba no era el habitual en ella, casi siempre correcto, sino que era desagradable. El joven se sintió incómodo y dudó entre marcharse sin hacer ruido o aguardar en silencio. Más por curiosidad que por afán de recoger las viandas, optó por lo segundo.

—Es que ya estoy harta de verte todos los días con esa cara tan larga —dijo la otra mujer.

—¿Qué quieres, Catalina, que sea encantadora contigo después de acusarme de ser una controladora o algo peor? Yo aquí tengo una responsabilidad. Debo estar al tanto de lo que ocurre en la finca para que todo funcione.

—¡Ya! Una cosa es que te creas la dueña de todo esto y otra es que vigiles y controles lo que hago en mi vida privada. No puedes tener queja de mí como empleada. Del resto, de mis cosas, la dueña soy yo.

—Sí, claro, pero cuando te han venido mal dadas bien que has acudido a mí con el cuento para que te aconseje sobre esto y lo otro, y bien que me he tragado tus neuras.

—No siempre me has aconsejado bien. A veces lo has hecho por tu propio interés, no por el mío.

—¿Eso es lo que piensas, Catalina? —preguntó Petra con aparente resentimiento—. Desagradecida. Pues bien, se acabó, no voy a darte más consejos ni voy a ser tu paño de lágrimas, pero tú tampoco intentes sonsacarme los chismes de esta familia que, al fin y al cabo, es la mía. A partir de ahora solo voy a ser tu jefa, y tú una más de mis empleadas.

—¿Hablas de «tu familia»? ¿Te crees una más del clan? No les has dado un heredero, es como si no lo fueras.

—Mala pécora, ¿qué estás diciendo? —reaccionó Petra con rabia—. ¿Cómo te atreves? Al menos yo estoy casada con un Dolz Tudurí, y tú sigues soltera.

—Aún soy joven, Petra. Nunca se sabe... Por cierto, ¿qué dice ahora la vieja? Siempre te saca de tus casillas y después lo purgamos los demás.

—Nada. Ahora va cacareando la pena que tiene por no tener un heredero y echa en falta a la noruega, que encarriló a Bernabé y le dio un hijo... ¡Ja! No se lo cree ni ella. Menudo pájaro. Él atrae el caos, lo lleva estampado en la frente.

—Hace unos años no opinabas así.

—Basta ya de cháchara. Prepara las bolsas para esos, que no hacen más que venir por aquí a ver al viejo. A este paso no la palma nunca. Y luego, a trabajar.

—DOCTORA —DIJO SERGI cuando entró en el Kia—, qué bien hemos hecho trabajando como asalariados.

—¿A qué viene eso? —le preguntó la doctora, divertida.

—He sido testigo de una especie de enfrentamiento entre Petra y una de las empleadas de la fábrica. Yo no tendría valor para dirigir ni un pequeño taller de reparación de calzado. Por lo que han hablado, me ha dado la impresión de que la empleada es bastante veterana, con mucha confianza con la mujer de Carles, yo diría que demasiada; muy entrometida. Incluso le ha echado en cara a Petra que no le haya dado un heredero a la familia. Alucinante.

—Estos negocios pequeños, con toda la familia trabajando, casi siempre son problemáticos. Se entremezclan muchos intereses.

—No hablaban muy bien de Consuelo.

—¿Y te extraña?

—Nada. Pero Petra... El día que sea la dueña de todo o, por decirlo de otro modo, la mujer del dueño... no creo que actué con mayor benevolencia que su suegra.

—Qué seria es, ¿verdad? —observó Simonetta.

—Y a veces bastante seca, como ahora, pero también es muy trabajadora. Nunca la ves remoloneando por la casa, siempre está currando. Por cierto, ¿ha podido sacar algo más en claro con Consuelo?

—No mucho, menos de lo que me habría gustado. Me ha vuelto a llamar la atención que, de nuevo, Consuelo Tudurí haya nombrado al padre Eladio. No sé qué pinta a todas horas en medio de la familia una persona que lleva poco tiempo establecido en la isla, que no es un amigo de toda la vida ni un pariente que de pronto aparece y hay que acogerlo. Se ve que fue él quien comunicó el nacimiento de Aleksander a su abuela.

—¿Antes que el padre? —repuso Sergi, extrañado.

—Sí, sí. Ten en cuenta que, en ese momento, Bernabé no tenía relación con sus padres.

—Ni con su hermano —intervino el enfermero.

—Eso es —ratificó Simonetta.

—¿Algo más?

—Algo que sí puede resultar interesante. Consuelo y Laureano no piensan cambiar de nuevo el testamento, una vez que el nieto ha fallecido.

—Entonces —interrumpió el enfermero, cavilando—, cuando desparezcan los abuelos, ¿quién heredará la parte que le correspondería a Aleksander?

—Muy buena pregunta —aseveró la doctora—. Cuando mueran los abuelos, el cincuenta por ciento de la herencia, que hubiera ido a parar a Aleksander, la recibirá el heredero directo del niño, que no es otro que su padre, Bernabé Dolz Tudurí.

—¡Qué fuerte! —exclamó Sergi, dejando atrás la hacienda.

22

De regreso de la Torre Tudurí, Simonetta se encontró en la puerta de Canal Salat a Macarena, que se iba ya hacia su casa.

—Macarena, ¿llevas prisa?

—No, claro que no. Si necesitas algo, me vuelvo —contestó, señalando el centro de salud.

Simonetta vaciló. No quería entretenerla, pero era una buena ocasión para mostrarle la fotografía de las tres muchachas. Le explicó que la había encontrado en la villa por casualidad y que le había intrigado. Una vez la tuvo en la mano, la administrativa miró la foto con detenimiento.

—Élida es la madre de Pau Martí —dijo con seguridad—, yo he sido amiga de su hermana y recuerdo a la señora Élida a la perfección. Sin embargo, las otras dos… no caigo quiénes pueden ser. ¿De dónde habrá salido esta reliquia? Lo mejor es que se lo preguntes a Pau, ¿no es tu casero? A lo mejor le hace ilusión conservar este recuerdo.

—Es una larga historia —le contestó la doctora, abreviando para no hacerle perder tiempo—. Sergi me ha dicho que tu madre quizá sí puede reconocerlas.

—¿Mi madre?, eso seguro. ¿Quieres que se la enseñe? Estoy segura de que las conoce y me cuenta la vida de las tres con pelos y señales. No es precisamente una persona cotilla ni le importan los chismorreos, pero sí es muy sociable y tiene muchos contactos.

—¿Podría hablar yo directamente con ella? —propuso Simonetta. No quería información a través de intermediarios—, así me cuenta cosas de aquella época.

—Me parece muy bien, y a mi madre le va a encantar la idea. Además, tiene ganas de conocerte. De joven aprendió algo de italiano y desde que se enteró de que en Ciudadela hay una doctora medio italiana, se muere de ganas porque alguien se la presente.

No tuvo que esperar mucho para recibir un mensaje de la administrativa en el que le decía que su madre la invitaba a merendar en Ánima esa misma tarde. La doctora casi se frotó las manos: cuanto antes, mejor, y en la cafetería con más encanto de la ciudad.

CUANDO SIMONETTA ENTRÓ, Sita se encontraba detrás de la pequeña barra. Ánima estaba en la planta baja de un hotel ubicado en el centro de Ciudadela. Lo habían montado tras rehabilitar un antiguo edificio, y estaba decorado respetando el arte mediterráneo y con parte del mobiliario típico de la isla.

—¿Qué hay Simonetta? Hace tiempo que no te veía. ¿Lo mismo de siempre? —le preguntó la camarera con su habitual afabilidad. No era la propietaria del local, pero lo parecía porque se entregaba a él y a los clientes como si fueran convidados en su propia casa.

—Voy a esperar un poco. He quedado con una amiga.

—Perfecto, ahí mismo tienes una mesa libre —le indicó—. ¿Te has enterado de lo de Séraphine?

—¿De Séraphine? No. No sé a qué te refieres —le respondió Simonetta, intrigada.

—Que está enamorada —le confesó en voz baja Sita. Simonetta se echó a reír.

—¿Te lo ha dicho ella?

—Sí, claro —le respondió la camarera.

—¿Y te ha desvelado el nombre de su enamorado?

—No me lo ha querido decir. Según ella, ya nos enteraremos. «Tiempo al tiempo».

—Ya... —intervino Simonetta, escéptica—. Si yo te digo el nombre, ¿te lo vas a creer?

—¿Es que lo sabes? Pues dímelo ahora mismo ¡Claro que te voy a creer!

—Luis Eduardo Aute.

—¿Qué? —profirió Sita, divertida.

—Pues eso. Séraphine me dijo hace unos días que lo acababa de descubrir y que estaba locamente enamorada, que lo escuchaba a todas horas, etc., etc.

—¡No me lo puedo creer! ¡Original hasta para esto! ¿Sabes que incluso ha dejado de beber? Dice que este nuevo amor de madurez la está transformando.

—Si es para bien, bendito amor y bendita transformación —concluyó Simonetta.

Sita volvió a la barra. Tenía un gusto especial para elegir la música, que era uno de los muchos reclamos del local. Había quedado con Pity, la madre de Macarena, a las seis. Justo cuando el reloj de la catedral estaba dando la hora, entraron en Ánima dos señoras, una del brazo de la otra. La que ofrecía su brazo era una mujer alta, con un porte impecable, media melena rubia y poblada tipo *bob*, americana de estampado de leopardo, pantalones pitillo negros y botines con tacón. La que se apoyaba en ella era diminuta y delgadilla, con traje de pantalón príncipe de Gales, cabello de peluquería y labios rojos. Ninguna de las dos cumplía ya los ochenta.

—Hola, cariño, tú serás Simonetta —le dijo la señora más alta—. Yo soy Pity, la madre de Macarena.

Simonetta se levantó y saludó a las dos mujeres con un par de besos. Pity presentó a Pilar como una amiga con la que merendaba todas las tardes en Ánima. Sabía tanto o más que ella de Ciudadela y entre las dos querían ayudarla en lo que precisara. Le preguntó a Simonetta si quería pedir algo.

—Un café con leche —le respondió la doctora cuando Sita se aproximó para tomarles nota. Pity se le adelantó.

—Tres cafés con leche con un té.

—¿Esperamos a alguien más? —dijo Simonetta, en vista de que la madre de Macarena había pedido cuatro consumiciones.

—No, a nadie más —respondió sorprendida la mujer. Comenzaron a hablar de su vida. Las dos eran viudas desde hacía muchos años y tenían la suerte de que ninguna vivía sola, pues a cada una la acompañaba en su domicilio una hija soltera. Al poco, Sita se acercó con la bandeja y empezó a repartir los cafés. También llevaba, sin que ninguna lo hubiera pedido, tres raciones de tarta de bizcocho.

—Sita —dijo entonces Simonetta—, creo que falta el té que ha pedido Pity. —Las mujeres se miraron extrañadas.

Sita, al caer en la cuenta de lo que decía, miró a las dos amigas y las tres se unieron en una sonora carcajada.

—¿He dicho alguna tontería? —Simonetta desconocía de qué iba aquello.

—No, no, tranquila —la interrumpió la madre de Macarena—. Te lo voy a explicar. Cuando pido un café, o dos, o tres con «un té», quiero decir con «unte», o sea, algo para untar en el café, lo que tenga Sita esa tarde: bizcocho, galletas, pastas… Nosotras somos así, tenemos nuestra propia jerga —concluyó, divertida.

—Vaya, vaya —dijo la doctora—, me parece estupendo encontrar a unas personas con ese sentido del humor. Todo el mundo tendría que ser así.

—Para cuatro días que vivimos —intervino Pilar—, tenemos que tomarnos las cosas con optimismo.

—Bueno, querida —dijo entonces Pity—, creo que podemos llegar a aburrir a Simonetta si hablamos tanto de nosotras. Mejor será que nos enseñes esa foto misteriosa que estamos aguardando con verdadera curiosidad.

Simonetta sacó sin más preámbulos la fotografía y se la enseñó a las dos mujeres. Cada una sacó unas gafas del bolso y comenzaron a mirarla sin dejarse un detalle.

—Qué jóvenes, madre mía —dijo Pilar.

—Fíjate en Solín, tan seria como siempre —intervino Pity.

—Y aquí pone que la tomaron durante las fiestas de San Juan.

—¿Entiendo que las conocéis? —terció Simonetta.

—Sí, sí —contestaron al unísono.

—¿Podéis explicarme quiénes son?

—Esta de aquí —dijo la madre de Macarena— es Irma, la mujer de Sagrera. Y esta es Élida, la que se casó con Martí, el pescador. Y esta otra, Solín.

—¿Quién es esa Solín? ¿Vive todavía?

—¿Solín? —dijo Pilar—. Claro que sí, Solín Tudurí vive, ya lo creo.

—¿Tudurí? ¿Acaso es familia de Consuelo, la dueña de la Torre Tudurí? —Las mujeres se miraron entre sí.

—¡Claro! ¡Es ella! — respondió Pity, danto por sentado que la cosa estaba clara.

—¿Consuelo Tudurí, la mujer de Laureano Dolz? —preguntó Simonetta, quedándose a cuadros. Eso sí que no se lo esperaba. ¿Qué pintaba Consuelo Tudurí en todo ese asunto?

—Sí, sí —dijo Pilar cogiéndola del brazo para que, con este gesto de confianza, la creyera. Simonetta se detuvo a pensar durante unos minutos, aprovechando que sus compañeras de mesa acababan de comenzar el bizcocho.

—¿Sabéis si las tres eran amigas de jóvenes? —les preguntó mientras intentaba reponerse de la sorpresa y aprovechar aquella inesperada fuente de información. Las dos mujeres volvieron a mirarse como para dar una respuesta común.

—¿Tú qué dirías? —le preguntó Pity a Pilar.

—Sí que eran amigas. Cuando se hizo la foto eran amigas, y lo demuestra la misma fotografía, por eso alguien se la tomó a las tres. Además, estoy convencida de que pasó algo entre ellas, de hecho, a partir de entonces no se volvió a ver a Solín con ninguna de las otras dos. Nosotras —le dijo a Simonetta—, tenemos algo más de edad, pero en Ciudadela todos nos conocemos. Un primo de Irma que a mí me gustaba mucho iba a mi clase, y durante el recreo le mandaba, a través de su inocente prima, que era una cría, mensajes de amor, en teoría anónimos.

—¿Eso hacías? —intervino Pity, divertida—. ¿Por qué nunca me lo habías dicho?

—¡Ah! ¿Nunca te lo he comentado? Pensaba que sí. Un día llegué a decirle que era muy guapo, pero que no me gustaba el color del chaquetón que llevaba, de un marrón claro. ¡Horroroso! —Pity se echó a reír.

—¿Eso le escribiste? —logró decir sin poder evitar una carcajada—. ¿Y se enteró de que habías sido tú?

Simonetta lo estaba pasando muy bien, pero quiso reconducir el tema porque, de lo contrario, acabarían yéndose demasiado por las ramas.

—¿No sabéis cuál pudo ser la razón por la que las tres amigas dejaron de serlo?

—Bueno —le contestó Pilar—, las tres amigas no, Solín fue la que se enfadó con las otras dos. Lo que sucedió es que las tres iban a la misma clase. En un primer momento eran amigas Irma y Solín. El padre de Irma era notario, y durante unos años alcalde de Ciudadela, y el de Solín, propietario de una considerable hacienda. Jugaban a las cartas en el casino y sus mujeres formaban parte de una cofradía que colaboraba con la parroquia. Digamos que las dos familias pertenecían a un mismo círculo social. Los padres de Élida, sin embargo, no tenían nada que ver con ese ambiente. Eran jornaleros. Gente honrada que nunca había dado que hablar, pero de otra clase social. Entonces se le daba mucha importancia a ese tipo de cuestiones. —Pilar contaba la historia seria, dotándola de verosimilitud.

»Pues bien, llegó un momento en que Élida se unió a ellas, como ocurre entre los grupos de amigos durante la adolescencia. Muy pronto se afianzó la amistad entre Irma y ella, y Solín se sintió desplazada. La verdad es que siempre fue adusta y también demasiado consentida por sus padres. Lo que quería lo tenía, y no pudo soportar que otra chica enturbiara con su presencia la amistad que hasta entonces había tenido con su querida Irma. Durante bastante tiempo iban las tres juntas a todas partes y se les veía contentas. Algo debió de pasar, porque es raro que nunca más, ni de adultas, volviéramos a ver a Solín ni con Irma ni con Élida. En la boda de Irma, a la que asistí porque mi marido era pariente del suyo, no estuvo, eso lo puedo afirmar porque en ese momento me extrañó. Lo que desconozco es si no recibió invitación o si la declinó.

—La verdad es que rumores sobre Irma y Élida ha habido siempre —terció Pity. Pilar afirmó con la cabeza.

—¿Rumores? —intervino Simonetta—, ¿qué tipo de rumores?

—Yo no recordaba la amistad de Solín con las otras dos —prosiguió la madre de Macarena—, pero sí la relación que unió durante toda la vida a Irma y Élida. Los tiempos de nuestra juventud fueron muy distintos a los vuestros, no te lo puedes ni imaginar. Nosotras lo pasamos muy bien —dijo, señalando a su amiga—, nos divertíamos mucho y tuvimos una vida bastante acomodada porque respetamos unos límites que, si los traspasabas o si alguien creía que los habías traspasado, podían complicarte bastante la existencia. Cuando eran jovencitas, poco más o menos en la época en que está tomada esta fotografía, año arriba, año abajo, se comentó que esa amistad tenía un trasfondo raro, que las dos estaban demasiado unidas, aunque procedieran de dos familias que nada tenían en común, y que apenas se relacionaban con otras chicas de su edad. Durante una época Irma desapareció de Ciudadela y a Élida se la veía muy poco, pero más adelante se convirtieron de nuevo en inseparables.

—Ese trasfondo del que hablas, ¿podría tratarse de una relación lésbica? —Las dos mujeres se miraron con cara de interrogación.

—No se supo, tal vez… —intervino Pilar—, pero esta respuesta te la doy desde la perspectiva del día de hoy, en aquel entonces no se hablaba explícitamente de este tema.

—El lesbianismo —la interrumpió Pity— no es que fuera un tema tabú, es que no existía como tema, al menos en nuestro ambiente. A nosotras, cuando veíamos a dos mujeres relacionarse más íntimamente de lo habitual, ni se nos ocurría que pudiera unirlas alguna motivación sexual.

—Pero eso no quita —dijo Pilar—, que a otras personas sí se les ocurriera.

—No sé —continuó la madre de Macarena con una expresión de duda—, no creo que anduvieran por ahí los tiros. Me consta que las dos se casaron enamoradas y tuvieron buenos matrimonios, en lo referente a que se las veía contentas con sus maridos.

—Eso no significa nada —la interrumpió Pilar—, de puertas para fuera hay mucha gente que finge. Aquellos eran tiempos de grandes fingimientos, sobre todo por parte de las mujeres. Sin embargo, yo tampoco creo recordar que las murmuraciones sobre ellas se centraran en el lesbianismo. Sí me acuerdo de haber oído a mi hermana pequeña, que era de una quinta inferior a ellas, que Irma y Élida guardaban en secreto algo en lo que habían estado implicadas, y que se habían jurado el silencio hasta la muerte. Yo en ese momento no creí a mi hermana, pensé que era una fantasía entre adolescentes, pero muchos años después, cuando ya éramos mujeres adultas, un día mi hermana coincidió con Élida a la salida de un funeral por casualidad. Fueron juntas un rato de camino a casa y le dijo que estaba trabajando en casa de Irma. A mi hermana la noticia le causó una gran impresión, porque no se imaginaba a ella misma contratando de asistenta a su mejor amiga, y me lo contó. «Eso será por lo del secreto», me dijo. Yo no sabía a lo que se refería, y cuando me lo recordó me pareció una solemne tontería, tanto que la había olvidado hasta este mismo momento.

A Simonetta le hubiera gustado tener la previsión de grabar la conversación o, al menos, de haber sacado un cuaderno para tomar alguna nota. No se podía permitir el lujo de perder ni un ápice de aquella charla tan sustanciosa. Las dos mujeres habían llegado más o menos a la misma conclusión que ella misma cuando examinó las notas escondidas en la maleta del sótano de la villa en donde vivía. Hasta ahí ninguna novedad, simplemente una constatación. La noticia era la relación de amistad de Consuelo Tudurí con las otras dos jóvenes en la época de la fotografía.

—Una última pregunta —dijo, en vista de que estaban consultando la hora—. ¿Creéis que Solín, o Consuelo, tuvo conocimiento del secreto que guardaban las otras dos amigas? —Las mujeres se miraron, dubitativas.

—Ni idea —dijo Pity.

—Y si lo supo —continuó Pilar—, no se lo ha contado a nadie, porque de lo contrario hubiera transcendido. Este tipo de historias vuelan.

—Cariño —intervino de nuevo la madre de Macarena, dirigiéndose a Simonetta—, nosotras tenemos que irnos o llegaremos tarde a la catedral.

—¿Vais a la Catedral? ¿Hay algún evento? —preguntó Simonetta.

—Tenemos una reunión con el padre Eladio en vistas a preparar el día de Todos los Santos. Nos ha llamado a las personas de más confianza porque quiere celebrarlo de una forma especial, con una eucaristía participativa.

—¿Conocéis al padre Eladio? A mí me lo han presentado recientemente —dijo Simonetta frotándose las manos. ¡Hasta del joven sacerdote iban a aportarle datos!

—Es un amor —respondió Pity—. Hemos tenido una suerte inmensa de que haya recalado en Ciudadela. ¡Con la escasez de vocaciones que hay hoy en día y nos toca un sacerdote joven y tan amable!

—¿Cómo es que ha llegado hasta aquí? Creo que antes estuvo en Mahón.

—Sí —respondieron al unísono.

—También él es objeto de habladurías, al menos eso es lo que he oído —intervino de nuevo la doctora.

—Tonterías —la interrumpió Pilar—. Es un joven con muy buenas cualidades y eso conlleva envidias. Además, en estos tiempos que corren hay mucho anticlerical. Nada, nada, es un muchacho muy bien preparado y muy buena persona. —Su amiga la miraba seria, como pensando si intervenir. Al final se decidió.

—A ver, lo que dice Pilar es lo que yo pienso, no obstante, no sería la primera vez que nos hemos llevado un chasco con personas que nos han parecido una cosa y después nos han salido rana. Y entre eclesiásticos, tú lo sabes, también. El padre Eladio es extraordinario, pero nunca quiere hablar de su estancia en Mahón ni de dónde estuvo destinado antes.

—En eso tienes razón —la secundó Pilar.

—Además —prosiguió la madre de Macarena—, recuerdo lo que contó Roberto González. —Pilar asintió. Como ninguna continuaba, Simonetta no quiso quedarse a mitad de la historia.

—¿Roberto González?

—Es un compañero del grupo de estudios religiosos. Nada más llegar a Ciudadela el padre Eladio, Roberto vino con el cuento de que su nuevo destino era un castigo por alguna mala acción del padre en Mahón. Roberto ha sido jefe de contabilidad de una empresa muy importante y está muy bien relacionado. Se entera de todo —explicó Pilar.

—Y tiene buena antena —la cortó Pity, señalando su propia oreja.

—Eso también —dijo su amiga—. En resumidas cuentas, que nos pone al tanto de muchos asuntos que sin él desconoceríamos. Cuando nos lo dijo nos preocupamos, pero nada más conocer en persona al padre, nos convencimos de que las teorías de Roberto González debían de ser infundadas, al menos en esa ocasión. Se trata de un joven maravilloso. Ha conectado fenomenal con el grupo.

—Ahora sí, querida, debemos irnos. ¿Te hemos servido de algo?

—¡Claro que sí! Habéis alimentado mi curiosidad, que no es poco, pero lo mejor de todo es que he pasado un rato inolvidable con vosotras.

Las dos amigas, satisfechas por haber podido ayudar a la doctora, se despidieron con cordialidad y la emplazaron a repetir la merienda en otra ocasión.

Simonetta estaba a punto de levantarse cuando oyó su nombre desde la puerta de la cafetería. Era Séraphine, con su jovialidad de siempre.

—¿De dónde has sacado esa gabardina? —le preguntó a la francesa, maravillada de la prenda color camel con cuatro bolsillos plastones, cada uno de uno color diferente.

—La he transformado yo misma —respondió la decoradora, contenta de que su prenda hubiera llamado la atención de Simonetta—. ¿Te gusta?

—Muchísimo. Qué creatividad tienes.

—¿Qué tal estás, *chérie*?

—Demasiado atareada, querida amiga.

—He entrado a saludar a Sita y me ha dicho que estabas merendando aquí. Tengo que hablar contigo. Quiero proponerte algo.

—Tú dirás, pero apenas dispongo de tiempo —le dijo Simonetta en previsión de que su proposición le ocupara las pocas horas de las que disponía.

—Un día. Es una proposición de un día, o, si me apuras mucho, de una noche.

—¿Organizas una cena en tu casa? —se aventuró Simonetta, aunque sabía lo difícil que era adivinar cualquiera de las propuestas de una mujer tan singular como ella.

—Por ahí va la cosa… Organizo una cena, pero no en mi casa. —Simonetta permanecía atenta—. Hasta que el tema no ha estado cerrado no estaba autorizada a comentarlo con nadie, pero ahora ha llegado el momento. La casa Chanel me ha encargado la decoración de un reportaje que va a realizar un programa de televisión sobre la última colección de la firma. ¿Qué te parece?

—Qué me va a parecer, ¡estupendo! ¿Cómo has logrado que nada menos que Chanel apueste por ti? —preguntó la doctora, asombrada.

—Querida amiga, no tiene ningún mérito —respondió Séraphine, restando importancia a su elección—. Recuerda que mi tienda de decoración en París, la que abandoné un día para instalarme en esta fascinante isla, estaba emplazada en la misma calle donde se ubica la casa Chanel. *Monsieur* Lagerfeld me encargó varias decoraciones para sesiones fotográficas de la firma y siempre quedó muy contento. Como su sucesora, Virginie Viard, sabe que vine a Menorca, ha querido que sea yo la que, también en esta ocasión, trabaje para ellos.

—Me alegro mucho, Séraphine —dijo Simonetta con sinceridad y admiración.

—¿Conoces Palma de Mallorca?

—¿Palma? Sí, pero la visité hace bastantes años.

—Es una ciudad preciosa. Es allí donde vamos a grabar el programa, en la Almudaina, un palacio árabe que es una auténtica joya. Ya lo tengo todo previsto. He estado trabajando muy duro durante el último mes sin poder decírselo a nadie. ¡Ya tenía ganas de comunicártelo! Van a invitarnos a una cena después de la grabación. Ellos la consideran informal, pero, como puedes imaginar, con un alto nivel de *charme* y de *glamour*. Me permiten llevar a media docena de amigos y claro, tú no puedes faltar, porque eres mi amiga y porque en estilo no te gana nadie.

—¿Tú crees que yo pinto algo allí?

—¿A ti te apetece, *chérie*?

—La verdad es que sí, no te lo voy a negar. No conozco el interior del palacio, no he compartido mesa con modelos ni trabajadores de la casa Chanel y nunca presenciado la grabación de un programa de televisión, así que sí, me apetece.

—Por supuesto, puedes ir acompañada. Díselo a Pau. Él también tiene estilo —comentó la francesa guiñándole un ojo—, y puede resultar *très intéressant* un pescador en la corte de la moda.

—No creo que Pau quiera asistir a un acto así, me parece imposible, pero se lo preguntaré. —«Y menos con el lío en el que está metido.»

La tarde anterior, nada más llegar a la villa después de haber hablado con la madre de Macarena y su amiga, Simonetta no pudo evitar caer en la tentación de contarle a Sergi lo más sustancioso de la conversación. El joven enfermero se sorprendió tanto o más que la doctora al enterarse de que Consuelo Tudurí era la tercera muchacha que aparecía en la fotografía, junto a la madre de Pau Martí y la de Toni Sagrera.

—¡Pero qué casualidad! —exclamó al otro lado del teléfono—. ¡Estoy alucinado! ¿Tendrá algo que ver la Tudurí con las notas de la maleta?

—No lo sé, Sergi. Este asunto cada vez se complica más.

—¿Merece la pena que le dediquemos tiempo? ¿No cree que tenemos bastante con el asunto de la muerte de Marianne Thorsen?

—Tienes razón, querido Sergi. Si pudiera volver atrás, dejaría las dichosas maletas en el sótano para que se pudrieran de viejas. A decir verdad, lo que menos me interesa es la fotografía. La lectura de las notas es lo que realmente me intriga y me altera, como si hubieran llegado a mis manos pidiendo auxilio.

—Pero las dos amigas ya están muertas, ¿qué auxilio pueden pedir ya?

—Quizá tengas razón. Si Pau no estuviera en medio de todo esto, desistiría, pero no es el caso. Voy a realizar un último intento. Voy a enseñarle la fotografía a Consuelo Tudurí. Quiero comprobar su reacción y quiero escuchar lo que me cuenta.

23

A PRIMERA HORA, el enfermero había estado fuera del centro de salud extrayendo sangre a los pacientes que, por su situación, no podían acercarse a Canal Salat. Después había acudido a los domicilios de otros enfermos a realizarles curas, y más tarde se dedicó a vacunar contra la gripe en una sala especial que se había destinado a ese fin. Entre unas cosas y otras, Simonetta todavía no había coincidido con él en la consulta. Solo le quedaba por ver a una paciente antes de la media hora de descanso, momento en el que, de forma habitual, bajaba a la cafetería de Canal Salat a tomar un café con sus compañeros.

Allí, Quique Coll y Sergi compartían mesa y conversación. Simonetta se sentó con ellos. Quique le estaba relatando cómo le había ido el fin de semana.

—¿Molesto? —preguntó la doctora al percatarse de lo que estaban hablando.

—Usted no molesta nunca, doctora Brey —intervino Coll con su exagerada amabilidad—. Puede participar con nosotros y contarnos lo que ha hecho durante el fin de semana.

—¿Es requisito imprescindible para compartir mesa con vosotros?

—A usted la vamos a liberar de ese importante requisito —terció Sergi, salvándola.

—Sí, sí —afirmó Coll, en su línea—, a una señora no hay que obligarla a descubrir sus secretos, tal vez invitarla a hacerlo —dijo con picardía—, pero nunca obligarla. Nosotros —añadió, mirando a Sergi—, somos dos auténticos caballeros.

Quique Coll contó con pelos y señales sus andanzas de sábado y domingo con una *gachí* a la que había invitado a un hotel-balneario en Mallorca.

—¡Qué lujo, qué buen servicio! —exclamaba.

—¿A que lo has pagado tú todo? —le preguntó el enfermero con guasa—. ¿A que ella no ha sacado la cartera ni para simular que iba a abonar la cuenta?

—No seas malo, Sergi. La próxima vez pagará ella, seguro —respondió Coll, riendo.

—Esa te va a desplumar en cuanto te descuides.

Simonetta se mantenía al margen, no por carecer de ganas de seguirle la broma, sino porque se temía que su compañero se olvidara de la caballerosidad de la que presumía y se interesara por sus andanzas de fin de semana.

Recordó el ofrecimiento de Séraphine para asistir a la cena después de la grabación del programa de televisión, y le sirvió para cambiar de tema.

—¿Tú sabías algo? —le preguntó a Quique después de explicarles el plan de la francesa a sus compañeros.

—Yo no tenía ni idea —respondió Coll—, pero no le voy a perdonar que no me invite. ¿Cómo puedo perderme yo algo así?

—Usted le habrá confirmado su asistencia, ¿no? —le preguntó Sergi a Simonetta.

—No exactamente. Fue tal la sorpresa que me llevé que, en ese primer momento, le dije que sí me apetecía asistir, pero me temo que a la hora de la verdad me va a dar pereza.

—¿Cómo puede decir eso? Usted no puede faltar. Así después presenta una sesión clínica con Power Point incluido para que todo el personal del centro viva desde dentro una fiesta con tanto *glamour*. —Simonetta sonrió.

—Simonetta, ¿os interrumpo? —Esther, la trabajadora social, se había acercado a su mesa.

—Claro que no, siéntate con nosotros —la invitó la doctora.

—Está bien, será solo un momento. He pasado por vuestras consultas —dijo mirando también a Sergi— y he supuesto que estabais aquí.

—Acabo de recibir una llamada de una paciente vuestra, de Consuelo Tudurí. —Sergi y Simonetta se miraron extrañados—. Solicitaba mi ayuda para buscar a una cuidadora para su marido. ¿Conocéis vosotros a alguien que pudiera serles de utilidad? Yo tengo un listado de personas interesadas, pero no conozco a ninguna como para recomendarla con plena confianza.

—Pero ¿la necesita para los fines de semana? —preguntó Sergi—. ¿Para suplir las horas de libranza de Rodica?

—No, no —respondió Esther—. Necesita una interna para jornada completa. Parece ser que la cuidadora que tenían hasta ahora se ha despedido.

—¿Quién, Rodica? —intervino la doctora.

—Sí, creo que se llamaba así.

Sergi y Simonetta volvieron a mirarse.

—¿Estás segura? —preguntó el enfermero.

—Es lo que me acaba de decir Consuelo. Estaba muy apurada.

—Nosotros fuimos ayer mismo a visitar a Laureano, y Rodica estaba allí —dijo Sergi.

—Y Consuelo no nos mencionó nada al respecto —insistió la doctora.

—Por lo que me ha contado, debe de haber ocurrido todo muy rápido, de forma inesperada. Ayer a última hora de la tarde la cuidadora le dijo que tenía que hablar con ella, que había recibido una llamada de su país. Su padre había caído enfermo de repente, algo grave, y su madre le había aconsejado partir de inmediato para poder despedirse de él.

—Vaya… —dijo Simonetta—. Entonces será cuestión de unos días.

—No, no, le ha pedido el finiquito a Consuelo. Eso es lo que más le ha sorprendido a la mujer. Le ha dicho que no piensa volver. Y ahora, claro, necesita a otra cuidadora de forma urgente, porque ya sabéis que Laureano está muy incapacitado.

—Bueno, yo vuelvo a mi consulta —dijo Coll, levantándose—. Hablad tranquilos de lo vuestro.

—¿Qué piensa? —dijo el enfermero dirigiéndose a Simonetta.

—Estoy tan alucinada como tú.

—Llevaba mucho tiempo en esa casa —prosiguió Sergi—. No es normal que, porque su padre enferme de repente, coja todos los bártulos y se pire de un día para otro.

—¿Ayer se comportó como de costumbre? —le preguntó la doctora—. Tú la conoces mejor que yo. —El enfermero se tomó unos cuantos segundos antes de contestar.

—Al principio, sí. Ella es muy atenta y, en cuanto llego, ya sabe lo que hay que hacer. Sí que es cierto que en otras ocasiones se queda al lado de Laureano hasta que yo termino todo el procedimiento, y después me acompaña hasta la puerta de la calle. Ayer, sin embargo, antes de que yo finalizara, se desplazó de la silla donde estaba Laureano hasta la cama, como para quitar alguna arruga de la colcha. Pero no había ninguna, porque la cama estaba hecha de manera tan perfecta como en un hotel. Ahora que lo pienso, eso sí me chocó, pero no le di ninguna importancia. Supuse que lo hacía porque había venido usted, para que comprobara lo perfeccionista que era y lo bien que lo tenía todo. Fue cosa de unos segundos o, si me apura, de dos o tres minutos.

—¿Coincidió con el momento en que Consuelo me condujo hasta la ventana con el fin de que no oyerais la conversación?

—Puede ser. Yo estaba a lo mío y vi a Rodica de reojo, pero a ustedes dos no las podía ver desde allí.

—Después salió al zaguán antes que tú. Eso yo sí lo comprobé.

—Es verdad. Normalmente se espera a que yo acabe, arropa a Laureano y me acompaña hasta la calle. Ayer tuve que arroparlo yo porque ella ya había salido de la habitación.

—¿Tal vez para seguir enterándose de la conversación que teníamos Consuelo y yo? —propuso la doctora.

—Tal vez..., es posible. ¿Qué insinúa? —La pobre Esther miraba a sus compañeros alternativamente, con cara de estupefacción, sin saber a qué venía semejante disección de la visita a un enfermo.

—¿Sabes de qué estábamos hablando la Tudurí y yo? —dijo Simonetta.

—Me lo imagino —respondió Sergi.

—Sobre si Bernabé tenía enemigos o alguien interesado en hacerle daño directa o indirectamente.

—¿Y sospecháis de la cuidadora? —preguntó la trabajadora social, inmersa ya en la cháchara. Simonetta se dio cuenta de que habían hablado demasiado.

—¡No! —exclamó, restando importancia al asunto—. ¡De ninguna manera! Solo que nos ha extrañado su repentina «desaparición» —concluyó entrecomillando en el aire—. Entonces, Esther, ¿no conoces a nadie que pueda suplir el puesto de Rodica? —le preguntó para cambiar de tercio. Esther se encogió de hombros.

—Si es así —intervino Sergi—, lo mejor es que le proporcionemos unos cuantos nombres y que sea la propia Consuelo quien decida.

Esther asintió y se despidió de sus compañeros. A Simonetta y Sergi también se les había acabado el tiempo de descanso. Mientras subían las escaleras hasta sus respectivas consultas, Sergi intervino.

—Ahora ya tiene doble motivo para viajar a Palma.

—¿Doble motivo? —le preguntó la doctora extrañada.

—Sí, doble: la cena glamurosa y la historia de Rodica. —Simonetta seguía sin entender—. ¿No recuerda al doctor Gomila, el médico de los clubs de alterne?

—Sí, sí, ahora que lo mencionas, recuerdo que tras su jubilación se fue a vivir a Palma. ¿No es eso lo que me dijiste?

—Exacto. Es un hombre afable y bastante gracioso. Estará encantado de conocerla y de poder relatar miles de anécdotas de sus años de «médico itinerante».

—Con que me cuente quién es en realidad Rodica, me daré por satisfecha.

—Entonces, ¿irá a Palma? ¿Contacto ya con él?

—En cuanto sepa el día de la famosa cena, conciertas una cita con el doctor Gomila.

24

En vista de que Simonetta estaba dispuesta a llegar hasta el final en la tarea de averiguar lo que les había ocurrido a las jóvenes de la fotografía, Sergi tomó la decisión de ayudarla también en esa «investigación» que tanto le daba que pensar. Si por él hubiera sido, no habría movido ni un dedo para desentrañar un secreto tan lejano en el tiempo. Tal vez por su juventud, para el enfermero no existía el pasado, o al menos este carecía de importancia. Pero estaba claro que para la doctora Brey sí, sobre todo el que salpicaba de algún modo a Pau Martí.

Se levantaba del sofá después de una breve cabezada cuando oyó el sonido de la Honda, que aparcaba frente a su casa. ¿Dónde estaba el casco? Debería haberlo tenido preparado, pero se le había olvidado, y la doctora no soportaba la impuntualidad.

—¡Un momento! —exclamó asomando la cabeza por la puerta.

Vivía en la planta baja de una antigua casita de pescadores en la cala Santandria, construida directamente en las rocas, como sus vecinas. La primera planta estaba deshabitada, y la que estaba a ras de suelo, en su origen dedicada a almacén de aparejos y palangres, la alquilaban a personas como él, a las que no les importaba dormir en un cuarto de paredes irregulares, que no era sino un hueco de la gran roca en la que se había levantado aquel sencillo edificio. Para Sergi no había mejor hogar: silencioso, apartado, con el mar a veinte metros… En verano la cosa cambiaba, claro, aquella zona se llenaba de turistas, pero el estío duraba poco y al enfermero también le gustaba la marcha en los meses de calor, cuando los cuerpos de desnudan al sol y las risas iluminan todavía más los días y las noches. «Ahí está.» El casco la aguardaba en un perchero de pie que había colocado detrás de la puerta.

—¿Todo bien? —le preguntó la doctora, subida en la Honda. Era una expresión que utilizaba a menudo y que, en realidad, no necesitaba, puesto que tan solo con mirarlo de reojo ya sabía si la vida le sonreía un día más o si, en cambio, algún siniestro nubarrón le estaba aguando la jornada.

— ¡Todo bien! —le respondió un Sergi eufórico. Tan solo dos horas antes, nada más terminar la consulta, había recibido un mensaje de Stefan diciéndole lo a gusto que había estado con él e invitándole a repetir otro fin de semana en Mallorca.

—¿Por dónde vamos?

—Salimos hasta la ronda y a la altura de la gasolinera giramos a la izquierda. Luego ya la guiaré.

Se dirigían a la sede que el *Diario de Menorca* tenía en Ciudadela. La doctora estaba empeñada en conocer lo que les había sucedido a las chicas de la fotografía: Irma, Élida y la misma Consuelo Tudurí, en aquellas fiestas de San Juan, patrón de Ciudadela, en el año 1959. Como Consuelo era paciente suya, había indagado en su historia clínica y había averiguado que por aquel entonces tenía dieciséis años, seguramente la misma edad o parecida a la de las otras dos muchachas. Una antigua compañera de instituto de Sergi era cuñada de Rubén, un periodista del diario. A través de esa vía, había conseguido la autorización para buscar en los archivos del periódico los ejemplares correspondientes a los fotografiados por la doctora antes de entregárselos a Pau.

La delegación del veterano medio de comunicación estaba ubicada en una zona de expansión de la ciudad, lejos del centro histórico. Esa era la razón por la que se desplazaron en moto hasta allí. Simonetta quiso que el enfermero la acompañara porque deseaba hacerlo partícipe de la resolución de aquel enredo.

—En este momento Rubén no se encuentra aquí —les dijo la secretaria—, pero les ha dejado todo preparado en la sala de reuniones. —Se trataba de una chica joven, afable y bastante resuelta. Los dirigió hasta un cuarto con una mesa ovalada y seis sillas a su alrededor. Sobre la mesa, dos ejemplares de periódico amarillentos, uno al lado del otro—. Como ven, les ha buscado las fechas que nos han solicitado. Por ahora no tenemos el archivo escaneado. El único problema es que tenemos estropeada la fotocopiadora. Tendrán que hacer fotografías de las páginas. Y, por favor, tengan cuidado de no estropearlas.

—No se preocupe —la interrumpió Simonetta—, tomaremos unas notas —dijo, sacando de su bolso un cuaderno de anillas—. Muchas gracias, cuando acabemos la avisamos.

—Eso es lo que les iba a decir. Si necesitan algo más, me lo hacen saber. Yo estaré en la mesa del *hall*.

—¿No va a hacer fotos? —preguntó Sergi.

—Sí, claro, pero después de la experiencia anterior no me fío. También quiero anotarlo todo. Si te parece, tú me vas dictando noticia por noticia y yo voy apuntando el título y la entradilla. Si son de interés, también anotaré un resumen. —El enfermero asintió—. Revisaremos todo por si acaso, pero nos centraremos en las noticias y los sucesos de la isla.

Diario de Menorca, 30 de junio de 1959

El jabón no cuesta dinero
Una mínima preocupación social exige extremar la higiene durante el verano. Un perfume, por caro que sea, no disimula el sudor.

Fulminado por un rayo
Un pastor residente en la cala Morell, en el municipio de Ciudadela, falleció fulminado por un rayo durante la tormenta de hace dos días.

Desaparición de un feriante
Se ha denunciado la desaparición de un joven empleado en una de las atracciones que han amenizado las fiestas de San Juan de Ciudadela.

Robo durante una subasta benéfica en Ciudadela
El autor, todavía no identificado, hurtó varias piezas de una vajilla de gran valor donada por una familia anónima en favor de las viudas de los caídos por la Cruzada.

Accidente de caza
Un amigo le dispara accidentalmente al otro mientras cazaban y la víctima pierde un ojo.

Muerte repentina del párroco de Ferreries
Mosén Pío Soler entregó su alma al Señor mientras celebraba misa en la Adoración Nocturna Femenina.

La tradicional verbena a beneficio de las viudas y huérfanos de militares.
Se celebrará en la noche del 4 de julio en Mahón.

Diario de Menorca, 16 de septiembre de 1997

El PP solicita un expediente disciplinario para Galmés
El presidente insular del partido se reúne hoy para intentar zanjar la crisis de la Junta Local de Mahón.

El futuro del medio rural pasa por un gran debate y pacto social
La convocatoria ecologista reunió a representantes de la Administración y de los sectores primario y de servicios en torno a la problemática del territorio.

Aparatoso accidente de cuatro vehículos en Ferreries
El suceso se saldó sin heridos, pero uno de los vehículos se dio a la fuga.

Hallado un cadáver momificado en una casa deshabitada de Ciudadela
El cadáver ha aparecido en una casa de la cala Santandria después de que los efectos de la gota fría destruyeran parte de la vivienda.

Lucha por los aparcamientos entre motos y automóviles
La pelea diaria por conseguir una plaza de aparcamiento en Ciudadela se salda con un herido después de una disputa entre dos conductores.

Cadena de robos en Cala en Porter
Durante las fiestas de la urbanización varios vecinos han denunciado robos en sus viviendas mientras asistían a un espectáculo de fuegos artificiales.

Detenido en Mahón un hombre que se hacía pasar por médico
El imputado, desde su consulta privada, redactaba informes médicos con el fin de conseguir incapacidades laborales para sus clientes.

—¿Qué le parece? —le preguntó Sergi una vez repasaron todas las noticias.

—Antes de darte mi opinión, quiero releerlas con detenimiento. Y este no es el mejor lugar. Bastante favor nos han hecho con permitirnos acceder al archivo con tanta rapidez y sin necesidad de requisito alguno. Vámonos a otro sitio. ¿Te parece bien el Imperi? Por la hora que es, estará a punto de abrir.

—Dale las gracias a Rubén —se despidió Sergi de la secretaria. La conocía de haber coincidido en las clases de natación cuando eran niños.

Volvieron a subir a la moto. Sergi, como siempre, de paquete. Hasta entonces no se había atrevido a pedirle a Simonetta que le dejase conducir, y ese día tampoco. Recorrieron el vericueto de calles hasta llegar a la plaça des Born, y la doctora aparcó en un hueco próximo al imponente obelisco que la preside, conmemorativo de la resistencia de los habitantes de Ciudadela en 1558 ante el saqueo de los piratas turcos, que arrasaron la ciudad y se llevaron cautivos a más de cuatro mil de sus vecinos.

—¡Cuánto bueno entra por aquí! —exclamó Norberto Blasco nada más verlos desde detrás de la barra, donde secaba unos vasos. Solo estaba ocupada una de las mesas, y, en previsión de que pudiera entrar más gente, Simonetta le pidió la llave de una pequeña sala que había en el primer piso y que Blasco destinaba a una especie de reservado para ocasiones especiales. Una de ellas podía ser dar de comer a algún cliente vip sin que se enterase el resto ni las «autoridades competentes». La licencia de su local le permitía ofrecer tapas, pero no menús, sin embargo, Norberto se la saltaba «ocultando» al comensal en su particular comedor-zulo.

Uno de los habituales era Quique Coll. Casi todos los días, al salir de Canal Salat, se dirigía al Imperi, todavía cerrado para el público, y comía mano a mano con su dueño por un módico precio de amigo. Una dieta para dos en la que no existía el alimento-tabú: de los callos al bogavante, del huevo frito a las puntillas, de la butifarra al *foie*. Y todo bien regado, por supuesto. Todo el mundo quería participar del banquete diario que, en realidad no existía, porque en el Imperi no se daban comidas. Solo de vez en cuando, si al propietario-cocinero-*gourmet* le daba por ahí, algún elegido lo probaba, pero con la condición y la promesa de no cacarearlo ni de intentar repetir, al menos en un breve espacio de tiempo.

—Vamos a estudiar un caso clínico —le dijo Simonetta a Blasco para justificar el allanamiento.

—¡Ostia! Sí que debe de ser misterioso el caso para que sus señorías acudan a estudiarlo aquí —adivinó sin pretenderlo. Simonetta y Sergi se miraron y sonrieron por lo bajini.

El reservado del Imperi era un cuarto de unos veinte metros cuadrados con una ventana que daba a un patio descubierto que el establecimiento tenía en la parte de atrás. Durante el invierno, su dueño apilaba en él las cajas de refrescos y los tanques de cerveza, y en el verano, después de adecentarlo, lo aprovechaba sacando dos o tres pares de mesas después del atardecer. Con unas velas y unos buenos combinados, la clientela propia y la de paso se peleaba por conseguir un sitio desde el que contemplar luna y estrellas, cada vez más cotizado.

—¿Dónde nos sentamos? —El enfermero dudaba entre las dos mesas cuadradas que había allí—. Ya podría subir aquí una de las de abajo —dijo, observando la antigualla de mobiliario del comedor-zulo.

—Serán las que había en el café antes de que Norberto lo arrendara —lo disculpó Simonetta.

—Por comprar dos mesas y ocho sillas más tampoco se hubiera arruinado. —La doctora se encogió de hombros.

—En esta misma, debajo de la lámpara —determinó mientras se acomodaba. La luz del exterior estaba desapareciendo. Sergi la imitó. Después sacó el móvil y la doctora el cuaderno con las anotaciones—. Vamos a intercambiar —prosiguió, pasándole a su compañero sus notas. El enfermero buscó en la galería de su teléfono las fotos del periódico y se lo entregó a ella. En silencio, fueron repasando una a una todas las noticias que aparecían en las páginas guardadas en el sótano de la villa. No eran meras hojas de diario para proteger de la humedad los sobres con las notas de las muchachas, como en un principio podía parecer. La fecha del más antiguo coincidía con la de la fotografía, y las páginas del más reciente estaban guardadas de la misma manera, con cuidado, sin arrugas, prueba de que alguien tenía una razón para conservarlas bien—. ¿Te llama algo la atención?

—¿Aparte de la noticia del jabón? —los dos se echaron a reír.

—¿Sabes por qué la he anotado? Para contársela tal cual a mi madre. Quiero que recuerde su juventud y me cuente si en Italia también eran necesarias las campañas de higiene corporal.

—Ahora —la interrumpió Sergi— dicen que España es el país del mundo donde se consume más cantidad de gel de baño.

—Bueno —repuso Simonetta—, eso significa que aquellas campañas surtieron efecto. —Los dos volvieron a reír.

—A ver… —dijo el enfermero, concentrándose de nuevo.

En vista de que Sergi no se decidía, Simonetta le propuso intercambiar otra vez el móvil y el cuaderno. Volvieron a examinarlo todo con detenimiento.

—Usted ya ha encontrado algo, ¿verdad?

Simonetta sonrió.

—Quizá. Pero quiero que tú también lo encuentres. Son dos noticias, una de cada periódico, que pueden cuadrar, con treinta y ocho años de diferencia.

El enfermero volvió a leerlo todo, esta vez con el móvil y el cuaderno delante. No quería meter la pata delante de su compañera. Al final se decidió.

—¿Se trata de esta noticia? —preguntó, señalando una de las anotaciones de la doctora.

—Muy bien, Sergi. Estoy de acuerdo contigo —intervino satisfecha, como si los dos estuvieran en el mismo nivel de «investigadores»— . La desaparición de un feriante en 1959 puede darnos una pista, siempre y cuando esté relacionada con alguna otra del diario de 1997. ¿Cuál te parece que puede ser?

El enfermero volvió a repasar una por una las noticias del periódico más reciente.

—Si es esta la que buscamos, la otra, la de 1997, tiene que ser esta de aquí, la que informa sobre el hallazgo de un cadáver momificado en la cala Santandria —dijo, con una expresión de fingido temor—, al ladito mismo de mi casa.

—Exacto —intervino Simonetta—. Hablan de un cadáver momificado por la humedad. Lo más probable es que no estuviera momificado, sino saponificado. La saponificación o adipocira es un fenómeno de conservación cadavérica que puede ocurrir en determinadas circunstancias ambientales: debe haber humedad, temperatura cálida y aireación. La mayoría de las veces aparece en cuerpos sumergidos en agua o enterrados en bóvedas o en criptas. Si al cadáver de la noticia lo encontraron en una casita de la cala, lo más probable es que estuviera saponificado.

—¿Y cómo se llega a ese estado? —preguntó Sergi, con curiosidad.

—Por esas condiciones ambientales —continuó la doctora—. El proceso normal de putrefacción de un cadáver se detiene o incluso ni comienza. La grasa corporal, por medio de la hidrólisis, se convierte en un compuesto similar a la cera, al jabón o al queso. Cuando el cadáver es reciente, esa sustancia es blanda al corte, pero cuando lleva tiempo fallecido se transforma en dura y quebradiza. Como te digo, con independencia de lo que el periodista ha escrito, estoy casi segura de que se trataba de un caso de saponificación. Si el cadáver es el del feriante que desapareció en 1959, dio tiempo de sobra para que el cuerpo iniciara ese proceso de conservación.

—Menudo susto se llevarían al encontrarlo.

—Sí, porque en otras circunstancias habrían hallado un montón de huesos, pero con la adipocira el cadáver impresiona.

—Hablan de la gota fría.

—Sí, parece ser que la llamada gota fría del otoño llegó a Menorca, originó una *rissaga* y una gran tormenta y derribó parte de la casa que estaba medio abandonada.

—No indica quién era el dueño —apostilló Sergi.

—Quizá podamos averiguarlo. De todos modos, no nos conformemos con esta hipótesis, que yo catalogaría como principal. Busquemos otras más, aunque nos parezcan menos probables. La realidad confunde en numerosas ocasiones a los investigadores convirtiendo en verosímil lo menos creíble. —Los dos volvieron a la carga, releyéndolo todo.

—Otra posibilidad —se aventuró Sergi— es que el señor que perdió el ojo en el accidente de caza, que tal vez no fue accidental, se vengara del culpable de pegarle el tiro ocasionando un accidente de tráfico y huyendo del lugar de los hechos.

—O también puede ser que la víctima del accidente de caza se peleara con el otro cazador aprovechando una simple trifulca por una plaza de aparcamiento.

—O que un joven ladrón en 1959 siguiera haciendo de las suyas treinta y ocho años después, para vergüenza de su familia.

—¿Y si se tratara de una ladrona? —lo interrumpió la doctora—. ¿Y si una de las chicas de la foto fuera cleptómana y todo el misterio girara en torno a la ocultación de esta característica personal?

—¡Uf! —exclamó el joven.

—Las cosas no son tan sencillas como parecen —agregó Simonetta—. En todo caso, vamos por el buen camino.

Antes de que continuara, oyeron un ruido a sus espaldas que los sobresaltó. Se giraron los dos al instante.

—¡Soy yo, soy yo! —exclamó Norberto Blasco—, ¡y no me como a nadie! ¿A santo de qué tanto susto? ¡Ni que estuvierais tramando un complot de esos que salen en las películas! —Entró con una bandeja y la depositó en la mesa que estaba vacía—. Aquí tenéis un trago para que aclaréis el garganchón, como decía mi abuela. Ella nos daba agua del Carmen, yo os invito a lago más sofisticado. *Arrivederci!*

Aquel hombre era un auténtico torbellino y un amigo generoso y fiel. Simonetta le tenía mucho cariño. Se sirvieron y bebieron una cerveza fría cada uno y unas tapas de vinagretas. Sergi, con todo el disimulo que pudo, miró el reloj. Había quedado en casa de sus padres para cenar y aún tenía que pasar a recoger un encargo. Cómo no, su compañera se dio cuenta.

—Por hoy —intervino la doctora— la investigación termina aquí. Continuará… —dijo al levantarse. Sergi la imitó.

—¿Cuál será el siguiente paso?

—Creo que voy a hablar directamente del tema con Consuelo Tudurí —respondió, decidida—. Voy a mostrarle la fotografía y, si hace falta, las anotaciones de los periódicos.

—¿Y no sería más conveniente hablar de todo con Pau? Al menos, antes de hacerlo con Consuelo —propuso el enfermero.

—No sé, no estoy muy convencida. Temo su reacción si se entera de que he estado indagando a sus espaldas sobre un tema tan personal para él. Se cerrará en banda, estoy segura, y tal vez se enfade conmigo. No quiero arrepentirme después, cuando ya no pueda dar marcha atrás.

—Como quiera, usted verá —le dijo, bajando ya por la escalera.

En el café había más gente, solo quedaba una mesa vacía y en la barra también había un grupo de personas hablando y consumiendo. Una de ellas era Séraphine.

—Vete tranquilo —le dijo Simonetta al enfermero—, yo voy a saludar a Séraphine. Mañana nos vemos en Canal Salat.

Sergi se despidió y la doctora se acercó a la francesa.

—¡Ah, *ma chérie*! ¿De dónde sales?

—Es una larga historia —se limitó a responder Simonetta. La música estaba bastante alta y no le apetecía gritar—. Este Norberto se pasa con el volumen —le dijo a su amiga al oído.

—Es que está bastante sordo, aunque no lo quiere reconocer —le confesó la francesa, medio en broma, medio en serio—. Y, en realidad, para él este tono es el normal. ¿Has venido con Pau? —le preguntó mirando por el local para ver si lo localizaba.

—No, he venido con Sergi, pero él ya se ha ido.

—No se os ve mucho juntos, *mon amie*.

—Tenemos horarios muy diferentes, además a Pau no le gusta la vida social.

—Ya sé, ya sé…

—Ven un momento conmigo —la conminó Simonetta señalándole la calle, en vista de que apenas podría oír a su amiga—. Ya que me has preguntado por Pau, yo también quiero plantearte una cuestión —le dijo una vez fuera del Imperi—. ¿Recuerdas quién te contó que Pau dejó sus estudios universitarios cuando falleció su padre?

—Fue Quique Coll, creo. Él conoce la vida de todos al dedillo, ¿se dice así?

—Sí —contestó Simonetta—, así es como se dice.

—¿Te intriga? Te veo preocupada, *mon amie*. ¿Te ocurre algo? ¿No va bien vuestra relación?

—No se trata de eso, Séraphine —le dijo, intentando no sincerarse demasiado con ella. Era una buena amiga, de eso no tenía ninguna duda, pero también lo era de Toni Sagrera y no quería que, aun sin malicia, pudiera «trasvasarle» información referente a una supuesta crisis de pareja con Pau Martín—. Pero me intriga ese paso que dio, no acabo de entenderlo.

—¿Él no te ha hablado de ese período de su vida?

—No, y yo tampoco le he preguntado ni me parece oportuno hacerlo sin que venga a cuento.

—Entendido. En ese caso, lo mejor es que se lo comentes a Quique. Él puede informarte como me informó a mí, aunque, en realidad, yo no tenía un especial interés por el tema. Cuando me lo contó, no me pareció tan descabellado. Su madre no trabajaba y además Pau tiene una hermana, por lo que no tenía muchas más opciones para mantener a la familia, y menos para seguir estudiando en la universidad, con el gasto que eso conlleva.

«Pero existían la becas, la pensión de viudedad, de orfandad, el trabajo de la madre de Pau como empleada de hogar, o el de la hermana, que comenzó a trabajar pronto…», pensó Simonetta, sin querer darle más explicaciones a su amiga. No deseaba aparentar demasiado interés por el asunto porque la gente tiende a elucubrar sobre la vida de los demás, llegando a conclusiones disparatadas, y ya bastante elucubraba ella misma. Simonetta se despidió con la excusa de que al día siguiente tenía que levantarse pronto.

—Por cierto, *chérie* —la detuvo Séraphine cuando se disponía a dirigirse hacia la Honda—. Lo más seguro es que muy pronto grabemos el programa. En cuanto me confirmen la fecha, te aviso para que puedas organizarte. ¡No puedes faltar!

25

SEGUNDA SESIÓN DE TERAPIA

T: Buenos días. ¿Qué tal estás?

P: Bueno...bien, bueno... no sé ni lo que digo... No, no estoy bien.

T: ¿Puedes decirme qué ha mejorado desde la primera sesión hasta hoy?

SILENCIO

P: Es que no entiendo la pregunta. ¿Qué ha mejorado? ¡Nada! ¡Absolutamente nada! Si me apuras, las cosas están mucho peor.

T: Espera, vamos a hablar con tranquilidad. Vamos a empezar a comentar lo que acordamos en la primera sesión. ¿Te parece? Me gustaría saber cómo has afrontado el compromiso que hiciste conmigo en relación con el control de esos impulsos que tanta preocupación te provocan.

SILENCIO

P: Prefiero que eso no lo tratemos de momento. Vengo muy mal, muy muy mal. Necesito aclarar mis ideas, necesito que me escuches. Me encuentro muy mal, mucho peor que el otro día.

T: Me parece bien. Voy a intentar escucharte y te interrumpiré lo menos posible. Solo lo haré si lo considero necesario.

P: Estoy muy mal, muy mal. Siento una soledad muy intensa, mucho. Soy una persona que se siente sola desde que se levanta hasta que se acuesta. Miro a mi alrededor y los demás no viven así. Saben a quién acudir. ¡Fíjate! A mí me rodea gente, pero me encuentro en la más profunda de las soledades y eso me genera una angustia terrible. No hay peor soledad que la que yo tengo. He tenido que venir aquí porque nadie me hace caso, nadie repara en mí, en mis auténticas necesidades como persona. A veces me planteo que, si me ocurriera algo, en el fondo nadie me echaría de menos. ¡¡NADIE!! ¿Qué hago yo en esta vida? ¿Cuál es mi auténtica misión?

T: Disculpa, pero necesito interrumpirte. Quiero que te pares a pensar un momento si esta afirmación que estás haciendo es literal, y es verdad que no tienes absolutamente a nadie, o si te sientes así, aun con gente a tu alrededor. Por lo que dices, entiendo que sí tienes familia o amigos, pero que los sientes muy lejanos. ¿En realidad no tienes a nadie a quien acudir?

P: A ver... Para no sentir la verdadera soledad se necesita comprensión con los que tienes a tu lado, si no, ¿de qué te sirven? Ya te conté el otro día que hay alguien que me obsesiona... Bueno, que me ha llegado a obsesionar. Esa persona, su comportamiento... ha sido la causante de la angustia en la que vivo. Me ha arrebatado las ganas de vivir. Me parece que lo que te conté es lo suficientemente importante para que lo recuerdes. ¿O no?

T: Por supuesto, y lo recuerdo.

P: Disculpa, por favor. El enfado me corroe por dentro. Como te estaba diciendo, esa persona ha sido muy importante en mi vida. Me ha hecho mucho daño. Tanto que no sé si voy a poder superarlo. Pero, como siempre, a mí se me puede dar una patada en el culo y si te he visto no me acuerdo, ¿verdad?

T: ¿Eso te ha ocurrido?

P: Eso más o menos.

T: Vaya… ¿Quieres hablar sobre eso?

P. De momento, no.

T: Lo voy a respetar, pero si consideras que te puede hacer bien, estoy dispuesta a escucharte. Volviendo al punto anterior. ¿No tienes a nadie más?

SILENCIO

P: Siempre hay alguien más. Otra cosa es que te beneficie o no.

T: ¿Sí? ¿Qué quieres decir?

P: No sé hasta qué punto una persona cercana me hace bien o no. ¿Recuerdas lo que te contaba de las ideas que se me metían en la cabeza? Y allí están, machacando y machacando, tanto que a veces creo que, si no estuviera esa persona, esto no sería así. Me dice cosas, me hace pensar... pensar mal. Me acaba convenciendo. No sé cómo lo hace, pero cuando estoy con ella, acabo sintiéndome la persona más pequeña del mundo y creyendo que la gente es mala, malísima y me va a hacer daño. Me taladra, me taladra la cabeza...

T: De esto no me hablaste el otro día...

P: No, no me atreví. Pero más que a contártelo a ti, a contármelo a mí. Si lo poco que tengo lo pierdo... ¿qué me queda?

T: Quedas tú y la posibilidad de recuperar tu vida. De construir una vida que te satisfaga, que te ilusione. Que te...

P: Raquel, te agradezco tu empeño, de verdad. Pero a estas alturas, no me queda nada. He cometido demasiados errores para que poder construir, como tú dices, una vida idílica.

T: ¿Quieres hablarme de tus errores?

SILENCIO

P: No. No sé si quiero, tengo claro que no puedo. No puedo. Bastante miedo tengo. Tengo mucho miedo. ¿Sabes una cosa? Si la gente supiera cómo soy... A veces me doy asco... No puedo dormir del cargo de conciencia, pero a veces pienso que poco he hecho para lo que se merecen.

T: ¿Qué has hecho? ¿Quieres decírmelo?

P: Raquel, por favor, no vayas por ahí. No te voy a decir nada. Vengo a que me ayudes, no a que me crees más problemas. Bastante preocupación tengo de que se acabe sabiendo. Vivo sospechando y sospechando...

T: Ahora soy yo la que no sé bien qué decir ni a qué te refieres. Me quedo muy preocupada con esto que me dices. ¿Tengo razones para estarlo?

LLORA

P: Sí, claro que tienes razones para estarlo. Más de las que te crees…

T: ¿No me lo vas a contar?

P: ¿Para qué? ¿Para que te saltes la confidencialidad? ¿Para eso?

T: ¿Por qué crees que me la iba a tener que saltar?

SILENCIO

T: Me quedo realmente preocupada.

P: A veces la conciencia no me deja vivir y otras pienso que he hecho lo que debía hacer…

T: ¿Lo que debías hacer?

P: ¡Déjalo ya, por favor!

T: Te ruego que te tranquilices. Estoy aquí para ayudarte. Y voy a respetar tus tiempos. Aunque me cuesta mucho. Desde luego que sí. Me gustaría, como hicimos en la primera sesión, quedarme un ratito yo sola para reflexionar sobre todo esto. ¿Te gustaría añadir algo?

SILENCIO

P: Creo que me quiero ir ya. No quiero que me digas nada. No sé si ha sido buena idea venir. Y he hablado de más…

T: De acuerdo. Pero quiero pedirte que me des la oportunidad de volverte a ver... otro día, cuando tú quieras.

P. No lo sé... Me voy, llamaré a la secretaria. Gracias por todo. Discúlpame, me voy.

26

—Simonetta —la voz de Macarena sonó al otro lado del teléfono. A la doctora Brey no le gustaba que la interrumpieran mientras estaba pasando consulta, pero si lo hacía la administrativa era porque había un motivo fundado—, un paciente tuyo está aquí, en Admisión. José Lop, que necesita valoración urgente, al menos esa es la impresión que da.

—¿Qué es lo que le ocurre?

—Dice que tiene dolor en el vientre, y la verdad es que yo lo veo flojo, con mal color, pero no tienes ningún hueco en tu agenda —explicó la administrativa.

—No importa. Dile que suba a mi consulta y que aguarde en la sala de espera. Lo atenderé enseguida.

En cuanto despidió a la paciente que estaba visitando en ese momento, salió y llamó al señor Lop. Se trataba de un hombre mayor —en la historia clínica comprobó que tenía setenta y dos años— y con aspecto de payés. Acudía solo. Estaba pálido y andaba con algo de dificultad, flexionando el tronco y con la apariencia de estar sujetándose el abdomen.

—Pase directamente a la camilla, José —le indicó la doctora para evitar preámbulos, en vista de que tenía bastante dolor—. Desabróchese camisa y pantalón y túmbese bocarriba.

Mientras, consultó en la pantalla sus antecedentes médicos, entre los que destacaba hipertensión arterial y una hernia de hiato. El hombre la obedeció, pero cuando llegó a la camilla, en vez de sentarse para acostarse mirando al techo, levantó la pierna en dirección a la camilla para tumbarse bocabajo. Simonetta no se sorprendió en absoluto, porque la mayoría de las personas hacían lo mismo. Es decir, confundían el bocarriba —lo que en Medicina se llama decúbito supino— con el bocabajo —el decúbito prono—. Y lo más curioso del caso era que no solo les ocurría a sus pacientes. En una película francesa que Simonetta había visto recientemente protagonizada por un médico residente de un hospital de París, ¡ocurría lo mismo! Todos los pacientes hacían el gesto de levantar la pierna mirando a la camilla en vez de tumbarse mirando al techo, como les había indicado el doctor. Cosas curiosas de los humanos que, asombrosamente, atravesaban fronteras.

—No, José, bocarriba, la boca para arriba —le repitió la doctora señalándoselo con la mano. Entonces sí, el paciente se colocó en la posición apropiada. Iba vestido con un pantalón gris de los que llevan los operarios y una camisa de cuadros bastante desgastada. Las dos prendas estaban manchadas de tierra.

—Cuénteme qué es lo que le ocurre, José.

—Me duele el vientre —dijo, conciso.

—Y ¿cuándo le ha empezado a doler? ¿Lo recuerda?

—Lo que he tardado en venir hasta aquí —respondió, convencido de que con eso era suficiente.

—¿Y cuánto ha sido eso… diez minutos, un cuarto de hora?

—¡No! —exclamó el hombre, como si la doctora hubiera dicho una barbaridad. Ella estaba comenzando a perder la paciencia.

—¿Dónde se encontraba en ese momento?

—En la masía.

—Y ¿a cuánto está de aquí su masía?

—A media hora, pero como estaba en una finca lejos del coche, he tenido que ir con el tractor hasta la casa a cogerlo. —La cosa se estaba aclarando algo.

—¿Más o menos le habrá costado venir una hora?

—O un poco más.

—Muy bien. ¿Y el dolor le ha aparecido de repente?

—Sí.

—Entonces, esta mañana, cuando usted se ha levantado, estaba normal, sin dolor…

—Sí, estaba bien.

—¿Tiene náuseas, ha vomitado en estos últimos días?

—No, nada de eso.

—¿Diarrea, estreñimiento?

—Tampoco.

—¿Escozor al orinar?

—No.

—¿Y el dolor es continuo, le duele todo el rato, o se va y luego vuelve?

—No sé lo que me quiere decir.

—No importa —le dijo Simonetta—. Y, por último, ¿ha comido en estos días algo que le haya podido sentar mal?

—Yo siempre como parecido. Lo que me hace la mujer.

—¿No ha venido con usted?

—No le he dicho nada, ¿para qué?

«Un buen ahorrador de palabras», pensó la doctora. Al menos le había sacado algo de información. La anamnesis —la búsqueda de información del médico a través de lo que cuenta el paciente— es fundamental para dar con el diagnóstico, sigue siendo un pilar imprescindible para llegar a él junto a una completa exploración, incluso en la era de las resonancias, los escáneres y todo el resto de pruebas complementarias que, como su nombre indica, son un complemento, no un sustitutivo de lo anterior.

A pesar de la evidente palidez de la piel, las mucosas —que valoró observando el color de las conjuntivas de los ojos— no estaban pálidas, razón por la que la doctora dedujo que la causa de esa pérdida de color de la piel era repentina y no se debía, por ejemplo, a una pérdida de sangre de mucho tiempo atrás. La lengua del paciente conservaba la humedad, luego no estaba deshidratado. Observó el cuello y lo palpó: no tenía ganglios evidentes ni se notaba ninguna vena ingurgitada. Los pulsos carotideos, indicativos de un buen flujo sanguíneo hacia el cerebro, estaban pulsando adecuadamente a los dos lados del cuello. La auscultación cardíaca mostraba un buen ritmo del corazón, sin soplos ni ningún otro ruido que indicase enfermedad. La auscultación pulmonar también era normal. Sin embargo, al llegar al abdomen, Simonetta confirmó que el buen hombre no se quejaba «de vicio». Nada más palparlo, la musculatura se contrajo y la doctora detectó dolor en todos los puntos que tocó. Estaba claro, el paciente padecía un abdomen agudo, un cuadro clínico que podía estar originado por numerosas causas —que había que investigar— y que en la mayoría de los casos conllevaba una resolución quirúrgica. Para completar la exploración, la doctora le examinó las extremidades inferiores, palpó con normalidad los pulsos femorales y pedios, y comprobó, mediante una puño-percusión, que las dos fosas renales no sufrían dolor. Le tomó la tensión arterial, que estaba un tanto baja, e inmediatamente empezó a barajar distintas causas que pudieran haber originado aquel cuadro. ¿Apendicitis? ¿Peritonitis? ¿Isquemia intestinal? ¿Perforación de estómago? ¿Aneurisma arterial? Todas ellas entidades urgentes de resolver si se quería preservar la vida y la salud del paciente.

—Sergi —llamó al enfermero, que estaba en su propia consulta—. Cógele una vía venosa y vete poniéndole un suero fisiológico —le indicó después de resumirle la situación. Mientras el enfermero seguía sus instrucciones, avisó a Quique Coll, su compañero, que disponía de un ecógrafo en su consulta y lo manejaba con destreza.

—Mejor que pases tú aquí —le pidió para no mover al paciente de la camilla. En pocos segundos, Quique Coll estaba en la consulta de Simonetta con el ecógrafo, explorando el abdomen del paciente. Sergi y Simonetta estaban detrás de él, escuchando sus explicaciones.

—No puede ser… —dijo al cabo de unos minutos—. A ver… Sí, no hay duda, tiene una perforación de intestino delgado.

—¿Una perforación de intestino delgado? —repitió Simonetta, sorprendida—. Pero si una perforación así es algo rarísimo.

—Y tanto —confirmó Coll—, pero aquí está. Hay que mandarlo rápido a Mahón, al Mateu Orfila, e intervenir de urgencia.

—Sí, por supuesto. Aviso de inmediato a una ambulancia.

A la vez que Simonetta preparaba toda la documentación necesaria para el traslado, Sergi permanecía junto al paciente informándolo de que debían conducirlo al hospital.

—Lo que quiero es que me quiten el dolor —decía el hombre.

—Claro que sí —intervino el enfermero—, eso seguro, aunque lo que usted tiene es una cosa bastante rara.

—¡Hombre! ¡No va a ser raro que te pase un tractor por encima! —Sergi miró a Simonetta.

—¿Ha oído lo que yo he oído? —le preguntó, alucinando.

Ella se levantó de inmediato y se acercó a la camilla.

—José, ¿puede volver a repetir lo que acaba de decir?

—¿El qué? —dijo el hombre mirando a los otros dos alternativamente.

—Lo del tractor —le aclaró Sergi, que no sabía si reír o llorar.

—Que me ha pasado el tractor por encima. No he puesto el freno de mano y me ha pillado.

—Pero ¿por qué no me lo ha dicho cuando ha venido? —Simonetta estaba a cuadros.

—Nadie me lo ha preguntado.

El enfermero y la doctora se miraron sin dar crédito.

—Confío en que llegue pronto la ambulancia —dijo ella, alarmada y preocupada por las consecuencias de semejante traumatismo—. Quizá tenga más lesiones de las que se han visto en la ecografía —le confesó a su compañero.

Por fortuna, la ambulancia no se retrasó y partieron sin incidencias hacia el hospital. Cuando Quique Coll se enteró, no podía creerlo.

—Pero ¿no te había dicho nada?

—¡Claro que no! —contestó Simonetta, sintiéndose responsable de no haberle preguntado más en profundidad por las posibles causas de aquel dolor.

—Pues olvídate —Quique Coll intentó animarla—. Tienes una cara que pareces tú la enferma. Has actuado como debías, sin perder ni un minuto, que es de lo que se trata. Los cirujanos harán el resto.

—Confío en que llegue a tiempo. Ya los he avisado y tienen el quirófano listo para operarlo en cuanto aparezca por allí.

—¿Hoy comes con alguien?

—No lo tenía previsto.

—Entonces comemos juntos, doctora Brey. Ahora mismo llamo al Imperi y que Norberto amplíe el menú. Hay que quitarle a usted el susto de encima a base de un buen yantar.

ACUDIERON AL IMPERI por separado, cada uno en su medio de transporte: Simonetta con su Honda y Quique Coll a pie, puesto que vivía en el paseo marítimo, cerca de Canal Salat, y de allí a la plaça des Born se llegaba en unos diez minutos. La puerta del café permanecía cerrada y la doctora llamó con los nudillos. Apenas tuvo que esperar para que Blasco le abriera. Estaba hablando por el móvil y con un gesto la invitó a entrar y a subir al piso de arriba. Se le veía contento en medio de la conversación. Como Simonetta conocía de sobra el camino, subió hasta el comedor-zulo y esperó allí a su compañero. Norberto había preparado una de las mesas con mantel de cuadros blancos y rojos, servilletas de tela, vajilla blanca y vasos de cristal. En el centro hasta había colocado un pequeño jarroncito con dos claveles, pero solo había dispuesto dos servicios. «¿Se habrá arrepentido Quique en el último momento? —pensó Simonetta—. Igual lo ha llamado una de sus conquistas y se ha lanzado detrás dejándome a mí más colgada que una percha.» Pero no, cinco minutos después, su compañero entraba frotándose las manos.

—Dice *el Norbert* que él ya ha comido —explicó Coll—, que tiene una cita con un proveedor en el puerto. Ahora nos sirve la comida y volverá para abrir el local dentro de un rato.

—Aquí tienen los doctores las viandas. —Blasco entró con una bandeja en cuanto Quique concluyó su explicación. Además de la bebida, dispuso una sopera con un guiso de lentejas y una bandeja con cuatro filetes de lomo de cerdo con salsa de almendras—. ¿Estará a vuestro gusto? —les preguntó.

—Al mío, por descontado —respondió Coll mientras se colocaba la servilleta al cuello.

—Y al mío, también —afirmó Simonetta, divertida, imitándolo.

—Entonces, ¡hasta la vista! —se despidió Norberto con un saludo militar.

—Cuánta prisa tiene, ¿no? —dijo Simonetta.

—Sí, demasiada —coincidió su compañero—. ¿No será que el proveedor es una proveedora?

—¿Tú crees? ¿Le has conocido pareja?

—Desde que está en Menorca, no. Pero eso no significa que no tenga ganas. Recaló aquí después de un desengaño amoroso en la península. Al principio no quería ni oír hablar de mujeres, pero ya sabes, la fiebre llega un momento en que desaparece, y cuando uno está en calma… vuelve a dejarse vencer por alguna tentación.

—¿Cómo sabes tanto de la gente?

—Yo cuento y ellos cuentan. Sin más. ¡Pero qué potaje de lentejas, Dios!

—Sí, está riquísimo. Hace años que no probaba algo así.

—Pues espera a probar el segundo plato. Lo borda.

—Por cierto, Quique —intervino Simonetta—, ya que hablamos de tu habilidad para enterarte de la vida de los demás. Hace tiempo que quiero hacerte una pregunta. —El médico se estaba sirviendo una segunda ración de lentejas. Sin mirarla, le preguntó.

—¿Sobre Pau Martí?

Simonetta se sonrojó. Estuvo a punto de preguntarle cómo lo había adivinado, pero se contuvo. No quería dar la impresión de tener un interés desmedido por la cuestión, más bien de una cierta curiosidad.

—Sí, sobre él.

—¿Quieres repetir? ¿Te sirvo? —le preguntó Coll con el cazo en la mano. ¿Le estaba dando largas para ponerla nerviosa?

—No, gracias. Me ha gustado mucho, pero también quiero disfrutar del lomo. —Aunque no es necesario esperar a ningún comensal para empezar con el segundo plato, Simonetta sí aguardó a que Quique terminara. Daba gusto ver comer a su compañero, con auténtico apetito y deleitándose con cada cucharada. Ella no iba a insistirle en que le hablara de Pau, ni siquiera se lo iba a repetir, pero estaba segura de que en ese momento estaba aún más intrigado en conocer la pregunta que Simonetta le iba a plantear que la propia Simonetta en averiguar el pasado del pescador. En cuanto terminó las lentejas, Coll invitó a su compañera a servir el lomo con salsa.

—Lo hace clavado al de La Matilde —dijo Quique—, un restaurante muy afamado de Tronchón, un pueblecito de Teruel. Hace un año nos invitó a varios amigos a conocer la provincia y nos llevó hasta allí. La propietaria es una señora mayor muy agradable. Todo cocina casera. ¡Fabuloso!

—¿Sabes que lo conozco?

—¿En serio?

—Yo estuve trabajando cerca de allí hace algunos años. En fin… otro día te lo cuento —dijo sin querer desviarse demasiado del tema que en realidad le interesaba. El lomo también estaba exquisito. ¡Qué manos tenía aquel hombre en la cocina!

—Voy a por los cafés —se ofreció Quique. Daba la impresión de que sabía manejar la máquina. Simonetta le ayudó a bajar platos, cubiertos y bandejas. Cuando los cafés estuvieron listos, volvieron al piso de arriba—. Por la hora que es —dijo Quique— *el Norbert* no tardará en volver para abrir el local.

Aquí estaremos más tranquilos. ¿Qué es lo que quieres saber de Pau Martí? —le preguntó el médico una vez estuvieron acomodados de nuevo en el comedor-zulo.

—Quiero saber por qué abandonó sus estudios universitarios —le contestó su compañera sin más dilación, al ver el tiempo que su acompañante se había tomado para retomar el asunto.

—¿Él no te lo ha dicho?

Simonetta esperaba la pregunta.

—No, ni se lo he preguntado. Sin embargo, en una ocasión, al poco de llegar yo aquí, Séraphine me explicó que los abandonó cuando su padre falleció porque debía hacerse cargo de su familia.

—Eso es mentira.

—Séraphine me dijo que se lo habías contado tú.

—Otra mentira. O, si quieres —rectificó— una inexactitud. Séraphine no es una mentirosa, desde luego, pero sí «adorna» bastante los hechos, eso sin tener en cuenta que, cuando llegó aquí, apenas sabía hablar en español más que cuatro frases hechas. Lo más probable es que, por aquel entonces, Martí saliera a relucir en alguna conversación, yo le conté algo y ella lo entendió a su manera. Pero, te repito, no es verdad que yo le diera esa versión.

—Y también has dicho, de manera tajante, que esa versión es mentira.

—Y lo es.

—¿Cómo estás tan seguro?

—Lo estoy porque cuando falleció su padre, mejor dicho, cuando le comunicaron que su padre acababa de fallecer de una mala caída mientras amarraba la barca en el puerto, yo estaba delante.

—¿Erais amigos? —preguntó Simonetta, sorprendida de no haberse enterado antes.

—Amigos de verdad, nunca lo hemos sido —le respondió Coll después de dar un sorbo al café—. Éramos compañeros de piso en Barcelona, junto con dos chicos más de Ciudadela. Él estudiaba Física, los otros dos Derecho y yo Medicina.

—No lo sabía —admitió la doctora.

—Ya… La vida da muchas vueltas, tantas como para que un chico muy inteligente y bien preparado abandone un futuro prometedor para malvivir de pescador.

—Pero si no dejó los estudios por la muerte del padre, ¿cuál fue la razón?

—La razón yo no la sé, ni creo que nadie la sepa excepto él, claro. Yo te puedo contar lo que sucedió y, si estás interesada, sacas tus propias conclusiones.

—Claro que estoy interesada y, si te soy sincera, no veo oportuno abordar con él el tema sin más. Hasta ahora no me ha dado pie y a mí tampoco me ha importado. De igual forma que a él no le importa mi vida antes de conocernos.

—Eso lo pongo en duda.

—¿Por qué? Pau nunca me ha sonsacado nada de información, ni siquiera me ha preguntado sobre mi pasado. Lo que sabe de mí se lo he contado yo sin que él me lo haya pedido.

—Una cosa es que él no te lo pida —la interrumpió Coll— y otra es que no tenga curiosidad. Algunos hombres somos así, evitamos por todos los medios parecer unos fisgones con las mujeres, pero a todos nos gusta saber con quién nos acostamos si la relación es seria. Y Pau es de esos. Lo conozco bien.

—Va a resultar que lo conoces mejor que yo.

—En según qué aspectos, seguro que sí. No olvides que convivimos durante tres años.

—¿Y qué pasó ese día, el de la muerte de su padre?

—Pau siempre ha sido un poco especial, huraño no, pero sí solitario. Iba a su bola. Alguna vez salía con nosotros de juerga, pero la mayoría de las veces no. Bien se quedaba en casa estudiando o escuchando música, o bien salía con unos compañeros de facultad de un estilo parecido al suyo. Buena persona es, de eso no tengas la menor duda. Y también fue buen compañero de piso: aseado, buen pagador, honesto… Nadie se esperaba que lo dejara todo, porque se le veía contento con los estudios y también con la ciudad. Aunque, si te digo la verdad, de los cuatro, él era el que menos me sorprendió que diera un paso así porque, como te he dicho, tenía un punto de raro.

—Cuando dices raro, quieres decir... ¿oscuro?

—Lo raro siempre tiene un toque oscuro, ¿no crees? —Simonetta no contestó—. Pero si te refieres a algo malsano, eso no, no creo. —La doctora se mantenía atenta. Le hubiera gustado sacar de su maletín un cuaderno de notas o grabar con el móvil la conversación, como si Coll fuera un destacado testigo de un caso por resolver. Pero, claro, no podía—. En el año del que hablamos —Quique estuvo pensando un momento—, que sería allá por 1997, no disponíamos todavía de teléfonos móviles, y la comunicación con nuestras familias se limitaba a una llamada de nuestra madre al teléfono fijo de casa una vez por semana, o a otras llamadas por nuestra parte desde aquellas antiguas cabinas cuando se nos había acabado el saldo de la cartilla y necesitábamos reponerlo para comprar el pan.

»Recuerdo que aquel día estábamos los cuatro en casa viendo las noticias del telediario de la noche cuando sonó el teléfono. Ninguno de nosotros esperábamos llamada. Enric, uno de los compañeros que estudiaba Derecho, lo cogió. Estaba en una consola del salón, alejado del televisor. Normalmente, el que estaba hablando tiraba un poco del cable del teléfono y salía al pasillo antes de ajustar la puerta. Enseguida uno de nosotros bajaba un poco el volumen del televisor para que el del teléfono pudiera oír bien a su interlocutor. Si se trataba de una conversación normal con la familia, el que había recibido la llamada empleaba su tono de voz habitual y los otros no se enteraban de lo que decía. Pero en esa ocasión oímos la voz alterada de Pau, casi cercana al grito, angustiada. «¡No puede ser!, ¡no puede ser!», o algo así. Poco después entró en el salón, pálido como un fantasma, y se dejó caer en la butaca donde acostumbraba a sentarse. «Mi padre ha muerto», gimió, echándose a llorar como un niño. Todos lo consolamos, como es natural, y al día siguiente partió hacia Menorca.

»A la semana volvió a Barcelona, retomó las clases y la vida continuó. Se le notaba más triste y cabizbajo, pero poco a poco volvió a ser el de siempre. Nadie le preguntó por la situación económica en que había quedado la familia y, sinceramente, quizá ni nos lo planteamos. Acabó el curso, volvimos a Ciudadela y, después del verano, a Barcelona de nuevo. En ningún momento planteó la cuestión de dejar la carrera; no solo eso, sino que continuó sacando buenas notas, porque de vez en cuando nos preguntábamos los unos a los otros.

—Entonces —intervino Simonetta—, si tras el fallecimiento de su padre no abandonó la carrera, ¿cuándo lo hizo?

—Eso fue bastante después, cuando su vida estaba ya normalizada por completo. Incluso parecía que le gustaba una chica de Barcelona. Había quedado con ella una o dos veces. Nos lo contó porque era hermana de un compañero suyo y en una fiesta de la universidad nos la había presentado su hermano. Era muy guapa. Creo que estaba estudiando Enfermería.

—Pero ¿se fue sin más? ¿No os dio ninguna explicación?

—Explicación, ninguna, pero sin más no se fue. Una vez comenzó el nuevo curso, una noche en que estábamos los dos solos en el piso sonó el teléfono. Lo cogí yo. Era su madre, la señora Élida. Preguntó por él y la encontré bastante alterada. Casi siempre me reconocía por la voz y me preguntaba «¿Eres Quique, verdad?», porque era una mujer muy afable. Ese día creo que ni me conoció de lo nerviosa que estaba. Llamé a Pau, que estaba en su habitación, y yo volví a la mía. Tengo que confesar que puse un poco la oreja, pero fue por preocupación, porque temía que le hubiera sucedido algo malo a su madre. La cuestión es que Pau apenas habló, tan solo se le oía algún monosílabo y algunas expresiones para tranquilizar a la mujer. Cuando colgó, volvió a su habitación, sin más.

»Al día siguiente madrugué como siempre para ir a la facultad y él todavía tenía la puerta de su habitación cerrada.

Aparte de las clases, ese día también tenía prácticas, y regresé a casa ya bien entrada la tarde. Cuál no sería mi sorpresa cuando los otros dos compañeros de piso me dijeron que Pau había recogido sus bártulos, les había pagado el alquiler de ese mes y, por si no encontrábamos pronto un nuevo compañero, el del mes siguiente, y se había ido a Menorca… Pues bien, ya no regresó. Se quedó para siempre aquí. Al menos hasta el momento. Eso es todo. Piensa lo que quieras.

—¿Estás seguro de que todo esto sucedió en el año 1997? —le preguntó después de meditar durante unos minutos. Coll volvió a pensar en la fecha.

—Sí, sí, era el año 1997.

—Y ¿recuerdas la época del año en la que ocurrió?

—Empezábamos el curso a principios de septiembre. Fue al poco de comenzarlo, en el primer trimestre del curso, seguro, antes de Navidad. Lo recuerdo porque decidimos esperar hasta Año Nuevo para anunciar la habitación, por si Pau se arrepentía de su decisión. Pero no fue así.

—¿Y a los otros dos compañeros tampoco les explicó la causa de aquella… huida?

—Qué va. Ellos se quedaron tan extrañados como yo, pero ya sabes que, cuando eres joven, tampoco le das tanta importancia a las cosas como de adulto. Nos chocó, pero nos olvidamos pronto del tema. Hay muchos estudiantes que cuelgan los libros por múltiples razones. Pau era uno más.

—Solo que de él no os lo esperabais.

—No, desde luego. Nos sorprendió mucho, como te digo.

—¿Y nunca le volviste a preguntar sobre el tema cuando lo viste por Ciudadela? —insistió Simonetta.

—Sí, claro. Esas mismas Navidades lo vi ya trajinando por el puerto y le pregunté que cómo era que se había ido de Barcelona tan de repente. Creo que me dijo «ya te contaré», o algo parecido, y hasta hoy. Yo tampoco le quise insistir entonces. Si no me contaba nada, tendría sus razones. Nunca más hemos sacado el tema a relucir las veces que hemos coincidido en algún sitio.

Después de la comida, Quique se empeñó en llevarla a su apartamento para mostrarle unas fotografías de su época de estudiante en Barcelona, pero Simonetta alegó una excusa.

Mientras cruzaba por el paso de peatones para llegar a donde había estacionado la Honda, consultó el reloj: las siete y media. Todavía le daba tiempo a poner en práctica la idea que se le estaba pasando por la cabeza: acercarse sin avisar a la Torre Tudurí para enseñarle la fotografía de las muchachas y sacarle toda la información posible a su dueña, la única superviviente de aquella instantánea.

Pasó por la villa porque antes debía coger la famosa fotografía. En la casa de Pau había luz. Dudó si decirle algo, pero no hizo falta que tomara una decisión, él salió a la puerta. Debió de oír el sonido de la Honda. Simonetta aparcó en la calle y se acercó. No quería que el pescador sospechara su inquietud de aquellos días.

—No paras —le dijo él. Llevaban días sin verse. Simonetta lo besó.

—Tengo mucho trabajo últimamente —se excusó.

—Ya veo —comentó Pau, comprensivo—. ¿Cenamos juntos?

—No sé si llegaré a tiempo. Todavía tengo que visitar a un enfermo.

—¿A estas horas? —se extrañó el pescador—. ¿Estás de guardia?

—No, no, pero esta mañana he tenido la agenda a tope y me ha quedado un paciente por ver en su domicilio. Voy un momento al baño —se disculpó, señalando la valla— y me acerco a verlo.

—Te espero a cenar, llegues cuando llegues. —Simonetta asintió. No quería que Pau pensara que estaba enfadada con él ni nada parecido.

Había dejado la fotografía en el cajón del zaguán donde guardaba también las notas que encontró en la maleta del sótano.

En ese momento, en la soledad de la casa y con la luz del atardecer casi desaparecida, tuvo la duda de si estaba haciendo lo correcto entrometiéndose tanto en un asunto que le concernía tan poco. ¿Y si lo abandonaba? ¿No tenía ya bastante con su trabajo y con el compromiso que había adquirido con Darío para investigar sobre la causa de la muerte de Marianne Thorsen? ¿No se estaba desviando demasiado de ese último objetivo? ¿O, en el fondo, el tema de los estudios de Pau y de la fotografía eran una excusa para no implicarse de lleno en un caso tan complicado como era el fallecimiento de la noruega y de su hijo? La respuesta a las tres últimas preguntas posiblemente era afirmativa, y Simonetta lo reconocía. ¿Para qué continuar, entonces? ¿A santo de qué gastar una energía tan necesaria para solucionar el caso principal? La respuesta estaba clara: porque concernía a Pau. A ella directamente no, pero a Pau sí. Y quería conocerlo de verdad, no solo por curiosidad de pareja, sino porque ese conocimiento sin duda la ayudaría a salvarlo de una grave acusación. Además, por casualidad o no, las piezas del rompecabezas empezaban a encajar: las noticias de los periódicos, la fecha en que Pau abandonó los estudios, la llamada intempestiva de su madre… Faltaban muchas otras para completar lo que en realidad había ocurrido. Y esa tarea debía realizarla ella. ¿Como un acto de amor? Tal vez, pero no quería llegar a ese extremo, a ese tremendismo. Prefería dejarlo en una especie de tendencia que tenía a no dejar interrogantes por contestar, sobre todo los que planteaban preguntas importantes, decisivas. No podía con los puntos suspensivos. Lo que estuviera en sus manos, lo haría.

Pau estaba todavía en la calle, al lado de la Honda.

—¿Vas muy lejos?

—A una masía en dirección a Mahón.

—Está anocheciendo. ¿No es mejor que vayas con el coche?

Aunque no tenía ninguna gana, el tono de preocupación del pescador la enterneció. Merecía la pena prescindir de la Honda para que él se quedase más tranquilo. Pensó en los perros de la masía. Como no los había avisado de que se iba a presentar, lo más probable es que a esas horas estuvieran sueltos, al acecho de un posible intruso. Mejor ir con el Alfa Romeo. Al menos le daría tiempo a alertar con el claxon para que los atasen.

—Tengo ganas de estar contigo —le dijo Pau al oído después de introducir la cabeza por la ventanilla, como si hubiera cerca alguien que pudiera oírlo. Estaba relajado, como siempre, como si nada de lo que había pasado en los días anteriores hubiera sucedido. Al menos así se lo pareció a ella. Suspiró aliviada. Eso significaba que no había recibido otro requerimiento para un nuevo interrogatorio, ya no como testigo, sino como inculpado por la muerte de su antigua pareja. La doctora temía que el comisario Ferrer pudiera llegar a dar ese paso sin avisarla.

Conforme el verano y parte del otoño quedaban atrás, cada vez circulaban menos vehículos por las carreteras, incluso por la vía principal de la isla que unía Ciudadela con Mahón. Las luces del Alfa Romeo se habían quedado un tanto obsoletas. Por mucho que Quim Gascón se empeñara en mejorarlas cambiando las bombillas, había lo que había: un modelo de veinte años atrás que, en algunos aspectos, dejaba algo que desear. Tanto es así que se pasó el desvío a la Torre Tudurí y tuvo que recorrer unos cuantos kilómetros más en sentido Mahón hasta que localizó un punto donde poder dar la vuelta. Cuando por fin entró en el camino rural, comenzó a chispear y un silencio sobrecogedor la envolvió. Encendió la radio del coche. Si no hubiera conocido el trayecto, habría sido muy fácil extraviarse en la oscuridad por aquella maraña de caminos. Pero si Simonetta poseía una habilidad especial, era la de centrar la atención de manera exacta en los puntos clave de referencia de cualquier ruta, con luz o sin ella.

Cómo no, los dos sabuesos campaban sueltos a sus anchas por la explanada donde estaba ubicada la nave de la fábrica de los quesos, iluminada tan solo por una pequeña bombilla colocada sobre la puerta de acceso a la tienda. En cuanto oyeron el coche comenzaron a ladrar, y una vez Simonetta aparcó, corrieron hacia la puerta del conductor como si los hubieran aleccionado para evitar que el intruso ni siquiera pusiera un pie en la propiedad. De allí a la masía no se podía acceder en coche, y a Simonetta, si quería ver a Consuelo Tudurí, no le quedaba otra que hacer sonar el claxon para que algún alma caritativa la librara de las fauces de aquellos cancerberos.

Ese día no llevaba la hoja con los datos de Laureano y no recordaba el teléfono de la familia. Echó un vistazo a su alrededor. Delante de la imponente higuera tras la que partía la senda que conducía a la casa familiar, había un todoterreno estacionado. Era de un verde poco común en ese tipo de vehículos y Simonetta lo identificó como el mismo con el que se había cruzado en el camino la primera vez que visitó a Laureano. Desde donde se encontraba era difícil que los de la masía oyeran el claxon, pero lo intentó una y otra vez, lo que excitaba más a los perros y provocaba que ladraran con más potencia. Mejor, así sería más fácil que alguien oyera el guirigay que se estaba formando. Y si nadie acudía, daría media vuelta y volvería por donde había llegado. Al poco, la puerta de la tienda de quesos se abrió y, como en otras ocasiones, de allí salió Petra, la nuera de Consuelo. Simonetta no esperaba encontrarse con ella, ni por la hora ni por lo vacía que aparentaba estar la nave en vista de la nula iluminación que salía del interior de las ventanas.

—No sabía que iba a venir —le dijo sin más preámbulos después de acercarse hasta la ventanilla de Simonetta y calmar a los perros. Se manejaba bien andando en la penumbra—. ¿Es que le ha llamado mi suegra? A mí nadie me ha advertido de que estuviera al tanto.

—No, ella no me ha llamado. Vengo a ver cómo se encuentra Laureano y no he tenido tiempo de avisar. ¿Puede atar a los perros? Todavía no me conocen.

Mientras Petra se hacía cargo de los animales, un hombre joven salió también de la tienda. En un principio, a Simonetta le pareció que era Carles, el marido de Petra, pero conforme se aproximaba al coche, a pesar de la semioscuridad, se dio cuenta de que no era él. Se trataba de un joven de treinta y tantos años, cercano a la cuarentena, alto, muy moreno de pelo y con muy buena planta. Portaba una caja de cartón sobre los antebrazos. Pasó junto al Alfa Romeo y Simonetta vio cómo abría la portezuela de atrás del todoterreno y dejaba allí la caja.

—Los perros ya están en las casetas. Puede salir cuando quiera, pero sepa que no le van a hacer nada. Parecen agresivos, pero son muy mansos.

«Ya... —pensó la doctora—, por eso los tienen para vigilar la entrada.» Petra volvió a la nave y Simonetta se dirigió hacia la higuera. Apenas veía la senda y temió tropezar y caer. El hombre del todoterreno ya no estaba por allí. Encendió la linterna del móvil, pero la apagó en cuanto dejó atrás el voluminoso árbol; en el camino que llevaba a la masía había una vieja farola que alumbraba algo. Aun así, anduvo con cuidado. El silencio de la noche había penetrado ya en la hacienda, como si ningún ser vivo la habitara en ese instante. Tan solo el sonido rítmico de sus propias pisadas sobre la arena y las pequeñas piedras del suelo le atestiguaban que aquello no formaba parte de ningún sueño. Antes de llegar a la casa vislumbró la figura de Consuelo, que la aguardaba en la puerta.

—Me ha dicho Bernabé que teníamos visita. —Como Simonetta había supuesto, el hombre del todoterreno era el hijo menor de la familia.

—Vengo a deshora —se disculpó la doctora—. Esta mañana no me ha dado tiempo a venir a visitar a Laureano. ¿Sigue bien?

—Más o menos —le contestó la mujer, invitándola a entrar—. Ya que está aquí, quiero que le vea las piernas. Las tiene más hinchadas y rojas que de costumbre, y creo que le ha salido otra vez una úlcera. Iba a llamarla mañana.

Laureano estaba en el sillón reclinable con las piernas elevadas, y de espaldas, frente a la ventana, se encontraba Bernabé. Consuelo le presentó a Simonetta y se dieron la mano, pero él le ofreció la izquierda; la otra, la ortopédica, la tenía oculta en el bolsillo del pantalón. Era un hombre muy guapo. La saludó con una media sonrisa y volvió a la ventana dando la espalda al resto. La doctora, ayudada por Consuelo, le exploró las piernas al enfermo con detenimiento.

—Tiene muy mal la circulación venosa —le explicó—. Ahora no llevo material de curas. Mañana le diré a Sergi que venga a curarle para que esta pequeña úlcera no vaya a más. Es raro no ver por aquí a Rodica —dijo, mirando por la habitación—, ya me dijo la trabajadora social que se había despedido. —La mujer asintió y miró de reojo a Bernabé, como si no quisiera hablar del tema delante de él—. Es una pena —prosiguió Simonetta—, porque creo que les hacía un buen papel como cuidadora.

—Esa quería demasiado —soltó Bernabé sin cambiar de postura.

La doctora no dijo nada. En realidad, no había captado bien el mensaje. No le había quedado claro si se refería a que Rodica reclamaba más sueldo sin razón o más bien le echaba en cara a su madre el escaso salario que le daba. En todo caso, se le notaba muy inquieto.

—Ya sabe —continuó Consuelo, justificándose— las chicas de hoy en día piden el oro y el moro. Se creen que los demás somos millonarios. Pero ese no era el caso de Rodica. Tenía un buen sueldo, una buena habitación, comía lo mismo que nosotros. La razón por la que se fue no la conoce nadie. Era muy rara, como todas las extranjeras, y más estas del este. De ellas se puede esperar cualquier cosa. Aunque, si le soy sincera, esta espantada yo no la hubiera podido imaginar. No hay derecho. Dejar abandonado a un hombre en este estado. Podría haber avisado y haber esperado unos días hasta que encontráramos a otra.

—Me voy —la interrumpió su hijo, dándose la vuelta de repente.

—Cuídate, hijo mío, que estás adelgazando mucho. ¿Ya te han puesto el paquete en la nave?

—Sí, sí, quédate tranquila —le respondió Bernabé.

—Es todo de alimento. Cuando se te acabe, vienes a por más.

Bernabé salió de la habitación despidiéndose de todos con un gesto de la mano, visiblemente nervioso.

—Se ha quedado muy solo —se lamentó su madre cuando ya estaba fuera—. A saber lo que come. Cuando viene a vernos le ponemos de todo, claro. En estos meses ha adelgazado, y no me extraña. Es tremendo lo que le ha pasado.

—¿Ahora tienen buena relación con él?

—Sí, viene de vez en cuando a vernos. Eso es lo que hemos ganado, pero no es el mismo de antes. No sabe qué es para una madre ver sufrir a un hijo.

—¿Ya ha encontrado a alguien que sustituya a Rodica?

—Mañana viene una señora que me ha enviado la trabajadora social. Ya veremos. También me ha ofrecido a un muchacho cubano, pero ¿cómo voy a meter a un hombre en esta casa?

—¿Y por qué no? Hay muy buenos cuidadores varones. Y para mover a Laureano quizá fuera lo más conveniente. Si no le convence la señora que va a entrevistar mañana, considere esa posibilidad. Al menos puede probar.

—No sé yo… —dijo Consuelo, escéptica.

—Por cierto, antes de irme —la interrumpió Simonetta—, quiero enseñarle una fotografía que he encontrado por casualidad en la casa donde vivo.

La mujer enseguida se dirigió a una mesa camilla que había en un rincón, cogió un par de gafas y se las puso.

—A ver qué foto es esa —le dijo interesada.

Simonetta se aproximó a la lámpara que presidía la habitación y Consuelo se le acercó. La doctora le tendió la fotografía. Nada más verla, el rostro de la mujer mudó de color.

—¿De dónde la ha sacado? —preguntó con la boca seca después de unos segundos de indecisión.

—Como le he dicho, la encontré en la casa que tengo alquilada, en un cajón.

—Ah, ¿sí? ¿Y cuál es esa casa? —le preguntó sin poder disimular su turbación.

—Es una villa propiedad de Pau Martí, el hijo de Élida, una de las jóvenes de la fotografía —respondió y señaló a la madre del pescador.

—Ya sé quién es Élida —la interrumpió Consuelo con acritud.

—¿No es usted la chica de la derecha? —le preguntó lo más inocentemente que pudo.

La mujer tardó en contestar.

—Sí, soy yo. ¿Cómo lo ha sabido?

—Por el parecido, por supuesto, pero he querido confirmarlo, por eso he traído la fotografía. Qué casualidad haberla encontrado, ¿no le parece? —Como la mujer no contestaba, Simonetta prosiguió—: ¿Era usted amiga de la madre de Pau?

—¿Pau sabe que ha encontrado la fotografía? —le preguntó Consuelo a su vez, obviando la pregunta de la doctora. Simonetta pensó bien la respuesta que iba a darle.

—No me ha dado tiempo de enseñársela. Hace bastantes días que no lo veo.

—Pues mejor que no lo haga —le aconsejó con acritud.

—¿Y eso? —Simonetta se estaba esforzando en su papel de ingenua—. Lo más probable es que le haga ilusión ver a su madre de joven.

—Seguro que no —repuso Consuelo, taxativa—. Cuando Élida murió, él lo pasó muy mal. Ver fotografías antiguas solo sirve para ponernos melancólicos, y ese chico siempre ha tenido tendencia a la melancolía, tiene poco espíritu.

Simonetta se quedó atónita por semejante reflexión. Por si las moscas, cogió de nuevo la fotografía por miedo a lo que le pudiera ocurrir. Esa mujer era capaz de romperla delante de sus narices o incluso de ocultarla entre los senos, o bien utilizar cualquier otra argucia para quedarse con ella. Nunca la había tratado con auténtica simpatía, pero de repente se había transformado en una persona hosca y desagradable.

—Está claro que a usted no le gusta recordar el pasado.

—¿Para qué? —saltó, con ojos de loca.

—No sé, para recordar los tiempos de juventud.

—Eso son tonterías. Los tiempos de juventud no siempre son buenos, y, en ese caso, es mejor olvidarlos.

—Cuando encontré la fotografía —insistió Simonetta—, se la enseñé a dos señoras con las que tengo amistad, estoy segura de que las conoce. —Consuelo se puso alerta—. Pity y Pilar.

—Esas son dos cotillas que se pasan el día de cafetería en cafetería cotorreando de los demás —intervino, rápida.

—A mí no me dio esa impresión. Más bien me parecieron dos personas muy divertidas que saben vivir la vida sin molestar a nadie. —La mujer calló, con la mandíbula tensa—. Ellas reconocieron a Irma y a Élida, pero no acababan de estar seguras de quién era la tercera muchacha. Más tarde, a mí me pareció reconocerla a usted. —Nada más utilizar ese argumento, Simonetta se percató de lo absurdo e increíble que era, pero no podía arreglarlo sin estropearlo todavía más—. Ellas comentaron algo de las otras dos, que desde la infancia habían sido inseparables.

—Eso no es verdad —repuso Consuelo con contundencia.

—Ah, ¿no? Pues ellas estaban convencidas.

—Se equivocan —prosiguió, tajante—. Las que éramos amigas íntimas de verdad éramos Irma y yo. La otra —dijo con desprecio—, se arrimó a nosotras porque no tenía amigas. Era nueva en Ciudadela, procedía de una masía del término de Alaior, donde sus padres trabajaban sirviendo a unos payeses. Eran más pobres que las ratas. Los contrató un amigo del padre de Irma, que era notario y, por aquel entonces, alcalde de Ciudadela. Élida pensó que podía alternar nada menos que con la hija del alcalde y se interpuso en nuestra amistad.

—Y lo logró, por lo visto.

—Lo logró —añadió Consuelo con rabia—. Eso es muy duro para una chica joven, que de la noche a la mañana pierdas a tu mejor amiga.

—Pero ¿Irma le dio la espalda?

—Algo parecido. No me dio la espalda de un día para otro, pero poco a poco sí. Al final solo tenía ojos, oídos y risas para la otra. Se reían de todo, de cualquier tontería, supongo que hasta de mí.

—¿Y la apartaron de su lado? —Simonetta no podía creer que la mujer se estuviera abriendo de esa manera.

—¡Pues claro! ¿Qué pintaba yo con otras dos que solo hablaban entre ellas de sus cosas? Fue terrible, de lo peor que me ha pasado en la vida.

—¿Quiere decir que entre ellas había algo más que amistad?

—¿Tortilleras, quiere decir?

—Bueno… Sí, entonces lo llamaban así. Me refiero a si eran lesbianas.

—Si le digo la verdad, lo llegué a sospechar, aunque en aquellos tiempos de eso ni se hablaba.

—Digamos que… ¿tenían complicidad?

—Algo así. ¡Pero es que antes yo la había tenido con Irma! ¿Por qué tuvo que llegar la otra? A veces pienso que, si Irma y yo hubiéramos seguido siendo amigas, mi vida hubiera sido otra. No me hubiera obsesionado tanto con Laureano. Irma me habría advertido de él, porque era una buena amiga. Pero, cuando lo conocí, yo ya no me relacionaba con ellas. Entonces ya sí me habían dejado de lado. Se les había acabado de pronto la risa y ya no querían saber nada de nadie. La vida da muchas vueltas, tanta risa y tanta tontería.

—¿Que se les acabó la risa?

—¡Y tanto!

—¿Y por qué?

—Por lo que fuera —intervino Consuelo, tajante—. Ni lo sé ni me importa —dijo con excesiva intensidad.

—¿Por aquella época ocurrió algún suceso grave en Ciudadela que usted recuerde?

—¿Suceso? ¿Y eso a santo de qué viene? Yo qué sé de sucesos —dijo, alterada—. Y ahora, ya me perdonará, pero tengo que acabar de preparar la cena, estoy yo sola para toda esta casa.

Simonetta entendió el mensaje, se despidió de Laureano y de Consuelo Tudurí como siempre, con toda la calma que pudo, aparentando normalidad. En el camino de vuelta hasta el coche recordó la expresión de Laureano cuando se le acercó con cariño para desearle una buena noche. Como había perdido la capacidad de expresarse de forma verbal, a menudo la doctora olvidaba que sí entendía todo lo que se hablaba a su alrededor. En otras ocasiones, cuando se despedía de él, cerraba los párpados con aquiescencia y dejaba entrever una leve sonrisa, pero aquella tarde no, no había correspondido a la despedida ni había sonreído, más bien su expresión trasmitía susto, temor, alerta…

La bajada que conducía hasta la explanada donde vivían los perros estaba prácticamente a oscuras. Casi a tientas, Simonetta maldecía la bombilla de la farola cuya luz, intermitente y mortecina, estaba a punto de exhalar un último suspiro. Los sonidos de las aves nocturnas comenzaban a adueñarse de las sombras, pero ese día no le infundían temor, sino que la acompañaban. Cuando llegó a la altura de la higuera, tuvo la impresión de que había alguien cerca. En vez de sortear el frondoso árbol por el camino para poder ver cara a cara de quién se trataba, se detuvo con curiosidad, ocultándose entre las ramas. Dos personas hablaban junto a la parte trasera del todoterreno, que tenía de nuevo la portezuela de atrás medio abierta. Se trataba de Bernabé y Catalina, la empleada de la fábrica de quesos. Lo más sorprendente era que la puerta de la tienda también estaba algo entreabierta y, aunque por el ángulo de visión ellos no podían distinguirla, era evidente que Petra los estaba espiando.

Simonetta aguzó el oído. Hablaban muy bajo, casi en susurros, y era difícil entender toda la conversación.

—Estoy muy solo —dijo Bernabé—. Nunca hubiera imaginado que la iba a echar tanto de menos. Ese final... no me lo puedo quitar de la cabeza.

—Y eso que decías que no la querías...

—Son cosas que se dicen. Yo qué sé. Marianne era muy buena. Y el niño... Sueño con él, me parece que todavía sigue vivo. Es terrible.

—Todo es obra de un perturbado, si no, no se explica esta tragedia. Tú siempre has tenido muchos enemigos, gente de mala calaña que puede buscar venganza.

—No sé. Es todo muy raro.

—¿Por qué no te quedas en la masía? No estarías tan solo.

—¿Aquí? Ni pensarlo. Hay algo maligno en esta finca. En realidad, la única que no tenía malicia era Marianne. Todos estamos medio tarados. Tú lo sabes.

—De todas formas, los muertos ya no pueden tener malicia.

—¿Por qué lo dices?

—Porque en vida no hablabas así de ella.

—Pues ahora sí. ¿Pasa algo? —Bernabé, hasta ese momento tranquilo, parecía haberse puesto nervioso—. Tú tampoco hablabas bien de ella, como los demás. Ahora todo el mundo a lamentarse.

—Has de reconocer que no era mujer para ti. No se puede formar una familia por un capricho.

Los dos siguieron hablando, pero se levantó un poco de viento y Simonetta no logró entender el resto de la conversación. De repente, una hoja de la higuera le rozó suavemente la nariz y sintió una imperiosa necesidad de estornudar. Los perros captaron al vuelo su presencia y se pusieron a ladrar como locos. Petra desapareció, Bernabé y Catalina cortaron la cháchara, ella se dirigió hacia la tienda y él montó en el todoterreno y salió de la finca. Simonetta esperó a que los mastines volvieran de nuevo a sus casetas antes de abandonar su escondrijo.

Ya no se oía a los perros, pero en cuanto se percataron de nuevo de su presencia, volvieron a ladrar desenfrenados. La doctora se asustó y, a pesar de que haría el ridículo si alguien la veía, echó a correr hasta el Alfa Romeo y, una vez frente a la puerta del conductor, se puso a buscar impaciente las llaves del vehículo en su inabarcable Bondesio. Cuando por fin las localizó, oyó una voz detrás de ella:

—¡Espere, doctora! —Era Petra, con una bolsa de plástico en la mano y una expresión adusta, como contrariada—. Tome, un queso y dos bolsas de leche. Acaba de llamarme Consuelo para que se lo dé.

—¡Si aún me queda queso del último que me regaló!

—Entonces, guárdelo, que se conserva muy bien. A mi suegra le gusta obsequiarles.

—Por cierto, ¿todavía trabajan a estas horas?

—Normalmente no, pero hoy ha habido una avería en el motor de una cuba y nos hemos quedado un rato más. Pronto cerraremos, y a cenar.

—Hay que ver lo que trabajan —dijo Simonetta para intentar sacarle información después de la escena que acababa de ver.

—Ya sabe lo que son los negocios, y el nuestro, con animales, más sacrificado aún. No tenemos fiestas ni descansos.

—Menos mal que luego van a mesa puesta, que está Consuelo en la cocina.

—Sí, pero ahora, sin ayuda, no le da tiempo de nada a la mujer —comentó.

—A ver si encuentran pronto a otra cuidadora, aunque Rodica era una gran profesional.

—Sí, pero no era mujer para este lugar. Que se fuera era de esperar. ¿Sabe que venía de un club de alterne? —Simonetta asintió—. ¿Cree que una que se ha ganado la vida así puede encerrarse en un sitio como este? Mi suegra, y alguien más de la familia —dijo en voz algo más baja— se empeñaron en que haría un buen papel aquí. Y hasta ahora, bien o mal, lo ha hecho, pero tarde o temprano iba a desaparecer, eso estaba más claro que el agua.

—¿Y sabe dónde ha ido? —se arriesgó a preguntar Simonetta.

—Habrá vuelto al puticlub. Allí ganaba cinco o seis veces más que aquí.

Se oyó el motor de un vehículo y detrás de la nave apareció una furgoneta pequeña que salió de la finca con un toque de claxon para despedirse de Petra.

—Ya han acabado —dijo, refiriéndose a los ocupantes—. Me voy a cerrarlo todo. Mañana más. —Se despidió de Simonetta y desapareció por la puerta de acceso a la tienda.

Después de un día tan complejo, al salir de la Torre Tudurí se le vino encima el cansancio de toda la jornada, sobre todo el mental. Había experimentado en poco más de doce horas demasiados vuelcos emocionales: el payés atropellado por su tractor, Pau abandonando sus estudios de forma precipitada sin que la muerte de su padre fuera la causa de aquella huida, y ahora la constatación de que Consuelo Tudurí sabía más de lo que había manifestado al ver la foto de su juventud. ¡Ah! Y la presentación de Bernabé, el marido de la mujer que, en su día, convivió con el pescador. Necesitaba descansar para poner en orden aquella maraña de informaciones y sobresaltos.

Pensó en Bernabé. No era de extrañar su historial de conquistador porque era un hombre realmente atractivo. ¿Habría tenido algo con Rodica? Por su forma de intervenir cuando Simonetta la mencionó, eso le pareció a la doctora. Bernabé llevaba mucho tiempo sin aparecer por casa de sus padres y, desde que había vuelto a visitarlos, lo hacía de forma breve y en con tadas ocasiones, lo que ponía en duda que estuviera al tanto de todo lo concerniente a las condiciones laborales de Rodica. ¿No lo conocería de antes?

Cuando llegó al final del camino rural, a punto de tomar la carretera, se percató de que el todoterreno verde de Bernabé estaba aparcado en un ensanchamiento del camino. Aminoró todavía más la velocidad y, al pasar a su lado, miró sin disimulo hacia el asiento del conductor. Había una luz tenue en el interior y Bernabé estaba hablando por teléfono. Al llegar el Alfa Romeo a su altura, él se escurrió en el asiento como para ocultarse y apagó la luz. «Vaya estupidez», pensó Simonetta.

Cerca ya de Ciudadela le acudió a la mente la cena con Pau. Cada vez le resultaba más difícil compartir un rato con él. Con lo que ella detestaba la mentira, y su relación se estaba enrareciendo por la cantidad de medias verdades y también de francos embustes que la envolvían y que, de alguna manera, la ensombrecían. Lo peor era que la doctora sentía que era la única culpable de enturbiarla con sus tejemanejes, por muy loables que fueran sus intenciones. ¿Cómo iba a cenar frente a él e intimar al cabo de unos minutos sin contarle de dónde venía en realidad y cuál era el motivo? Estaba investigando y analizando la vida de Pau a sus espaldas, ¡e incluso la de su madre! Aquello se estaba convirtiendo en un asunto de locos. Pero, por otra parte, él también mentía a su manera... Debía abstraerse de la parafernalia de las investigaciones para disfrutar con él de otra magnífica velada, al menos esa noche.

Había comenzado a chispear de nuevo y decidió meter el coche en el garaje. Antes de salir, consultó el móvil. Tenía tres mensajes por leer. El primero era de Pau: «Ya lo tengo todo listo». El segundo se lo había mandado Séraphine: «*Chérie*, hemos adelantado la fecha de la grabación. Es este próximo sábado. Te reservo vuelo y hotel. No admito un "no"». Y el tercero pertenecía a Darío Ferrer: «Tengo noticias: esta mañana he vuelto a interrogar a Bernabé Dolz. Muy interesante. Llámame cuando puedas».

Simonetta respiró, apagó el teléfono y atravesó la calle bajo la lluvia al encuentro de su todavía amante.

27

POR FIN SALÍA el sol. A primera hora de la mañana, en las noticias de la radio ya habían adelantado que la gota fría de ese año era historia, que había entrado un anticiclón por las Azores y que, en cuanto alcanzara las Baleares, iban a disfrutar de un tiempo favorable. La doctora Brey estaba a punto de finalizar su jornada de trabajo. Ese día, para variar, no había tenido que atender a ningún paciente extra, fuera de los citados en su agenda habitual, y tampoco había recibido ningún aviso para visitar en su domicilio a algún enfermo que no se podía trasladar hasta Canal Salat. Había asistido a la sesión clínica semanal del centro, que ese día había impartido uno de los médicos residentes, y aún le había quedado tiempo durante el rato del descanso para poner al día a Sergi de todas sus pesquisas y averiguaciones.

—Y usted, doctora, ¿cuándo descansa? —le había preguntado su compañero.

—Para eso están las horas de sueño. Te aseguro que las aprovecho al máximo y de un tirón.

La noche anterior, durante la cena con Pau, se había sentido inquieta, no había conseguido su objetivo de abstraerse de las preocupaciones para centrarse tan solo en ellos dos. El pescador tampoco estaba del todo relajado. Bien por influencia de la actitud de Simonetta, bien por su propio estado de ánimo. Ella lo había notado tenso. Cenaron con un discreto halo de distancia y se despidieron de manera torpe, como si su relación todavía no se hubiera manifestado y el uno dudara de los sentimientos del otro antes de decidirse a declararlos por miedo a no ser correspondido. También le contó a Sergi aquello. Poco a poco se estaba convirtiendo no solo en su fiel lugarteniente, sino también en su amigo.

—Yo en las cosas del amor no quiero inmiscuirme porque entiendo muy poco —le había dicho con sensatez—, pero tengo muchas ganas de que todo esto se aclare de una vez y que vuelvan a ser los de antes, los de hace quince días. No me gusta verlos así. A mí también me preocupa Pau y cómo puede terminar este asunto. Por cierto, ¿sabe algo más de la autopsia de la noruega o de su historial clínico?

—Por ahora no, pero hace un rato he hablado con el comisario Ferrer y hemos quedado en vernos esta tarde. Va a ponerme al día de todas las indagaciones que está llevando a cabo la policía. Supongo que también del historial de Marianne Thorsen.

—Se me ocurre una idea que puede resultar interesante.

—Tú dirás.

—Como mañana tenemos la consulta por la tarde, ¿por qué no nos acercamos por la mañana hasta Es Grau? Primero pasamos por Mahón para entrevistarnos con el médico de Marianne y con el pediatra del niño. Es Grau no es un municipio, pertenece a Mahón y es allí donde tienen que acudir los pacientes. Recabamos toda la información posible sobre la familia, después, ya en Es Grau, echamos un vistazo al bar de Bernabé, y, para finalizar, visitamos a mi tía Adoración. Ella seguro que nos proporcionará noticias frescas de toda la familia.

A Simonetta le había parecido un buen plan. El chico iba aprendiendo.

Comió de forma precipitada porque había quedado con Darío a las cuatro y media —demasiado pronto—, sin caer en que el encuentro no iba a ser en Ciudadela, sino, como en otras ocasiones, en el bar de Ferreries que tan poco le agradaba. Iban a tiro hecho, por eso no puso ninguna objeción cuando el comisario se lo sugirió. Así no perdía el tiempo.

Aunque se dio mucha prisa, no logró llegar a la hora acordada. Salió de casa con el tiempo justo y tuvo que esperar unos minutos al poco de pasar la Naveta des Tudons; a una camioneta de reparto se le había abierto el portón de atrás y había perdido por la carretera una carga de sandías y melones, lo que había ocasionado un accidente entre una moto y un utilitario, que iban detrás. La Guardia Civil estaba ordenando el tráfico. No parecía haber ningún herido por allí que requiriese la intervención urgente de un médico.

Aparcó la Honda justo delante de la puerta para que Ferrer la viera pronto y no lanzara un exabrupto —interno o externo— por haber tenido que esperar algo más de diez minutos. Estaba sentado en la barra tomando un café. Nada más verla, se levantó y la saludó con dos besos. No parecía molesto por el retraso.

—Ya ves —le dijo, señalando las mesas—, todo está ocupado. Cada vez hay más jubilados jugando a las cartas.

—Es lo propio a estas horas —intervino Simonetta mientras se acomodaba en el taburete de al lado. Como no había sitio para dejar el casco, lo retuvo en las manos.

—Qué guapa estás, italiana, cuando te quitas el casco. Esa melena...

—Esta melena está bastante descuidada —repuso ella, intentando dejar el coqueteo a un lado—, no tengo tiempo ni de ir a la peluquería.

—No te hace falta.

—Claro que me hace falta. Además, me lo has recordado, debo pedir cita cuanto antes. Bueno… ¿Comenzamos la reunión? —propuso para que Darío no cayera de nuevo en el romanticismo al que tanto se estaba acostumbrando últimamente.

—Si no queda otra… —repuso Ferrer, encogiéndose de hombros.

—Has dado en el clavo. No queda otra.

—Está bien. Ayer volví a interrogar a Bernabé Dolz —dijo antes de pedir otro café para Simonetta.

—¿Y qué pasó?

—La cosa se pone fea para Pau Martí. —A Simonetta le dio un vuelco el corazón—. Es probable que la próxima semana tengamos que volver a citarlo para un interrogatorio más pormenorizado y sin vínculos de amistad que valgan.

Simonetta se mantuvo en silencio unos segundos.

—¿Puedes concretar más sobre el interrogatorio de Bernabé? —le preguntó al fin, disimulando su nerviosismo.

—Es un tipo complicado —contestó Ferrer antes de apurar lo que le quedaba del café. Después continuó—. No es fácil saber cómo le baila el agua, pero lo que evidenciamos con claridad es que no era el mismo del primer interrogatorio. Está bastante afectado, no sé si por las dos muertes tan cercanas, que ya habían sucedido el primer día, por la dureza de nuestras preguntas o por otra razón que desconocemos, pero nos pareció… más frágil.

—Yo lo vi ayer por la tarde en la masía familiar.

—¿Lo conocías de antes?

—No, su madre me lo presentó en ese momento.

—¿Y qué impresión te dio?

—Me cuadra lo que cuentan de él sobre lo mucho que gusta a las mujeres.

—¿Y algo más?

—Estaba inquieto, algo se había metido, o al menos esa fue mi impresión. Coca, *speed*… lo que fuera

—Durante el interrogatorio —prosiguió el comisario—, hablamos sobre el chantaje a Martí. El primer día lo negó, pero ayer admitió que Marianne lo extorsionaba.

—¿En los mismos términos que contó Pau?

—No, no. No se trataba de un seudochantaje por caridad, había algo más consistente. Y, además, siempre según su versión, él no estaba de acuerdo.

—Entonces, ¿el chantaje era idea de Marianne? —preguntó Simonetta, sorprendida—. ¿Y tú te lo has creído?

—Yo no he dicho que me lo haya creído, solo que esa fue su versión.

—¿Y de qué iba el chantaje?

—Dijo cosas incongruentes y poco verosímiles, tengo que admitirlo —confesó Darío antes de pedir otro café—. Algo así como que todo partía de un secreto familiar que implicaba a Martí y que Marianne Thorsen conocía.

—¿Un secreto familiar?

—Sí, referente a la familia del pescador. Según Bernabé, algo que Martí no quiere que salga a la luz, algo antiguo que él mismo no conoce ni quiere conocer porque no le importa en absoluto. —Simonetta se puso en guardia.

—¿Mencionó a la madre de Pau como partícipe de ese secreto?

—No, creo que no —respondió Ferrer, haciendo memoria—, solo a la familia en general. ¿Por qué me lo preguntas? ¿Tiene su madre algo que ver en esto? —La doctora dudó si contárselo todo o seguir indagando por su cuenta.

—Pau nunca la nombra, por eso he pensado que quizá tenga algún motivo para no hacerlo.

—El hecho de que Bernabé confirme que había un chantaje a Martí de por medio —continuó el comisario— convierte a tu amigo en un poco más sospechoso, ¿no crees?

—¿Y no has pensado en que puede ser un subterfugio de Bernabé para que las sospechas no recaigan en él? —contraatacó la doctora.

—Sí, claro, pero los mensajes de teléfono entre Martí y la víctima confirman que había chantaje. Eso está más claro que el agua. Ahora bien, yo de Bernabé no me creo de la misa la mitad, por supuesto. Lo de los secretos familiares tiene pinta de ser una auténtica bola. Ese ha visto muchas películas de medio pelo. Pero no me preocupa demasiado. En el próximo interrogatorio a Martí se lo saco a la primera de cambio, te lo garantizo. Bernabé no mencionó en ningún momento al niño, a Aleksander, pero yo no tengo tan claro que Martí no sea el padre. En una de las visitas que Marianne le hizo al pescador después de haberlo abandonado, bien podrían haber tenido algo más que una conversación y que ella se quedara embarazada. Eso sí que sería una razón para extorsionarlo, contarle a Bernabé la verdad, con las consecuencias que podría tener. Te puedo confirmar que era muy posesivo con Marianne. Él mismo lo ha admitido. Y no solo con ella, sino con todas las mujeres con las que ha estado. Nos confesó sin demasiada insistencia que no le hacía gracia la extorsión a Pau porque temía que con esos inevitables acercamientos volvieran a iniciar una relación de pareja. A él no le gustaba que su mujer anduviera por ahí con otros.

—¿Y eso no lo convierte en sospechoso? Los celos son uno de los motivos por los que se asesina.

—¿De verdad? No lo sabía —intervino Ferrer, irónico—. Y, ahora que lo mencionas..., el celoso también podría ser Martí. Al fin y al cabo, la que rompió la relación que mantenían era Marianne. ¿No estaría celoso porque lo había abandonado por Bernabé? —La doctora no sabía si lo estaba diciendo en serio o en broma, pero sintió un terrible cansancio interior—. Perdona, italiana —añadió Ferrer al ver lo que le estaba afectando todo aquello a Simonetta—. En fin, tú has querido seguir implicándote en este caso, pero debo reconocer que en ocasiones como esta me siento culpable de haberte permitido hacerlo.

Simonetta miró hacia otro lado.

—¿Algo más que añadir? —preguntó, sobreponiéndose.

—Respecto al interrogatorio de Bernabé, sí, dos cosas más. La primera es que también nombró a su propio padre cuando contó aquel rollo del secreto familiar. Dijo algo así como que ha sido una buena pieza. No entiendo qué puede tener que ver. Te lo comento porque tú lo conoces y quizá puedas sacar alguna conclusión.

—¿Y la segunda?

—La segunda es que Bernabé sospecha de Pau. No sabe cómo, pero está convencido de que tiene algo que ver en la muerte de Marianne. Todo ligado a la extorsión. Dice que los últimos días antes de morir estaba extraña, nerviosa, y que se intercambiaba muchos mensajes con Martí.

—¿Habéis investigado al entorno de la pareja?

—Por supuesto, estamos en ello, y seguimos. Por ahora no hemos hallado nada consistente. Bernabé tiene enemigos, como era de esperar, pero para llegar al punto de asesinar creemos que no. Al menos en el mundillo local de la droga, que es en el que él se maneja. Y cuando digo local me refiero al de la isla. Hemos hablado con nuestros contactos y confidentes, y todos coinciden en una cosa: si alguno de ellos deseaba hacer daño a Bernabé, no se hubiera cebado en su mujer, y mucho menos en su hijo. Por cierto —añadió el comisario—, hemos solicitado el historial médico de Atención Primaria de las dos víctimas. Parece ser que mañana los tendremos.

—Precisamente mañana tengo pensado ir a hablar con su médico de familia, si me das la autorización —le comunicó Simonetta sin añadir que iría con su enfermero.

—Me parece buena idea. Puedes decir que vas de mi parte, con mi conocimiento, así no tendrás ningún problema. ¿Qué es lo que estás pensando? —le preguntó Ferrer, en vista de que la doctora parecía ensimismada.

—En que deberías investigar más a Bernabé. No me gusta.

—Vaya aseveración, italiana. ¿Crees que a mí sí?

—Creo que te has focalizado en Pau y has descartado a Bernabé demasiado pronto. No te has atrevido a reconocerlo delante de mí, pero esa es mi impresión.

—¡Pero qué suerte tiene ese Pau Martí, ostia! —exclamó Darío, contrariado.

—Haría lo mismo por ti —intervino Simonetta.

—¿Es eso verdad? —le preguntó el comisario mirándola fijamente.

—Por supuesto.

—Qué mujer —suspiró Darío.

—Cualquier otra haría lo mismo.

—Eso te lo crees tú —repuso Ferrer, sonriendo.

—Pero ¿por qué te obcecas tanto en apuntar hacia Pau? ¡Si no tienes ninguna prueba concluyente! Ni siquiera la causa de las muertes ni, por supuesto, el mecanismo de las mismas. Hay que averiguar mucho más de Bernabé Dolz. Mañana mismo espero recabar información en Es Grau sobre él y su entorno más próximo. Ayer no pude interrogar a su madre porque él estaba presente, pero volveré a la carga, si es preciso sincerándome sobre mi colaboración con la policía.

—¡Para el carro! —la interrumpió el comisario—. Una cosa es que investigues por tu cuenta y otra es que desveles nuestro trabajo en equipo. Por el momento esto tiene que quedar entre nosotros, pero me comprometo a vigilar de cerca a Bernabé. Si está implicado en la muerte de su mujer y de su hijo dará algún paso en falso, eso tenlo por seguro, y de allí iremos tirando del hilo. Ahora lo primordial por tu parte es averiguar de una vez por todas de qué murieron madre e hijo. Si, como suponemos, fallecieron de forma dolosa y, además, conocemos la causa, habremos allanado el terreno lo suficiente para localizar al culpable.

—O a los culpables —apostilló la doctora.

—Sí, claro, o a los culpables. Confío en que no te salgas del guion. Recuerda que, hoy por hoy, no tienes ninguna ligazón con la policía. Si alguno de mis compañeros descubre tu colaboración, o si te entrometes demasiado y llega a oídos de mis superiores, podrían relevarme del caso. Una cosa es que yo busque contactos y haga gestiones para lograr su resolución, y otra es que una persona ajena al cuerpo lleve la iniciativa. Podría irse todo al traste.

—De acuerdo —aceptó Simonetta a regañadientes sin demasiada convicción.

—Y prepárate para todo, incluso para encontrar indicios que impliquen a Martí, por si acaso... Metes la mano en el fuego por él, pero torres más altas han caído. No me gustaría que te quemaras, italiana. —Ahora la doctora fue la que suspiró—. Por tu bien —continuó Ferrer—, pagaría por que Bernabé estuviera en el ajo, te lo aseguro. —En ese momento le sonó el móvil. Consultó la hora en su reloj de muñeca—. Será Mercedes —dijo mientras sacaba el teléfono del bolsillo del pantalón—. Ah, no, es de la comisaría. ¿Diga? Salgo fuera, aquí no oigo bien —le dijo a la doctora.

En el bar cada vez había más bullicio. Simonetta, aprovechando la ausencia de Darío, comenzó a trazar el plan para el día siguiente. Intentaría localizar a Bernabé en Es Grau, bien en el local que regentaba, en su casa o donde se encontrase, y, con la excusa de hablar sobre la muerte de Marianne y de explicarle que ella misma había tenido que certificar su defunción, lo interrogaría con disimulo. No había terminado de decidirse por las preguntas que iba a formularle cuando Ferrer entró de nuevo.

—Italiana —le dijo un tanto azorado—, olvídate de Bernabé como sospechoso. —Simonetta se puso en guardia—. Acaba de ingresar en la UCI.

—¿Qué me dices? ¡Si ayer mismo estaba bien!

—Pues hoy no lo está.

—¿Te han dado algún otro dato?

—Anoche debió de llamar al 112 desde su coche porque se encontraba mal. Tuvo que ir una ambulancia a recogerlo a una pista rural del término de Ciudadela. Ha pasado la noche en observación, en Urgencias del Mateu Orfila, y hace una hora ha empeorado y ha ingresado en Cuidados Intensivos. No me han dicho más.

Simonetta palideció.

—Ayer a última hora de la tarde —recordó en voz alta—, ya era prácticamente de noche cuando abandoné la Torre Tudurí después de hablar con Consuelo. Vi a Bernabé en su todoterreno aparcado en el camino, antes de llegar a la carretera. Incluso recuerdo que estaba hablando por teléfono. ¿Llamaría entonces a Emergencias?

—Es posible. Cuadra con la información que acabo de recibir.

—Madre mía… Un asesinato más, al menos un intento.

—¿Piensas que tiene relación con las otras muertes?

—¿Tú no? —Darío no contestó—. ¿Por qué me miras así? ¿Quieres decir que Pau vuelve a ser el principal sospechoso?

28

Por fortuna, Darío Ferrer tenía prisa y se despidió al poco de recibir la llamada de comisaría. Quedaron en comunicarse al día siguiente, después de la visita de Simonetta a Es Grau, cuando el comisario dispusiera de más datos acerca del estado de salud de Bernabé. Era una lástima que no se pudiera transitar a más de noventa kilómetros por hora, porque Simonetta, azuzada por los comentarios de su otrora compañero y por la información que le había proporcionado acerca del chantaje de Marianne Thorsen a Pau, hubiera deseado volar o, mejor, autotransportarse en el acto hasta la Torre Tudurí para interrogar de verdad a la matriarca de la familia. Ella sí ocultaba algo, ahora se daba cuenta.

La carretera que conducía a Ciudadela ya estaba libre de sandías y melones, y no quedaba rastro de los agentes de la Benemérita. Cuando tomó el camino principal que partía hacia la masía, se fijó en el lugar donde había visto por última vez el vehículo de Bernabé. Ya no estaba allí, pero pudo distinguir todavía las huellas de las ruedas. La tarde anterior, cuando lo había visto deslizándose en el asiento del conductor, ella interpretó ese gesto como un intento de ocultarse de quien pudiera andar por aquel lugar, tal vez de ella misma, y, sin embargo, lo más probable era que estuviera enfermo.

¿Y por qué? ¿Cuál era la causa de su padecer? ¿La misma que había acabado con la vida de su mujer y de su hijo? Tenía que descubrirlo. Era la única manera de aclarar aquella turbia historia que implicaba tan de cerca, y cada vez más, a Pau.

«Vermella menorquina.» El cartel que anunciaba la crianza de esa raza de vacuno en la Torre Tudurí aparecía más limpio que nunca después de las lluvias de los últimos días. El agua había erosionado todavía más los surcos del suelo, entorpeciendo en gran medida la entrada a la hacienda después de atravesar la verja. Simonetta temió que pudiera caerse porque, unida a la irregularidad de la pista, el agua que aún no se había absorbido había formado peligrosos charcos y había convertido en barro deslizante un trayecto ya bastante peliagudo de sortear en un día seco y soleado.

No derrapó ni patinó porque así lo quiso el cielo, pero el estrés que le supuso llegar a la pequeña explanada ubicada frente a la nave fue tal que acabó empapada en sudor, como si acabara de atravesar la meta de una contrarreloj subida a una bicicleta. También debió de tener que ver algo el cielo en el hecho de que los mastines estuvieran ladrando, pero atados a las argollas de sus respectivas casetas. De ese modo, Simonetta pudo aparcar la Honda con cierta tranquilidad. No estaba sola. Delante de la puerta de la tienda estaba estacionada una pequeña furgoneta con el logotipo de un restaurante de Mahón. Dos personas, un hombre y una mujer, introducían unas cajas a través del portón trasero del vehículo. El hombre iba vestido de calle; por su actitud, parecía ser el conductor, quizá el propietario del local donde se iban a ofrecer los productos de la hacienda. La mujer llevaba una bata blanca y un gorro, señal de que trabajaba en la fábrica de quesos.

Nada más bajar de la moto, la mujer se acercó a la doctora con semblante interrogativo. Simonetta la reconoció, era una de las operarias que le había mostrado cómo elaboraban el queso, la misma que la otra noche estaba hablando a solas con Bernabé. Antes de que pronunciara la primera palabra, Simonetta se le adelantó.

—Buenas tardes, vengo a ver a Consuelo. ¿Está en la masía?

—Sí —respondió la mujer sin más.

—Voy a acercarme —continuó la doctora—. ¿No está Petra en la tienda? —preguntó, extrañada de que no estuviera por allí.

—No, aquí no está. Ha ido a la casa.

—Adiós, Catalina —se despidió el hombre desde la furgoneta.

La mujer lo saludó con la mano y esperó a que saliera de la finca para entrar de nuevo en la nave.

Saber que Petra estaba en la masía la contrarió. Simonetta había previsto encontrarse a solas con la matriarca para poder interrogarla abiertamente sobre la verdad de la fotografía y de lo sucedido en su juventud. Pero estaba claro que Consuelo Tudurí estaba acompañada, y no solo por su nuera, sino también por el padre Eladio, que había aparcado su coche delante de la higuera. ¿Sería mejor hablar con ella en otra ocasión? Tras un titubeo que duró unos segundos, decidió tirar para adelante y probar suerte. El «no» lo tenía de antemano; si la ocasión no era la propicia, siempre podría volver en otro momento.

Mientras subía la pequeña cuesta que conducía a la centenaria vivienda familiar se dio cuenta de su propia inquietud. Con Bernabé Dolz en la UCI, desaparecía uno de los posibles sospechosos de la muerte de Marianne Thorsen y de su hijo. Ella, por lo pronto, carecía de fundamento alguno para incriminarlo, entre otras cosas porque todavía no sabía de qué ni cómo habían fallecido, pero tampoco para exculparlo. Y tanto su personalidad, su pasado y el mundo en el que se movía eran tres buenas razones para, como poco, tenerlo en cuenta a la hora de enumerar a los posibles sospechosos hasta ese momento. Con él en la UCI la cosa cambiaba. Era muy poco probable que Bernabé fuera el culpable y después se hubiera autoinfligido un daño similar al de sus dos familiares más próximos. No con ese tipo de muerte y, además, sin razón aparente. Descartados en principio sus colegas de trapicheo, como le había adelantado Ferrer, Pau, con los mensajes de móvil a sus espaldas, seguía perfilándose como el único sospechoso.

Detrás de la cortinilla metálica, la puerta principal de la masía parecía cerrada, pero nada más apoyarse en ella se abrió. Simonetta entró en el zaguán y desde allí oyó varias voces hablando en alto e interrumpiéndose en la zona de la cocina, lo que dificultaba la comprensión de lo que decían. Aguardó unos minutos aguzando el oído, pero antes de que sacara algo en claro, Petra apareció por el pasillo.

—¡Doctora! —exclamó al verla—. ¿Ya se ha enterado de lo que nos ha pasado? —dijo alterada y con los ojos encarnados de haber llorado—. ¿Sabe que mi cuñado está en la UCI? —Simonetta asintió. Iba a decirle que por eso estaba allí, pero la nuera de Consuelo Tudurí se le adelantó—. ¡Qué mal de ojo ha caído sobre esta familia! ¿Quién de nosotros será el siguiente? —gimió entre sollozos.

—¡Ya vale de tanto lloriquear! ¡Siempre estás con lo de la maldición! —la voz potente de su marido se acercaba desde el pasillo. Al ver a Simonetta ni se inmutó, como si no le sorprendiera su presencia—. ¿No se lo ha buscado él? ¿No sabes la vida que ha llevado siempre? Bastante suerte ha tenido de estar con salud hasta ahora con todo lo que se ha metido en el cuerpo. ¿Ha pensado él alguna vez en los demás? Pues basta de lamentos y de sugestionarte con tonterías.

En ese momento Consuelo Tudurí y el padre Eladio se aproximaron por el pasillo.

—Doctora… —dijo la mujer con extrañeza.

—Me he enterado de lo de Bernabé. —El sacerdote se adelantó y le tendió la mano a Simonetta.

—Tengo que irme, Consuelo. Dentro de media hora celebro la eucaristía. Llamaré mañana a primera hora para ver cómo ha pasado la noche. —Simonetta interpretó que se refería a Bernabé—. Si hay antes alguna novedad no dude en comunicármelo. De todos modos, sobre las diez vendré con la comunión.

—Muchas gracias, padre —intervino Consuelo—. No sabe lo que me reconforta su visita.

El clérigo se despidió de todos y salió de la casa. Consuelo, con un gesto, invitó a la doctora a entrar en la habitación de Laureano. Carles y Petra subieron por la escalera.

—Se van a Mahón —le explicó la mujer— a visitar a Bernabé. O, mejor dicho, a hablar en persona con los médicos. Hasta mañana no se le puede visitar. ¡Pobre hijo mío! —exclamó, echándose a llorar. Laureano también estaba triste, apenas miró a Simonetta. Permanecía con la cabeza baja y la vista fija en los pies.

—¿Les han explicado lo que ha ocurrido? —preguntó la doctora una vez que se hubieron sentado.

—No sé cómo ha podido suceder esto —respondió Consuelo—. Ayer mismo estaba bien, usted pudo comprobarlo. —Simonetta asintió—. Parece ser que nada más salir de nuestra propiedad comenzó a encontrarse mal, llamó a Emergencias y lo llevaron al hospital. Allí les contó que llevaba una temporada enfermo, con falta de apetito y dolores de tripa diarios. Además, notaba los pies dormidos y tenía muchos calambres en las piernas. A nosotros no nos había dicho nada. Ya en Urgencias, empezó con muchas dificultades para hablar, casi no podía articular palabra y, mientras estaban esperando el resultado de unas pruebas, perdió la conciencia y lo ingresaron en la UCI. No saben qué es lo que tiene. Nos han pedido que vayamos cuanto antes. Carles no me ha permitido que fuera yo, así que ahora mismo van a ir ellos para allá. —Poco a poco, daba la impresión de que la mujer se iba tranquilizando—. ¿Usted cree que es normal lo que está ocurriendo en nuestra familia?

—Por supuesto que no es normal. Primero la muerte de su nieto, después la de su nuera, y ahora la enfermedad repentina de su hijo. Soy la médico de su familia y me veo en la obligación de protegerlos. —Simonetta aguardó la reacción de la mujer. Como parecía entrar al trapo, prosiguió—: Y no hay mejor manera de hacerlo que descubrir la causa de la enfermedad que se ha llevado por delante a madre e hijo y está poniendo en peligro la vida de Bernabé.

—Tengo miedo, doctora —repuso Consuelo, cogiéndola de la mano—. Dígame que mi hijo no se va a morir.

—Voy a hacer todo lo posible para evitarlo, pero tendrá que ayudarme, necesito su colaboración.

—Ya la tiene. Usted dirá lo que tengo que hacer. —Simonetta titubeó. No sabía bien por dónde empezar. Al menos se habían quedado a solas y la Tudurí, después de la hosquedad que había manifestado la tarde anterior, había recuperado su talante habitual, respetuoso y afable. Decidió ir directa.

—¿Sabe que Marianne extorsionaba a Pau Martí?

—¿Marianne? —dijo, palideciendo—. ¿Qué quiere decir con extorsionar?

—Quiero decir que lo chantajeaba. Le pedía dinero a cambio de no desvelar cierta información sobre la familia de Pau. —La mujer miró de reojo a su marido, se dirigió a una de las ventanas, la más próxima a la peana donde estaba instalado el busto del Santo Cristo, y comenzó a acariciarle la cabeza de forma mecánica, nerviosa—. ¿Sabía usted algo de esto?

Al principio la mujer no contestó, pero su rostro se fue descomponiendo poco a poco. Finalmente, logró emitir un sonido apenas perceptible.

—No.

—¿Y si le digo que el chantaje estaba relacionado con la época en la que se tomó la fotografía que le mostré ayer? —Consuelo no respondió. Simonetta estaba a punto de empezar a perder la paciencia, aunque, por fortuna, distraída por el propio azoramiento, la matriarca de los Dolz Tudurí no le había preguntado la razón por la que la doctora había llegado a esa conclusión—. Esto que estamos tratando es algo muy serio, Consuelo, muy serio y muy grave. Estamos hablando de la muerte de dos personas y de la repentina enfermedad de una tercera. Yo puedo intervenir para que su hijo se cure, pero va a ser una tarea imposible sin poner luz a todo lo que lo rodeaba. Hay que empezar de cero. Tenemos que averiguar si alguna persona le deseaba algún mal, a él o a su familia, y por eso hemos de desentrañar ese asunto del chantaje.

—¿Es usted de la policía? —preguntó la mujer, asustada.

«Al fin reacciona», pensó Simonetta.

—No, no soy de la policía, pero debo confesarle que fui yo, en calidad de médico de guardia, quien certificó la muerte de su nuera, de Marianne. Por eso quiero saber la verdad de todo, quién o quiénes están detrás de esto. Debe contarme lo que sepa sobre la fotografía y la relación entre Irma y Élida.

—¡Pero eso no tiene nada que ver con la enfermedad de mi hijo! ¡Ni con las muertes de su mujer y de mi nieto! —saltó, casi con furia.

—¡Eso usted no lo sabe! —le replicó Simonetta en voz alta para que la otra comprobara que no la iba a amilanar. Consuelo evitó su mirada y dirigió la vista al otro extremo de la habitación. Hervía por dentro. Su palidez había mutado en sofoco y los dientes le rechinaban.

—Claro que lo sé —dijo, casi sin abrir la boca. Como no continuaba, Simonetta siguió presionándola, pero ahora sin interrogarla, solo mirándola sin pestañear—. Aquello ocurrió hace lustros, Bernabé ni había nacido, las dos cosas no tienen ninguna relación. ¿A qué viene volver a recordar unos hechos del pasado? —acabó por manifestar en tono agrio.

—Viene a que yo quiero enterarme —le contestó Simonetta firme, pero intentando no caer en la hostilidad.

—De mi boca no va a ser.

—De acuerdo —dijo Simonetta retándola mientras se acercaba adonde estaba Consuelo—. Entonces olvídese de su hijo. Nadie va a relacionar su situación médica con la muerte de su mujer y del niño, yo soy la única persona que ha pensado en ello, nadie más va a poder salvarlo.

Nada más pronunciar la última frase, Simonetta se percató de que la rígida coraza que Consuelo había construido minutos antes ahora comenzaba a resquebrajarse. Volvieron a nublársele los ojos y la rigidez de su rictus comenzó a tornarse en desesperación. Miró de soslayo a su marido y la doctora hizo lo mismo. Laureano, con el rostro desencajado y la mirada húmeda, cerró los párpados, dando su consentimiento.

—Está bien —dijo Consuelo—, que sea lo que Dios quiera. Voy a llamar a Catalina para que se quede un rato con mi marido. Es mejor que lo que haya que hablar lo hablemos a solas.

La mujer cogió el teléfono, habló con la operaria y, al cabo de unos minutos, esta apareció en la habitación. Se había quitado el gorro y la bata, y tenía mejor aspecto.

—Usted dirá, Consuelo.

—La doctora y yo tenemos un asunto que tratar. Mientras tanto, quiero que te quedes aquí con Laureano por si necesita algo. Ya sabes que a estas horas siempre se pone un poco raro.

—Pero... —balbuceó Catalina, algo nerviosa. Simonetta pensó que no estaba acostumbrada a cuidar de un enfermo.

—Anda, tápalo, no pasa nada por un momento. Confiemos en que el Señor no te lo tenga en cuenta. —Simonetta no sabía a qué se refería la matriarca, puesto que su marido, sentado en el sillón reclinable, permanecía cubierto por una manta desde los pies hasta el pecho. Ni corta ni perezosa, la joven cogió otra manta fina que estaba doblada sobre la cama y cubrió la imagen del Cristo que, como siempre, presidía la habitación.

—Son manías —le explicó Consuelo al salir del cuarto—. ¿Usted se puede creer que, después de tantos años trabajando con nosotros, Catalina aún no se ha acostumbrado a la imagen de Nuestro Señor? Dice que le da «cosa». ¿Qué es eso de «cosa»? ¿Cómo puede darle «cosa» el busto del Salvador? ¿Ha visto usted algo igual? Es como menospreciarlo, es un insulto a nuestra religión. Ya ve usted por lo que tengo que pasar, lo que tengo que tragar por las tonterías de la gente de hoy en día. Que le da «cosa». —Simonetta no quiso entrar al trapo, porque a ella también le había dado «cosa» el primer día que lo vio. Por fortuna, la «cosa» había evolucionado y se había transformado en indiferencia. Eso sí, cubierto por la manta, el busto más que «cosa», transmitía inquietud—. Sígame, estaremos mejor en la cocina —le dijo después de dejar el cuarto. La doctora obedeció. Una vez allí, la mujer encendió la cocinilla y, sobre uno de los fogones, colocó una cacerola que ya estaba preparada sobre la encimera—. Yo todavía cocino con butano —le explicó con evidente nerviosismo—, no hay nada como esto. Debo calentarle la cena a mi marido. Ahora estoy yo sola para todo.

Tras una indicación de la mujer, se sentaron a la mesa, una frente a la otra. Estaba cubierta con el mismo hule del día en que compartieron un café. Parecía limpio, pero Simonetta, al apoyar las manos, lo notó algo untuoso y las retiró con disimulo. Una vez acomodadas, Consuelo tomó la palabra.

—Usted dirá —dijo, intentado reflejar serenidad.

—Necesito que me cuente qué ocurrió el verano de la fotografía. Cuanto antes me relate el secreto que desde entonces envolvió su relación con Irma y Élida, antes me iré de aquí.

—Y ayudará a mi hijo.

—Por supuesto. Eso allanará el camino para saber qué es lo que le sucede.

—Éramos muy jóvenes —comenzó la mujer, que evitaba la mirada de la doctora—. Ya le expliqué la amistad que teníamos Irma y yo antes de que Élida apareciera en la escuela, y también cómo se entrometió en nuestra relación de amigas. En un principio, esa circunstancia no nos separó a Irma y a mí, sino que, en vez de dos amigas, éramos tres. Aquel verano, como siempre había sucedido, los feriantes llegaron a Ciudadela días antes de que comenzaran las fiestas de San Juan. Los niños y los jóvenes, en cuanto se corría la voz de que estaban instalando las casetas y las atracciones, se acercaban para ver lo que se cocía por allí, impacientes por participar de la alegría y el jolgorio que se avecinaban. Y también nosotras. Allí es cuando Irma, que era muy resultona, conoció al feriante. —Consuelo calló un momento, como si estuviera cargándose de fuerza para proseguir—. Él era un chico no demasiado guapo, pero con muy buena planta. Aparentaba ser gitano, aunque nunca lo supimos con certeza. Se acercó a nosotras, nos preguntó si llevábamos fuego mientras nos enseñaba un cigarrillo, y simplemente le respondimos que no. Era una pregunta tonta que podría haberle hecho a cualquiera que pasara por allí, pero él supo a quién se la hacía. Después de nuestra respuesta, cruzó su mirada con la de Irma, yo me percaté y ahí empezó todo. —Simonetta escuchaba mientras se lamentaba, una vez más, de no tener una grabadora o un papel a mano para guardar como un tesoro toda esa información—. Al día siguiente, Irma insistió en volver y él apareció de nuevo a nuestro encuentro. A mí no me gustó nada desde el primer momento en que nos topamos con él, pero a las otras dos les hacía gracia. Comenzó contando chistes algo subidos de tono que las hacían reír y terminó invitándolas a la atracción en la que trabajaba, una gran barca que subía y bajaba de proa a popa movida por un sistema de cuerdas y polea. Él era quien tiraba de la cuerda. Desde el primer día en que se puso en marcha, Irma y Élida querían volver a estar con el feriante y a subir en la barca. A mí no me gustaba. Me quedaba abajo y observaba cómo el chico miraba a Irma, y ella a él. Nada bueno podía salir de allí. La primera noche de las fiestas, cuando las otros dos se despidieron de él porque teníamos que regresar a casa, el feriante le dijo algo a Irma al oído que la hizo sonrojarse.

»Al día siguiente Irma se empeñó en volver. Élida, que no era tonta, intentó disuadirla diciendo que íbamos a ser inoportunas, pero no lo consiguió. De nuevo hablaron brevemente entre ellos y, al final de tarde, Irma nos confesó que habían quedado para tomar un refresco cuando cerraran la feria, pasada la medianoche. Como nosotros vivíamos aquí, en la masía, mis padres me permitían pasar la noche con unos parientes en su casa de la plaça Nova cuando había fiesta. Élida y yo nos fuimos a casa en cuanto dieron las doce, hora a la que también paraba la actividad de las ferias. Yo no dormí en toda la noche. Era la primera vez que una de nosotras intimaba hasta ese punto con un chico. Además, tengo que reconocerlo, sentía un poco de rabia. ¿No era suficiente que Élida se hubiera interpuesto entre Irma y yo que ahora también entraba en juego otra persona más? Me sentí muy sola.

»A la mañana siguiente habíamos quedado las tres para asistir a la misa de la catedral. En aquel tiempo todo el mundo se engalanaba para un momento así. Irma acudió más guapa que nunca y con una sonrisa que le iluminaba el rostro. Nada más verme, se acercó a mí y me dijo en voz baja: «Estoy enamorada». Poco después Élida se sentó en el banco donde estábamos y debió de decirle lo mismo a ella, porque puso cara de preocupación. Cuando salimos oí que le preguntaba si se había planteado lo que opinarían sus padres de esa relación. Irma hizo un gesto despectivo, poco habitual en ella, insinuando que no le importaba la opinión de sus progenitores. Eso era algo nuevo, pues en realidad era una muchacha obediente. Nada más poner el pie en la calle, Élida la interrogó para que nos relatara con pelos y señales todo lo que había pasado entre ella y el feriante la noche anterior, y si pensaba seguir con aquella historia romántica.

»De la plaça de la Catedral nos dirigimos a la plaça dels Pins y nos sentamos en uno de los bancos, apartadas de la gente. Irma, al principio algo cohibida y luego con desinhibición, fue contándonos los pormenores de su encuentro nocturno, el primero que una de nosotras había tenido con un muchacho. Él la había acompañado hasta su casa, la misma que Pau Martí le ha alquilado a usted. Allí vivía la familia durante el verano, mientras que el resto del año lo pasaban en un antiguo caserón que poseían en el centro de Ciudadela. —Consuelo hizo un inciso para echar un vistazo a la cacerola que había colocado en el fuego. Removió el contenido con una cuchara y bajó la intensidad de la llama—. Parece ser que durante el camino hasta la villa —prosiguió, sentándose de nuevo—, él la cogió de la mano y poco a poco se fue aproximando a ella hasta que terminaron abrazados. Semejante intimidad era un auténtico atrevimiento, sobre todo en una primera cita con un desconocido. Élida y yo la escuchábamos sin abrir la boca, temiendo que, si le recriminábamos su actitud, decidiera tenernos a dos velas del resto. Como él deseaba algo más, incluso intentó convencerla de que le dejara pasar al jardín de la villa para sentarse en un banco de madera que había junto a la puerta, pero Irma no lo consintió por miedo a que sus padres los oyeran. Ante la insistencia del feriante, se le ocurrió invitarle la noche siguiente a la misma hora a una caseta de pescadores en la cala Santandria, propiedad también de la familia que apenas visitaban, donde su padre guardaba bártulos de pesca, de caza y algunas herramientas. El muchacho, por descontado, aceptó. Irma le explicó cómo encontrarla y se despidieron declarándose amor eterno. —Consuelo contaba lo sucedido seria, algo contrariada, pero dotando de verosimilitud al relato. Simonetta estaba sobrecogida por el rostro adusto de la mujer, y la implicación en la historia de los personajes de la fotografía y de algunos escenarios que tan bien conocía—. Ni qué decir tiene —continuó— que Irma vivía aquello de una manera apasionada. Cuando concluyó, ni Élida ni yo nos atrevimos, por el momento, a decir palabra. Al percatarse de que no compartíamos con ella su alegría, su semblante cambió y no pudo evitar preguntarnos por la razón de nuestra frialdad. Las dos fuimos sinceras con ella, advirtiéndola del peligro que corría, del riesgo que suponía encontrarse a altas horas de noche con un muchacho desconocido en un lugar tan alejado.

—Espera a conocerlo mejor —la había aconsejado Élida con sensatez.

—Pero en cuatro días se irá —se había lamentado Irma.

—Si de verdad te quiere, sabrá esperar —le dije yo, imitando lo que nos decían las monjas, nuestras madres y las películas españolas que veíamos los domingos en el cine.

—Y ahora, ¿qué hago?, ¿cómo le digo que no vaya a la caseta de la cala?

Consuelo volvió por un instante al presente.

—Se aproximaba la hora de comer y no le daba tiempo a pasarse donde estaba instalada la feria.

—Iremos esta tarde —había sugerido Élida.

—Esta tarde no voy a poder salir de casa —se lamentó Irma.

—Entonces —propuse— con que no acudas a la caseta será suficiente. Cuando él llegue se dará cuenta de que no estás y adivinará que no has querido encontrarte con él a solas. Mañana vamos a la feria y le pones cualquier excusa para justificar el plantón.

»Irma no se acababa de decidir porque pensaba que el feriante, al no encontrarla en la caseta de pescadores, se acercaría a la villa, que no estaba muy alejada de allí, para intentar localizarla y pedirle explicaciones.

—No me puedo arriesgar. Si llama a casa y pregunta por mí, mis padres no me dejarán pisar la calle hasta que las fiestas hayan acabado.

—Entonces —la interrumpió Élida—, se me ocurre otra solución. Como Solín y yo no tenemos prisa, nos pasamos ahora por la feria a ver si lo vemos. Le decimos que estás enferma y que no vas a poder quedar hoy con él. Si no lo localizamos, acudes esta noche a la caseta, pero nosotras te acompañamos.

—Me parece buena idea —determinó Irma después de pensarlo durante unos minutos—, puede ser una solución.

»A mí no me apetecía nada interpretar toda esa comedia, la verdad —continuó Consuelo contándole a Simonetta—, pero para que no me tildaran de aguafiestas, o sencillamente de rara, acompañé a Élida a buscar al feriante. Dimos vueltas de aquí para allá, pero no lo encontramos. Al final, Élida se atrevió a dirigirse a dos hombres. Los dos conocían al feriante, pero ninguno sabía dónde se encontraba en ese momento.

—¿Podrían darle una nota? —les preguntó.

—Claro que sí.

»Élida sacó del bolso una pequeña libreta y un lapicero que llevaba siempre consigo, escribió unas frases apoyada en el mismo bolso y les entregó la hoja. Le pregunté a Élida qué le había escrito en la nota y si había firmado ella misma o con el nombre de nuestra amiga. «He firmado yo porque soy yo quien la ha escrito. Simplemente le he dicho que Irma no quería que acudiera a la casa de pescadores esta noche, que no insistiera, que no estaba bien que se vieran a solas.» Yo no tenía claro aquello de acompañarla y no tenía ninguna intención de hacer de carabina mientras ellos pelaban la pava, o a saber qué cosas más, dentro de la caseta. Le dije a Élida que a esas horas no me permitían estar fuera de casa y ahí acabó mi participación en esa historia. No supe más de lo que ocurrió, ni si ellas acudieron a la cita, si lo hizo el feriante o si ninguno lo hizo. Lo que sí es cierto es que, a partir de ese día, ni Irma ni Élida fueron las mismas. No las volví a ver en los días que quedaban de fiestas, y luego me enteré de que Irma se había ido a pasar el resto del verano a Mallorca. Después se distanciaron de mí, iban juntas a todas partes sin relacionarse apenas con otras chicas. Ya le he contado todo lo que yo sé. —La mujer se levantó y apagó el fuego—. Ahora, doctora, comprenderá que debo servirle la cena a mi marido.

—Vamos a ver —intervino Simonetta sin moverse de la silla, como si no hubiera oído la última frase de Consuelo—. ¿Quiere usted decir que todo ese secretismo, ese deseo de ocultar lo que sucedió en las fiestas, se debe a una simple historia de amoríos entre adolescentes? ¿Y espera que me lo crea? ¿Así de ingenua piensa que soy?

—Yo le he contado lo que sé. El resto lo sabían ellas, y se da la circunstancia de que, en este momento, están muertas.

—Estoy enterada. Precisamente esa es la razón por la que usted debe contármelo todo —le replicó la doctora, impaciente por terminar de una vez por todas con aquella historia—. Si realmente quiere que intervenga para intentar salvar la vida de su hijo —concluyó, elevando el tono de voz. Le daba la impresión de que la Tudurí estaba jugando con ella.

—Ya le he dicho que una cosa no tiene nada que ver con la otra —insistió la mujer, firme.

—De acuerdo, es posible que los dos asuntos no tengan nada que ver, pero es el precio que yo le pongo: me cuenta lo que sabe o su hijo tiene muy pocas probabilidades de sobrevivir —concluyó la doctora con toda la dureza de la que fue capaz.

Consuelo intentaba mantener la compostura, erguida, con los músculos del cuello en tensión. Sin embargo, como el muñeco de nieve que parece inalterable pero tras unos minutos de exposición al sol comienza a licuarse, al principio con lentitud, para convertirse en segundos en un simple charco de agua, así la matriarca de aquella familia, que ocultaba más que mostraba, fue perdiendo su altivez. El espacio de tiempo fue bastante más breve del que Simonetta se esperaba, a la vista de cómo se había desarrollado la conversación. Se sentó de nuevo frente a la doctora y, con la mirada fija en la mesa, continuó con su relato.

—Muchos años después de lo que le he contado, ya estaba casada con Laureano, que había ascendido a jefe de la Policía Local, recibimos una llamada mientras cenábamos. Ya había acabado el verano y llevábamos varios días con unas lluvias intensas. Laureano debía acudir sin dilación a la cala Santandria. La *rissaga* y la lluvia habían destruido parte de una caseta donde los pescadores solían guardar sus aparejos y, entre los escombros, había aparecido un cadáver. Con esa información, los dos creímos que se trataba de un herido víctima de los cascotes, pero no fue así. Cuando Laureano regresó, ya de madrugada, me despertó para contármelo todo. Alertados por un vecino del desplome de la vivienda, los agentes habían acudido para comprobar que no hubiera nadie dentro cuando ocurrió el accidente. Su sorpresa fue mayúscula al encontrar un cuerpo con aspecto de llevar muerto muchos años, atrapado en la pequeña chimenea de la casa. Tuvieron dificultad para extraerlo y una vez lo lograron, se percataron de que no se había descompuesto, sino que tenía un aspecto siniestro, como si todavía tuviera algún rastro de vida, como embalsamado.

»Tras la impresión inicial, mi marido les ordenó llamar al médico forense y al juez y, en el momento en que se quedó a solas con el cadáver, se le ocurrió revisarle los bolsillos del pantalón. En uno de ellos llevaba un billete de cien pesetas, y en el otro una nota escrita a mano firmada por Élida. Se quedó de piedra. Solo había una Élida en Ciudadela y probablemente en Menorca, y él la conocía porque aquí nos conocemos todos y porque yo, en alguna ocasión, le había hablado de mi relación de amistad con ella y con Irma. También había sido muy sonada la herencia que le había dejado su amiga no hacía mucho tiempo, y todos nos enteramos de la muerte de su marido poco después. Para no implicarla en el caso, Laureano guardó la nota y no se la enseñó a nadie hasta que volvió a casa. En cuanto la vi me dio un vuelco el corazón. Lo interrogué sobre qué caseta era la que el agua había demolido y sus indicaciones me confirmaron que era la de la familia de Irma. El pasado se me echó encima de repente como una ola gigantesca. Esa era la nota que Élida escribió el día que fuimos a decirle al feriante que no acudiera a su cita nocturna con nuestra amiga. Y precisamente esa palabra, «amiga», era la que figuraba en la nota, no el nombre de Irma.

> Mi amiga no quiere verse a solas contigo esta noche en la cala Santandria. Será mejor que no acudas a la cita.
> Élida

»En cuanto la leí, todo tipo de conjeturas acudieron a mi cabeza. Puse a mi marido al corriente del origen de aquella nota, pero le pedí que no removiera aquello, tan lejano en el tiempo. Por supuesto, no me hizo caso. Desde que entró a formar parte de la Policía Local se había convertido en una persona arrogante y, al conseguir la jefatura, todavía más. No se le podía sugerir nada, él iba por libre. A mis espaldas, citó a Élida en su despacho y le mostró la nota. Yo me enteré de todo esto mucho después. El día anterior, Laureano había recibido el resultado de la autopsia: se trataba de un hombre joven fallecido en circunstancias que no quedaban claras unos treinta y cinco o cuarenta años antes, y al que se le habían encontrado unos cuantos perdigones en las extremidades inferiores y en el abdomen. Ante toda esa información, Élida se derrumbó. Laureano le dio su palabra de no sacar a la luz la nota, siempre y cuando ella le contase la verdad de lo que había sucedido. Y se lo contó.

»Aquella noche, Irma y Élida acudieron a la caseta. Irma tenía ganas de encontrarse con el feriante, pero aceptó la compañía de su amiga. Estaba segura de que, a pesar de la nota que Élida le había hecho llegar, él acudiría a la cita. Y así sucedió. Un poco más tarde de la hora acordada oyeron voces en el exterior. Ellas esperaban dentro con la puerta cerrada para evitar que alguien las pudiera ver y fuese con el cuento al padre de Irma, entonces alcalde de Ciudadela. Irma iba a salir cuando Élida la detuvo, dudando si la voz pertenecía al chico que esperaban. Pronto la reconocieron. Llamaba a Irma porque no estaba seguro de cuál era la caseta en la que habían quedado. Pero su voz no era la misma de los días anteriores. Esta denotaba que iba bebido y las dos amigas se asustaron. Cerraron la puerta con llave por dentro y aguardaron a ver lo que sucedía. Ante los gritos cada vez más insistentes del feriante, Irma se acercó a un ventanuco pequeño que había y en voz alta le dijo que se fuera, que ya se encontrarían en otra ocasión. En cuanto la oyó y localizó la caseta, empezó a insistir a voz en grito y a mostrarse algo violento. Sin saber qué hacer, ellas a su vez gritaban para disuadirle de su intención de entrar, y con cada mensaje de las amigas, se mostraba más irritable y nervioso. Llegó un momento en que dejaron de oírlo y se tranquilizaron, creyendo que por fin se había ido, pero de pronto una voz atronadora surgió del hueco de la chimenea, el único lugar por donde se podía acceder a la caseta con la puerta atrancada. El feriante las insultó, las amenazó con abusar de ellas una vez dentro y todo tipo de barbaridades. Estaban aterrorizadas. Entonces a Irma se le ocurrió una idea, la única que podía liberarlas de aquel salvaje. Cogió una de las escopetas que su padre guardaba en un armario, la cargó y aguardó.

»Oyeron cómo el feriante se introducía por la chimenea, cómo blasfemaba por lo estrecha que era, cómo maldecía el día en que las había conocido, cómo volvía a blasfemar porque se había quedado atrapado, cómo profería monstruosidades sobre lo que iba a hacer con ellas en el momento en que pusiera el pie en el suelo de la caseta… Irma, espantada, apuntó con el cañón de la escopeta al hueco de la chimenea y disparó. El grito del feriante fue estremecedor. «¡Putas, putas!», exclamó después, rabioso. Sin pensarlo más, las dos abrieron la puerta y salieron de la caseta. Irma, temerosa de que pudiera seguirlas y alcanzarlas, la cerró con llave desde fuera. Antes había tenido la precaución de meter de nuevo la escopeta en el armario. Y corrieron como locas cada una a su casa, sin decir palabra a nadie, asustadas por lo que habían hecho y por no poder justificar aquella cita tan imprudente y, para aquellos tiempos, tan falta de moral.

»Ni qué decir tiene que no pegaron ojo en toda la noche. Al día siguiente, Élida se acercó a casa de su amiga. No sabían qué hacer. Continuaban atemorizadas, tanto por las consecuencias de su acción como por el temor de que, con sus gritos, alguien hubiera entrado en la caseta, lo hubiera liberado y él las denunciara a la Guardia Civil. Imaginaron rechazo familiar, aislamiento social, cárcel… Estuvieron a punto de acudir de nuevo a la caseta para averiguar si el joven, como creían, había escapado de allí pidiendo ayuda a través del ventanuco a algún pescador que pasara cerca, pero finalmente les pudo el miedo y decidieron no volver. Días más tarde, cuando las fiestas ya habían finalizado y las ferias ya habían partido de Ciudadela, salió en la prensa una noticia referente a la desaparición de un feriante. Élida la leyó y guardó el periódico. Cuando su amiga regresó de Mallorca, al final del verano, se lo enseñó. Durante el otoño su padre comenzaba la temporada de caza y temió que fuera cualquier día a la caseta. Irma estaba convencida de que había matado al joven con el disparo de la escopeta y de que su cuerpo se encontraba en el suelo, debajo de la chimenea. Las dos amigas lo hablaron y decidieron acercarse sin decirle nada a nadie por si veían algo. Pero no encontraron nada, la caseta permanecía tal y como la habían dejado la noche de los hechos.

Dentro reinaba un silencio absoluto. Irma le hizo un gesto a su amiga a la vez que señalaba el hueco de la chimenea. «¿Para qué? Mejor dejarlo todo como está», intervino Élida. Y salieron de allí para no volver. Eso es lo que Élida le contó a mi marido —dijo Consuelo a modo de conclusión.

Simonetta estaba realmente impresionada por el relato de los hechos. Por las notas que se escribieron las dos amigas, no hubiera adivinado semejante historia. Estaba claro que el feriante no murió a causa del disparo de Irma, puesto que la escopeta era de perdigones, y en la autopsia solo se evidenciaron unos cuantos y en localizaciones no vitales. El feriante murió de inanición, de no comer y de no beber mientras estaba atrapado en esa estrecha chimenea. Una muerte horrible.

—Pero el final del relato de Élida no es el final de esta historia, Consuelo —intervino la doctora—. El trato al que hemos llegado usted y yo lleva implícito que me cuente toda la verdad, y me temo que la verdad no acaba con la explicación de Élida.
—La mujer suspiró, resignada.

—Nada más acabar de contarle todo a mi marido, que, se lo recuerdo, era una autoridad policial y, por tanto, con obligación de poner en conocimiento de la justicia la barbaridad que habían cometido las dos amigas, Élida le propuso lo siguiente. Le suplicó que no sacara a la luz lo ocurrido en la casa de Santandria jamás, aunque el delito ya hubiera prescrito. A ella le importaba tanto o más que un posible juicio la opinión de sus vecinos, de toda Ciudadela, de donde tendría que irse antes que enfrentarse a las murmuraciones. En agradecimiento, le entregaría a mi marido una cantidad de dinero. De Irma no solo había heredado la villa donde usted reside, sino también una cartera de acciones con la que abonó lo correspondiente al impuesto de sucesiones, y todavía le sobró. Laureano estaba al tanto porque el director del banco le había puesto al corriente en una conversación de casino. Mi marido aceptó la propuesta de Élida porque sabía que ese dinero no lo había ganado con el sudor de su frente, sino que era fruto de un acto tan terrible como el que ellas cometieron. Al fin y al cabo, el objeto era el mismo: que nadie supiera lo que había sucedido.

A Simonetta Brey era difícil engañarla, y Consuelo Tudurí, por muy lista que fuera, no iba a ser de las pocas personas que lo consiguieran. Conociendo la historia, que encajaba a la perfección con los datos sueltos con que la doctora contaba hasta entonces —notas manuscritas, periódicos antiguos, testimonios orales, fechas...—, y formando parte del elenco un protagonista tan poco fiable como Laureano, la versión, con toda seguridad, habría sido bastante distinta. Después de la declaración no oficial de Élida, lo más probable era que el marido de Consuelo Tudurí hubiera sido quien sacara a relucir el tema del dinero y, quién sabe, se hubiera convertido en un auténtico extorsionador a cambio de guardar silencio. Sea cual fuere el origen del «intercambio», Laureano Dolz se había comportado de una manera miserable, pues de haberse cometido un delito, este ya habría prescrito en el momento del hallazgo del cadáver del feriante. Élida era una mujer ya viuda, sola —su hijo estaba en Barcelona— y no contaba siquiera con el apoyo de la otra «interviniente», su querida Irma, que también había fallecido... Lo más honesto hubiera sido informarse de la posible prescripción y, si se confirmaba, simplemente callar. Pero la doctora Brey no quiso manifestar en voz alta sus pensamientos. No tenía intención de sacar a la luz las miserias de Laureano Dolz, a no ser que fuera necesario. Su objetivo era hallar al culpable de las muertes de Marianne y Aleksander para eximir a Pau de cualquier culpa.

—¿Alguien más de su familia conocía esta terrible historia? —le preguntó a una Consuelo algo más relajada. La mujer no contestó—. ¿No la habían mencionado en alguna charla familiar, aunque fuera de pasada? Es muy importante que lo recuerde.

La Tudurí bajó la cabeza de nuevo, avergonzada.

—Puede ser.

Simonetta suspiró profundamente. Tenía la premonición de que ya había tomado el camino adecuado.

—¿Recuerda si estaba Bernabé presente? ¿Se interesó por esta historia? Le suplico que me cuente la verdad. Si Bernabé conocía los detalles y sabía que su padre había recibido o seguía recibiendo dinero de Élida, entonces sí podrían tener relación el suceso de las dos amigas con la enfermedad de su hijo y la muerte de Marianne y Aleksander.

—Sí se interesó —acabó por confesar la mujer, derrotada—. Como usted supone, Élida no le entregó el dinero de golpe. Primero le dio una pequeña parte, y poco a poco el resto. Un día que Laureano llegó a casa después de haber bebido, presumió del trato que había hecho con Élida durante la cena y lo explicó más o menos todo. Carles no dijo nada, terminó de cenar y se fue, pero Bernabé se quedó hablando del tema con su padre, riéndose de las gracias de mi marido y, debo reconocerlo, también de Élida. Yo me fui a la cama. Aquello no me pareció bien.

29

Otra noche interminable. Otra vez el silencio y la soledad. Y con la fiera arañando mi estómago una hora tras otra, una hora tras otra, y así hasta que canta el gallo. Es un decir. No todas las noches, pero esta sí. Adiós, muertos, adiós. Estáis bien donde estáis. Al menos Marianne, la extranjera. Liberación. Eso es lo que siento, lo que debería sentir después de cumplir con todo lo planificado. Enviarla al otro barrio fue coser y cantar. Quería sentirme libre de ella. Y lo he conseguido. ¿Por qué, entonces, esta fiera que me araña por dentro por las noches? De día es otra cosa. Los demás van y vienen y siento más la liberación, pero de noche... pienso cosas. ¿Habrá servido de algo mi plan? ¿De verdad alguien sospecha más de la cuenta? Sin pruebas poco pueden demostrar, pero cuando alguien me mira de una forma diferente o me pregunta cosas siento la amenaza de que lo descubran todo... ¿Habré cometido algún error? Esa posibilidad me atormenta. Y cada vez la veo más factible.

30

SIMONETTA APENAS PODÍA dar crédito a todo lo que estaba averiguando. Su interés, su casi obcecación por indagar en la historia de las muchachas que escribieron las notas la estaba conduciendo al origen del chantaje con que Marianne Thorsen había extorsionado a Pau. Lo más seguro era que la nota que le escribió Élida al feriante, la que Laureano Dolz encontró en uno de los bolsillos del pantalón que llevaba el cadáver, estuviera todavía en poder de la familia, y Marianne la hubiera utilizado para continuar amenazando a Pau con sacarla a la luz. Esa nota a quien implicaba en realidad era a su madre, pues solo aparecía en ella el nombre de Élida. Más allá de la prescripción del delito, e incluso del fallecimiento de quien la firmaba, si lo sucedido se hacía público, la memoria de las dos mujeres se ensuciaría para siempre. Esa era el arma de la que la noruega, sola o acompañada, se había servido para sacar tajada del pescador. En cierta manera, Simonetta comprendió la delicada situación, sobre todo por el entorno cerrado en el que había logrado fructificar. Ciudadela era una ciudad pequeña. Menorca era una isla pequeña. Allí todos se conocían y muchos de sus habitantes apenas habían salido de su perímetro en los años que tenían de vida. Pensó en su propia madre, ¿hubiera ocurrido lo mismo en Milán? Lo más probable era que no. En una gran ciudad, la vida privada de un vecino importaba más bien poco.

Aparcó la Honda en el garaje y le mandó un mensaje a Pau para invitarlo a cenar. Tenía la nevera vacía, pero pediría algo a La Guitarra. Cenarían y después hablarían. Aquella situación no podía prolongarse.

—¿SABES DÓNDE HE estado esta tarde? —le preguntó Simonetta cuando ya habían acabado el postre. Habían hablado del programa de televisión y de la invitación de Séraphine a la cena en Palma. Como Simonetta suponía, Pau declinó la oferta. Parecía relajado. Mientas ella entraba en la cocina para sacar unos bombones que le habían regalado, él se había acomodado en el sofá. En el trayecto de la masía a la villa había estado preparando cómo le iba a plantear el tema. Dejó una pequeña bandeja de cristal tallado con los bombones encima de la mesa y se sentó también, pero no codo con codo con Pau, sino un poco girada, mirándolo.

—¿Dónde has estado? ¿En Mahón?

—No, no he salido de Ciudadela. Quiero decir que no he salido de su término municipal —aclaró Simonetta, intentando por todos los medios ocultar su nerviosismo—. He estado en la Torre Tudurí. —Martí no se inmutó—. Imagino que conoces la Torre Tudurí —prosiguió Simonetta—, o al menos a la familia Dolz Tudurí.

—Aquí nos conocemos todos —contestó, serio.

—Supongo que también conoces a Bernabé, el hijo pequeño de la familia. —Pau afirmó con la cabeza—. ¿Sabes que ayer ingresó en la UCI del hospital y está muy grave?

—No, no lo sabía —respondió, manteniendo el tipo—. ¿Por qué lo habría de saber? Apenas me relaciono con nadie. —Simonetta suspiró profundamente, y cerró los ojos.

—Estoy al tanto de tu relación con Marianne Thorsen, Pau —le dijo con aparente tranquilidad, pero evitando su mirada. Él guardó silencio—. Sabías que yo había certificado su muerte. Deberías haberme contado que habíais sido pareja, si no en ese momento, sí más adelante —prosiguió con calma—. Aquí todo se acaba sabiendo. —Lo miró de soslayo. Estaba tenso—. También estoy enterada de la muerte de su hijo y, por supuesto, de su matrimonio con Bernabé Dolz. Últimamente he tenido que visitar al padre, a Laureano, y… ya sabes… te llegan informaciones de todo tipo. —El pescador seguía sin pronunciar palabra. Simonetta se volvió de nuevo hacia él. Estaba como bloqueado, mirándola fijamente. Era evidente que no se lo esperaba. Ella continuó—. ¿No tienes nada que decirme? ¿Hay algo que te preocupa? —Estaba dispuesta a aguardar lo que hiciera falta, minutos, horas, hasta que se decidiese a hablar. Hasta la mañana siguiente tenía tiempo. Por su actitud, él debió de intuirlo.

—¿Por qué me preguntas eso? —dijo al fin, inquieto—. Está claro que ya lo sabes todo. Marianne Thorsen y yo fuimos pareja, me abandonó, se casó con Dolz, tuvieron un hijo y ahora ella y el niño están muertos. Ya estás enterada de todo, como yo. No hay nada más que decir.

—¿Ese niño era tuyo?

—¿Mío? ¡Pero qué dices! —exclamó, más alterado—. ¡Por supuesto que no! ¿Acaso alguien te ha insinuado lo contrario?

—No, solo han sido suposiciones mías.

—¿Suposiciones? —preguntó levantándose, airado— ¿Y a santo de qué, si puede saberse?

—La historia es un poco larga…

—¿De qué historia hablas? ¿Qué es lo que me estás queriendo decir? —Simonetta, en vista de lo nervioso que se estaba poniendo, no sabía cómo continuar.

—Sé que Marianne te chantajeaba y, además, sé el motivo de ese chantaje.

—¿Que sabes qué? — Martí se acercó con cara de no dar crédito a las palabras de Simonetta.

—Todo el lío en el que estás metido, Pau —le contestó, cariñosa—, y quiero ayudarte a salir de él.

—Pero ¿qué me estás contando? ¿Qué sabes tú de mi vida y de mis problemas? ¿A qué viene esta encerrona?

—No es ninguna encerrona, pero es preciso que seamos sinceros el uno con el otro si queremos que nuestra relación funcione.

—¿Es que tienes alguna queja de mí? ¿Es que nuestra relación no funciona?

—Hasta ahora sí ha funcionado, pero la vida da muchas vueltas y de repente aparecen obstáculos en el camino que no esperábamos encontrar. Es mejor salvarlos juntos si no queremos que uno de los dos se quede atrás.

—Eso es pura retórica. Dime de una vez lo que me tengas que decir —concluyó, con aspereza.

—¿Recuerdas el día que encontré las maletas viejas en el sótano? —Martí afirmó—. Debo confesarte que me pudo la curiosidad y las abrí. Hojeé los periódicos y me llamó la atención una fotografía antigua en la que aparecían tres muchachas y unas notas manuscritas. —Simonetta detuvo su relato, se levantó y bajó a la planta baja. Cuando volvió al salón, Pau estaba esperándola, todavía de pie, con semblante severo. La doctora le tendió la fotografía y el sobre con las notas. Él lo miró todo por encima.

—¿Por qué te quedaste con esto?

—Me intrigó tu actitud cuando te llevaste de forma tan impetuosa las maletas, sin ninguna razón o explicación. Quizá hice mal...

—¡Pues claro que hiciste mal! ¿Quién te crees que eres para apropiarte de lo que no es tuyo?

—No me apropié —se defendió Simonetta—, quiero decir que mi intención no era robártelo, sino, digamos... analizarlo para devolvértelo después, como acabo de hacer. A través de estas notas de la fotografía he podido averiguar la lamentable historia que unió a tu madre con su amiga Irma y el chantaje al que la sometió Laureano Dolz.

—¿Qué? ¿Que has indagado sobre mi familia a mis espaldas? —exclamó anonadado el pescador—. ¿Cómo te has atrevido? —gritó indignado mientras atravesaba la estancia y se dirigía, airado, hacia la puerta. Simonetta lo detuvo.

—Espera un poco, Pau, te lo ruego.

—¡No me toques! ¡Esto ha sobrepasado todos los límites!

—¿No comprendes que lo que quiero es ayudarte? —Simonetta intentaba hacerle entrar en razón.

—¿Ayudarme? ¿Y quién te ha pedido ayuda? ¡Yo, no! Te lo repito: ¡yo, no!

—No te vayas todavía, Pau, por lo que más quieras, aguarda un momento, sentémonos de nuevo y hablemos con tranquilidad unos minutos, no te pido más. Después puedes marcharte o hacer lo que creas más oportuno —le suplicó. Por un instante, ante el contacto físico de Simonetta, titubeó. Ella aprovechó la circunstancia para conducirlo hasta el sofá—. Sentémonos, haz el favor, todo puede aclararse. —El pescador continuaba alterado, pero se dejó guiar—. De alguna manera estoy implicada en el caso de Marianne. La policía sospecha que tanto ella como su hijo fueron asesinados. No tardarán en llamarme a declarar en calidad de testigo. Sé que tú ya has declarado y que te consideran sospechoso. ¿Entiendes por qué quiero ayudarte? Debo averiguar de qué murieron, si sus muertes están relacionadas y si la enfermedad de Bernabé también tiene algo que ver. —El pescador callaba. Simonetta comprendía el chasco que se había llevado—. A mí no me gusta mentir, Pau, me cuesta un sacrificio enorme mentir, y más a las personas que quiero. No podía seguir callada sabiendo lo que sé.

—No deberías haberte metido en esto —le dijo él algo más calmado. Ahora era Simonetta la que guardaba silencio—. No imaginaba que fueras así. Me he equivocado contigo.

—Cometí el error de inmiscuirme en la historia de tu familia, lo reconozco, me pudo la curiosidad, pero, una vez que he sabido la verdad, quiero echarte una mano para salir de este lío. Estoy convencida de que la vas a necesitar.

—Estás convencida de demasiadas cosas —dijo Martí levantándose de nuevo—. Tienes una opinión de ti excesivamente elevada. Eres sagaz e intuitiva, pero no sabes respetar los límites. Y yo, que no soy ni sagaz ni intuitivo, te voy a decir el límite que no se puede sobrepasar, y es la libertad y la intimidad del otro. Conmigo lo has traspasado y no puedo permitirlo. Apenas poseo bienes y mis cualidades son más bien mediocres, pero tengo dignidad. Reconozco que he sido feliz contigo, pero nuestra vida, nuestros mundos, tan distintos, nunca debieron cruzarse.

—¿Qué quieres decir con eso? —Simonetta, alarmada, también se levantó.

—Es mejor que cada uno siga por su camino.

—¿Qué insinúas, que lo dejemos?

—Será lo mejor. En este momento no tengo ganas de continuar. Tú tienes tu mundo: tus amigos, tus investigaciones, tus fiestas de sociedad… y yo soy un pobre pescador, un solitario, un lobo estepario. Disfruto con la soledad, tienes que saberlo. Yo nunca me aburro cuando estoy solo: amo la soledad. Obtengo de ella un fruto magnífico que me recompensa con creces. Amo mi libertad. No me gusta compartir nada, ni lo material ni lo espiritual. Cuando lo he compartido, he fracasado. Y a estas alturas de la película, valoro sobre todo la paz. Se acabó.

Las palabras del pescador paralizaron a Simonetta de tal manera que no tuvo el reflejo de detenerlo, de impedir a cualquier precio, de cualquier modo, que abandonara la villa antes de hacerle comprender que lo amaba, que todo lo había hecho por amor, que su historia no podía acabar de una manera tan imprevista, tan sin sentido. También ella daba por hecho que amaba la soledad, pero cuando desde la ventana lo vio cruzar la calle y entrar en su casa, experimentó de pronto un terrible vacío y un martilleo constante en el cerebro que le recordaba su propia culpabilidad en todo aquello. ¿Por qué había tenido que indagar en un antiguo asunto que en nada le concernía? Sintió rabia, impotencia, desesperación... Hay actos en la vida que no tienen marcha atrás. Por casualidad introduces el pie en el fango y ya nunca lo puedes sacar.

Sin tiempo para cavilaciones, bajó el tramo de escaleras que la separaban de la planta baja, salió de la villa, cruzó la calle casi volando y se plantó en la puerta de la sencilla casa de Pau. Carecía de timbre y ella no disponía de llave. El corazón se le disparó. ¿Qué hacer? ¿Llamar con los nudillos? ¿Gritar su nombre desde allí? Oyó acercarse a un grupo de personas y se sintió ridícula. Tal vez la conocieran. De vez en cuando se encontraba con alguno de sus pacientes fuera de la consulta. Miró hacia arriba, por si Pau la hubiera oído abrir la valla y estuviera aguardándola desde una de las ventanas del primer piso. No era así. Los viandantes se aproximaban. Dio media vuelta. Salió de la propiedad del pescador, respondió al educado saludo de la pareja que paseaba con su *fox terrier* y entró de nuevo en la villa, hirviendo por dentro.

En situaciones comprometidas estaba acostumbrada a poner en marcha alguna estrategia, pero en ese momento su grado de obcecación era tal que no se le ocurría nada. Pau no era un hombre impetuoso ni se movía por impulsos. Aquello tenía visos de ser un adiós definitivo. Sin ni siquiera intentar remediarlo, se echó a llorar. Todas sus ilusiones de las últimas semanas se habían esfumado en segundos. Lloró con desconsuelo tumbada sobre la cama, como la víctima del destino de una tragedia griega. Al fin y al cabo, nadie la veía, nadie la oía, solo su propia desazón era testigo de semejante escena. Por fortuna no tenía que fingir, estaba sola.

El llanto la condujo al sueño y durante un buen rato, sin pretenderlo, se relajó, sumida en una especie de nebulosa irreal. Pero todo tiene su fin. Cuando despertó, la noche lo cubría todo. Consultó el reloj: la una y media de la madrugada. El berrinche la había dejado exhausta, pero al abrir los ojos y comprobar la realidad, se alteró de nuevo. Se acercó a la ventana que daba a la calle y observó la casa de Pau. ¿Tendría alguna luz encendida? ¿Estaría desvelado como ella, dándole vueltas a la actitud que había mostrado con Simonetta unas horas antes? La calle estaba vacía y la vivienda del pescador completamente a oscuras. Se sintió impotente. La rabia se convirtió en tristeza y consternación.

Con desgana, se desvistió y se volvió a tumbar en la cama sin llevarse antes nada a la boca, en un intento de serenarse y establecer un plan para reconquistar al hombre que tanto le importaba. Difícil tarea desde el punto en que partía. Dio mil vueltas sobre el colchón y su cabeza otras tantas mientras buscaba el camino más corto para llegar de nuevo a Pau. Y finalmente concluyó que la mejor forma, quizá la única de recuperarlo, era demostrar ante la policía que era inocente de la muerte de Marianne.

31

—ESTOY TAN SEGURA de que el niño no murió de muerte súbita como de que me llamo Laura Rubio.

La pediatra de Aleksander era una simpática doctora de unos cincuenta años, locuaz y acogedora. En cuanto se presentaron en su consulta les ofreció asiento y colaboración. Simonetta, al comprobar su buena disposición, fue clara y transparente desde el principio. Le confesó su doble condición de médico de familia y de forense, así como su discreta colaboración con el comisario Ferrer.

—Soy de tu misma opinión. Aleksander no murió de muerte súbita.

—Fue una lástima que el día del fallecimiento la forense titular estuviera de vacaciones. De poco sirvió la autopsia que, por cierto, si yo no me hubiera empeñado, ni siquiera se hubiera practicado. Los compañeros de la uvi móvil, como es lo habitual, no firmaron el parte de defunción, y los empleados de la funeraria me lo trajeron para que lo firmara yo. ¡Si no sabía de qué había muerto el chiquillo!

—¿Había estado enfermo los días de antes?

—Sí. Su madre lo trajo a mi consulta en dos ocasiones durante las dos semanas antes de su fallecimiento. La primera se trataba de una revisión programada, la que hacemos a los dieciocho meses, vacunación incluida. Constaté que había perdido peso y la madre me confirmó que últimamente no comía como antes, estaba menos contento y lloraba más, sobre todo después de las comidas. Ella pensaba que le dolía el vientre. Cuando lo exploré no encontré nada anormal fuera de la pérdida ponderal, pero no me gustó su aspecto. Ya sabéis que el ojo clínico es muy importante en nuestra profesión. Pues bien, mi ojo clínico me alertó.

—¿Sabías que la madre estaba relacionada con el mundo de las drogas?

—Hasta entonces no me lo había planteado, pero yo tengo por norma, después de muchos años de bregar en esta profesión, sospechar de la familia «cualquier cosa» cuando los síntomas que presenta el niño no se corresponden con ningún cuadro clínico de los habituales para su edad. Le pregunté de forma directa si consumía drogas y me dijo que sí, pero que esa circunstancia no tenía nada que ver con lo que le pudiera pasar al niño porque no tenía acceso a ninguna sustancia peligrosa y, además, estaba muy bien cuidado. Ni qué decir tiene que sus palabras no me convencieron, porque con ese tipo de personas nunca estás segura de que te estén diciendo la verdad, y mucho menos con un tema tan delicado como la custodia y crianza de un niño. No obstante, tomé nota, y antes de alertar por si las moscas a Servicios Sociales, decidí darle una segunda oportunidad.

—¿El niño iba a la guardería?

—No. Estaba a cargo de la madre, que no trabajaba de manera remunerada. Pintaba acuarelas que después vendía en mercadillos. Cuando salía a pintar dejaba al niño en el bar del padre a cargo de la mujer de su socio. Al menos eso era lo que constaba en la historia clínica. Son datos que me gusta conocer y reflejar. Es tan importante la salud del niño desde el punto de vista biológico como su entorno socio-familiar. Ese mismo día cité al niño para dos semanas después con el fin de controlar si seguía o no perdiendo peso, y le indiqué a su madre que anotara los momentos en que le dolía la tripita. El día anterior a la cita concertada, acudió de nuevo a mi consulta de forma precipitada. Lo atendí como una urgencia porque tenía la agenda a rebosar, ya sabes cómo andamos todos, hasta los topes, y entonces sí me preocupó. Su madre también lo estaba. Me contó que había perdido el apetito casi por completo y que había momentos en que temblaba como si estuviera tiritando. La interrogué en profundidad sobre esos temblores, pero no me quedó claro si se podía tratar de crisis epilépticas. Pesaba menos, su aspecto había empeorado, estaba pálido, menos reactivo que en otras ocasiones, y le propuse ingresarlo para averiguar qué le estaba ocurriendo. Ella me preguntó si en vez de hacerlo de forma inmediata podía ingresar al día siguiente, puesto que su marido había ido a Mallorca a resolver un tema y no regresaría hasta la noche. Como la vi apurada, consentí en el ingreso a primera hora del día siguiente. Falleció esa misma noche.

—¡Madre mía! —exclamaron al unísono Sergi y Simonetta.

—Ya os imagináis el cuerpo que se me quedó cuando me enteré. Todavía no he superado el disgusto.

—Sabrás que su madre falleció poco después —intervino Simonetta.

—No creas, me enteré por casualidad. Oí la noticia por la radio, las circunstancias en que la localizaron y todo eso. Al principio no la relacioné con Aleksander, pero cuando oí que era de nacionalidad noruega pregunté a mis compañeros y até cabos. Terrible.

—Como te he explicado, la policía y yo misma creemos que las dos muertes y la repentina enfermedad del padre tienen un origen similar. ¿Sabes si ellos también estuvieron enfermos, si vinieron al centro de salud? —preguntó Simonetta.

—Yo no lo sé, pero podemos averiguarlo. Aguarda un momento. —La doctora comprobó quién era el médico de familia de Bernabé y lo llamó por teléfono. Hablaron durante unos minutos—. Parece ser que el padre de Aleksander estuvo en la consulta de su médico la semana pasada. Es curioso, quizá estés en lo cierto; también había perdido peso, tenía malas digestiones, dolor abdominal cada vez más intenso y calambres nocturnos en las piernas. Mi compañero le pidió unos análisis de forma preferente y, antes de que se los hicieran, ingresó de urgencia en la UCI. De su mujer no tenía ninguna noticia de que hubiera estado enferma antes de su muerte, porque nunca acudió a este centro.

—¿Qué tal eran los padres con el niño? —prosiguió Simonetta, complacida con la colaboración de la pediatra.

—Al padre solo lo vi en una ocasión, en la primera visita después del nacimiento. Siempre pedimos que vengan los dos para un primer contacto. Luego ya no volvió a aparecer por aquí. La madre era educada, afable, dulce… tal vez hasta ingenua… Y un tanto despistada para todo lo referente al niño. Parecía estar atenta a nuestras explicaciones, pero a la visita siguiente nos dábamos cuenta de que había confundido alguna de las indicaciones que solemos darles, las mías o las de la enfermera. No obstante, siempre eran cosas sin importancia.

—¿Quizá por haber consumido algún estupefaciente?

—Podría ser, pero tampoco lo tengo claro.

—Lo que sí puso de manifiesto la autopsia del niño es que no se hallaron drogas en el cadáver —intervino Simonetta.

—Así es. Al menos sirvió para algo. ¿Y la de la madre?

—En su cadáver sí se encontraron cannabinoides, pero en dosis bajas. No le pudieron causar la muerte. Aparte de eso, ningún otro hallazgo digno de reseñar.

—Confiemos en que no sea necesaria una tercera autopsia, me refiero a la del padre.

—Sí, además su declaración será fundamental para resolver este caso tan lamentable y enrevesado.

—¿No lo ha interrogado la policía?

—Sí, pero yo creo que no lo suficiente.

Sergi y Simonetta salieron del centro de salud satisfechos después de la conversación con la pediatra.

—Ha estado bien, ¿verdad? —le preguntó al enfermero.

—Esto confirma que las tres muertes… perdón —el joven se autocorrigió—, las tres «enfermedades» son la misma, están estrechamente relacionadas. ¿No podrían deberse a un consumo accidental de alguna sustancia tóxica o a la exposición a algún agente de naturaleza lesiva?

—¿Te refieres a que nadie ha intervenido de manera dolosa?

—Exacto.

—Efectivamente, esa es una hipótesis bastante plausible. En realidad, esto es como aquello de que uno es inocente mientras no se demuestre lo contrario: la familia Dolz Thorsen ha podido enfermar accidentalmente, o, mejor dicho, mientras no se demuestre lo contrario, su enfermedad y las dos muertes no se deben a la premeditación y acción de una tercera persona.

—Pero usted no lo cree…

—Yo no lo creo. No me pidas que te justifique esta convicción, se trata de una suma de indicios que todavía no han proporcionado el resultado final.

—¿Y también de una premonición?

—Eso siempre.

Salieron de Mahón con el Kia de Sergi. Durante el trayecto desde Ciudadela, la doctora le había contado lo sucedido con Pau la velada anterior. Esa noche la había pasado en blanco.

Tan solo diez kilómetros separaban Mahón de Es Grau. Sergi condujo con parsimonia mientras le iba explicando a su compañera que en tiempos era un pequeño poblado de pescadores, y poco a poco fue atrayendo a otro tipo de gente, forasteros incluidos.

—En invierno no hay mucha vida. Hay bastantes viviendas vacías, propiedad sobre todo de barceloneses que dejan amarrada su embarcación hasta que llega el buen tiempo. Entonces disfrutan de este hermoso lugar los fines de semana, a un paso del aeropuerto. Por cierto, a la vuelta, si no nos demoramos demasiado, podemos entrar un momento al parque natural —dijo, señalando un camino a la izquierda.

—Muchas cosas pretendes que hagamos en una mañana, querido amigo.

—Voy aprendiendo de usted, querida doctora.

Fue idea de Sergi aparcar nada más entrar en la población.

—¿Tu tía vive lejos? —le preguntó Simonetta.

—Aquí no hay nada lejos. Todo está a un tiro de piedra.

—¿Vive sola?

—Sí, se quedó viuda hace unos años y sus hijos viven en Mahón. En realidad es tía abuela, hermana de mi abuela materna. Siempre han tenido una tienda donde vendían un poco de todo hasta que se jubilaron. Está al tanto de la historia de Es Grau de los últimos cincuenta años. Ayer por la noche la avisé de que íbamos a venir.

—Perfecto.

Todas las casitas de Es Grau eran parecidas, sencillas, de un blanco inmaculado, de una planta o, a lo sumo, dos, y con la mayoría de las puertas pintadas de azul o verde. La tía de Sergi vivía en el carrer Pescadors. Se notaba que la casa había sido una tienda tiempo atrás porque conservaba la puerta con doble hoja acristalada. Colgadas de la pared, media docena de macetas con unas cuantas plantas sin flores adornaban la vivienda. La anciana los invitó a pasar, muy cariñosa. En el zaguán, encima de una mesita redonda, les había preparado una bandeja con *carquinyolis*, y enseguida sacó una jarrita con café con leche. Los tres se sentaron después de las presentaciones. Sin necesidad de explicar la totalidad del asunto ni mucho menos, Sergi hizo un resumen de lo que buscaban: una semblanza, lo más completa posible, de la familia que formaban Marianne Thorsen, Bernabé Dolz y su hijo Aleksander. Por descontado, la mujer estaba enterada de los dos fallecimientos y del ingreso hospitalario del menor de los Tudurí.

—A mí él nunca me ha gustado —comenzó la mujer—, y mucho menos sus socios. Ese bar siempre ha sido un nido de droga y de gente con muy mala pinta, de mal vivir. Todos los que van son de fuera, hoy en día la gente de Es Grau no lo pisa.

—¿Quién lo abrió? —intervino Simonetta.

—Lo abrió esa tal Casandra, que a saber cómo se llama de verdad. No creo que ese sea su verdadero nombre, pero, en fin, así es como se hace llamar. Esa llegó hace muchos años, igual veinticinco que treinta, a una comuna *hippy* que había en lo alto del carrer Dret. Vino una cuadrilla de melenudos que solo sabían fumar porros y andar por aquí medio desnudos. Poco a poco, uno tras otro, todos se fueron yendo, pero la tal Casandra se quedó. Decían que era de una buena familia de Barcelona, que era el garbanzo negro y no querían volver a saber nada de ella. Cuando la comuna ya estaba desmantelada por completo, también se la dejó de ver por aquí durante una buena temporada, un año o dos, pero luego regresó. Se comentó que había estado en la cárcel. Una vez de vuelta, se dijo que su madre había muerto y que ella había heredado algo de dinero. Fue entonces cuando montó el bar. Cambió un poco de aspecto y se puso detrás de la barra. Era guapa y, con la ropa que llevaba, camisetas muy abiertas por la sisa sin nada debajo que dejaban los pechos a la vista y cosas por el estilo, en poco tiempo se hizo con toda la clientela masculina de Es Grau. Yo misma tuve que pararle los pies a mi marido o se hubiera pasado el día jugando a las cartas en el local. Eso, de cara a la galería. Detrás, no hubo ningún joven en la población que no hubiera pasado por su cama, y no solo eso, sino que, en cuanto se cansaba de uno, por muy encaprichado de ella que estuviera, lo ponía de patitas en la calle y a por otro. Todas las mujeres jóvenes y no tan jóvenes le tenían una ojeriza tremenda y siempre estaban alerta de que su novio o su marido no fuera el siguiente en caer en sus garras. ¡Y no creáis que exagero!

—No, no —respondieron al unísono sus atentos oyentes, que ni pestañeaban.

—Hace unos cinco años, más o menos el tiempo que falta mi marido, cogió de ayudante en el bar a un muchacho extranjero que nadie supo de dónde había salido.

—¿Extranjero? ¿Sabe de qué país? —preguntó la doctora.

—Es sudamericano, pero no sé exactamente de qué país es. Se llama Kevin Costner, como el actor. Pero de nombre, los apellidos los desconozco. Pues bien, al poco ya se dijo que convivían, que eran pareja.

—¿Y dejó de conquistar al resto? —dijo Sergi, divertido.

—Parece ser que por lo menos, si lo hacía, nadie se enteraba. Eso sí, entonces se empezó a hablar de otra cosa. —La mujer se levantó y sacó una botella con licor de nueces casero y tres copitas. Las llenó, le ofreció una a cada uno de sus invitados y ella cogió la tercera.

—Usted dirá —terció Simonetta, temiendo que perdiera el hilo—. ¿De qué otra cosa se empezó a hablar?

—Ah, sí —recordó la mujer—. Empezaron las habladurías sobre que compraban y vendían droga. Aquí en invierno nos quedamos cuatro gatos, las calles están casi siempre vacías y los escasos establecimientos que permanecen abiertos, incluidos los bares, subsisten con la gente del lugar. Pues bien, de repente era evidente un trasiego de vehículos de todo tipo, motos, coches, hasta alguna lancha, que venían hasta Es Grau y, qué casualidad, los conductores o sus acompañantes se acercaban al bar de Casandra, permanecían unos minutos y se marchaban. ¿No es extraño?

—Por supuesto que sí —le respondió Sergi—. ¿Y cuándo se hizo socio de ellos Bernabé?

—A Bernabé se le veía por aquí con su todoterreno verde de cuando en cuando. Yo conozco muy bien a su familia porque he nacido y me he criado en Ciudadela. Alguna vez se acercaba por la tienda a comprar tabaco si es que a Casandra se le había terminado en el bar. Hace unos dos años más o menos me enteré de que iba a venir a vivir aquí porque había alquilado la casa de unos amigos nuestros. Se trasladó con su mujer, la noruega, cuando todavía no habían tenido al niño. Estos amigos fueron los que me dijeron que se había asociado con Casandra, y también que un día que fueron para que les dejara leer el contador del agua, como no contestaba, miraron por una de las ventanas bajas y lo vieron en el sofá con su socia… Ya me entendéis. Al rato vieron a la noruega llegar al pueblo con el coche, es decir, Bernabé aprovechó la ausencia de su mujer para acostarse con la otra.

—Vaya, vaya… —dijo Sergi, mirando de reojo a Simonetta.

—Y esos amigos suyos… ¿son de fiar?

—¡Claro que son de fiar! —replicó la tía de Sergi como si la doctora hubiera dicho una blasfemia.

—No se moleste, igual no me he expresado bien —la interrumpió—. Me refiero a si está segura de que no interpretaron mal lo que vieron por la ventana. No es lo mismo ver a dos personas de lejos que tenerlas cerca a la hora de adivinar lo que están haciendo.

—Mire, doctora —añadió la mujer—, somos mayores y de pueblo, pero eso no quiere decir que no sepamos lo que es la vida. Mis amigos vieron lo que les he explicado a usted y a mi sobrino, y, a decir verdad, tampoco les extrañó viniendo de quien venía.

—Está bien, si usted le da credibilidad a sus amigos, nosotros también.

—¿Se te ocurre algo más, tía?

—No, que yo recuerde.

—De todas formas, si te viene a la cabeza alguna cosa más, por poca importancia que parezca tener, ya te sabes mi teléfono.

La mujer se despidió asegurándoles que intentaría recordar y que los mantendría al tanto de lo que pudiera acontecer en el bar de Casandra.

ANTES DE IR a visitarlo ellos mismos, Sergi sugirió ir primero a la casa de Bernabé. Su tía les había explicado dónde estaba ubicada. Siguiendo una línea recta, el carrer Pescadors desembocaba en la plaça Cala Tap y, sin abandonar esa dirección, al atravesarla, comenzaba el carrer Dret, en cuesta, donde vivían Marianne y Bernabé. Enseguida localizaron la casa, asentada en un lugar privilegiado. En la planta baja había una especie de porche, y en el primer piso una terraza con un sencillo barandado de forja blanco, como el resto de la fachada. Enfrente, la bahía de Es Grau, cubierta por el verde azulado del agua, con media docena de pequeñas embarcaciones que se veían diminutas desde allí, en lo alto de la loma, que navegaban con placidez aquel día luminoso de un otoño hasta entonces gris. Simonetta pensó en Marianne Thorsen, en la belleza del paisaje que tenía ante sus ojos a diario con tan solo acercarse a cualquier ventana, y en la sordidez del lugar donde acabó su vida de manera tan temprana. Dieron la vuelta a la casa aprovechando que no se veía a nadie por la calle.

—Mire —advirtió el enfermero, señalando al primer piso—, esa ventana está un poco abierta.

—Es verdad. Confiemos en que no aparezca la tramontana o, de lo contrario, adiós cristales.

—Seguro que los dueños se pasan por aquí a ver lo que se cuece.

—Ni lo dudes.

Tal como la tía de Sergi había contado, un BMW con bastantes años a sus espaldas estaba aparcado en la puerta del bar de Casandra, y un joven con el pelo rapado y media docena de abalorios en las orejas salió como una exhalación del local, entró en el coche y aceleró dejando una nube de humo tras de sí, cual forajido huyendo de los ayudantes del *sheriff* del condado. A su lado estaba estacionada una motocicleta. Cuando se disponían a entrar se cruzaron con su dueño que, asustado, se metió la mano en el bolsillo de la chupa en un intento de ocultar algo. Los sanitarios se miraron.

—Qué lista es tu tía —reconoció Simonetta, sonriendo.

La dueña del bar les sorprendió. Se trataba de una mujer de edad indefinida que parecía haber dejado atrás los cincuenta, alta, enjuta, con la tez oscura y apergaminada por el sol, ojos profundos de color verde azulado y una larga melena gris apenas domesticada. Llevaba una modesta camiseta rosa palo descolorida a propósito —esa vez de manga corta— y aun así era elegante, y también guapa. No había nadie más en el bar. En cuanto oyó el tintineo de la cortinilla de metal se volvió hacia ellos y los recibió con una amigable sonrisa.

—¡Hola! ¿Qué les puedo ofrecer? —les preguntó. Pidieron un refresco cada uno y se sentaron en sendos taburetes en la misma barra con la intención de trabar conversación con la dueña, que habían preparado de antemano.

Aunque la tía de Sergi les había dicho que la tal Casandra había montado el bar hacía unos cuantos años, parecía más bien que este había sido traspasado, o que había adquirido un local que ya acogía antes un establecimiento similar, porque tenía el aspecto de una auténtica antigualla escasamente remozada. Se podía incluso jurar que las tres mesas y las sillas habían aplaudido casi con seguridad la llegada de la televisión a la isla, solo que ahora lucían un verde agua con algún desconchón, por donde asomaba el rojo inglés de sus inicios que todavía sobrevivía en dos de las cuatro paredes del recinto.

—Venimos buscando a Bernabé Dolz —adelantó Simonetta. A la mujer se la notó extrañada.

—¿A Bernabé? ¿Y qué es lo que quieren de él? —preguntó, poniéndose alerta. Todavía no les había servido las consumiciones. Permanecía seria frente a ellos con las manos apoyadas en la barra.

—Es un asunto personal —prosiguió Simonetta, dando largas para suscitar el interés de la otra—, no estamos autorizados a comentarlo a no ser que se trate de una persona muy cercana a él.

—Yo soy su socia y su… amiga —terminó diciendo después de buscar la palabra apropiada—. Bernabé se encuentra ingresado en la UCI del hospital y es imposible que pueda recibirlos. Si el tema es urgente pueden confiármelo a mí.

Simonetta se frotó las manos. Había mordido el anzuelo. Intercambió una mirada con Sergi, fingiendo acuerdo y conformidad por parte de los dos. La doctora prosiguió:

—Sí, es una cuestión urgente, muy urgente. Somos de Mapfre, la compañía de seguros. Bernabé Dolz ya nos conoce. Estuvo en nuestra oficina de Mahón hace unos días. Quedamos en que nos enviaría por correo postal o por correo electrónico el número de su cuenta bancaria y una documentación firmada, pero no hemos recibido nada ni ha contestado al teléfono. Tampoco lo hemos localizado en su domicilio.

—Pero ¿de qué seguro se trata? Del bar no tenemos asegurado nada con ustedes —se mostró extrañada.

—No, no es lo que usted imagina —intervino Sergi—, el señor Dolz no es cliente de nuestra entidad, sino beneficiario de un seguro de vida a nombre de su esposa, Marianne Thorsen. —Si hasta entonces la cara de Casandra había dado muestra de sorpresa, ahora reflejaba auténtico asombro—. Ya hemos tramitado todo el expediente, pero si quiere cobrarlo debemos tener firmado el documento de aceptación. El plazo finaliza hoy mismo a las 15.00 horas, por eso hemos venido hasta aquí. No nos explicamos su tardanza en un asunto de tanto interés para él, puesto que la suma es elevada.

—¡No me lo puedo creer! —exclamó boquiabierta la dueña del bar—. ¡La muerta de hambre de Marianne tenía un seguro de vida! ¿Y de dónde sacaba el dinero para pagarlo?

—De eso nosotros no tenemos ni idea —dijo Sergi—, pero las cuotas están al día, por supuesto. De lo contrario, el señor Dolz no recibiría un euro.

—¡Qué sorpresa la mosquita muerta! Seguro que lo abonaba con las propinas de mi local. Mucho la veía yo venir por aquí últimamente. ¿Y ustedes saben desde cuándo lo tenía suscrito?

—Esa ya es una información que no nos atañe a ninguno de los que estamos aquí —contestó Simonetta—. Lo importante es que localicemos a tiempo la documentación. Lo más probable es que Bernabé Dolz la firmara y olvidara enviárnosla. ¿Acaso tiene algún despacho aquí mismo, donde pudiera haberla dejado?

—No, no, aquí no tenemos nada de eso. —A Simonetta le dio la impresión de que no se quería arriesgar a que alguien fisgara y pudiera encontrar alguna mercancía distinta a las que se consumían en un bar—. Estará en su casa. Es raro que no me haya contado nada del tema, el muy cabrón, con lo necesitados que andamos de pasta. De todas formas, ese dinero no se puede perder —determinó, decidida.

—¿No existiría la posibilidad de buscar en su casa? ¿Quién podría tener una llave? —intervino el enfermero. Al fin y al cabo, además de obtener toda la información posible sobre las relaciones de Bernabé en Es Grau, otro objetivo de la visita era poder husmear dentro de la vivienda en busca de indicios que resolvieran el caso. Simonetta estaba convencida de que encontrarían algo.

—Está bien pensado. Aquí dentro suele dejar un juego de llaves —dijo Casandra, señalando una cortinilla que había detrás de ella. Lo más probable es que fuera la entrada a una cocina o a un almacén—. Lo que ocurre es que no me parece bien entregarles las llaves para que entren solos en su casa, eso de ninguna manera. Deben comprenderlo. Y por otra parte —dijo, dudando—, no puedo dejar solo el bar.

—¿No trabaja nadie más con usted? —preguntó la doctora. Tal vez el sudamericano estuviera dentro y pudiera quedarse a cargo.

—No, ahora no. Bueno, trabajamos Bernabé y yo, como socios. Nosotros solos llevamos el local

—Entonces me quedaré yo, y si viene algún cliente, le digo que espere —propuso Sergi, consultado su reloj de muñeca para transmitirle a Casandra que el tiempo avanzaba. Las dos mujeres afirmaron con la cabeza. Casandra entró dentro. Los otros dos ni se miraron por temor a que pudiera darse la vuelta de improviso y pillarlos.

—¡Mierda, mierda! —A la propietaria del bar se la oía rebuscar abriendo y cerrando cajones, cogiendo y dejando llaves. Al poco salió—. No están aquí —reconoció, contrariada—, Bernabé es un caso. Nunca recuerda dónde deja las cosas ni dónde tiene la cabeza. No me extraña que haya olvidado mandar el documento firmado. Es un auténtico desastre. Seguro que cogió el juego de llaves y no lo devolvió —concluyó, rabiosa.

—En ese caso —dijo Simonetta, levantándose del taburete—, no hay nada más que hacer.

—¡Pero esto no puede terminar así! ¿Quién se quedará con el dinero? —preguntó, alterada. Sergi miró a Simonetta.

—Ese es otro tema. Supongo que la difunta tendrá otros familiares. En todo caso, ya no es misión nuestra averiguarlo. Nuestro cometido finaliza en este momento. —Sergi se estaba convirtiendo en un auténtico profesional de la interpretación.

—¡De eso nada! ¡No hay derecho a que una persona caiga enferma y por eso deje de recibir el montante de un seguro! ¡En cuanto salga del hospital moveremos cielo y tierra! ¡Tenemos muy buenos contactos! —Ante la perspectiva de una bronca, Simonetta reculó. No les costaba nada dejarla más calmada. Nadie les aseguraba que no pudieran necesitarla en otra ocasión.

—Veremos qué se puede hacer —intervino, mediadora—, quizá podamos encontrar alguna solución.

—¿Tal vez con un justificante médico del ingreso? —propuso Sergi después de fingir que lo meditaba.

—Vamos a intentarlo —contestó su compañera.

—Sí, sí, por favor. —Casandra de pronto parecía aliviada—. Esto le puede pasar a cualquiera, ponerse enfermo de repente y no poder firmar un documento importante.

—Nos acercaremos al hospital en cuanto salgamos de aquí —propuso Sergi.

—¡Uf!, qué peso me quitan de encima —dijo la socia de Bernabé, juntando las manos como en oración—. ¿Ustedes saben la responsabilidad que han puesto sobre mis hombros? Bernabé me mata, me mata si se entera de que han venido hasta aquí y no se ha resuelto nada. Pensaría que me he quedado de brazos cruzados. ¡No quiero ni imaginar su reacción! Pero… ¿ya se van? ¡Pero si ni les he llegado a servir la consumición!

—BUENO, SERGI, CONCLUSIONES de nuestro medianamente fructífero viaje. —Simonetta se acomodó en el asiento del copiloto mientras el enfermero tomaba la carretera. Era una gozada disfrutar de nuevo del verde de los arbustos y de una temperatura cálida.

—Primera —expuso su compañero, recogiendo el guante—: Bernabé y Casandra han tenido o tienen un rollo; segunda: están a dos velas; tercera: por descontado, su bar es un centro de compra-venta de droga; cuarta: Marianne Thorsen no era precisamente el ojito derecho de la socia de su marido; quinta: el sudamericano, pareja de Casandra, ha desaparecido… ¿me dejo alguna?

—Sí. Casandra, en el fondo… es una lela. Dejarse engatusar por dos principiantes como nosotros… —rio Simonetta.

—Hay que ver cómo se lo ha tragado todo. ¡Y eso que ni lo habíamos ensayado!

—Mejor así, hilvanado e improvisado. ¡Ha quedado absolutamente natural! *Mon Dieu!,* que diría Séraphine. Muy bien, Sergi, ¡muy bien! Has elaborado unas conclusiones muy certeras. Vaya, vaya, con esta parejita… así que han sido algo más que socios. Ahora, bien mirado, cada uno por su parte tiene un amplio historial de… llamémoslas conquistas. Era inevitable que entre ellos dos no guardaran la distancia, ¿no te parece?

—Sobre todo una vez que se quitara de en medio el sudamericano, la pareja de Casandra. Igual es él quien ha puesto los pies en polvorosa y los otros dos no han soportado la soledad —ironizó la doctora.

—Soledad, soledad… Recuerde lo que ha dicho mi tía, ya los pillaron en casa de Bernabé antes de la muerte de Marianne. Y, por cierto, hablando de Marianne, ¿usted ha notado mucho instinto maternal en Casandra? ¿La cree capaz de cuidar a Aleksander cuando su madre se iba a pintar?

—¡Uy! Eso ya es más difícil de determinar con lo poco que la conocemos; lo que sí está claro es que esa especie de tugurio no es el lugar idóneo para atender a un niño.

—La pena es que las llaves de Bernabé no estuvieran en el bar —se lamentó Sergi.

—Sí, es una lástima, porque estoy convencida de que Casandra me hubiera acompañado hasta la casa y, una vez allí, con la llamada que había previsto que me hicieras, habría sido inevitable que ella volviera al bar y yo me quedara a mis anchas inspeccionando todo de cabo a rabo. En fin, al menos el viaje no ha sido en balde.

—No suspire demasiado pronto. Falta lo mejor. —Sergi sonreía como un pilluelo. En esas ocasiones, sus ojos se transformaban en dos líneas casi inexistentes y su candidez se revestía de picardía. Indicó con el intermitente que se iba a desviar a la derecha, tomó esa dirección y aparcó en un ensanchamiento del camino.

—Parque Natural de S'Albufera des Grau —leyó Simonetta en un gran cartel.

—Esto es de lo mejorcito de Menorca, doctora, no podemos desaprovechar la ocasión. Nunca se sabe, igual no se repite.

—Pero ¿nos dará tiempo? —advirtió Simonetta—. Ten en cuenta que hoy nuestras consultas comienzan a las dos de la tarde.

—Lo tengo todo medido, lo que hemos ganado por no ir a alcahuetear a la casa de Bernabé lo invertimos echando un vistazo a esta maravillosa reserva natural.

—¡Pues así sea!

32

Por fortuna, el tiempo seguía bonancible: el cielo estaba despejado y, ya a esas horas de la mañana, el sol, aunque con cierto retraimiento, se dejaba ver en lontananza. Simonetta había madrugado bastante, más de lo que le hubiera gustado. Había quedado antes del embarque con el comisario Ferrer para desayunar en el mismo aeropuerto y así ponerse al día de sus respectivas investigaciones. A decir verdad, le daba una pereza terrible aquel viaje, pero a la francesa le hacía tanta ilusión que asistiese que le pareció muy desconsiderado echarse atrás en el último momento. Desde la noche en que se vieron por última vez en la villa, Pau no había vuelto a dar señales de vida. Simonetta había visto luz en su casa, pero el pescador no la había llamado ni se había comunicado con ella de ninguna forma. Esa era en buena parte la razón de su apatía. ¿Lo habría perdido para siempre? Intuía que sí, que cabía la posibilidad, y, si aquello se confirmaba, auguraba para sí misma una travesía por el desierto más penosa de lo que estaba dispuesta a soportar. No obstante, una espoleta interior la azuzaba a seguir con las pesquisas del caso en el que Pau estaba implicado, quizá con el secreto propósito de que, una vez resuelto, sus caminos volvieran a cruzarse.

Llegó al aeropuerto un poco antes de lo previsto, estacionó el Alfa Romeo en el parking y se dirigió a una de las cafeterías que había antes de entrar a la zona de embarque. Con la maleta de cabina que llevaba no necesitaba facturar. Enseguida lo vio, apoyado en la barra de la cafetería donde habían quedado.

—¡Hombre, italiana! ¿Ya estás aquí? ¿A qué viene esa cara?

—¿Esta cara? Es que no me he maquillado.

—¿Y qué? Tú no necesitas maquillaje, pero ni el mejor maquillaje disimula que algo te pasa. ¿Has reñido con tu novio? —Simonetta miró a otra parte—. ¡Es eso! ¡Habéis reñido! ¡Por fin has abierto los ojos! —Darío titubeó—. O... ¿no los has abierto todavía? ¡Ha sido él el que te ha plantado! —exclamó, elevando el tono de voz.

—Ya vale, Darío. No seas tan primitivo ni tan histriónico.

—¿Primitivo? ¿Histriónico? Hace unos cuantos años me decías que te gustaba mi forma de ser, natural y desenfadada, según tú.

—Eso fue hace mucho tiempo. Es bueno evolucionar. No solo bueno, es imprescindible.

—Evolucionar... hacia el aburrimiento.

—Eres imposible, Darío.

—De acuerdo, recojo el guante y me callo. ¿Preparada para poner en común nuestras pesquisas? —propuso, cambiando de tercio.

Por su parte, Simonetta acudía decidida a poner todas las cartas sobre la mesa, a explicarle con pelos y señales la historia de las muchachas de la fotografía, origen sin duda del chantaje que Marianne, sola o acompañada, ejercía sobre Pau, así como toda la información recabada en Es Grau el día anterior. Llegados al punto en que se encontraban, o aunaban fuerzas o no conseguirían resolver el caso jamás.

Después de contárselo todo y obviando tan solo la colaboración de su enfermero, Darío le mostró un informe en papel, el resumen de las historias clínicas del centro de salud de los tres componentes de la familia Dolz Thorsen. Como era de esperar, coincidían con la versión de la doctora Rubio, la pediatra de Aleksander.

—Y lo último de lo último —anunció Ferrer— es que acabo de recibir una llamada de comisaría justo antes de que llegaras al aeropuerto. Bernabé Dolz está mejor, sigue en la UCI, pero ayer lo desintubaron y parece que está respondiendo bien al tratamiento, aunque todavía no dejan visitarlo. Estaremos alerta para interrogarlo de nuevo en cuanto su situación lo permita.

—¡Perfecto!

—¡Parece que te está cambiando la cara! —exclamó Ferrer, complacido—. ¿No te das cuenta de que para ser feliz no necesitas a nadie más que a este menda?

Aunque sabía perfectamente que el comisario estaba hablando en broma, Simonetta tenía que admitir que la arrolladora personalidad de Darío le levantaba siempre el ánimo. Antes de despedirse, le sugirió un registro por orden judicial de la casa de Bernabé.

—Va a ser difícil, italiana. No creo que la jueza, con la escasez de indicios de dolo que tenemos de momento, nos dé la autorización. Voy a intentarlo, pero no te hagas ilusiones de que lo consiga.

La zona del control de seguridad estaba a rebosar, tanto que Simonetta dudó si le daría tiempo a llegar a la puerta de embarque antes de que la cerraran. Una buena parte del pasaje ya había entrado en el *finger* cuando Simonetta enseñó su documentación a la azafata. El avión era un modelo de tamaño pequeño, como todos los que se usan para los viajes entre islas. No iba completo, aproximadamente la mitad de los asientos se encontraban vacíos. Estaba a punto de alcanzar el suyo cuando oyó que alguien la llamaba a sus espaldas.

—¡Doctora Brey!

Simonetta se giró. Una cabeza conocida se asomaba al pasillo desde dos filas más adelante. Era el padre Eladio. La doctora se volvió hasta llegar de nuevo a su altura.

—Con las prisas, no me he dado cuenta de que estaba usted aquí.

—Ya, ya, no se preocupe. ¿Quiere sentarse a mi lado? —le propuso el clérigo—. No creo que vaya a ocuparse el asiento.

En otras circunstancias, Simonetta, con educación y alguna excusa, hubiera desestimado la invitación. A no ser que el acompañante fuera un amigo de verdad, le gustaba viajar en silencio, relajada, quizá en duermevela, pero no podía desaprovechar esa ocasión que, sin esperarla, se le brindaba. El padre Eladio, aunque sin una razón evidente, gozaba de su simpatía y, lo que era más importante: frecuentaba la Torre Tudurí, era asiduo de la familia, amigo de la difunta Marianne y, por consiguiente, un posible diamante en bruto para los propósitos de la doctora Brey.

—¿No nos regañarán las azafatas?

—No creo —respondió el sacerdote—. Estos vuelos cortos son como viajes familiares.

Simonetta pasó al asiento de al lado de la ventanilla. Tan solo había cuatro por fila. Consultó el reloj. Contaba, entre despegue y aterrizaje, con poco más de media hora para sacarle toda la información posible a su compañero de trayecto.

—Qué sorpresa verlo aquí, padre. ¿De viaje de placer?

—Tengo que confesarle que sí —le contestó el clérigo, acercándose a ella con la mano junto a la boca simulando desvelarle un secreto—. Espere y verá. —Introdujo la misma mano en el bolsillo interior de la americana y le mostró lo que parecía un billete o una entrada.

> *El elixir de amor*, de Donizetti.
> Teatro Principal de Palma.

—¡Ah! ¿Es aficionado a la ópera?

—Más que aficionado: soy amante entregado, en la medida en que un sacerdote puede ser un amante entregado a alguna otra cosa además de a su vocación, claro —se justificó—. La música es mi gran pasión y el teatro… la segunda, así que usted comprenderá que, para mí, el género operístico es lo más grande y elevado que, fuera de lo místico, un ser humano haya creado jamás. Y usted, ¿comparte aunque sea un poquito esa opinión?

—Es difícil no compartirla, padre, y no solo un poquito. Yo también amo la música y valoro como usted su grandeza, pero tal vez me falta profundizar algo más para vivirla como parece que usted la vive.

—¿Quiere acompañarme al teatro esta noche? Cuento con una entrada más —le reveló, enseñándosela—. Me las ha enviado mi familia desde Sevilla como regalo de cumpleaños. ¡Ventajas de internet! Por si prefería no asistir solo, me han mandado dos, pero no tengo a nadie con quien compartir la función. Si usted lo desea, me haría un gran honor.

—En otras circunstancias, tal vez, padre, pero precisamente viajo a Palma porque tengo un evento esta tarde noche y no puedo faltar.

—De acuerdo, doctora, no quiero alterar sus planes ni ponerla en ningún compromiso.

—Por cierto, ¿se ha enterado de que Bernabé Dolz está mejorando? —Simonetta no podía perder el tiempo con preámbulos.

—Sí, hace unos minutos me ha llamado Consuelo Tudurí para comunicármelo. Se la veía muy contenta, y yo también me he alegrado mucho. Si no fuera creyente, también pensaría que alguien les ha echado encima una maldición.

—Usted está muy unido a ellos, ¿no es así?

—Bueno, unido, unido… yo creo que no. Consuelo es una buena feligresa, al igual que su marido, y yo voy todos los días a llevarles el sacramento de la comunión. También lo hago con otros parroquianos, solo que, a ellos, con todo lo que les ha pasado, los tengo quizá más en consideración.

—Padre, usted ya era amigo de Marianne, ¿me equivoco? —El sacerdote se sonrojó.

—Sí, éramos buenos amigos —reconoció y bajó la mirada, algo turbado.

—¿Sabe que fui yo quien certificó su muerte?

—¡No me diga!

—Fue algo muy desagradable, terrible, y eso que yo no la conocía.

—No quiero ni imaginármelo…

—¿Usted conoce las circunstancias en que murió, el lugar donde la encontraron?

—Y quién no —intervino el sacerdote—. En nuestra sociedad, lo morboso es lo que triunfa, sin tener en cuenta a la persona. Muy triste.

—Así es. Y en relación a esto, he de confesarle algo, padre. —El joven se puso alerta—. Es algo grave y que puede implicar a personas que conocemos. Sospecho, o más bien tengo casi la seguridad, de que Aleksander y Marianne fueron víctimas de un asesinato.

—¡Qué dice usted! —exclamó el clérigo, alarmado—. ¡Qué barbaridad es esa!

—No es ninguna barbaridad. Simplemente es la conclusión a la que he llegado como médico después de estudiar los dos casos en profundidad. ¿Usted cree que es normal que mueran en un breve período de tiempo dos personas jóvenes y sanas, madre e hijo, sin explicación alguna? Yo misma le respondo: no es normal. Y le digo más, estoy convencida de que la enfermedad de Bernabé tiene el mismo origen que las muertes, es decir, la misma persona que asesinó a su hijo y a su mujer ha pretendido asesinarlo a él. —En ese momento el padre Eladio palideció.

—¿Está usted segura? —preguntó, intimidado.

—Casi.

—¿Lo ha comunicado a la policía?

—Por supuesto que sí. Ya han comenzado a investigar. —El joven eclesiástico empezó a sudar. «Le he aguado la función al pobre», pensó Simonetta, casi arrepentida de su intervención.

—A investigar, ¿sobre qué?

—Supongo que sobre todo, sobre todas las circunstancias alrededor de las víctimas. ¿Se encuentra mal, padre? —Simonetta temió que se fuera a desmayar—. Quítese la americana. Aquí hace calor. —El padre Eladio la obedeció.

—Entienda mi turbación, doctora. La muerte de Marianne fue un duro golpe para mí. Espero que no me malinterprete, éramos solo amigos. Bueno… ser amigos ya es suficiente para lamentar un suceso como ese, y también su ausencia.

—Ya lo creo, no tiene por qué justificarse. Tuvo que ser muy duro para quienes la querían.

—No éramos muchos, no crea. Era un ángel, y los ángeles, en numerosas ocasiones, son incomprendidos.

—¿Tan buena era? —preguntó la doctora, con más interés personal que profesional. De manera inevitable, no podía dejar de sentir un cierto ramalazo de celos cuando alguien elogiaba a la antigua amante de Pau.

—Yo era su amigo. No soy la persona más indicada para responder a su pregunta. Si lo que quiere saber es si era una santa, he de responderle que no. Como ninguno de nosotros. Pero estoy convencido de que en el fondo de su alma reinaba el bien.

—He oído decir que era bastante inocente.

—Ya lo creo que lo era, y eso fue un lastre en su vida. Se dejó engañar por personas que no la merecían.

—¿Sabe si tenía enemigos?

—¿Enemigos? Es posible, porque se movía en un mundo lleno de peligros, un mundo que no le pertenecía y del que debió haber salido hace mucho tiempo. Pero yo no conozco a nadie en particular al que pueda acusar de querer su muerte. —El sacerdote se estaba recomponiendo poco a poco.

—¿Y de hacerle daño a su marido? Ya ve que él también se encuentra enfermo.

—Hasta ahí yo ya no puedo llegar. A Bernabé lo conozco muy poco. Más a través de lo que me contaba Marianne que por contacto directo con él. Pero su entorno no era sano. —El sacerdote había doblado la americana y la tenía sobre las rodillas. Mientras hablaba con Simonetta, abrochaba y desabrochaba una y otra vez el botón que cerraba el bolsillo interior—. ¿Usted cree que la policía contactará conmigo? —le dijo al fin, después de un silencio de minutos.

—Es probable —le contestó Simonetta, que dudó de la idoneidad de su respuesta. De repente, el joven sacerdote se echó a llorar. La doctora no se lo esperaba ni por asomo. De forma automática, echó un vistazo a los asientos vecinos. Efectivamente, los pasajeros lo habían advertido y, con disimulo, observaban de soslayo al pobre padre Eladio, que intentaba ocultar su inesperada reacción tapándose la cara con las manos.

—Tranquilícese, padre, tal vez ni siquiera lo llamen para declarar, y, si ocurre, lo único que debe hacer es limitarse a contestar las preguntas que le formulen. Si es necesario, yo me ofrezco a acompañarlo —le dijo con total sinceridad, cogiéndolo del brazo. De haber adivinado semejante salida, ni loca le hubiera sacado el tema a relucir, sobre todo en aquel espacio tan reducido.

—Muchas gracias, doctora. No sabe lo que significa para mí poder confiar en alguien. No he podido ni siquiera comentar la muerte de Marianne con nadie, y eso ha supuesto para mí un golpe muy fuerte.

—¿Cómo se conocieron? No parece que tuvieran muchas cosas en común —se atrevió a preguntar Simonetta. Siempre podía dar marcha atrás si su compañero de viaje reculaba—. ¿Cuánto tiempo hace de eso, padre?

—Pronto va a hacer dos años.

—¿Y se conocieron en Mahón o en Ciudadela?

—En Mahón. Yo entonces residía allí. Como le digo, fue todo una casualidad.

—¿Ella era feligresa de su parroquia? Perdone que le pregunte, pero si se da el caso de tener que acompañarlo a una hipotética declaración ante la policía, creo que, al menos, sería conveniente saber algo de la relación que los unía.

—Sí, claro, por supuesto. No tengo nada que ocultar, lo que ocurre es que esa relación de la que usted habla... —El padre Eladio titubeaba—, digamos que se enturbió. Una lástima, pero así fue. Ese es el motivo por el que me he puesto un poco nervioso cuando usted ha mencionado a Marianne, su muerte y a la policía. En parte, ha sido providencial encontrarme con usted, primero por su advertencia y después porque no tengo a nadie con quien desahogarme. Aunque le repito que no tengo nada que ocultar, la verdad es que la historia es un tanto enrevesada y hasta vergonzosa para mí.

—En ese caso —intervino Simonetta—, no debe sentirse obligado a contarme nada, por supuesto. Tal vez lo mejor sería que en este momento nos olvidásemos del tema y nos relajáramos.

—No, no, si no le importa, yo sí quiero contarle lo que sucedió. Si tiene usted razón y Marianne no falleció de muerte natural, tarde o temprano la policía querrá conocer mi versión de nuestra relación de amistad. Antes de eso, quiero que, al menos usted, la conozca de primera mano.

Una tarde en que llovía intensamente, casi como si estuviéramos en el trópico, me acerqué a Sa Catòlica, una librería del centro de Mahón, a recoger dos libros de Teología que había encargado. Una vez dentro, Susana, la propietaria, que es una mujer encantadora, me dijo con pesar que todavía no los había recibido, pero que mi visita a su establecimiento había sido muy oportuna porque iba a pedirme un favor. Una mujer joven embarazada que residía en Es Grau había entrado en su librería para refugiarse de la lluvia. Había ido a Mahón a hacer unas compras y, al intentar poner el coche en marcha, el contacto no le había funcionado, su marido no le cogía el teléfono y el del seguro tampoco le contestaba. Susana no podía cerrar la librería para llevarla a su casa y la mujer estaba empapada y tiritando. Me preguntó si podía llevarla yo. ¿Cómo iba a negarme? Me dirigí de inmediato al garaje donde guardaba mi coche y lo estacioné delante de la puerta de Sa Catòlica. Susana estaba al tanto y, en segundos, Marianne entró en el auto. Quizá me considere un cursi o un anticuado, pero nada más verla me pareció que la virgen María con el niño Jesús en su vientre estaba sentada a mi lado. Me miró con sus pequeños pero luminosos ojos azules y solo me dijo «gracias». En el breve trayecto hasta su casa me contó, resumida, su vida o, mejor dicho, la versión de su vida que consideró que yo debía conocer.

»Días más tarde, Susana me llamó para decirme que por fin habían llegado los libros que le había encargado. Una vez en la librería me entregó una nota manuscrita en la que figuraba el nombre de Marianne y un número de teléfono. Me sorprendí porque nadie, ni siquiera ella misma, me había dicho que la mujer que yo había llevado en mi coche se llamara así, ni yo había preguntado por su nombre. «Ayer estuvo por aquí y dejó esto para que te lo entregara. Parece ser que quiere darte las gracias.» «Si ya lo hizo», le comenté a Susana, extrañado. «Tú verás, el otro día estaba bastante nerviosa, igual quiere agradecerte el detalle con más tranquilidad.» Le pregunté si era clienta habitual de la librería y Susana me respondió que la tarde de la lluvia era la primera vez que la había visto. Nada más llegar a casa la llamé, por deferencia y por curiosidad. Con una voz mucho más serena me citó en un café cerca de mi parroquia para agradecerme «como es debido» el detalle de haberla llevado hasta Es Grau.

—¿Cuál era su parroquia? —lo interrumpió Simonetta.

—¿Conoce usted Mahón?

—No demasiado.

—Pero sí conocerá la iglesia de Nuestra Señora del Carmen, situada al lado del mercado, en la plaça del Príncep.

—Sí, la conozco, por supuesto.

—Pues esa era entonces mi parroquia.

—¿Vivía usted ahí mismo?

—Sí, en la parte de atrás de la iglesia hay una vivienda donde residíamos el párroco y yo, como coadjutor. Pues bien, como le decía, nos encontramos en el café y me regaló una pequeña acuarela, que aún conservo, con una vista de la bahía de Es Grau. A partir de ese momento nos hicimos amigos. No nos veíamos a menudo, pero cuando lo hacíamos nos parecía que nos conocíamos de toda la vida.

—¿También se lo parecía a ella?

—Eso es lo que, al menos, me decía. Ya en esa primera cita me habló de sus problemas económicos. Ella no encontraba trabajo y menos en su estado, próximo a dar a luz, y a su marido le debían una buena cantidad de dinero. Por otra parte me dijo que, a pesar de llegar a duras penas a final de mes, le enviaba dinero a uno de sus hermanos, que vivía en Noruega, al que acababan de desahuciar por impago. «¿No dispondría su parroquia de dinero para necesidades fuera de España?», me preguntó. En realidad, sí que guardábamos una parte de nuestras colectas para enviar a los países del tercer mundo, pero el caso que me planteaba mi nueva amiga no era exactamente una necesidad en un país pobre. Así se lo manifesté. «Pero mi hermano está pasando hambre. Tiene que pedir en la calle para sobrevivir. ¿Por qué tiene menos derechos que una persona que ha nacido, por ejemplo, en África?» Llevaba encima un billete de cincuenta euros y se lo entregué. Nada más regresar a casa, durante la comida, le expuse el problema al párroco y él se llevó las manos a la cabeza. «¿Enviar dinero a un pobre de Noruega? ¿Usted está loco? ¡Si es un país más rico que España! De ninguna manera.» En nuestros sucesivos encuentros, Marianne se quejaba de los sacrificios que tenía que hacer con lo poco que le daba su marido. Llegó un momento en que, de forma literal, me quedé sin blanca.

—¿Y cuál fue la reacción de Marianne?

—Ella ni se enteró, porque a partir de ahí opté por coger un poco de dinero de la parroquia cada vez que Marianne me lo pedía. Yo no lo consideraba un hurto, puesto que ese dinero se destinaba a la caridad con los necesitados del barrio, y se da la circunstancia de que Es Grau carece de parroquia, luego la ayuda que prestaba a Marianne podía considerarse legal. Pero el párroco no lo juzgó así.

—¿Se enteró? —preguntó Simonetta, casi sobrecogida por el relato del sacerdote.

—Sí que se enteró. Me llamó a su despacho. Imagínese el resto. No sé cómo no me dio un ataque.

—¿Lo acusó de robar?

—De robar exactamente no, de malversar el dinero de la parroquia y de tener relaciones con una mujer casada. No me dejó margen de explicación.

—Madre mía... —repuso la doctora, poniéndose en la piel del padre Eladio—. ¿Y esa fue la razón por la que se trasladó a Ciudadela?

—Sí. El señor obispo de Ciudadela me llamó a su despacho y, al menos, él sí dejó que me explicase.

—¿Y lo comprendió?

—No, comprender no es el término. Me da vergüenza repetir sus palabras.

—No es preciso que me las repita.

—Más o menos —se decidió el clérigo— vino a decirme que me había enamorado sin darme cuenta y que el amor de un sacerdote hacia una mujer puede acarrear consecuencias funestas. No le pude convencer de que el sentimiento que me llevaba a ayudar a Marianne no tenía nada que ver con el amor carnal, sino con un amor puro y fraternal. Pero, eso sí, no me acusó de ladrón. Antes de «devolverme» a mi diócesis me ofreció un traslado a la misma Ciudadela, sede de la diócesis de Menorca, para «vigilarme él mismo de cerca».

—¿Y continuó viéndose con Marianne? —intervino Simonetta, atenta a las palabras del joven.

—Seguimos en contacto, quizá más que nunca. Nos llamábamos con frecuencia, y yo quedaba con ella cada vez que tenía que viajar a Mahón por orden del obispo.

—¿También se enviaban mensajes por teléfono?

—Nunca —respondió el padre Eladio—. Personalmente no me gustan, y tampoco quería que nadie pudiera leerlos en algún momento de descuido.

—¿Y eso fue todo?

—Por desgracia, no. Recuerde que murió el niño. Como puede suponer, fue un golpe terrible para Marianne. La apoyé cuanto pude, e incluso comencé a visitarla en su casa. Consideré que era mi obligación. Estaba hundida, parecía otra.

—¿Y su marido lo sabía?

—Nunca me lo pregunté. Nunca hicimos nada malo. No me hubiera importado compartir una velada con él, por supuesto. Por aquel entonces conocí a Consuelo Tudurí y a Laureano. Consuelo aprovechaba mis viajes para enviarles comida porque estaba al tanto de la precaria situación económica de la pareja, y yo intervine para construir puentes entre ellos, ya que habían estado unos años sin hablarse. También era esa mi obligación, de la que me sentía inmensamente orgulloso, tanto es así que hasta se lo manifesté al obispo que, después de hablar con Consuelo Tudurí, me felicitó. Pocos días antes de la muerte de Marianne fui a visitarla a su casa porque había adelgazado y estaba muy desmejorada. Desde la muerte de Aleksander había ido cayendo en un pozo oscuro del que yo no sabía cómo lograr que saliera. Estuve tan solo unos minutos hablando con ella porque debía regresar pronto a Ciudadela.

Una vez de vuelta, aparqué mi coche donde solía hacerlo, en una plaza de parking que el obispado tiene reservada en la calle, próxima a la casa del obispo. Cuando estaba a punto de entrar en el edificio, recordé que había olvidado la Biblia en el asiento de atrás del coche y me di media vuelta. Con sorpresa vi a un joven agachado al lado de mi coche, hurgando en los bajos. Me acerqué de inmediato y le pregunté en voz alta qué era lo que estaba haciendo. Elevó la vista hacia mí y, sin responderme, se levantó y se fue corriendo. Ni que decir tiene que su comportamiento me escamó. Sin pensarlo demasiado, me arrodillé y, con la linterna del móvil, vislumbré un pequeño paquete pegado en los bajos del automóvil con cinta de carrocero. ¿Ha tenido alguna vez una corazonada?

—Ya lo creo —le contestó Simonetta.

—Yo también la tuve, y no fallé.

—Era droga —se aventuró la doctora.

—¡Acertó! —dijo, imitando al presentador de un concurso.

—Y se la había puesto Marianne.

El sacerdote suspiró.

—Nunca lo supe a ciencia cierta. O ella o su marido. La cuestión es que me utilizaban de camello.

—¿Y qué hizo cuando lo descubrió?

—Me subí al coche de nuevo, coloqué el paquete encima del asiento del copiloto, en el mismo donde vi a Marianne por primera vez, y me dirigí a Es Grau. Figúrese qué insensatez, si me llega a parar la Guardia Civil… Por suerte no apareció en todo el camino ningún miembro de un cuerpo uniformado.

—Y se presentó en casa de Marianne.

—Sí, claro. Aquello había que solucionarlo en el acto. Me sentía humillado hasta un punto que usted no puede ni llegar a sospechar. Me los imaginaba a ella y a Bernabé muertos de risa a mi costa, contando los billetes que ganaban con la droga junto con los que yo les había proporcionado para «darles de comer y ayudar a su hermano». Hervía por dentro. No recuerdo haber experimentado jamás un sentimiento de cólera como el de aquel día. Que yo tengo un ángel de la guarda no lo ponga usted nunca en duda, porque en aquella ocasión fue quien me salvó. Cuando llegué a casa de Marianne, no había nadie en su interior. Llamé a la puerta, revisé ventana por ventana, la llamé a voz en grito, pero no estaban ni ella ni Bernabé. ¿Qué hacer entonces? Lo primero que se me ocurrió: cogí el paquete, que no pesaría ni medio kilo, y lo arrojé por encima de la tapia que bordeaba la casa por detrás para que cayera dentro del porche que tenían en la planta baja. Y me marché de allí. Para siempre.

—¿No volvió a hablar con Marianne?

—Esa misma noche me llamó por teléfono. Supongo que nada más descubrir el paquete. Pero no contesté. Volvió a llamar todos los días, sin respuesta por mi parte. Hasta que, una semana más tarde, me enteré de que había aparecido muerta.

Simonetta estaba impresionada. Por todo. Por el relato del clérigo, por su aparente inocencia, por su condición de sospechoso… ¡Por fin Pau no era el único! Pero ¿habría alguna prueba contra él? Había sido más listo que el pescador, no había dejado rastro ni en su móvil ni en el de Marianne de ningún mensaje que pudiera incriminarlo. Y respecto a lo que le acababa de confesar... Con no mencionar lo más sustancioso del relato se libraba incluso de una interrogación a fondo. ¿Le habría contado toda la verdad? ¿Había tergiversado fechas para no salpicarse con la muerte de Marianne? ¿Por qué razón la había hecho partícipe de toda esa historia que bien podría haber seguido ocultando?

—Tengo curiosidad por una cuestión, padre. ¿Aún sigue pensando que Marianne Thorsen era un ángel?

El sacerdote suspiró de nuevo.

—Yo no soy quién para juzgarla, nunca, y menos después de la muerte que tuvo, pero en lo más profundo de mi corazón pienso que no fue responsable del asunto, que se limitó a seguir órdenes. Como le he dicho al principio, era un ser inocente, frágil y necesitado de cariño.

«Por favor, abróchense los cinturones. Vamos a iniciar las maniobras de aterrizaje», se oyó a la azafata por megafonía.

ANTES DE DESPEDIRSE, una vez en tierra, el sacerdote se acercó a Simonetta.

—Doctora, ¿se da cuenta por qué me aterra la posibilidad de que la policía me interrogue? ¡Gracias al cielo que la he encontrado a usted y se ha prestado a ayudarme! ¡Es usted un ángel, un ángel!

33

El hotel que Séraphine Bardot había reservado para todos los amigos que acudían a Palma desde Ciudadela se encontraba muy próximo al palacio de la Almudaina, donde iba a celebrarse la cena.

—Si no le importa —le dijo el taxista a Simonetta—, la dejo aquí, en vista del poco equipaje que lleva. Ahí mismo comienza el carrer Apuntadors que, aunque permite el paso de taxis, a esta hora siempre está con atasco por los vehículos de reparto de los proveedores. El hotel lo tiene a un paso.

El hombre tenía razón, la calle era tan estrecha que no disponía de aceras y, tan solo con una furgoneta estacionada, el peatón tenía que hacer auténticas contorsiones para poder pasar. El hotel estaba ubicado en una antigua casa palacio con un espléndido patio interior decorado con abundantes plantas, que denotaba el buen gusto de los propietarios y el afán por agradar a los clientes. El recibimiento de la persona a cargo de la recepción estaba al mismo nivel. «Esta Séraphine sabe elegir», pensó la doctora. Iba con el tiempo justo para llegar sin retraso a la cita que Sergi le había concertado con el doctor Gomila. La casualidad había querido que el médico jubilado viviera precisamente cerca de allí, en la plaça de la Reina, el lugar donde la había dejado el taxi.

—Adelante, mi marido la está esperando. —El matrimonio ocupaba el ático de un precioso edificio modernista completamente restaurado.

—Encantado de conocerla, Simonetta. Sergi me ha hablado maravillas de usted.

El doctor la recibió con afabilidad y se saludaron con un par de besos. Como atuendo llevaba un chándal azul marino que parecía recién estrenado y unas zapatillas deportivas de varios colores, impecables también. Iba perfectamente peinado, rasurado y perfumado con una intensa y agradable fragancia que Simonetta creyó reconocer. ¿Quizá de Loewe? A primera vista, parecía un hombre bonachón. La aguardaba en el salón de la casa y le ofreció asiento en uno de los dos sofás que estaban colocados en ángulo recto. Él se sentó cerca, en el otro. Enseguida su mujer les sacó unos frutos secos y un par de refrescos.

—Os dejo para que habléis tranquilos —les dijo con simpatía—. Yo voy a aprovechar para hacer unas compras.

—Sin ella estaría perdido —le confesó su marido nada más oír que la puerta de la vivienda se cerraba—. Es una mujer extraordinaria, la mejor. ¿Está casada o tiene pareja estable, como dicen hoy en día?

—Ninguna de las dos cosas —contestó Simonetta, sin detenerse a meditar.

—Pues el día que se decida, si es que algún día lo hace, le aconsejo que elija bien. Es la decisión más importante que va a realizar en su vida. —El doctor hablaba como un sabio. No era demasiado mayor, por lo que Sergi le había contado rondaría los setenta, pero aparentaba más por su voz grave y profunda, el bigote que lucía y por su sobrepeso—. ¿Conoce Palma?

—Sí, pero la visité hace un montón de años. Supongo que habrá cambiado. Acabo de llegar, así que no me ha dado tiempo todavía a ver nada.

—Sí, ha mejorado mucho, ya lo creo, hasta el punto de que yo, que soy un menorquín por los cuatro costados, he dado el paso de venirme aquí.

—No es mal sitio para vivir.

—No, no, es un lugar fantástico, pero he de confesarle que la idea partió de mi mujer, que aquí nació y aquí se crio. Cuando nos casamos llegamos a ese acuerdo: Menorca sería nuestro hogar hasta que nos jubiláramos, y después nos instalaríamos en Palma. Llegado el momento no me quedó otra que cumplir mi palabra, aunque le puse una única condición: teníamos que vivir por esta zona para disfrutar todos los días del amanecer paseando por la bahía.

—Lo consiguió.

—Sí, sí, ya ve qué lugar tan privilegiado, con la Almudaina como vista desde el salón. Esto es vivir con lujo. Pero, bueno, vayamos a lo que la ha traído aquí. ¿Qué es lo que necesita saber?

—Creo que Sergi le ha puesto al tanto de todo el asunto.

—¿Sobre Rodica? Sí, sí.

—¿La conoció?

—Yo he conocido a todas las meretrices, perdone la licencia, que han ejercido en los clubes de Menorca en los últimos cuarenta años, si exceptuamos los cinco últimos, es decir, desde que me jubilé. Rodica fue una de ellas, sí.

—Me pareció muy curiosa su «dedicación profesional».

Gomila sonrió.

—Mi dedicación ha sido la Medicina General, que abarca cualquier tipo de pacientes, independientemente de su condición.

—Por supuesto.

—Al poco de sacar plaza por oposición para cubrir un puesto en Ciudadela, contactó conmigo un conocido que había abierto con otro socio lo que entonces se llamaba un puticlub. Era la época en que comenzaron a aparecer ese tipo de, por llamarlos así, establecimientos de ocio, las barras americanas. No quería que el suyo se convirtiera en un foco de contagio de enfermedades venéreas y me propuso un pequeño sueldo a cambio de brindarles atención médica a las chicas. Así empezó todo. Se fue corriendo la voz, yo también me moví algo, y me convertí en el médico de las prostitutas de Menorca.

—Con taxi incluido.

—Eso sí. A mí no me ha gustado nunca conducir y busqué un chófer.

—Con tantos años en ese mundo conocería bien a las chicas.

—¡Y tanto! Bueno, las chicas no eran siempre las mismas, las van cambiando de destino, van de un lugar a otro para que ni ellas se encariñen de ningún cliente o viceversa. Lo normal es que los dueños de este tipo de locales posean varios, o que entre ellos estén conectados para enviar a las chicas de uno a otro.

—Pobrecillas, como si fueran ganado.

—No crea, la mayoría son mujeres que ejercen el oficio porque quieren, para ganar unas cantidades de dinero inimaginables en cualquier otro trabajo al que pudieran acceder.

—¿Rodica era de esas? ¿No vienen muchas chicas de otros países engañadas?

—Algunas sí. Esas sí son dignas de lástima. Hay otras, como Rodica, que vino semiengañada.

—¿Y eso qué quiere decir?

—Son chicas monas que saben que gustan a los hombres y muerden el anzuelo con cierta irresponsabilidad. Rodica es un ejemplo de lo que le digo. Era una chica de pueblo que se fue a trabajar de camarera a Bucarest creyendo que se iba a comer el mundo, que iba a trabajar de modelo y esas cosas. Allí se colocó de azafata de eventos en sus horas libres, en una empresa gestionada por un matrimonio joven que las contrataba. Un día le ofrecieron un puesto similar en España, que incluía servicios a particulares a cambio de un salario considerable. Cuando lo comentó en su casa, tanto sus padres como sus hermanos la advirtieron de que aquello pintaba mal, que se estaba metiendo en la boca del lobo. Pero no les hizo caso, tenía mucha ambición de dinero, lujo… en fin, que acabó en un club de alterne de Alicante. Y de ahí, a Menorca. No sé si se arrepintió en algún momento.

—¿Recuerda cómo era?

—Altiva. No se le podía dar ningún consejo, porque ella ya lo sabía todo. Me refiero a consejos de tipo sanitario, por ejemplo, qué hacer ante una gastroenteritis. Y también muy posesiva. Si se echaba una amiga, no soportaba que esta intimara con otra. Y con los clientes, lo mismo. Si un cliente concertaba un servicio con ella, pero estaba ocupada y lo citaban con otra, estaba una temporada sin hablar a la compañera, y en alguna ocasión hasta había llegado a las manos. Unas cosas raras que dificultaban la convivencia.

—¿Cómo salió del club?

—Bernabé Dolz se encaprichó de ella. Eso es algo que no agrada nunca al dueño, que siempre suele estar alerta de que no suceda. En cuanto se percató, le dijo a él de buenas formas que se abstuviera de aparecer por allí durante una temporada, que se dirigiera a algún otro de los clubes de la isla, pero Bernabé, que estaba acostumbrado a hacer lo que le daba la gana, no le hizo ni puñetero caso. El propietario me lo contó. Tenía mala papeleta porque Bernabé era de los mejores clientes, y no solo eso, sino que Laureano, su padre, hasta el día en que le dio el ictus, también lo había sido, y, por su condición de jefe de la Policía Local, había hecho la vista gorda ante más de una irregularidad que siempre había pendiente de subsanar. En resumidas cuentas, un marrón.

—¡Menuda pareja, padre e hijo!

El doctor Gomila sonrió.

—Eso sucede mucho: primero ves por allí al padre, años después al hijo y, durante un tiempo, a los dos. Si algún día siguiera mis pasos, se enteraría de historias sorprendentes. En fin, vayamos al grano. ¿Por dónde me había quedado?

—Por el encaprichamiento de Bernabé.

—¡Ah, sí! Bueno, es una forma de llamarlo. Realmente lo que estaba era «encoñado», con perdón. Ya sabe, lo típico: pedía cita todos los días para estar con ella, etc. El dueño del local me pidió colaboración. Yo durante toda la vida había sido el médico de la familia Dolz Tudurí, todos los miembros me respetaban y él pensó que, si hablaba en serio con el hijo pródigo, tal vez se pudiera solucionar el asunto. Lo pensé bien, porque estaba a las puertas de la jubilación y no tenía ninguna necesidad de complicarme la vida, pero al final acepté. Después de tantos años no me pude negar.

»Hablé con los dos, con Rodica y con Bernabé, por separado y luego juntos. La impresión que me dio es que era ella la que se había encaprichado de él y usando a saber qué armas... digamos de seducción, porque lista era un rato, lo tenía pillado, no sé si desde el punto de vista emocional, físico o el que sea. Saqué la conclusión de que Rodica quería salir de allí y vivir con él, cosa del todo imposible conociendo las andanzas del joven, y no digamos a su familia. Así se lo planteé y los exhorté a que lo pensaran bien. Si aquello no se solucionaba, trasladarían a la rumana a otro club, con bastante probabilidad fuera de Menorca. Quedé con ellos al día siguiente, su decisión me sorprendió y nunca he sabido de cuál de los dos partió. Rodica abandonaría su oficio y empezaría a trabajar en la hacienda Tudurí como una empleada más hasta granjearse la confianza de la familia. Después, si su relación con Bernabé fructificaba, mostrarían su relación al resto.

—Bueno, bueno...

—Sí, una historia. Pero mi intervención no finalizaba ahí. Para que Consuelo aceptase contratar a una extranjera que procedía de un club de alterne, ya que tarde o temprano se enteraría, yo tenía que intervenir y recomendársela.

—¡Menudo marrón! —exclamó Simonetta.

—Ahí sí que me negué. Otras personas en las que he confiado y que he recomendado me han salido rana, ¡cuánto más Rodica, de la que no me fiaba un pelo! Además, les manifesté mi opinión: no creía que la solución que planteaban fuera a ser satisfactoria. ¿Cómo iba a acostumbrarse una chica así a trabajar en una granja? Por lo que he sabido después, me equivoqué. Un día encontré a Consuelo Tudurí en Ciudadela y me dijo que estaba muy contenta con ella, aunque a Bernabé ni lo mencionó, por lo que deduje que la pretendida relación se fue a pique antes de llegar a buen puerto.

—Sabrá que luego Bernabé se casó.

—Sí, sí, claro. Es lo que me explicó Sergi, y la razón por la que hoy está usted aquí.

—A mí Consuelo me contó que Rodica entró en la masía por mediación de un sacerdote.

—Sí, de eso sí me enteré en el momento. Bernabé debió de acudir al entonces párroco y no sé qué cuento de redención de pecadoras le debió de explicar al pobre hombre, que lo convenció para que hablara con su madre e intercediera a favor de Rodica.

—Sabrá que ahora se ha ido de allí.

—Sí, también me lo dijo Sergi. No me extraña. Ese no era su lugar.

—¿No tiene idea de adónde ha podido ir? Ella puso la excusa de un viaje a Rumanía para ver a su padre enfermo, pero pidió el finiquito para no volver por la masía.

—A saber... igual ha vuelto al club. Quién sabe. Yo poco más puedo decirle. Jamás he tenido en mi poder el teléfono de ninguna de las chicas, y el antiguo dueño del club donde trabajaba falleció al poco de mi jubilación. Ni siquiera sé quién lo regenta en la actualidad.

—¿La cree capaz de alguna mala acción contra otra persona?

—Esa pregunta no se la puedo responder —contestó el hombre después de meditarlo unos instantes—. He visto tantas cosas en esta vida, tanto buenas como malas, todas sorprendentes, que ya no pongo la mano en el fuego por nadie, ni para bien ni para mal.

La conversación con su colega jubilado había sido muy interesante. Tan solo por conocerlo había valido la pena viajar hasta allí. La personalidad de Rodica, hasta entonces opaca a los ojos de Simonetta, en parte se había desenmascarado. Bajo su apariencia reservada y cumplidora, el doctor Gomila desvelaba un temperamento cuando menos problemático. La relación que había mantenido con Bernabé, fuera cual fuera su verdadera naturaleza, complicaba aún más las relaciones familiares de los Dolz Tudurí, y también la resolución del caso que la doctora Brey tenía entre manos. Cuando la esposa de Gomila regresó de la calle, la convidó a compartir con ellos el almuerzo de mediodía, pero Simonetta desestimó la invitación con la excusa real de que tan solo quería tomar un ligero tentempié en el hotel para así visitar la ciudad durante el breve tiempo del que disponía antes de acudir a la fiesta en la Almudaina.

—En el palacio de la Almudaina es donde los reyes ofrecen una recepción todos los años ¿verdad? —le había preguntado al taxista cuando ya enfilaban la avinguda d'Antoni Maura y el magnífico alcázar se divisaba en lo alto.

—Una recepción no, son dos las recepciones con las que sus majestades agasajan a los mallorquines cada verano, una cuando llegan y otra antes de su marcha —había puntualizado con cierto matiz de orgullo.

El patio del hotel donde se alojaba era un lugar apartado del movimiento de la ciudad y con evidente encanto. Además de una elegante palmera y de numerosos maceteros distribuidos con gracia, el continuo sonido del agua de una moderna fuente instalada en una de las paredes aportaba sosiego y paz. Simonetta se sentó a una de las livianas mesas de forja que siempre estaban disponibles por si alguno de los clientes alojados deseaba tomar un refresco, una copa o un piscolabis —el establecimiento carecía de comedor—. Enfrente de las mesas, justo delante de la pared blanca donde estaba la fuente en forma de pequeño abrevadero, un sofá de exterior también blanco con dos butacas a juego servía de acomodo a un grupo de varones de edades diversas que hablaban en alemán. Por consejo de la joven camarera, pidió un sándwich de la casa y, cuando estaba a punto de terminarlo, oyó detrás de ella una voz conocida que la llamaba.

—¡Doctora Brey!

Se trataba de Quique Coll. Sin necesidad de que Simonetta lo invitara a hacerlo, se sentó a su mesa, frente a ella.

—¿Qué hay, Quique? ¿Gustas…?

—Para lo poco que te queda…

—No te he visto esta mañana en el avión. Creía que ibas a coger mi mismo vuelo.

—No, no, yo vine ayer en cuanto acabé la consulta. Tenía que comprarme algo de ropa para lo de hoy.

—¿Y has esperado al último momento? —le preguntó Simonetta después de pedir un café y la cuenta. Dudaba mucho de que su compañero fuera a tomar algo ligero, que era lo único que podía consumirse allí.

—El último momento siempre es el mejor, así llegas y besas el santo. Quiero ir elegante porque la ocasión lo merece, sin tacañería. Me he gastado el sueldo de un mes en un traje, y eso que estaba de rebajas.

—¿Lo dices en serio?

—Usted sabe, querida doctora, que yo no miento jamás.

—Mentir es posible que no mientas, pero exagerar…

—Esta vez ni siquiera he exagerado. Nada más llegar del aeropuerto me dirigí a una tienda italiana que hay en la avinguda de Jaume III, Brunello no sé qué, y me compré lo que quisieron venderme acorde con el evento. Ahora mismo voy a recogerlo después de que me hayan cogido el bajo del pantalón.

—¿No será una boutique de Brunello Cucinelli? —preguntó Simonetta, asombrada.

—Sí, exacto, Brunello Cucinelli. Me gustó el escaparate y entré. Una ocasión es una ocasión. No quiero dejar en evidencia a Séraphine. Precisamente nos ha invitado a nosotros porque tenemos… *charme*, creo que dijo. ¿Por qué te ríes?

—Con la pasta que te has gastado, confiemos en que al menos tú lo tengas.

—No me lo he gastado solo por Séraphine.

—¿También por alguien más? —le preguntó su compañera con retintín.

—Voy a conocer esta noche a mi amor platónico.

—¿A tu amor platónico? ¿Qué me dices? No sabía yo que tenías un amor platónico. ¿Y de quién se trata?

—De Nieves Álvarez, una auténtica diosa.

—¿Nieves Álvarez, la modelo?

—¡Claro! La modelo y presentadora del programa de televisión que van a grabar. Es una mujer que me fascina. Nunca me pierdo su programa.

—¿Qué? ¡No me lo puedo creer!

—Cada uno tenemos nuestras musas. Séraphine lo sabe, ¿por qué crees que me ha invitado? Además, va a hacer todo lo posible por ponerme a su lado en la mesa. ¿Comprendes por qué he de ir elegante? —Simonetta rio de nuevo.

—En ese caso, ¡ha merecido la pena!

> La fundación de la ciudad de Palma de Mallorca se remonta al año 123 a. C., momento en que los romanos, liderados por el cónsul Quinto Cecilio Metelo, conquistan la isla y construyen un castro donde en la actualidad se asienta Palma. Hasta entonces, se cree que había estado ocupada por un pueblo megalítico. Una vez conquistado todo el archipiélago, pasó a ser la provincia Baleárica y fueron construyéndose otras ciudades. Tras la caída del Imperio romano de Occidente, la isla fue invadida primero por los vándalos y, posteriormente, pasó a formar parte del Imperio bizantino. Dos siglos después de que Bizancio llegara a las Baleares, fueron los musulmanes quienes arribaron a sus costas y se sucedieron las luchas por el dominio del territorio entre ellos y los reinos cristianos, que la conquistaron definitivamente en 1229, cuando el rey de Aragón, Jaime I, constituyó el nuevo reino de Mallorca. Fue entonces cuando se comenzó a construir la catedral de Santa María, la que luce el mayor rosetón gótico del mundo. En 1349 el reino mallorquín se anexionó a la corona aragonesa.

Simonetta Brey se había comprado nada más aterrizar en el aeropuerto un librito-guía de la ciudad para informarse ella y para regalárselo a su madre cuando volviera a visitarla a su casa de Milán. No había manera de convencerla para que fuera ella quien visitara a su hija en Menorca. La guía de la ciudad de Palma bien pudiera ser un señuelo para que de una vez por todas se decidiera a volar hasta un destino que, con total seguridad, la iba a seducir.

La doctora disponía de un par de horas para recorrer el centro de la ciudad antes de cambiarse. Decidió callejear sin rumbo y sin navegador, eso por descontado. Primero recorrió las estrechas calles de la zona donde se asentaba el hotel hasta llegar al magnífico edificio de la Lonja. Después tomó de nuevo la avinguda d'Antoni Maura, siguiendo el recorrido del taxi que la había trasladado desde el aeropuerto hasta la plaça de la Reina, donde la había dejado. Pero en vez de adentrarse de nuevo por el carrer Apuntadors, optó por ir hacia arriba y se topó con la magnificencia del passeig d'Es Born. Era un elegante bulevar con una franja peatonal central enlosada, flanqueado por bancos, parterres con plantas y plataneros altísimos, casi tanto o más que los distinguidos edificios que a lo largo de los siglos habían ido enriqueciendo esa importante vía urbana y que ahora pertenecían a las grandes marcas internacionales de moda.

Al final del bulevar giró a la derecha. Los prestigiosos comercios continuaban con vistosos escaparates, reclamo para turistas y viandantes. Después de recorrer el carrer Unió, la plaça del Mercat y la plaça de Weyler divisó el Teatro Principal de Palma, de estilo neoclásico. El cartel anunciador de *El elixir de amor* destacaba sobre el resto de las propuestas de la temporada. ¿Estaría por allí el padre Eladio? ¿Dónde le había comentado que iba a alojarse? ¡Ah, sí!, en la hospedería de un convento de religiosas. Donizetti no era el compositor preferido de su madre, pero, si existiera la teletransportación, seguro que acudiría a la representación de esa noche. A ella Simonetta sí la acompañaría.

En vista de que el tiempo transcurría con más celeridad de lo que a ella le parecía, dio media vuelta sobre sus pasos. Esa vez decidió regresar hacia el hotel por otra ruta y tomó la acera de la izquierda de la plaça del Mercat para desembocar detrás de la iglesia de San Nicolau y luego en una zona peatonal con multitud de coquetos restaurantes y comercios. Una preciosa joyería artesanal, una tienda de antigüedades, una coctelería... Qué agradable le estaba resultando aquel paseo. Tomó por casualidad una angosta bocacalle cuajada de pequeños establecimientos. Tres señoras de unos sesenta años muy bien vestidas estaban reunidas y miraban con interés un pequeño escaparate. Cuando llegó a su altura dieron media vuelta y se alejaron paseando a la vez que comentaban la exquisitez de la tienda en cuestión. Tenía por nombre Bazaar y era de lo más bonito que Simonetta había visto en la vida. No pudo ni quiso reprimir el impulso de entrar. Tanto la fachada como el interior correspondían al zaguán de una sencilla casa, y allí vendían un incontable número de artículos de regalo para el hogar difíciles de localizar en cualquier otra parte.

Una mujer joven estaba detrás del mostrador y le confirmó que era la propietaria.

—Qué bonito todo lo que tiene, qué tienda más maravillosa —dijo la doctora—. Quiero comprar algo como recuerdo... Ya lo tengo, este original salero de cristal verde. El mío lo rompí hace dos semanas.

—¿Y derramó la sal? Ya sabe que eso trae mala suerte, una especie de maldición. Súplalo cuanto antes con este y así espantará el mal fario.

—Sí la derramé —reconoció Simonetta, recordando—. Y sí necesito ahuyentar la mala suerte que me persigue desde entonces.

Los palacios árabes eran la debilidad de Simonetta. Los que conocía hasta entonces, la Alcazaba de Málaga, la Aljafería de Zaragoza y, por descontado, la Alhambra y el Generalife de Granada, la habían cautivado. El hecho de poder visitar la Almudaina era otra de las razones por las que había aceptado la invitación de la francesa. Quique Coll y ella salieron juntos del hotel camino al palacio, que tenían muy próximo. Con su flamante traje, su compañero parecía otro.

—Van a confundirte con un modelo —bromeó la doctora.

Ella, a su vez, estrenaba un vestido que había comprado durante su último viaje a Milán, negro, de viscosa, con el cuerpo en forma de camiseta y la falda plisada evasé desde la cadera a media pierna. Había dudado si complementarlo solo con pendientes, pero se decidió también por un collar que, en el último momento, había cogido al preparar rápidamente la maleta. Era la primera vez que se lo ponía. Se lo había regalado Toni de forma inesperada después de haberlo visto los dos en el escaparate de Vives, en Mahón.

La majestuosa puerta de madera que daba acceso a la Almudaina permanecía semiabierta. Desde lejos ya se habían deleitado con la fascinante imagen del palacio iluminado. La extensa plaza que compartía con la catedral estaba casi vacía. Antes de entrar, Simonetta propuso acercarse al extremo de la plaza que daba al mar para contemplarlo de noche, salpicado por las luces de las farolas del paseo marítimo y las de algunas de las embarcaciones varadas en la bahía.

—¡Qué magnífico espectáculo! —dijo Coll.

—Solo por esto ha merecido la pena venir.

—Sí, pero nos falta lo mejor, querida doctora.

Un joven uniformado les tomó la invitación y les indicó la dirección que debían de seguir hasta el patio de armas. Allí ya estaba todo dispuesto, y numerosos invitados hablaban en corrillos con una copa en la mano. Séraphine les había adelantado que al evento acudirían varios concejales de la ciudad, las modelos que habían participado, el equipo de dirección y realización del programa y un grupo muy reducido de amistades, entre las que se encontraban ellos dos. Por lo vistoso de su atuendo y por su estatura, bastante más reducida que la de las altísimas modelos que pululaban por allí, la localizaron muy pronto. En cuanto los vio, acudió a su encuentro.

—¡Mis queridos amigos! ¡Pero qué fabulosos estáis! ¡No desentonáis nada con el *charme* que hay aquí reunido! Venid, antes que nada, os quiero presentar a los anfitriones —les dijo, dirigiéndose a una de las mesas redondas adornadas con velas y flores que estaban distribuidas por el centro del patio—. Os presento a Jesús Mari Montes Fernández, director de *Flash Moda*. Ellos son la doctora Simonetta Brey y el doctor Quique Coll, dos buenos amigos míos.

—¿Simonetta? Yo a ti creo que te conozco. ¿Has trabajado en el hospital de Tudela?

—Sí, hace unos años —respondió la doctora.

—Yo soy natural de Tudela. Me suena que me atendiste en urgencias por una fractura de un hueso del pie. Acababa de llegar de Milán y en el aeropuerto de Zaragoza tropecé y caí. Recuerdo que me dijiste que viajabas a Milán con frecuencia.

—¡Qué bueno! —exclamó Simonetta—. ¿Y te soldó bien la fractura?

—De maravilla

—¡Menos mal!

Mientras ellos dos hablaban, justo al lado, la francesa estaba presentando a Nieves Álvarez y Quique Coll. Él la miraba nervioso y embelesado. Y no era de extrañar. Como su compañero le había anticipado, más que una mujer parecía una diosa: alta, distinguida, sonriente, encantadora... Simonetta, de forma discreta, se escabulló para merodear por todo ese evento tan exclusivo. Como frontal, habían colocado un exquisito y variado bufé en el que abundaban los limones, más como elemento decorativo que como vianda. «Son limones de Sóller», oyó que le explicaba un hombre más bien maduro con pintas de autóctono a un joven extravagante que estaba tan extrañado como ella por la abundancia de los cítricos. Los invitados ya se empezaban a servir y de allí se dirigían a las mesas o permanecían de pie, plato en mano, charlando con otros amigablemente. Simonetta picó algo de aquí y de allá y se retiró a la silla más alejada, parcialmente oculta por un parterre con cuatro palmeras idénticas que observaban impertérritas, casi como ella, la fiesta.

—Cuánto me alegro de verte. —Distraída como estaba, la voz la sobresaltó. Era Toni Sagrera. No lo esperaba. El corazón se le aceleró. Se levantó precipitadamente para saludarlo y sintió un pequeño calambre en una pierna, que, subida en aquellos tacones, estuvo a punto de desequilibrarla . Por suerte, Toni reaccionó rápidamente y la sujetó..

—¡Uf!, qué calambre tan inoportuno —dijo, sentándose de nuevo. Él se agachó y le sujetó el pie.

—¿Te doy un masaje? En mi tierna juventud di y me dieron muchos en los entrenamientos.

Simonetta, todavía con dolor, afirmó con la cabeza. En ese momento no podía detenerse a pensar en las consecuencias.

—¡Qué alivio! —exclamó poco después, cuando la molestia hubo cedido. En cuanto pronunció esas palabras se arrepintió. Transmitía demasiada familiaridad, justo lo que no deseaba manifestar a Toni, al que no veía desde que ella puso fin a su relación meses atrás.

—He aparecido a punto…

—O tu aparición me ha desencadenado el calambre…

—No se puede ser más guapa que tú —le dijo mirándola a los ojos todavía en cuclillas—. Además, te has puesto el collar que te regalé. ¿Sabías que iba a venir? ¿Me vas a dar esa alegría?

—No sabía que vendrías —le respondió Simonetta, turbada. No acostumbraba a beber, y nada más servirse unos cuantos canapés del bufé se había bebido una copa de cava.

—¡Vaya, vaya, cuánto bueno por aquí! —Norberto Blasco apareció de entre los asistentes como si fuera un fantasma. Simonetta no imaginaba ni por asomo que iba a ser uno de los invitados. Llevaba la camiseta negra y los vaqueros de siempre, solo que para la ocasión se había echado por encima una americana de cuadros más o menos de la época en la que salió licenciado de la mili. Toni y él se saludaron con afabilidad y, como antes había hecho Sagrera, también acercó una silla, que colocó al otro lado de Simonetta—. Demasiado glamur para mí. Yo no estoy hecho para esto —reconoció, negando con la cabeza—. A mí que me dejen en mi Imperi…

—¿Has cerrado hoy el Imperi? —le preguntó Simonetta, extrañada—. Será la primera vez, que yo sepa.

—Qué remedio —contestó y se encogió de hombros mientras no dejaba de otear al personal—. Pero, mirad, mirad, Quique Coll ha ligado, ¡ha ligado! ¡Y con menuda *gachí*!

—Mira —le dijo Toni señalando la zona del bufé—, por allí se ve a Francesc bastante despistado. Vete a hacerle compañía un rato. —Norberto, en vez de obedecerlo, empezó a llamarlo a voz en grito.

—¡Francesc! ¡Chaval! ¡Vente aquí con nosotros!

—¡Hombre, Toni, cuánto tiempo sin verte! —dijo Francesc, tendiéndole la mano—. ¿Por dónde andas?

—Hasta ahora por Barcelona, pero creo que ya es hora de que vuelva a Ciudadela.

—Por cierto —soltó Francesc—, ¿os habéis enterado de que Bernabé está en la UCI? —Simonetta no contestó.

—¿Quién, el Dolz pequeño? —preguntó Blasco.

—Sí, sí, el pequeño de la Torre Tudurí.

—Menudo pájaro —repuso el dueño del Imperi—. Pero tranquilos, mala hierba nunca muere.

—Eso seguro —aseveró Francesc—. Tú lo conoces, ¿no? —le preguntó a Toni.

—¿A quién, a Bernabé? Por supuesto, aunque hace mucho que no sé nada de él. Y reconozco que tampoco me importa.

—¿Estáis pasándolo bien, *mes amis*? —A Séraphine se la veía radiante. Todos le contestaron que sí y ella volvió a departir con el resto de los invitados.

Cuando el evento llegó a su fin, el director del programa de televisión pronunció un breve discurso en el que agradeció a las autoridades su acogida en Palma de Mallorca. Tanto Blasco como Francesc desaparecieron en segundos, cada uno por su lado, y Simonetta se quedó a solas con Toni. Él le preguntó dónde se alojaba y, aunque la doctora dio por supuesto que era una pregunta retórica porque Toni conocía la respuesta de antemano, le contestó.

—Qué casualidad. Yo también he reservado allí. O, mejor dicho, Séraphine me propuso reservar una habitación y, por comodidad, acepté.

Toni pareció dar por hecho que, ya que compartían hotel, lo normal era que fueran juntos hasta allí. A Simonetta no se le ocurrió ninguna buena excusa para evitarlo.

—¿SABES QUE YA he solucionado todos mis problemas legales y financieros? —le dijo Toni mientras caminaban por el paseo marítimo. Él le había propuesto acercarse hasta la Lonja y, desde allí, tomar una de las callecitas del casco antiguo que subían hasta el hotel.

—Me alegro mucho —le respondió Simonetta con sinceridad—. No habrá sido fácil.

—Fácil no ha sido, pero sí menos complejo de lo que en un primer momento pudiera parecer. Con voluntad e imaginación, casi todo —dijo, marcando el adverbio— se puede resolver. He vendido dos apartamentos que heredé de mis padres en el centro de Barcelona. He pagado las deudas contraídas por el proyecto del hotel y estoy en paz con Hacienda y con el contratista.

—Te has quitado un buen peso de encima.

—No te lo puedes ni imaginar. Soy otro. Ahora quiero centrarme en la finca, ser un payés de verdad. Desde el punto de vista económico, en este momento de mi vida necesito poco.

La Lonja de Palma era un edificio gótico precioso, e iluminado aún lo era mucho más. Lo rodearon en silencio, recreándose en su grácil y a la vez contundente belleza. Cuando llegaron a la plaça de la Lonja algunas de las terrazas de los bares de copas y los restaurantes todavía estaban abiertas. Toni le propuso tomar algo. Simonetta temía el momento de llegar al hotel y aceptó para posponerlo todo lo posible. Tal vez vieran por allí al resto del grupo y se sumaran a ellos antes de la retirada a las habitaciones.

—Me siento muy solo, Simonetta —le confesó Sagrera después de pedir las copas. Ella no dijo nada—. Me han dicho que tú estás con Pau Martí —añadió con delicadeza, en un tono diametralmente opuesto al que solía emplear cuando echaba pestes contra él meses atrás. Simonetta suspiró.

—Sí, estamos juntos —dijo al fin, sin demasiada alegría y con bastantes dudas internas.

—Qué cabrón —saltó Sagrera entre dientes, con el rostro de repente congestionado.

—Pau no es ningún cabrón —le replicó la doctora, pero se arrepintió de inmediato de haber entrado al trapo.

—De acuerdo —dijo Toni, afirmando varias veces con la cabeza—, tú no lo consideras un cabrón. Pero ¿crees que es un hombre para ti? ¿Que está a tu altura?

—Si sigues con esto, prefiero volverme al hotel. Se está haciendo tarde y estoy cansada. Esta mañana he madrugado mucho.

—Está bien, está bien, cambiemos de tema, pero no te vayas —le rogó con las manos en actitud de rezo—. ¿No te das cuenta de que después de haberte conocido como yo lo he hecho es muy difícil asimilar que estés con otro? Aún no he comprendido por qué me dejaste ni he logrado averiguar el error que pude cometer. No he dejado de pensar en ti, Simonetta. ¿Cómo no voy a estar celoso de cualquier otro hombre? ¡Dime qué debo hacer para reconquistarte! ¿No recuerdas lo que te reías conmigo? ¿Te ríes así con él? ¡Me extraña mucho, porque es un auténtico soseras! Ese sí que es un gran misterio, por qué a las mujeres os gustan tanto los soseras. —Toni pronunció la última frase tan serio y con tanta sinceridad que a Simonetta le hizo gracia.

—¿Ves como te ríes conmigo?

—No me río, Toni.

—Pues sonríes, que es aún mejor.

«La risa es lo que las mujeres más aprecian, después de la pasión», recordó Simonetta de *El cuarteto de Alejandría*.

—Estoy muy cansada, Toni, es la pura realidad. Llevo unos días muy agitados, con muchísimo trabajo. Necesito descansar. Mañana mi vuelo sale temprano.

—Sí, por supuesto —dijo Sagrera, elevando la mano para pedir la cuenta. Nada más abonarla se levantó y ayudó a Simonetta a retirar su silla. La noche había refrescado. De allí al hotel había un paso. Tomaron el carrer de Sant Joan y en la tercera bocacalle a la derecha ya se encontraba el carrer dels Apuntadors. Sin habérselo preguntado a ella, Toni se había desprendido de su americana y se la había colocado a Simonetta sobre los hombros. A la doctora le pareció ridículo despreciar ese gesto, aunque sabía que los dos recordaban uno similar por las calles de Ciudadela al poco de conocerse. Mientras avanzaban por la estrecha calle del hotel, en ese instante libre de viandantes, a él se le notaba tenso. Andaba con las manos en los bolsillos y la vista fija en el empedrado del suelo, sin decir palabra.

—¿Vuelves a Barcelona? —le preguntó ella con la intención de aliviar el tenso silencio.

—De momento sí, mañana mismo. Debo atar algunos cabos sueltos que aún quedan por solucionar del tema del hotel, pero pronto volveré a Ciudadela. Tengo proyectos nuevos para la finca, proyectos agrícolas, quiero decir.

La puerta de entrada al hotel estaba abierta. En el patio interior ya no quedaba nadie. El joven que estaba en recepción los saludó con la mano y una sonrisa.

—¿En qué planta estás? —le preguntó Sagrera.

—En la segunda —dijo Simonetta mientras buscaba la tarjeta para entrar en la habitación.

—Yo en la tercera. —Habían llegado al ascensor y esperaban a que este bajara—. Me han dicho que arriba hay una terraza extraordinaria desde la que se ve la Almudaina y la catedral. ¿Te apetece subir?

—Mejor que no, Toni. Prefiero acostarme cuanto antes —le respondió Simonetta, cada vez más nerviosa.

—Está bien, como prefieras —repuso Toni, pulsando el botón del segundo piso. Cuando el ascensor paró y se abrieron las puertas, Simonetta bajó y se volvió para despedirse y devolverle la americana. Él, sin darle tiempo a reaccionar, bajó también—. No, no te preocupes, te acompaño hasta la puerta. Allí me das la americana.

Recorrieron en silencio la docena de metros que separaban el ascensor de la habitación y, cuando la doctora le entregó la chaqueta, él le cogió la mano con delicadeza y, sin mediar palabra, la atrajo hacia sí y la besó. La primera sensación de Simonetta fue olfativa: todavía se perfumaba con Eau Sauvage; las siguientes fueron tantas y tan estimulantes que ni intentó desglosarlas, porque la suma de todas ellas la ofuscó. Correspondió a sus besos más con deleite que con convencimiento, pero cuando él le sugirió sacar del bolso la tarjeta para entrar en la habitación, como un revoltoso e intrigante diablillo acudió a su mente la imagen de Pau sentado en el cap de Cavallería frente al mar, enumerándole los vientos de Menorca. Todavía podía luchar por él, por su amor. Se apartó suavemente de Toni Sagrera no por resistirse a la tentación del momento ni por guardarle fidelidad a un Pau del que no sabía nada, sino por honestidad, por consideración hacia Toni. Era posible que la amase, que su asistencia a la fiesta hubiera sido un ardid premeditado, con o sin la complicidad de Séraphine, para reconquistarla. ¿Cómo iba a alentar de nuevo sus ilusiones si ella amaba a otro?

—No puede ser, Toni. Vamos a dejarlo aquí.

—De acuerdo —dijo Sagrera después de unos segundos—. De acuerdo, pero no añadas nada más, por favor. Como tú dices, vamos a dejarlo aquí, en este maravilloso punto, mi querida doctora. Ahora mismo soy feliz. No te pido más. Solo con verte, con estar a solas contigo, tengo suficiente. —Simonetta quiso decirle que aquello no debía repetirse, pero Sagrera, rozándole los labios con el dedo en señal de silencio, no le dejó articular ni la primera palabra. Ella se volvió hacia la puerta, sacó al fin la tarjeta y, ya con la luz encendida de la habitación, se giró para despedirse. Él la miraba desde el pasillo con una sonrisa cautivadora y la americana sobre los hombros. Sacó una mano del bolsillo y se la llevó a los labios para lanzar un beso al aire en dirección a Simonetta—. Que descanses. Que descansemos… *Que tinguem sort.*

34

AQUELLA MAÑANA DE lunes se le estaba haciendo interminable.

Ese día, a la carga de trabajo se sumaba el estado anímico de la propia Simonetta y hasta el de su compañero. A primera hora, nada más llegar, lo había visto cabizbajo y triste, algo insólito en él. Ante la extrañeza de la doctora, este le había confesado que había viajado a Palma de Mallorca para ver a Stefan sin avisarlo, con el fin de darle una sorpresa.

—Y la sorpresa me la he llevado yo.

—Estaba acompañado —dedujo Simonetta.

El bueno de Sergi había afirmado con la cabeza.

—Reconozco que me había hecho ilusiones con él. Y no me diga que el chasco se debe a que lo conocí a través de una página de contactos, porque sé de muchas parejas de todo tipo que han empezado de ese modo y funcionan de maravilla.

La doctora lo había consolado, y le había hecho ver lo joven que todavía era y las oportunidades que tenía por delante para encontrar el amor. Ella misma se encontraba en una situación nada agradable. Pau seguía sin contactar con ella, su posible implicación en el caso de Marianne Thorsen estaba sin solucionar y Toni Sagrera había vuelto a aparecer en su vida.

La media hora de descanso se había reducido a unos escasos diez minutos, pero incluso esa escasa porción de tiempo quería aprovecharla para poner a Sergi al tanto de sus averiguaciones durante su breve estancia en Palma.

—Bueno… Pues antes de proseguir la consulta y también antes de que me proponga establecer conclusiones sobre los datos con los que contamos, le voy a dar un auténtica primicia —dijo Sergi, ufanándose de forma exagerada.

—¿Una primicia? ¡Qué bien! ¡Me encantan las primicias! Sobre todo si las anuncias tú con esa carita de normalidad.

—Acabo de venir de la calle, de hacerle el Sintrom a Patrocinio Sintés, y... adivine a quién me he encontrado en Ses Voltes.

—Ni idea...

—A Rodica.

—¿A Rodica? ¿Estás seguro de que era ella?

—¡Claro que sí! Y, por supuesto, como buen alumno suyo, me he acercado a ella y hemos hablado un momento.

—No me lo puedo creer...

—Yo al principio también he dudado de si se trataba de una doble de Rodica. Iba maquillada y bien vestida, nada que ver con su aspecto casi monacal de la masía. Estaba bastante guapa.

—¿Y qué te ha contado? ¿Era un embuste la enfermedad de su padre?

—Lo que me ha explicado es que su padre acudió al médico por un dolor torácico. En un principio sospecharon que podía tratarse de un infarto de miocardio, pero después de realizarle unas pruebas lo descartaron y, al enterarse, canceló el viaje a Rumanía. No es muy creíble que, sin un diagnóstico definitivo, cogiera los bártulos y pusiera rumbo a su país, pero es la versión que me ha dado. También ha añadido que tenía ganas de cambiar de trabajo y, aprovechando el viaje, creyó que sería una buena oportunidad para hacerlo.

—¿Y ahora vive en Ciudadela?

—No sé si vive realmente aquí, pero sí trabaja en Ciudadela; de camarera en un restaurante de Ses Voltes. Salía de allí cuando hemos coincidido.

—¿A ti te ha parecido sincera?

—¡Uy!, con ella nunca se sabe. Te dice las cosas sin emoción alguna, casi como un robot. No me arriesgo a opinar.

Desde luego, toda la información la he obtenido al preguntarle yo, de lo contrario no hubiera soltado ni chufa.

—Eso era de esperar —repuso la doctora—. Sergi, qué buen alumno eres. Pronto me vas a superar.

—Eso no, sigo teniendo el listón muy alto. —El enfermero, sonriente, parecía haber olvidado la decepción del fin de semana—. Y debo confesar que posiblemente… me haya pasado…

—¿Que te has pasado? ¿Por qué?

—Le he hecho otra pregunta.

—¿Y no deberías haberla hecho?

—No estoy seguro —respondió Sergi, titubeando.

—Tú dirás.

—Le he preguntado si sabía que Bernabé estaba en la UCI. No sé si he hecho bien. Igual me he entrometido demasiado…

—Yo creo que no. En tu lugar, con mucha probabilidad yo habría hecho lo mismo.

—Menos mal —dijo Sergi aliviado.

—¿Y cuál ha sido su respuesta?

—Que no lo sabía. Y creo que, al menos esa vez, ha dicho la verdad.

—¿Le ha extrañado?

—Es tan fría que meter la mano en el fuego a la hora de interpretar sus emociones es demasiado arriesgado, pero la impresión que me ha dado era que no lo sabía, que la había sorprendido.

—Será así.

—El problema es que le he formulado otra pregunta o, mejor dicho, no una pregunta, sino un comentario… Ahí sí que he podido meter la pata, igual me he pasado de la raya.

—Dilo de una vez, Sergi.

—Le he dicho que los médicos que atienden a Bernabé piensan que su enfermedad es la misma que la de su mujer y su hijo, y que ha sido provocada por alguien a propósito.

—¿Y…?

—¿No se enfada conmigo? ¿No la he cagado?

—Bueno... —contestó Simonetta después de suspirar—. Eso ni yo misma lo sé. A lo hecho, pecho. ¿Alguna vez me he enfadado contigo?

—Jamás.

—Entonces...

—Alguna vez tendrá que ser la primera. Temía que fuera esta.

—Ya ves que no lo es. Lo que estoy es impaciente por conocer su reacción.

—Impensable: se ha ruborizado. Y también he de reconocer que se ha quedado muda. Parecía que quería expresar algo, pero era incapaz. Al final ha abierto los ojos con expresión de asombro y ha dicho algo así como si eso podía ser posible. Yo le he contestado que parecía que sí podía serlo. Como ya no decía nada más y a mí se me hacía tarde, me he despedido de ella. Cuando ya había avanzado dos o tres metros, me ha llamado y me ha preguntado si Bernabé estaba grave, pero con cara de póker, sin manifestar preocupación. Le he respondido que sí y eso es todo.

—Bueno, bueno... —intervino la doctora, tratando de asimilar toda la información suministrada por Sergi y unirla a la maraña de aportaciones recibidas en las últimas cuarenta y ocho horas sobre el caso que la ocupaba.

—Esto cambia en parte las cosas, ¿no es verdad?

—Más que cambiar de forma sustancial, completa lo que sabíamos de Rodica, aunque todavía se ciernen numerosas incógnitas sobre ella.

—¿Por ejemplo?

—Por una parte, confirmamos su antigua, por decir algo, relación sentimental con Bernabé. Quizá no hubo amor, o si lo hubo por parte de alguno de los dos, puede ser que en este momento esté finiquitado. Pero a Rodica, Bernabé no le resulta indiferente, no es tan solo uno de los hijos de su empleadora. También confirmamos que la masía, como dijo el doctor

Gomila, no era su lugar. Como interrogantes: la verdad sobre su relación con Bernabé y la verdadera causa de su abandono de la masía, precisamente ahora y no hace dos meses ni dentro de un año.

—¿Cree que ha podido tener algo que ver con las muertes?

—Hace cuatro días te hubiera dicho que no, pero hoy te contesto que no lo descarto. Al menos, que no sería difícil encontrar uno o dos motivos para desear que en principio Marianne, y quizá también Bernabé, pasasen a mejor vida. Aunque una cosa es desear y otra, infinitamente más grave, es actuar para que se lleve a cabo ese fin.

—¿Y qué piensa del padre Eladio?

—Pienso que se ha metido en un lío monumental. Lo que no tengo tan claro es si lo ha hecho por ingenuidad e ignorancia o, sencillamente, por amor o incluso por lujuria, pero está enfangado ya solo por lo que me ha confesado. Si, además, ha obviado alguna otra cosa por poco importante que sea, entonces la situación se le puede poner fea, fea…

—¿Podrían considerarlo sospechoso?

—Lo veo muy difícil. En primer lugar, por su condición de sacerdote, y después porque no ha dejado ninguna pista aparente hasta donde yo sé, así es que… me resulta poco probable.

—Pero ¿usted piensa que lo es?

—Lo conozco muy poco para llegar a esa conclusión. Si me contó toda la verdad, está claro que no es sospechoso, pero cabe la posibilidad de que obviara algo, o que exagerara en ciertos puntos o tergiversara alguno de ellos, y entonces se podrían hallar razones suficientes para que le deseara el mal a un miembro, o a más, de la familia Dolz Tudurí. Tanto él como Rodica deberían pasar por el tamiz de un buen interrogatorio para saber si tuvieron algo que ver en un asunto tan macabro. Lo que sí tengo claro, por fin, es que Pau Martí no ha sido el único que se ha beneficiado de la muerte de Marianne.

—Hemos recorrido un buen trecho, doctora. Si Pau supiera…

—Tienes razón, hemos recorrido un buen trecho. Y en poco tiempo. Pero, por desgracia, no hemos llegado al final. Debemos continuar.

—Eso por descontado. ¡Pero ahora tenemos que hacer un descanso... para trabajar! ¡Hay que ganarse las lentejas!

En el momento de separarse, antes siquiera de que cada uno se sentara delante del ordenador, la doctora recibió un mensaje en su móvil. Era de Ferrer.

—Espera, Sergi. Mira lo que me dice Darío.

—¿Quién, el comisario?

—El mismo. —Simonetta se lo mostró.

«Llámame en cuanto puedas.»

—¿Qué hago? ¿Lo llamo ahora mismo o espero hasta que acabe de pasar visita?

—¿Y me lo pregunta? ¡Llámelo ya! Al siguiente paciente no le importará esperar cinco minutos. He visto que se trata de Raimundo Molías, un hombre encantador que acaba de jubilarse y seguro que no tiene prisa.

—En ese caso, voy a poner el altavoz y así nos enteramos juntos de lo que vaya a decirme. Pero no debes abrir la boca. Él no sabe que eres mi lugarteniente.

—De acuerdo. Tendré la boca cerrada y el oído atento.

Nada más marcar el número de teléfono del comisario, contestó.

—Estabas esperando mi llamada —le dijo Simonetta.

—Yo siempre estoy esperando una llamada tuya, italiana, de noche y de día —bromeó, con tono seductor.

—Ve al grano, Ferrer, que estoy trabajando y tengo prisa.

—Yo también.

—Pues no lo parece. —Simonetta no quiso seguir para no darle pie a ninguna tontería más. Aguardó en silencio a que él se decidiera a hablar.

—Acabamos de interrogar de nuevo a Bernabé Dolz.

Nada más oír la frase, Simonetta y Sergi se miraron y abrieron los ojos al unísono de forma desmesurada.

—¿Ya está fuera de peligro? —le preguntó la doctora.

—Parece que sí. Eso es lo que nos han dicho los médicos. Ayer por la tarde lo trasladaron a planta y hoy nos han dado permiso para hablar con él.

—¿Ha sido un interrogatorio en toda regla?

—Sí, sí. Él como testigo del caso, claro. Hemos estado presentes el subinspector Mendieta y yo mismo.

—¿Habéis concluido algo interesante? —preguntó Simonetta, cada vez más nerviosa. Conocía a la perfección a su interlocutor y sabía que, si en un primer momento no lanzaba la primicia, era porque temía su reacción.

—Vayamos por partes, italiana, vayamos por partes. En primer lugar, Bernabé Dolz parecía otro desde el anterior interrogatorio, que fue tan solo hace una semana. Ha adelgazado, está demacrado y, lo más destacado, con muchas ganas de colaborar. Tiene mucho miedo, lo ha pasado realmente mal y ha estado a punto de no contarlo.

—Pero ¿se conoce el diagnóstico? ¿Le han dicho qué es lo que le ha ocurrido? —se adelantó la doctora sin poder evitarlo.

—Todavía no lo saben. Con el permiso del enfermo, el doctor que lo lleva nos ha informado de que, sin conocer la causa del cuadro clínico que padece, ha mejorado gracias a las medidas que le han aplicado para combatir los síntomas, con independencia de la causa. No sé si me he explicado bien. Al menos, es lo que yo he entendido.

—Sí, sí, es razonable lo que dices.

—Tanto a él como a nosotros nos ha comentado que, en un principio, creían que podía tratarse de una intoxicación, pero, por el momento, no han podido constatarlo en ninguno de los análisis que le han realizado, aunque todavía están pendientes de algún resultado.

—¿Les has dicho a los médicos que su mujer y su hijo murieron en circunstancias dudosas?

—Es una lástima, pero no he tenido ocasión. Nada más informarnos sobre lo que te acabo de contar, lo han llamado por una urgencia y ha desaparecido como si se tratara del Correcaminos. Qué mérito tenéis los de vuestra profesión.

—Pues sí, es una lástima que no se lo hayas explicado.

—Quizá más adelante. Por ahora, ni se plantean darle el alta. Sin embargo, a Bernabé sí se lo hemos dicho. Le hemos manifestado nuestra sospecha de que esas dos desdichadas muertes fueron premeditadas, que tanto Marianne como Aleksander fueran víctimas de asesinato.

—¿Y cuál ha sido su reacción?

—Se ha quedado de piedra, tremendamente impactado, y él mismo nos ha preguntado si lo que le estaba ocurriendo se trataba también de un intento de asesinato. Por supuesto, le hemos dicho que era bastante probable, pero que necesitábamos su colaboración sincera y completa para averiguarlo. Nuestras palabras han hecho mella en él. Es lo que le ha convencido para cambiar de actitud, de pasota a cooperador.

—¿Ni rastro de culpabilidad, aunque sea de forma fortuita o tangencial?

—En principio, no nos ha dado esa impresión ni a Mendieta ni a mí.

—En los últimos días he estado pensando mucho en este caso. Le he dado infinidad de vueltas desde todos los puntos de vista, en especial desde el de la Medicina Legal. He revisado bibliografía por internet y he consultado dos magníficos libros que, sin pensar que los fuera a necesitar tan pronto, cogí de la biblioteca de mi padre cuando visité a mi madre en Milán, el Repetto y el Baselt. Estoy convencida de que los tres componentes de la familia han sido víctimas de una intoxicación, y cuando se sospecha algo así, lo primero en lo que hay que pensar es que se trate de una intoxicación fortuita o accidental. Eso es lo primero que, como decimos en Medicina, hay que descartar. Una vez desestimada esta hipótesis, lo que nos queda es la autolesión y la heterolesión. En nuestro caso, el niño no pudo autoinfligirse la enfermedad que desembocó en la muerte, luego, si demostramos que las intoxicaciones no fueron accidentales, al menos la muerte del niño fue dolosa. Y, con bastante probabilidad, la de su madre también.

—Pero, sin conocer la sustancia causante de la intoxicación o, en palabras claras, del envenenamiento, ¿cómo podemos afirmar que no se trata de una intoxicación accidental?

—Ese es el quid de la cuestión, querido Watson —respondió una Simonetta cada vez más preocupada—. Lo habitual en este tipo de casos es un consumo inadecuado de un medicamento, pero ninguno de los tres tomaba fármacos prescritos por médicos de la sanidad pública, porque de lo contrario figurarían en la historia clínica. Otra probabilidad podría ser el uso accidental de un producto de limpieza del hogar, que son bastante peligrosos, por ejemplo, si se ingieren. Eso podría cuadrar con el cuadro clínico del niño, pero no con el de los adultos. Un adulto se percata en el acto si ha ingerido una sustancia de limpieza por error, pongo por caso. Estoy hablando de una intoxicación aguda por accidente, claro.

—¿Tú sospechas de algún tóxico en concreto? —le preguntó Ferrer.

—¿Yo? Ojalá. He excluido un buen número de ellos, bien porque los síntomas que ocasionan no se corresponden con los que han presentado las tres víctimas, si a Bernabé podemos incluirlo en esta categoría, o bien porque resulta imposible su obtención. Pero seguiré discurriendo, de eso no te quepa duda.

—Bueno, volvamos al interrogatorio —continuó el comisario—, le preguntamos si sospechaba de alguien que pudiera desear perjudicarlo a él o a su mujer, alguien que se beneficiara de su muerte. ¿Adivinas a quién señaló?

—Dímelo tú —respondió Simonetta, temiendo la contestación.

—En efecto. A quien te imaginas: a tu querido Pau Martí.

—Supongo que os habrá explicado sus razones —intervino la doctora.

—Ya lo creo que nos las ha dado. Y concuerdan en el tiempo y en la forma con los mensajes de teléfono entre Marianne

Thorsen y Martí que custodiamos y que todavía no hemos mostrado al que se reafirma como principal sospechoso. ¿Recuerdas que te comenté que guardábamos ese as en la manga?

—Lo recuerdo a la perfección —lo interrumpió, seria.

—Nos ha aclarado la razón por la que el pescador, según Bernabé, por supuesto, se sentiría aliviado por la muerte de Marianne y de él mismo: el chantaje al que lo sometían los dos. Lo repito: los dos, no solo Marianne. Esta vez lo ha admitido y nos ha contado todo con pelos y señales. Como tú averiguaste, el chantaje partió del hallazgo del cuerpo del feriante desaparecido y de la nota que portaba firmada por la madre de Martí. En una ocasión en que la familia de Bernabé estaba reunida, cuando él y Marianne vivían en la masía, al *pater familias* se le ocurrió, haciendo una supuesta gracia, contar el morboso episodio de cuando las dos amigas eran jóvenes, así como la posterior «contribución» de una de ellas, Élida, a las arcas personales de Laureano Dolz para que su participación en la muerte del chico no saliera a la luz. A partir de ahí, como Bernabé siempre estaba sin blanca porque todo lo que ganaba se lo gastaba en vicio (aunque él no ha empleado esta palabra, que hoy en día parece que ha desaparecido del diccionario, yo sí la quiero emplear, puesto que es la que da en el clavo), pergeñó un plan. Una vez fallecida la mujer, se pondrían en contacto con el hijo y le mostrarían unos mensajes falsos de correo electrónico enviados por un detective privado. Ese personaje inexistente estaría buscando, a petición de la familia, el rastro del feriante desaparecido con el fin de reabrir el caso de su desaparición y muerte. A cambio del silencio, Marianne le iría pidiendo a Pau, su antiguo amante, una cantidad tras otra de dinero.

»Pusieron en marcha la maquinación y funcionó, pero en los últimos meses, calculamos que pudo ser desde que tú comenzaste la relación con él, la actitud de Martí cambió. Comenzó a mostrarse muy reacio a seguir dándoles dinero, hasta el punto de amenazar a Marianne de una forma explícita, tanto cara a cara como en los mensajes con los que se comunicaban a través del móvil. Parecía fuera de quicio. Debo decirte que el mismo Bernabé ha reconocido haberlo presionado para sacarlo de sus casillas, tal vez, y según su opinión, demasiado. Su última finalidad era que les donara la villa que heredó de su madre y esta de su amiga, la villa en la que tú vives en la actualidad. En ese aspecto se ha sentido en parte responsable de lo que ha pasado. Ha reconocido que no fue oportuno hostigar tanto al pescador, en vista de las funestas consecuencias.

—Bueno, bueno, a ver… ¿de qué funestas consecuencias estás hablando? ¡Relatas lo que un traficante de drogas te ha contado con un tono de verosimilitud total! ¿Es que has creído todo lo que ha vomitado? ¿Cómo puedes ser tan candoroso?

—A ver, tranquilízate, por favor. Yo me estoy limitando a transcribir de forma verbal y resumida, como tú misma me has pedido, el interrogatorio a Bernabé Dolz. Por el momento no he realizado ninguna valoración personal ni juicio de valor. Ahora bien, resulta totalmente creíble su versión del chantaje, mucho más que la versión protagonizada en exclusiva por su mujer. ¿O no?

—Eso no te lo niego. Pero yo también quiero contarte algunas cosas de las que me he enterado en las últimas horas, y que desbancan a Pau como único sospechoso de este asunto.

Simonetta, también de forma resumida, le explicó todo lo que había averiguado sobre Rodica y sobre el padre Eladio.

—Buen trabajo, italiana —dijo orgulloso, como el jefe que piropea a un trabajador—. Necesitaría un informe escrito de tus aportaciones, un informe de esos que sabes elaborar tan bien.

—Mañana mismo lo tendrás. Y yo también voy a pedirte otra cosa: un registro de la casa de Bernabé y Marianne, estando yo presente en calidad de lo que quieras; médico de familia, médico forense, amiga, transeúnte… Es imprescindible para encontrar el posible tóxico. Si la inspección corre a cargo tan solo de la policía, se podría pasar por alto con facilidad.

—¡Ah! Había olvidado ese punto. La juez, con las escasas pruebas de las que disponemos, ha desestimado la autorización del registro domiciliario esta misma mañana. Después, en vista de lo colaborador que estaba Bernabé, le hemos pedido permiso y la llave para inspeccionar su vivienda… y se ha negado. Ha dicho que el día que abandone el hospital estará encantado de abrirnos las puertas de su casa, pero mientras tanto… naranjas de la China. Hemos supuesto que tendrá de todo ahí dentro y no querrá que lo pillemos. Me refiero a la droga, claro. Tendremos que esperar.

—¿ESPERAR? —INTERVINO SERGI cuando la doctora colgó.

—No —añadió ella, convencida—. De esperar, nada.

—¿Le parece bien esta noche?

—Me parece.

35

TERCERA SESIÓN DE TERAPIA
Llamada telefónica

P: Dígame.

T: Buenas tardes, soy Raquel Perea, psicóloga. Te llamo porque estuve esperándote ayer en consulta. ¿Recuerdas que teníamos hora?

P: Sí... Bueno, me disculparás. No fui... Ya sé que te tenía que haber avisado, pero se me pasó... Tengo mucho lío en la cabeza... soy incapaz de concentrarme y no recuerdo algunas cosas. Puedo abonarte la consulta.

T: No es por eso por lo que te llamo. Ni el tema económico ni el tiempo que estuve esperándote tienen importancia, lo que ocurre es que estoy preocupada porque, tal y como te vi el último día, unido a que ayer no viniste... Me ha parecido adecuado llamarte para ver cómo estás. Espero que no te moleste.

P: No, no, no me molesta, al revés, te lo agradezco. No es lo normal que alguien se preocupe tanto por mí, pero tampoco te voy a poder decir mucho.

T: ¿Quieres que te busque otra hora y hablamos tranquilamente? No tengo hueco en unas semanas, pero trataría de buscarlo.

P: ¡No! No hace falta, gracias. Ya te hice perder la hora de ayer. No quiero que pierdas más tiempo conmigo.

T: Perdona, no entiendo lo que quieres decir. ¿Por qué iba a perder el tiempo contigo?

P: No es culpa tuya, soy yo. No veo que pueda hacer nada de nada de lo que tú me propones. Ya está. No creo que sirva de nada hablar, ni contigo ni con nadie. No veo luz. Lo veo todo muy oscuro, muy complicado.

T: Ya lo sé. Por eso he querido ponerme en contacto contigo. No pienses que es mi manera habitual de actuar. Pero en tu caso, no sé… Me gustaría ayudarte

P: Raquel, te lo agradezco, de verdad. Pero no es el momento. Si cambio de opinión, te volveré a llamar. Yo voy a seguir mi camino, el que me dicta la mente. Será lo mejor. Cada vez me importa menos todo, incluidas las personas que tengo a mi alrededor. Ahora ya no creo que nada pueda salir bien. Siento toda la derrota. Nadie puede ayudarme a vencer, he de hacerlo en completa soledad, tomando mis propias decisiones. De alguna manera, me siento más fuerte. No quiero involucrarte más. Seguro que habrá mucha gente más dispuesta que yo a recibir tu ayuda. Saldré adelante cueste lo que cueste.

T: ¿Cómo? ¿A qué te refieres?

P: Nada, olvídalo… Muchas gracias por interesarte, pero déjalo.

T: Me dejas preocupada, pero no voy a insistir… Si cambias de opinión, te ruego que vuelvas a pedir cita conmigo.

P: Muchas gracias.

T: Adiós.

P: Adiós.

36

Conforme la tarde decaía, una fina capa de niebla ocupaba el espacio que la luz del día, en su retirada, iba dejando. En los informativos de la radio anunciaban un cambio de tiempo en las Baleares, y casi nunca se equivocaban. La doctora Brey abrió la ventana del salón que daba a la calle para comprobar si la temperatura había bajado tanto como daba a entender la bruma que, poco a poco, envolvía la villa. Enseguida sintió el frío húmedo penetrando en la estancia y decidió coger un chaquetón abrigado para la salida nocturna que Sergi y ella habían planeado. En vez de abrir la ventana en cuestión, podría haber abierto la que había frente a esta, desde la que se veía la vertiente este de la cala, pero quería otear la casa de Pau, parcialmente velada por la neblina, para comprobar si alguna señal indicaba que se encontraba dentro. No distinguió ninguna luz, pero ese dato tampoco la sacaba de dudas porque, desde donde se encontraba Simonetta, la ventana de la cocina y la de su dormitorio estaban ocultas a la vista.

Sergi llegó a la hora acordada. No habían definido de manera clara el plan a seguir, pero de lo que estaban convencidos era de que no podían dejar pasar más tiempo sin registrar de arriba abajo la casa donde había vivido Bernabé con su familia. Al poco de colgar, Darío la había llamado de nuevo para relatarle un pasaje del interrogatorio de Bernabé que había olvidado mencionar. El pequeño de los Dolz les había contado que su mujer acudía con asiduidad a la herboristería, que trataba con productos naturales cualquier cosa que le pasaba y que un día, después de haber visto a Pau para pedirle dinero, llegó a casa con un tarro de miel que él le había regalado junto a un sobrecito con unas hierbas. Todos habían probado la miel, y con las hierbas había hecho una infusión, pero no recordaba si él mismo había acabado bebiendo una taza. «Con este testimonio —le había dicho el comisario—, comprenderás que nuestra prioridad es interrogar de nuevo a Martí, esta vez a por todas, y registrar su casa.» Simonetta le había rogado que aplazase las dos cosas al menos cuarenta y ocho horas, y le había jurado guardar el secreto y no alertar a Pau de ninguna manera. «Está bien —había accedido finalmente Ferrer—, pero solo puedo concederte veinticuatro horas de plazo. Lo siento mucho, italiana, pero me juego el sillón y soy padre de familia. Estoy seguro de que lo comprendes.»

—Menuda nochecita —le dijo Sergi cuando entró en el Kia.

Recorrieron el trayecto en absoluto silencio, los dos muy atentos a los avatares que pudieran surgir en el camino con una visión bastante limitada. Pasado Es Mercadal, alcanzaron a un pequeño camión con buenas luces, y la doctora le aconsejó ponerse a su rueda, sin adelantarlo, para así transitar con mayor seguridad.

El camión entró en Mahón y ellos tomaron un desvío en la última rotonda antes de llegar a la población, que señalaba al puerto y a Es Grau. Por fortuna circulaba poco tráfico, porque la carretera se estrechaba de forma llamativa, y lo que normalmente era un itinerario agradable, esa noche se había convertido en un trecho peligroso con múltiples curvas y visibilidad escasa.

—Próxima curva a la derecha. La siguiente a la izquierda. Despacio —le iba indicando la doctora, esforzando la vista para seguir la dirección correcta y no salirse de la carretera. Cuando por fin llegaron a su destino, el enfermero suspiró de forma ostensible, liberándose de la tensión de una conducción arriesgada.

Con las luces de la calle, la niebla parecía haber perdido densidad.

—Como se trata de una calle periférica, aparcaremos al final, frente a las últimas casas.

Sergi siguió sus indicaciones y en menos de dos minutos ya habían estacionado. Apenas había gente por allí. Tan solo encontraron a un anciano entrando en una casa cercana a la de la tía del enfermero. Al bajar del Kia, Simonetta se estremeció, más por la humedad que por el frío. Estaban en lo alto de una cuesta. A la izquierda, el pueblo, y a la derecha, la colina desierta que acababa en el mar, en la impresionante bahía que esa noche solo se adivinaba gracias al inquietante siseo del agua, amplificado por el misterioso silencio de las sombras.

Bajaron sigilosos hasta la vivienda. Tan solo distinguieron luz en dos de las casas de la calle. Dieron varias vueltas para asegurarse de que en la de Bernabé no había nadie. Tal y como esperaban, la ventana del primer piso seguía abierta. Se miraron y asintieron con complicidad y alivio. El enfermero sacó de su mochila una pequeña escalera de cuerda y madera que siempre había visto en el cobertizo de la casa de sus padres. Esa noche le sería de utilidad. Estaban buscando el lugar más idóneo de la tapia que el edificio tenía por la parte de atrás cuando oyeron el ruido de un vehículo que bajaba por la calle. Se trataba del camión de la basura. De inmediato se ocultaron en la bocacalle donde la casa de Bernabé, que hacía esquina, tenía la puerta principal.

—¿Nos habrán visto? —preguntó Sergi.

—Es posible, pero no estábamos cometiendo ningún delito… de momento.

El camión se esfumó y ellos volvieron al carrer Dret. El enfermero lanzó un extremo de la escalera por lo alto de la tapia y los ganchos metálicos que llevaba se fijaron en un saliente que el murete tenía en la parte superior. Después de comprobar que la escala estaba bien sujeta, se dispuso a subir.

—Cuidado, Sergi, por lo que más quieras —le rogó la doctora, arrepintiéndose una vez más de haberlo metido en otro de sus embrollos.

—No se preocupe, aunque me caiga es poca la altura que hay.

Una vez dentro, Sergi cogió de nuevo la escalera. El plan era intentar entrar en la casa por alguna puerta o ventana que pudieran estar abiertas en la planta baja, y si no, ayudado de nuevo por la escala, acceder a la terraza y de allí a la vivienda a través de la ventana, que permanecía abierta de par en par.

—Por aquí está todo cerrado —dijo Sergi mientras revisaba una por una las posibles entradas desde el patio y el pequeño jardín que había detrás del murete—. Y, por cierto, qué desastre, bártulos por todas partes. Voy a subir desde aquí a la terraza, no hay otro modo de entrar.

Simonetta se alejó hasta la acera de enfrente para tener una perspectiva mayor y poder observar las maniobras de seudoescalada de Sergi. El joven volvió a lanzar la escala hacia arriba y, a la segunda tentativa, alcanzó la balaustrada que rodeaba la terraza por tres lados.

En menos de cinco segundos Sergi ya había trepado, había cogido la escala y se disponía a entrar por la ventana. Habían acordado no encender las luces para no alertar a ningún vecino. El enfermero llevaba en la mochila dos linternas. A lo lejos oyó ladrar a unos perros y tuvo la impresión que eran perros callejeros. En ese caso, temió más su aparición que la de cualquier humano. Si accedían por allí y se enfrentaban a ella, ¿cómo podría esquivarlos? Las llaves del Kia las llevaba Sergi. Conforme más próximos sentía los ladridos más paralizada estaba, preocupada por no distinguirlos a través de la niebla hasta quizá tenerlos ya encima atacándola.

—¡Doctora! —la voz de su querido Sergi la salvó de un auténtico ataque de pánico—. ¡Entre por la puerta principal!

—Con rapidez, Simonetta se dirigió a donde estaba el enfermero y, sin más dilación, entró. Tomó la linterna que le ofrecía su compañero y, con cierto canguelo y sin mediar palabra, comenzaron a registrarlo todo.

—¿Los dormitorios están arriba?

—Sí, la terraza pertenece al dormitorio principal. Hay dos habitaciones más, pero no me ha dado tiempo a echar un vistazo. Supongo que también serán dormitorios. ¿Quiere que suba mientras usted revisa por aquí? Tenemos para rato.

—¿El dormitorio está parecido a esto? —le preguntó la doctora dirigiendo el haz de luz de la linterna por todo el salón.

—Parecido o peor.

—Madre mía —suspiró Simonetta. Allí no cabía ni un alfiler y todo estaba en un completo desorden. Había mantas de sofá tiradas encima de la mesa, envases vacíos de cerveza en el suelo, bolsas de patatas fritas en el sofá, zapatillas de deporte tiradas de cualquier manera, cajas de pizza y suciedad por todas partes. Y si semejante escaparate se distinguía en la penumbra… cómo sería de día, a la luz del sol—. Bueno, en apariencia hay mucho por revisar, pero la basura —dijo, señalando un rincón donde se amontaban unas cuantas revistas viejas, unos cascos y un montón de cables— se inspecciona pronto. Me parece buena idea, Sergi, comienza por los dormitorios mientras yo repaso el salón y la cocina, que será seguramente esa habitación de al lado.

El enfermero estaba subiendo el tramo de escaleras que conducía al piso de arriba cuando le sonó el teléfono. Los dos se llevaron un susto monumental. Sergi asomó la cabeza y se dirigió a la doctora.

—¡Es Pau! —dijo extrañado pero en un susurro, como si el pescador pudiera oírlo.

—¿Pau? —repuso Simonetta, atónita. Llevaba días sin tener noticias suyas y sin verlo ni siquiera de lejos, ¿tenía que saber de él en ese preciso instante y de aquella forma? El corazón le comenzó a latir precipitadamente sin base racional alguna. ¿Acaso iba a adivinar que acompañaba a Sergi?

—¿Le contesto? —preguntó el joven, un tanto aturullado.

—Sí, sí, claro, pero no le digas que estoy contigo. —Sergi afirmó con los ojos—. Hola, Pau, qué hay… No, no, no me molestas, dime. Ya… ¿y eso cuándo ha sido? Supongo que te lo curarías con algo. ¿No recuerdas cómo se llama? Sí, sí, espero. —El enfermero se señaló unos de los tobillos para que Simonetta comprendiera de qué estaban hablando—. Ah, sí, pero solo con esa pomada a lo mejor no tienes suficiente. ¿Has notado fiebre? Por lo pronto, debes ponerte una pomada antibiótica, y quizá deberías tomar también un antibiótico vía oral. ¿Le has preguntado a la doctora? —le dijo Sergi mientras le guiñaba un ojo a su compañera—. ¿Quieres que le pregunte yo? El problema es que en la farmacia no te darán la pomada sin receta, y la receta debe firmarla un médico. Lo mejor será que te pases mañana por mi consulta y te curo. Allí tengo todo tipo de pomadas y material de curas. Y si la herida está mal, te la verá la doctora. —Cuando colgó, Sergi se echó a reír—. Esto sí que es fuerte. El muy cabezota se resiste a verla.

—Ya te lo dije, Sergi. No quiere saber nada más de mí, por mucho que te empeñes en mantener lo contrario.

—Confío en que esté equivocada.

Simonetta no añadió nada más, pero sintió un latigazo de desilusión. ¿Su fiel amigo comenzaba a dudar de los sentimientos de Pau hacia ella? ¿Él, que había defendido con ardor la tesis contraria? Entonces, eso sí podría ser el inicio de la constatación del *c'est fini.*

—¿Le ocurre algo grave?

—Una herida en la pierna mal curada. Se la hizo bajando de la barca, con un clavo saliente. Me ha prometido venir mañana a que lo cure en la consulta. Si no aparece por allí, me acercaré a su casa por la tarde.

«Para entonces quizá ya esté detenido», pensó la doctora, angustiada.

El salón no tenía muchos muebles, así que Simonetta tardó poco en registrarlo. La ventaja de todo aquel desorden era que, por mucho que ellos revolvieran, el día que Bernabé pusiera de nuevo los pies en la casa apenas notaría la diferencia con el día en que la había abandonado.

La cocina estaba algo más despejada y la nevera casi vacía. Apenas había alimentos sólidos: un pedazo de queso, una bandeja sin abrir de pechugas de pollo que despedía mal color, una lechuga mustia, tres zanahorias que empezaban a florecer y cuatro yogures caducados. De líquidos, parecido: dos latas de Coca Cola, dos bolsas de leche, ocho latas de cerveza y dos botellas de agua sin abrir de litro y medio. Poca cosa. Revisó uno por uno los armarios y todos los cajones. En el cajón donde guardaba las servilletas encontró varias cajas de medicamentos. Era una de sus prioridades. Una caja de ibuprofeno caducada, otra de pastillas de lactosa, una más de un antiácido en sobres y la última de paracetamol. Nada que pudiera provocar una intoxicación de esa entidad, a no ser que hubieran consumido una cantidad importante de cualquiera de esos principios inmediatos.

En el cajón que había debajo del de las servilletas era donde Marianne guardaba los productos de herboristería. Había unos cuantos envases de plástico, todos con sus correspondientes pegatinas, donde se especificaban sus componentes y en los que aparecía una imagen de las plantas de las que supuestamente procedía cada medicamento. Simonetta leyó todo con detenimiento y observó el contenido de cada envase. En apariencia, si nadie había manipulado las sustancias y se habían tomado en las dosis recomendadas por el fabricante, no tendrían que haber originado ningún problema. Por si las moscas, sacó fotografías de todas las etiquetas y guardó una pequeña cantidad del producto de cada envase en otras tantas bolsitas de plástico con cierre hermético que, como buena forense que era, llevaba en la pequeña mochila que había preparado para la ocasión.

Otro de los objetivos a la hora de investigar un caso de intoxicación eran los productos de limpieza, todos tóxicos. Simonetta comprobó que la mayoría estaban a medio gastar, y le llamó la atención que hubiera dos cajas grandes de jabón de lavadora y ambas estuvieran abiertas. Las sacó fuera del armario y las sopesó. A pesar de que parecían contener más o menos la misma cantidad de jabón, no pesaban lo mismo. Tomó un cucharón que estaba colgado sobre la vitrocerámica y lo introdujo en la primera caja, hasta el fondo. Sin embargo, al realizar una operación similar en la segunda se topó con un obstáculo. Allí habían ocultado algo. Cogió una cacerola que había bocabajo al lado del fregadero y con el cucharón comenzó a trasvasar el jabón. Muy pronto se confirmó su suposición: la caja contenía cuatro paquetes en apariencia de cocaína. Esa era la razón por la que Bernabé no había dado su consentimiento para que la policía entrara en la casa. La doctora volvió a introducir los paquetes y el jabón en la caja, y luego todo en el armario. Ya tendría oportunidad de informar del hallazgo a Darío, pero todavía no era el momento. Cuando ya se disponía a salir de la cocina, recordó las palabras del comisario sobre la última declaración de Bernabé. No había visto el tarro con la miel ni las hierbas que, según él, Pau le había regalado a Marianne. ¿No sería una invención del propio Bernabé para implicar al pescador?

—Sergi, ¿cómo vas? —le preguntó a su compañero mientras subía por la escalera con cuidado de no caer en medio de aquella oscuridad.

—Mejor que lo revise usted, no sea que a mí se me haya pasado algo, pero no he hallado nada de interés.

Uno de los cuartos de la primera planta estaba asombrosamente vacío, no obstante, el otro imitaba el estilo del resto de la casa. Lo habían convertido en una especie de trastero. Nada más entrar en el dormitorio principal, Simonetta vio el tarro de miel encima de la mesita de noche, casi vacío, con una cucharilla dentro.

—¿Recuerdas lo que me contó Darío sobre la miel que Pau le regaló a Marianne? —le preguntó, señalando el tarro con la linterna.

—Es verdad. No había caído.

Simonetta sacó otra bolsita de plástico.

—Con poca cantidad será suficiente —le comentó a Sergi a la vez que introducía en la bolsita media cucharilla de miel.

—¿Y si nos llevamos el frasco? —propuso el enfermero—. Un motivo menos para implicar a Pau.

—De ninguna manera, Sergi. Una cosa es que allanemos una vivienda en busca de indicios que lo exculpen y otra muy diferente que eliminemos pruebas. Eso ya es harina de otro costal. No nos vamos a incriminar nosotros por defenderlo a él. —La doctora depositó la pequeña cantidad de miel en el estuche en el que guardaba las bolsitas, y este en la mochila—. ¿Has revisado bien el armario? ¿Los bolsillos también? Es un lugar donde a menudo se olvida inspeccionar.

Como Sergi no lo había hecho, entre los dos lo repasaron todo, prenda por prenda. Bernabé no se había molestado o no había querido retirar la ropa de Marianne, que ocupaba la mayor parte del espacio. Todo ropa sencilla, nada de vestir. Encima de la otra mesita de noche encontraron un botellín de agua vacío y un retrato enmarcado de los tres cuando Aleksander era todavía un bebé. Un niño precioso. Simonetta iluminó la imagen de Marianne, tan distinta a la que se había enfrentado cuando vio el cadáver. Como bien había descrito el padre Eladio, su belleza no era llamativa, pero su rostro transmitía dulzura y paz.

—Aquí ya no hay nada más que ver —determinó—. Qué desilusión. Esperaba encontrar algo, la verdad.

—Entonces, ¿nos vamos ya? —preguntó Sergi.

—Nos vamos —dijo la doctora, señalando el hueco de la escalera—. Y, recuerda: no te quites los guantes hasta que estemos en el Kia. No me gustaría dejar huellas.

Sergi cumplió a rajatabla las instrucciones de su compañera.

UNA VEZ EN la calle no perdieron tiempo en cerciorarse si había alguien espiándolos y, sin prisa pero sin pausa, en menos de diez minutos estaban saliendo de Es Grau. La doctora conducía. La niebla era más espesa y al enfermero se le veía muy cansado, tanto que aceptó a la primera la propuesta de Simonetta para ponerse al frente del volante.

—Y puedes dormirte.

—¡Uy! No me lo diga dos veces.

Nada más dejar atrás las luces de la población la doctora se arrepintió del ofrecimiento porque, con la escasa visibilidad que había, todos los ojos iban a ser pocos para llegar sanos y salvos a Ciudadela. Miró de reojo al joven, pero ya no había marcha atrás: sumido en el más profundo de los sueños, su flequillo dorado se balanceaba al son de las curvas. Iría despacio y con cuidado. No quedaba otra.

Por fortuna, al poco de salir de Es Grau la densa capa de bruma se levantó algo y la visión de la carretera mejoró. Más relajada y acompañada por un silencio casi absoluto, comenzó a recapitular. Tenía puestas muchas esperanzas en el registro de aquella casa. Cuando trabajaba como forense en el juzgado, mano a mano con Darío Ferrer, habían resuelto con un buen registro más de un caso complicado. Si, como estaba convencida, la causa de la muerte de Marianne y Aleksander se había debido a un envenenamiento, tenía que haber algún resto del veneno en la vivienda, puesto que Bernabé había enfermado hacía poco y Marianne acababa de morir. ¿De qué tóxico, de qué veneno podría tratarse para que no hubieran conseguido dar con él? Si tenía alguna buena cualidad era la capacidad de memorizar imágenes.

Poco a poco fue desgranando los pasos que había dado desde que entró en la casa hasta que la abandonó. Los rincones y el mobiliario del salón, todos los recovecos de la cocina, los dormitorios del primer piso… Siguió sin llamarle nada la atención. Tenía que volver a empezar, ya no cuarto por cuarto, sino detalle por detalle. Repasó mentalmente todos los cachivaches esparcidos por el salón. Nada. Vuelta a inspeccionar la cocina: el fregadero, los armarios, la nevera… la nevera. El corazón comenzó a latirle con fuerza. De repente, sintió una oleada de calor en el vientre, en el pecho, en la cabeza… ¡La nevera! No lo podía creer. ¿Cómo no había caído antes? Ahí se encontraba el veneno. De inmediato, como si fuera un ordenador, comenzó a unir conexiones, datos, sospechas, indicios… Debía asegurarse bien. No se podía levantar la liebre antes de tiempo si carecía de la seguridad absoluta. Internet. Tenía que recurrir en aquel mismo instante a ese maravilloso invento para constatar y apuntalar la hipótesis que, con cada segundo que pasaba, se afianzaba más en su mente. Señaló con el intermitente a la derecha y estacionó justo en el desvío por donde se accedía al parque natural de la Albufera de Es Grau. Estaba impaciente por comprobar un dato que ratificara su sospecha, pusiera patas arriba el caso y librara a Pau de su condición de sospechoso: la constatación del veneno que originó las muertes de Marianne y Aleksander.

Había dejado la mochila en el asiento de atrás y el móvil estaba dentro. Desde allí no la alcanzaba. Al abrir la puerta para salir, Sergi se despertó.

—¿Qué ocurre? ¿Ha sucedido algo? ¿Hemos sufrido un accidente?

—No, Sergi, no —le contestó la doctora, visiblemente nerviosa—. Ahora mismo te cuento —añadió bajando del coche. El enfermero estaba perplejo. Vio que cogía la mochila, sacaba el teléfono y regresaba al asiento del conductor—. ¡Debo comprobar una cosa! ¡Debo comprobar una cosa! ¡Esto es el principio del fin! ¡Esto es el principio del fin!

—¿Qué es lo que quiere decir? ¿Ha averiguado algo?

—Aguarda, aguarda. —Simonetta buscaba apresurada una información que tardaba en encontrar.

—¿Quiere que la ayude? —se ofreció Sergi en vista de su nerviosismo.

—¡No! —exclamó triunfal la doctora—. ¡Ya lo tengo!, ¡ya lo tengo! ¡Sergi, ya lo tengo! ¡Abraham Lincoln! ¡Abraham Lincoln! ¡Abraham Lincoln! —dijo abrazando a su compañero, eufórica—. ¡Abraham Lincoln!

37

—¡No me dirá que Abraham Lincoln es el culpable de la muerte de Marianne Thorsen y de su hijo! —saltó el enfermero divertido, una vez se hubo despejado después de la salida de Simonetta.

—En realidad, es la madre de Abraham Lincoln la responsable de que yo, por fin, haya dado con la clave —le confesó exultante, pero algo más sosegada.

—¿La madre de Lincoln? —preguntó el joven, alucinado.

—La misma. ¿Sabes de qué murió?

—Ni idea.

—De lo mismo que han muerto el pequeño Aleksander y su madre, y de lo que por poco muere Bernabé Dolz. Aunque no está completamente demostrado, se cree que la muerte de la madre de Lincoln se debió a la misma enfermedad que les costó la vida a miles de estadounidenses a principios del siglo XX: la enfermedad de la leche.

—¿La enfermedad de la leche?

—Sí, en concreto la enfermedad de la leche de vaca, ocasionada por una planta venenosa: la *Ageratina altissima*, que contiene una toxina, el tremetol, muy dañina para la salud humana.

—Pero ¿el veneno se encuentra en la planta o en la leche?

—En ambos. En un principio, el veneno está en la planta, pero pasa a la leche y a la carne del animal cuando este la ingiere. Para la vaca carece de toxicidad, pero tanto para los terneros que maman de sus madres como para los humanos que beben la leche o comen la carne de la vaca, puede resultar mortal. —Sergi miraba a Simonetta con los ojos bien abiertos, como si así oyera mejor lo que le estaba contando—. Pues bien, como te digo, los inmigrantes del medio oeste de EE.UU. que se dedicaban al pastoreo comenzaron a enfermar y a morir sin que nadie encontrara una explicación. Tenían temblores, calambres, vómitos, dolores intestinales intensos… hasta que fallecían. Nancy Lincoln, la madre del presidente, fue una de las víctimas. Las autoridades animaron a buscar la causa de esta enfermedad, que segó la vida de miles de sus conciudadanos. Por fin, creo recordar que fue sobre 1830, una mujer, la doctora Hobbs, fue quien dio con la causa, la planta venenosa que te acabo de mencionar: *Ageratina altissima*. Se desbrozó la maleza, donde solía crecer, se llevó al ganado a pastar en campos cultivados para ese fin y la enfermedad desapareció.

—*Wow*.

—¿Quieres creer que esta historia la conocía de boca de mi padre? Era un gran aficionado a estudiar la Historia de la Medicina. Seguro que ha sido él el que me ha iluminado.

—Entonces, usted piensa que alguien envenenó la leche para intoxicar a la familia de Bernabé.

—En efecto, aunque todavía es una hipótesis que debo demostrar. Pero una hipótesis bien fundamentada, a mi modo de ver. Antes de proseguir, debo hacerte una pregunta. ¿Te has fijado en la bolsa de leche que nos regalan en la Torre Tudurí cada vez que vamos a visitar a Laureano?

—No sé. La leche está muy rica, pero nunca me he fijado en la bolsa —respondió el enfermero, con temor.

—¿Por casualidad recuerdas si la bolsa está marcada con una cruz bastante evidente escrita con rotulador rojo? —Sergi se permitió unos segundos para pensar, en vista de lo importante que podía llegar a ser su respuesta.

—Estoy casi convencido de que no. ¿Es algo relevante?

—Puede serlo. Hace unos minutos, mientras tú revisabas los dormitorios, yo he inspeccionado toda la cocina. En ese momento no he visto nada que me llamara en especial la atención, pero ya en el coche he vuelto a repasar uno por uno los objetos de la casa, y de entre todos he reparado, por fin, en algo: en la nevera había dos bolsas de leche de la Torre Tudurí, ambas señalizadas con una cruz roja. Eso me ha alertado y, de pronto, lo he visto todo claro.

—¿Solo por unas cruces rojas?

—No, no solo por eso, sino porque de repente he relacionado los síntomas que han padecido las tres víctimas con la enfermedad de la leche y me ha venido a la cabeza la vaca de la Torre Tudurí que la ha proporcionado.

—¿De entre todas las vacas que hay?

—Sí, de entre todas, porque hay una que tiene un trato especial. Consuelo Tudurí me la mostró como un ejemplar único que llevan a concursos y de la que se sienten muy orgullosos. Tiene su caseta y alimentación propias…

—¡La planta venenosa!

—Esa era mi duda y acabo de resolverla... a medias. La he buscado por internet, y creo recordar que estaba entre las plantas y flores que habían sembrado en una especie de pasto y jardín reservado solo para ella.

—¡Pero qué lista es, doctora! ¿Y por qué dice que solo ha resuelto a medias su duda?

—Porque aunque tengo muy buena memoria visual, cuando me mostraron la vaca en cuestión no presté apenas atención, no me interesó el tema en absoluto y no puedo poner la mano en el fuego de que la planta sea la misma.

-Entonces, el asesino es alguien de la propia familia, en concreto la persona que cuida de la vaca.

—Está por ver. Parece lo más probable. Consuelo mencionó algo sobre quién se ocupaba del animal, pero no lo recuerdo con exactitud. Estaba más pendiente de no llegar tarde a la consulta que de las beldades de un rumiante, la verdad. Pero para resolver el enigma, lo primero que debemos hacer es confirmar y demostrar la causa de las muertes.

Me he comprometido a eso con Darío, y esa constatación puede salvar a Pau. Por cierto, ¿qué hora es?

—Las dos menos cuarto.

—Las dos menos cuarto —repitió la doctora, calculando—. El plazo de veinticuatro horas que Darío me dio antes de citar a Pau como principal sospechoso finaliza dentro de diez horas. Hacia el mediodía, la policía quizá esté marcando su número de teléfono.

—Y nosotros comenzamos la consulta a las ocho…

—En efecto. A las ocho de la mañana debemos dejar cerrada nuestra contribución al caso, debemos haber librado a Pau. ¿A qué hora amanece?

—Sobre las seis y media.

—Nos va a venir bien que Menorca sea el lugar de España donde antes sale el sol.

—¿Qué propone? —El enfermero meditó. Entre los dos estaban llegando a un grado de conexión tal que, en muchas ocasiones, no necesitaban explicaciones pormenorizadas para saber qué era lo que uno precisaba del otro.

—Sería una pérdida de tiempo y de energía volver de aquí a nuestras casas. Lo mejor será dirigirnos directamente a nuestro objetivo… y esperar. Eso es lo que yo propongo.

—Lo mismo que pienso yo, así que… ¡adelante, Kia!

DURANTE EL CAMINO de vuelta Sergi ya no se durmió, le pudo la excitación. Iba enumerando a los posibles asesinos y también las motivaciones que podría tener cada uno para acabar con la vida de un inocente y de su madre. La doctora Brey no decía nada. Estaba pendiente de la carretera porque la niebla se había levantado en algunos tramos, pero en otros persistía como si se empeñara en impedir que Sergi y Simonetta alcanzaran su destino.

—Esta bruma es otra maldición como la que nombra Consuelo Tudurí —dijo Sergi.

La doctora permaneció en silencio no solo por la inevitable concentración que lleva implícita una conducción peligrosa, sino por sus propias dudas en cuanto a la identidad del asesino y el desgaste personal que estaba sufriendo desde el fatídico día en que la avisaron para certificar la muerte de Marianne Thorsen. Si podía verificar la existencia de la planta venenosa en la Torre Tudurí, ¿para qué seguir investigando? Su objetivo, y el pactado con Darío, era averiguar qué había originado las muertes, no quién ni por qué. Tenía ganas de descansar. Por todo.

—¿Usted cree que algún día Pau sabrá lo que está haciendo por él?

—Lo que estamos haciendo —corrigió al enfermero.

—No, no, lo mío no cuenta. Yo solo soy la comparsa. Sin usted puede que nuestro amigo común ya estuviera en el calabozo.

—Confío en que encontremos la *Ageratina* dichosa, porque si no, me rindo, Sergi. Si al menos contara con el apoyo de Pau… Pero cada minuto que pasa sin que se comunique conmigo es un kilómetro de distancia más que nos separa.

—Cada vez está más pesimista.

—¿Respecto a mi relación con Pau? Pues sí, lo estoy. Si pienso en él, en su forma de vida, en lo que me dijo… me doy cuenta de que, por mucho que quiera reinterpretar sus palabras, Pau tenía razón. Dudo que podamos volver. Él está acomodado en un mundo en el que es difícil que yo encuentre mi propio espacio.

—¡Pero se quieren! Y eso es lo importante.

—¿Estás seguro? Yo sí le quiero. A ti no tengo que darte ninguna prueba más, pero no sé si soy correspondida de igual manera. De otro modo, estaríamos juntos. Él habría perdonado mi intromisión en la historia de su familia, y no ha sido así. Después de que pase todo esto me temo que deberé pasar página, por mucho que me duela. Ya no soy una cría y la vida pasa a velocidad de vértigo, al menos para nosotras. ¿Comprendes lo que quiero decir?

—Sí —se limitó a responder Sergi, con cierto pesar.

Al poco de dejar atrás Ferreries, la visibilidad volvió a menguar.

—Debemos andar con cuidado —advirtió la doctora— o no veremos el desvío. —Por suerte, tenían como referencia la salida hacia la Naveta des Tudons, señalizada con un gran cartel, antes del desvío a Torretrencada, el yacimiento megalítico que se encontraba en el mismo camino que la Torre Tudurí.

—Mire, ahí está la Naveta.

—Perfecto, voy a ir todavía más lenta para que no nos pasemos.

Al tomar el camino rural, la cosa se les puso más fea. Durante el trayecto por la carretera Simonetta se había guiado por las líneas marcadas en el asfalto, pero allí apenas advertían los muros de piedra seca que separaban la senda de los campos. En más de una ocasión tuvo que parar sin previo aviso para no chocarse con uno de ellos después de salvar una curva hasta que, por fin, y gracias a que el enfermero conocía de sobra la ruta, llegaron sin incidencias a la finca de Consuelo Tudurí.

El plan que habían trazado a vuela pluma minutos antes consistía en estacionar el Kia en un lugar fuera del camino con el fin de no molestar a un potencial vehículo que quisiera pasar por aquel angosto trazado y, a la vez, ponerlo a salvo de la visión de los habitantes de la masía. Aunque ni el corral donde tenían a la vaca en cuestión ni la explanada donde solía aparcar Simonetta podían verse desde la casa, era impensable dejar el Kia allí, puesto que los perros alertarían sin duda a sus dueños de la presencia de unos extraños. Como último recurso para llevar a cabo una tarea tan complicada, a Sergi se le ocurrió tirar para adelante hasta el antiguo asentamiento megalítico y allí, en la zona de aparcamiento para visitantes, pasar el resto de la noche. A Simonetta le pareció una idea razonable, ni demasiado lejos ni demasiado cerca de su objetivo, al que debían acceder sin falta nada más amaneciera, cuando las primeras señales del nuevo día les permitiera comprobar *in situ* la presencia de la planta que buscaban. Y todo antes de que los trabajadores y miembros de la familia aparecieran por allí para comenzar su jornada de trabajo.

—Voy a programar la alarma del móvil y, por si las moscas, tú deberías hacer lo mismo.

El joven la secundó, como siempre, y a los diez o quince minutos los dos habían caído ya en los brazos de Morfeo sobre los asientos reclinados del Kia. Sergi durmió de un tirón, pero a Simonetta le resultó imposible. Llegó un momento en que los pensamientos y las imaginaciones se confundían con los sueños, y se despertaba sobresaltada con las múltiples imágenes y situaciones que su cerebro creaba sin descanso. Cuando, agotada, por fin el relax triunfó sobre la exaltación, sonó la alarma. En décimas de segundo los dos compañeros se incorporaron con el corazón acelerado y comprobaron que había llegado la hora. Casi por arte de magia la niebla había desaparecido, y el firmamento comenzaba a mudar de azul marino a rosa por el este. No necesitaron decirse nada. Bajaron del coche, se alejaron el uno del otro a escasos metros para orinar y, una vez listos, cada uno cogió su mochila, cerraron el coche y se dirigieron, alumbrados por las linternas, hacia la hacienda.

Había más distancia de la que habían estimado en un principio. La luz se abría hueco por entre las sombras con una rapidez inusitada. Cuando llegaron al muro donde comenzaba la propiedad de los Dolz Tudurí, les surgió la duda de cuál sería el mejor lugar para salvarlo. Debía de ser cerca de la zona de las granjas para no tener que recorrer demasiado espacio una vez dentro y, sobre todo, en el momento de desandar el camino a la hora de salir de la propiedad. Sergi tomó la decisión.

—Aquí, doctora. Este puede ser un buen punto. —En efecto, en esa zona el murete estaba algo más bajo y casualmente había dos piedras grandes sueltas muy cerca que, si se colocaban una encima de la otra, podían utilizarse como escalera improvisada—. Así no hará falta usar la escala. —Simonetta asintió. Entre los dos colocaron las piedras y, ayudándose mutuamente, muy pronto estuvieron dentro de la finca.

—Tendremos que dejar aquí una señal para cuando salgamos —propuso la doctora.

—Lo mejor es que dejemos la escala ya colocada. Ya ve que por este lado hay más altura y, si andamos con prisa, nos costará más salir.

—Me parece bien —resolvió Simonetta sin pensarlo demasiado, en vista de que el tiempo corría. Sergi sacó la escala de la mochila y, con destreza, la fijó en la pared a la espera de emplearla a la vuelta.

—¿Dónde estaba el corral de la vaca? —preguntó el joven, mirando en todas direcciones. La doctora hizo lo mismo e intentó orientarse y recordar.

—Por allí, enfrente de la primera nave —indicó, señalando con el dedo. Con todo el sigilo del mundo, la doctora delante y su ayudante detrás, recorrieron unos doscientos metros hasta llegar a un pequeño cobertizo con una zona vallada delante de la puerta. Justo a ambos lados, pegados a la pared, podían verse una especie de parterres repletos de unas plantas verdes y frondosas con unos preciosos ramilletes de pequeñas florecitas blancas.

—¿Son esas? —preguntó Sergi al observar el interés de su compañera.

—Creo que sí. Vamos a comprobarlo. —La doctora sacó el teléfono móvil de la mochila y buscó de nuevo en internet las imágenes de *Ageratina altissima*—. Tú mismo —le dijo al joven, mostrándole las imágenes.

—No hay duda —repuso, convencido e impactado por lo grave del descubrimiento—. ¿La vaca estará dentro? —preguntó, señalando hacia la puerta abierta.

—Supongo —respondió Simonetta, bordeando la valla para buscar un mejor ángulo de visión—. Sí, está ahí dentro. Pero no perdamos tiempo con la vaca. Es una pena que desde aquí no podamos alcanzar la planta para coger una muestra.

—¿Quiere que salte la valla? —se ofreció el joven.

—¿Qué dices? Ni se te ocurra. Voy a fotografiarla y nos vamos pitando. Se nos está echando encima la hora en que esto se pone en marcha. Nada más llegar al coche avisaré al comisario Ferrer y ellos finalizarán el trabajo.

Al segundo clic oyeron un ruido a sus espalda. A los dos les pareció el sonido de una ventana al cerrarse. Se volvieron al unísono. Todas las ventanas de las naves permanecían cerradas. Antes no se habían percatado de si alguna estaba abierta. Sin abrir la boca, volvieron sobre sus pasos un tanto asustados y, cuando estaban a punto de saltar el murete ayudados por la escala, oyeron el ruido del motor de un vehículo que entraba en la finca. Desde allí no podían distinguirlo, ni sus ocupantes a ellos. Salvaron el muro, recogieron la escala, movieron las dos piedras para no dejar rastro y volvieron al Kia, satisfechos por la misión cumplida, pero inquietos por la responsabilidad que conllevaba aquel hallazgo.

38

POR SUERTE, EL cortisol, que se genera a primera hora de la mañana, inyecta energía y brío, dos elementos que Simonetta necesitaba más que nunca para sobreponerse de la trepidante jornada que le había tocado vivir en las veinticuatro horas anteriores.

Durante la noche había pasado bastante frío. Abrió el grifo de la ducha, cerró la puerta del baño y esperó a que el vapor de agua elevase la temperatura antes de desvestirse. Apenas tenía tiempo para acudir a la hora habitual a Canal Salat, pero aprovechó el poco del que disponía para entrar en calor debajo de la reconfortante ducha. La primera sensación que había experimentado en el camino de vuelta después de haber descubierto la causa de la muerte de Marianne y del niño y de haber comprobado la existencia de la planta venenosa, fue de alivio. La carga que soportaba, la que ella misma se había impuesto para librar a Pau de la etiqueta de sospechoso, había desaparecido. Sin embargo, ahora la acechaban la incertidumbre y la inquietud. Había luchado por que llegara ese preciso momento, y el momento había llegado.

Se secó, se vistió y se dirigió directa a la nevera: la última bolsa de leche con la que le habían obsequiado en la Torre Tudurí estaba a medio consumir, colocada dentro de una jarrita de plástico de las que se usan para medir las cantidades de distintos alimentos. Simonetta la sacó y comprobó la ausencia de la cruz roja.

Se preparó un café y llamó al comisario. A esas horas, él estaría en circunstancias similares, bien en su casa, bien en alguna cafetería.

—¿Qué hay, italiana? Tiene que ser algo importante para que me llames a estas horas y sin mensaje previo.

—Lo es. Tengo el veneno que mató a Marianne Thorsen y su hijo —le espetó sin más preámbulos.

—¡No jodas! Cuenta, cuenta…

En siete minutos de reloj, Simonetta lo puso al tanto de todo. No tuvo más remedio que introducir en la historia a Sergi, o de lo contrario Darío, que la conocía bien, no la hubiera creído. Al final del sucinto pero esclarecedor relato, Ferrer estaba eufórico.

—¡Júrame que no nos vamos a separar jamás, italiana! ¡Júramelo! —Simonetta se echó a reír—. ¿Qué birria de policía sería yo sin ti? ¡Me expulsarían del cuerpo por torpe e incompetente! Pero ¿por qué no me lo juras? ¡Por la santa Biblia! ¡Júramelo por la santa Biblia!

—Bueno, bueno, Darío, ya vale, ya vale. Para un poco el carro, pisa el suelo y atiende a lo que te voy a decir.

—Soy todo oídos —dijo el comisario intentando serenarse.

—Lo primero que debes hacer, lo más urgente, es mandar a una patrulla a la Torre Tudurí para inmovilizar a la vaca y precintar el recinto donde la crían y donde crece la planta. Deben tomar una muestra, porque yo no tuve ocasión.

—¿Su manipulación es peligrosa? Por alertar a mis hombres.

—No, no, el contacto con ella es inocuo. No deben tomar ninguna precaución.

—Pero, esa planta… ¿es autóctona de las Baleares? Yo no la había oído nombrar jamás.

—Qué va. Es autóctona de Estados Unidos.

—¿Y cómo habrá llegado hasta aquí?

—Alguien habrá comprado las semillas. Imagino que a través de internet. No se me ocurre, en principio, ninguna otra vía más fácil.

—¿Y eso se vende en internet?

—No he tenido tiempo de comprobarlo, pero ya sabes que allí puedes encontrar de todo. Bueno, Darío, habrá ocasión de profundizar en ese aspecto de la investigación. Ahora lo más acuciante es que la policía se presente allí cuanto antes. ¿Tienes alguna patrulla disponible?

—Estoy todavía en casa. En cuanto llegue a comisaría doy la orden de inmediato. De todas formas, para ir con más seguridad, envíame las fotografías que has tomado, aunque, como dices, no sean de la mejor calidad. Es para que los agentes se orienten y sepan lo que están buscando. Eso será lo primero, pero habrá que ir pensando en el o los sospechosos sin falta. Supongo que, con tanto jaleo, no habrás podido elaborar el informe que te pedí.

—¡Pero si ni siquiera he dormido! Y ahora debo ir a la consulta sin perder ni un minuto. Voy a intentar preparártelo esta misma tarde con la relación de todas las personas que pudieran desear la muerte de la familia Dolz Thorsen, y también de las que han podido tener contacto con la planta venenosa, la vaca, la leche y la distribución de las bolsas.

—Perfecto, italiana. No quiero presionarte demasiado, pero tú sabes que, en cuanto nos vean aparecer por la hacienda, el asesino o asesinos se pondrán en guardia y pueden poner los pies en polvorosa. De ahí la urgencia. Lo entiendes, ¿verdad?

—Claro que sí, Darío, pero no puedo hacer más.

La doctora llegó a Canal Salat con diez minutos de retraso, cuando el centro ya estaba en pleno funcionamiento. En la sala de espera de su consulta había dos pacientes. Los saludó con corrección y, una vez dentro, Sergi salió a su encuentro.

—¿Qué hay, doctora? ¿Le ha dado tiempo a recomponerse?

—Se ha hecho lo que se ha podido. Ya he hablado con el comisario. Está al tanto de tu participación de anoche, en principio de nada más. No creo que sea necesario contarle que me ayudas en el caso desde el principio.

En el descanso, Sergi acudió a su consulta con dos cafés en vaso de plástico.

—Adivine a quién acabo de atender hace quince minutos.

—¿En tu consulta o en un aviso a domicilio?

—Aquí mismo, en mi consulta. Es un amigo nuestro.

—¿Ha estado Pau? ¿Lleva peor la herida? —Simonetta había olvidado la posibilidad de que Martí acudiera a Canal Salat.

—No, la herida la lleva mucho mejor. Ha venido a ponerse la dosis de recuerdo de la vacuna antitetánica. Le he dicho que, como tenía la vacunación completa, no era necesaria, y se ha ido.

—¿Estaba bien? ¿Tenía buen aspecto?

—Él siempre tiene el mismo aspecto —repuso Sergi—, entre la barba y la melena es difícil apreciar cambios, la verdad. Pero estaba tranquilo.

—¿No te ha preguntado por mí? —Nada más concluir la pregunta, Simonetta ya se había arrepentido de formularla. Acababa de hacer patente delante de su compañero su elevado grado de inmadurez. Menos mal que Sergi era de otro planeta.

—Lo siento, doctora… —respondió titubeando, apenado—. Él se lo pierde.

El enfermero, como ella, aguardaba con intranquilidad la llamada del comisario. Hasta ese momento había aguantado el tipo sin pestañear, pero al cesar la actividad con los pacientes, el cansancio acumulado después de una noche casi en blanco comenzaba a pasarle factura. Hablaron del posible culpable.

—Usted no tiene un sospechoso claro —le dijo Sergi—, pero me gustaría saber si, de los miembros de la familia, descarta a alguno como tal.

—A ninguno.

—¿Ni a Bernabé?

—Ni a Bernabé.

—¿Todos pueden tener alguna motivación para envenenar a Aleksander y a su madre? —preguntó el enfermero con verdadera curiosidad.

—Las motivaciones para asesinar a una persona pueden ser varias: codicia, venganza, celos, animadversión… pero no siempre son fáciles de averiguar. En ocasiones, la motivación y los beneficios que obtiene el asesino tras la muerte de la víctima son los que conducen a los investigadores directamente al culpable. Pero, como te digo, en numerosos asesinatos el móvil está oculto, bien en un pasado que desconocemos o bien en la personalidad del homicida. En esas situaciones, el investigador debe utilizar otras herramientas para alcanzar su objetivo. Quiero decir que se puede alcanzar ese objetivo a través de diferentes vías. En el caso que nos ocupa, una vez identificado el cómo, vamos a tirar de ese hilo. El de la motivación, el porqué, vendrá detrás, aunque no lo vamos a despreciar, por supuesto.

—En ese caso, nos centraremos en quién ha podido sembrar la planta venenosa, por ejemplo.

—Sí, mejor comenzar por ahí. Quién la ha sembrado, o quién ha dado orden para que se siembre.

—Y quién ha ordeñado la vaca, ha envasado la leche en una bolsa aparte y la ha entregado a las víctimas.

—Exacto. Pensemos en todos los miembros de la familia. ¿Quiénes tienen acceso a la vaca? Consuelo Tudurí, cuando me la mostró, me dijo que era la «niña mimada de la familia», que entre todos la cuidaban, incluida Rodica. Lo recuerdo porque me llamó la atención que hasta la cuidadora de Laureano participara en esa tarea. Ella, según me comentó el doctor Gomila, procedía de una región rural de Rumanía, por lo que, con bastante probabilidad, había tratado con ganado antes de emigrar a la capital. Rodica, sin duda, es una de las posibles sospechosas, porque los envenenamientos y la distribución de las bolsas de leche se llevaron a cabo cuando ella todavía estaba en la masía.

—Pero ¿también tenía acceso a la leche?

—Según Consuelo se ocupaba de lo que hiciera falta en la hacienda si la necesitaban, luego a nadie le extrañaría que anduviera de acá para allá.

—En un interrogatorio eso se puede sonsacar —añadió Sergi, perspicaz.

—Por supuesto. Lo que nosotros estamos haciendo en este momento es un análisis de la situación, que entregaré al comisario para que comiencen los interrogatorios a partir de mis observaciones.

—Consuelo Tudurí sería la siguiente sospechosa.

—Sí. Ella hace y deshace en la propiedad y nadie le pide responsabilidades. Es la dueña.

—Pero ¿la ve capaz de comprar las semillas por internet?

—No te equivoques con Consuelo. Carece de estudios medios, pero no es una ignorante. Además es una mujer muy lista y tenaz, de otro modo no hubiera sido capaz de sacar la hacienda adelante ella sola. Se ha criado rodeada de ganado vacuno toda la vida, ¡algo sabrá de vacas! Te aseguro que los ganaderos conocen al dedillo las enfermedades más frecuentes de los animales. Antes de avisar al veterinario ya saben, la mayoría de las veces, el origen del padecimiento del animal. Como muchas mujeres de su edad que no pudieron estudiar de forma reglada, estoy segura de que Consuelo ha tenido siempre interés por aprender, y más de todo lo relacionado con la masía. Me juego lo que quieras a que posee libros sobre enfermedades del ganado en los que aparece la enfermedad de la leche. Las semillas bien pudo adquirirlas ella misma, si es que maneja el ordenador, o, si no, pudo encargárselas a Carles o a Petra sin explicarles los efectos perniciosos de la planta.

—Que son dos posibles sospechosos más a tener en cuenta —terció Sergi.

—Desde luego, juntos o por separado. Los dos tienen acceso a toda la zona ganadera, a la fábrica, a la tienda y, por descontado, al ordenador desde el que realizan los pedidos. En mi informe será uno de los elementos que aconsejaré inspeccionar con el fin de detectar cuándo se efectuó la compra de las semillas y quién está detrás.

—Ellos pueden tener varias motivaciones para quitarse de en medio a la familia constituida por Bernabé, Marianne y Aleksander, sobre todo después del cambio del testamento de los padres… ¿Y Bernabé? ¿Ha podido simular su propio envenenamiento?

—Simularlo, no. Otra cosa es que estuviera compinchado con alguien de la familia para librarse de su mujer y del niño, y ese cómplice haya sido la mano ejecutora a la hora de plantar las semillas y todo lo demás, incluida la ingesta de una pequeña cantidad de leche para aparecer como víctima en vez de culpable.

—Retorcido.

—Sí, pero posible.

—Ya los tenemos a todos.

—No, de eso nada, mi querido Sergi. Faltan dos individuos: un hombre y una mujer. Lo más probable es que ninguno de ellos sea el autor de los hechos en solitario, pero sí han podido contribuir a la consecución de los crímenes.

—Déjeme pensar —le pidió el enfermero—. ¿Uno es el padre Eladio?

—Lo has acertado. El padre Eladio, de manera consciente o sin saber lo que estaba haciendo, fue el «transportista», el encargado de que la leche envenenada llegara a su destino: el hogar de Marianne y Bernabé. De igual manera que la pareja lo utilizó de camello para llevar droga de Es Grau a Ciudadela, el asesino hizo lo mismo con la leche, pero en sentido contrario.

—Él mismo tenía motivos para querer desembarazarse de Marianne y de Bernabé.

—En efecto, lo estaban poniendo en un buen aprieto.

—En lo que no caigo —prosiguió el joven, bastante despejado desde que habían comenzado con aquel juego de *Cazar al asesino*— es en la identidad de la mujer a la que usted se refiere.

—Comienza con «Ca» y termina con «dra».

—¡Casandra!

—¿No te parece digna de un asunto turbio como este?

—¡Ya lo creo! Ni me acordaba de ella.

—Casandra no ha tenido contacto directo con la vaca ni con la masía, pero estoy segura de que ejerce una gran influencia sobre Bernabé, además de ser socia, amante y acreedora.

Bien pudo gestar la idea. De joven perteneció a una comuna *hippie* en la que las drogas se consumían como si se tratara de frutos secos o aceitunas; drogas de todo tipo, también hojas, bayas, flores… de plantas psicotrópicas. Había verdaderos especialistas en «herboristería» de este tipo. A través de estas fuentes pudo llegarle información sobre la *Ageratina altissima* y ser la ideóloga del plan.

—¡Buah! ¡Hasta en eso ha pensado!

—Sí, y en muchas cosas más, pero en cinco minutos tengo que infiltrar el hombro del siguiente paciente y aún debo ir al almacén a por el Trigon Depot y la lidocaína.

ESTABAN LIMPIANDO EL azúcar que había caído sobre la mesa mientras daban buena cuenta de las rosquillas cuando sonó el teléfono móvil de Simonetta. Aunque esperaban la llamada, los dos se miraron sobresaltados. Era el comisario.

—¿Darío?

—Italiana —de entrada, a Simonetta no le agradó el tono de voz de Ferrer—, tengo una patrulla en el lugar de los hechos. Voy a enviarte una fotografía para que confirmes que se trata del cobertizo donde guardan la vaca.

—De acuerdo. Manda la foto y luego hablamos —la doctora, sin colgar, aguardó la entrada del mensaje y abrió la imagen al lado de Sergi, tan nervioso como ella—. ¡No puede ser! —exclamó, sin dar crédito a lo que veía—. ¡No puede ser!

—¡Han segado las plantas! —La expresión de alarma del enfermero lo decía todo

—¡Darío! ¡Han segado las plantas! ¡Hace unas horas las vi con mis propios ojos y las han segado! ¿Cómo es posible? ¿Cómo he podido ser tan idiota? ¡Qué fallo garrafal! ¡Qué tremendo fallo de principiante!

—¿Os vio alguien? —preguntó Ferrer, grave.

—Seguramente… Es imposible que se trate de una casualidad. ¿Tus hombres todavía están allí?

—Sí, esperando mis instrucciones.

—La planta en cuestión no es un manojo de margaritas. Como puedes apreciar en la fotografía que te he enviado esta mañana, se trata de una planta muy frondosa y de buena altura. No creo que les haya dado tiempo a quemarla sin que queden rastros de humo, entre otras cosas porque era una planta viva, verde. Tiene que estar dentro de la hacienda, quizá en algún contenedor. Que busquen. Seguro que no está muy lejos.

—La vaca también ha desaparecido.

—¿Qué? —soltó Simonetta, alucinada.

—Lo que oyes. Supongo que la habrán escondido entre las otras. Si no encontramos la vaca ni la planta... se nos acabaron las pruebas.

—No, no —intervino Simonetta de inmediato—, de eso nada. Seguimos teniendo pruebas. Espero…

—Y son…

—En la nevera de la vivienda de Bernabé Dolz en Es Grau hay una bolsa con leche envenenada.

—¿Y en la leche puede detectarse el veneno?

—¿El tremetol? Por fortuna, sí.

—Menos mal.

—Pero es importante localizar también la planta —insistió la doctora, temiendo que, al asegurarse de tener esta nueva prueba, olvidasen buscar la planta.

—Por supuesto. Y la vaca. Ahora mismo salgo para allá. Me huele mal que el asesino se nos haya adelantado. Tenemos que darnos prisa. Te mantendré al tanto y, por favor, prepárame el informe lo antes posible.

Al colgar, Sergi y Simonetta se miraron con evidente preocupación.

—Por nuestro afán de ayudar —intervino el enfermero—, ¿no habremos puesto en riesgo la investigación?

—¿La investigación? ¡Si somos nosotros los que la hemos llevado a cabo! Si no localizan la planta en este momento, estaríamos sin ningún argumento firme que presentar a la policía.

¿Deberíamos haberlo hecho de otro modo? ¿Y cuál? De noche no se distingue con certeza una planta de otra, y a plena luz del día cualquiera de la masía se hubiera extrañado de un inusitado interés por el animal en cuestión y los ornamentos de su particular jardín. A toro pasado los errores se advierten enseguida, pero *in situ*… No obstante, reconozco que la operación no ha sido perfecta; queríamos pasar desapercibidos y no lo hemos logrado.

—Y nos ha descubierto nada menos que el asesino…

—Sí, el asesino… o alguien compinchado con él —añadió Simonetta, pensativa—. Pero ¿sabes lo que te digo? No hay mal que por bien no venga. Esta circunstancia seguro que nos aportará luz para localizar al culpable. De momento está todo en marcha. Confío en Darío. Si se pone manos a la obra, todo acabará de manera satisfactoria.

La doctora Brey concluyó su jornada de trabajo con una mezcla extraña de satisfacción e inquietud. Estaba satisfecha porque sus esfuerzos para encontrar información relevante habían dado sus frutos y su aportación para la resolución del caso iba a resultar crucial. Pero faltaba la guinda, lo fundamental, la identidad del o de los asesinos de Marianne y Aleksander. Ella había dejado hilvanado el caso. El acabado, el remate, era tarea de Darío.

En cuanto llegó a casa comenzó a desgranar de forma analítica todos los datos que poseía y sus propias opiniones al respecto.

Abstraída en sus reflexiones, oyó el sonido de un claxon en la calle y una puerta de automóvil al cerrarse. Se asomó a la ventana. Era Darío.

—¿Qué haces aquí? —le preguntó, sorprendida, desde la puerta de la calle.

—Vengo a hacer una puesta en común —le contestó su antiguo compañero con una sonrisa mientras atravesaba el pequeño jardín de delante de la casa.

En ese mismo momento se acercó una motocicleta y, de forma instintiva, Simonetta se giró a mirarla. Era Pau con su Vespa azul. Aparcó delante de su casa, se quitó el casco, la saludó con un apenas perceptible gesto con la cabeza y, tras abrir la verja de su propiedad, condujo la motocicleta hasta el cobertizo que tenía detrás de la vivienda, como hacía siempre. A Simonetta le dio un vuelco el corazón, pero no dijo nada. Darío ni se dio cuenta. Subió las escaleras y se repantigó en el sofá del salón como si estuviera en su propia casa.

—¡Italiana, traigo buenas nuevas!

—Has encontrado la planta venenosa.

—¡Pero qué lista eres! ¡No hay manera de impresionarte!

—Tampoco era tan difícil —apostilló la doctora, mirando con disimulo a través de la ventana que daba a la calle para comprobar si veía a Pau—. ¿Estaba en el contenedor de basura?

—¡Acertaste! Además, no ha sido preciso buscar mucho, porque se encontraba en el contenedor más próximo, señal de que el que la segó y la tiró no andaba sobrado de tiempo. «El que» o «la que», por supuesto.

—O «los que»…

—O «los que» —repitió Ferrer con un gesto de duda—. Y además hemos encontrado a la vaca pastando ricamente en la misma hacienda, a unos doscientos metros de su «casita de muñecas».

—¿De verdad?

—Ahora sí te he impresionado.

—Creía que estaría en la nave, entre sus hermanas de especie.

—Pues ya ves que no. Hubiera resultado más complejo, ¿no te parece? Y seguramente alguno de los operarios que estaban a punto de llegar cuando vosotros os habéis ido se hubiera percatado. Por cierto, ¿no me ofreces nada? Apenas he probado bocado desde esta mañana.

—Entonces estás igual que yo. El problema es que, con tanta actividad en estos últimos días, no tengo nada en la nevera. ¿Te apetece que pidamos unas pizzas?

—¿Te fías de las pizzas españolas? ¡No lo puedo creer!
—Ya sabes, cuando la necesidad apremia…
Mientras esperaban la comida comenzaron a bromear, recordando anécdotas más o menos divertidas que habían compartido durante los años en que Simonetta ejercía de forense en el juzgado y trabajaba codo con codo con el ahora comisario. La doctora consiguió relajarse y Ferrer disfrutó haciéndola reír, sintiéndola espontánea y viva, como en los mejores tiempos.
—Pero… ¿sigues o no sigues con el vecino? —preguntó Darío, señalando la calle cuando estaban a punto de terminar las pizzas.
—No lo sé ni yo —le confesó Simonetta, que se puso seria.
—Al menos ahora estarás tranquila. Me refiero desde que la sospecha de los asesinatos se centra en la masía.
—Sí, estoy mucho más tranquila, sobre todo después de lo que ha costado. Siga o no siga con Pau, estoy convencida de que es inocente. No podría quedarme de brazos cruzados. La inacción no va conmigo.
—Ni la injusticia.
—Por descontado.
—Entonces vamos a por ello, a cerrar de una vez este caso. He venido, además de a disfrutar de una velada contigo, a intercambiar impresiones. Mañana empezaremos con los interrogatorios y debo estar al tanto de todo lo que se cuece en la Torre Tudurí.
Se sentaron delante del ordenador y Darío sacó una agenda para tomar notas. Tenía muy buena memoria. Esa era una de sus grandes cualidades a la hora de ejercer su profesión. Recordaba detalles que los demás olvidaban por considerarlos banales o fuera de contexto. Aun así anotaba las cuatro ideas fundamentales por sistema, para de ahí armar el edificio sobre el que construiría, en ese caso, la estrategia para poner nombre y apellidos al asesino.

—MENUDAS HORAS —DIJO el comisario, consultando su reloj al cabo de un buen rato—, no pensaba que fuera tan tarde. —En ese momento, recibió un mensaje en el móvil—. Es el subinspector Mendieta —le dijo a Simonetta—. Otra buena noticia: acaban de confirmarle que mañana a primera hora los médicos darán de alta a Bernabé. Según acordamos con él, podremos efectuar el registro de su casa. Además, se le ha informado de que vamos a proceder al interrogatorio de toda la familia y, según me explica el subinspector, parece que él también quiere participar.

—Pero ¿les habéis comunicado vuestra intención de tomarles declaración? ¿Cómo han reaccionado?

—En realidad, yo he hablado tan solo con Carles Dolz, que se ha erigido como una especie de portavoz. Me he dirigido a él porque es quien me ha recibido cuando he llegado a la masía. No le he dado demasiadas explicaciones, solo que estábamos investigando las muertes acaecidas en la familia y que mañana mismo iban a ser citados para declarar en la comisaría de Ciudadela. No me ha parecido oportuno obligarlos a ir hasta Mahón.

—¿Y qué te ha respondido?

—Se ha extrañado mucho. Estaba convencido de que tanto el niño como la madre habían fallecido de muerte natural. Esa ha sido su versión. Y ha puesto tantos inconvenientes en cuanto a trasladarse a la comisaría que, finalmente, he decidido interrogarlos en la misma finca.

—¿Inconvenientes?

—El principal, que el patriarca no se puede quedar solo, que alguien debe llevar a la madre, que no pueden dejar solos a los animales, etc. Y, si te digo la verdad, yo también prefiero interrogarlos *in situ* para, si es necesario, comprobar en el lugar y en ese instante cualquier dato o cualquier prueba que pueda surgir. Mendieta lo sabe y ha concertado con Bernabé que un coche policial lo trasladará directamente del hospital a la Torre Tudurí.

—No olvides citar también al padre Eladio y a Rodica, sin ellos no podremos completar el puzle.

—De acuerdo. Ahora debo irme —dijo Ferrer, levantándose—. Mañana me espera una jornada movida.

—Ya son las once —dijo Simonetta tras consultar el reloj—. ¿Quieres quedarte a dormir aquí? Vas a llegar muy tarde a Mahón y, de todas formas, tienes que volver mañana a Ciudadela para el interrogatorio, así te evitas el viaje de ida y el de vuelta.

—Si me dejas un pedacito de tu cama…

—¿Cómo que un pedacito? Aquí tienes un magnífico lecho —repuso la doctora, señalando el sofá—, que, una vez abierto, podrás disfrutar a tus anchas sin que nadie te moleste. Todo para ti.

—¡Qué generosa eres! —soltó Ferrer, siguiendo con la broma—. No, te agradezco en el alma tu ofrecimiento, pero tengo que irme. Mañana a primera hora debo exponer a Mendieta el plan que voy a seguir en el interrogatorio y tenemos que concretar con los agentes que nos acompañen todos los detalles sobre el registro de la hacienda. Es mucho tomate.

Simonetta lo acompañó hasta la puerta de salida, en la planta baja. Esa noche el cielo lucía despejado. Cuando el coche se alejó, observó con detenimiento la casa de Pau. A esa hora solía estar ya acostado, puesto que sobre las cinco de la madrugada llegaba al puerto antiguo dispuesto para salir a mar abierto. Pero esa noche todavía no se había ido a dormir. Del ventanuco de la buhardilla salía una tenue luz, apenas perceptible, indicativa de que se encontraba allí. ¿Estaría observando el firmamento con su telescopio? Era lo más probable. Miró hacia el cielo. El Carro, Venus… empezaba a reconocer los cuerpos celestes. Pero no quería ponerse melancólica recordando los momentos felices al lado de un Pau cálido y amoroso. No estaba en su mano repetirlos. El sonido vibrante del mar, tan cercano, pugnaba con el silencio de la noche con intención de vencerlo. Recordó los versos de Antonio Colinas:

Se abrieron las cancelas de la noche,
salieron los caballos a la noche,
campo de hielos, de astros, de violines,
la noche sumergió pechos y rosas,
noche de madurez envuelta en nieve
después del sueño lento del otoño,
después del largo sorbo del otoño,
después del huracán de las estrellas.

Aspiró con energía la brisa que las olas, los planetas y las gaviotas movían como un pañuelo de seda, y se prometió caminar siempre hacia adelante, sin volver la vista atrás.

39

Darío Ferrer se despertó mucho antes de que sonara la alarma del teléfono. Aquella noche no la pasó en su casa de Mahón, sino en el Patricia, el hotel de Ciudadela próximo a la sede de la comisaría de la Policía Nacional, en el passeig de Sant Nicolau.

En la cafetería del Patricia lo estaba esperando el subinspector Mendieta. La noche anterior, nada más llegar al hotel, el comisario le había reenviado el informe de Simonetta sobre la familia Dolz Tudurí y las muertes de sus dos miembros. El subinspector siempre aportaba alguna idea interesante y era único para ordenar indicios y pruebas, y sintetizar una declaración. El día en que se jubilara, Ferrer lo tendría difícil para encontrar a alguien que lo supliera.

Se saludaron, pidieron dos cafés y dos cruasanes y empezaron a diseñar el interrogatorio. Dudaron si tomar declaración a un testigo detrás de otro o si juntarlos a todos para contrastar la versión de uno con la de los demás. Ferrer se inclinaba por la segunda opción, que, en otras ocasiones, le había funcionado de manera satisfactoria. Acordaron hacerlo así. El comisario llevaría la voz cantante y Mendieta, un paso más atrás, observaría al conjunto e intervendría si lo consideraba oportuno. Un agente lo grabaría todo y tomaría las notas pertinentes.

—En estos casos tan oscuros, con la muerte de un menor incluida, se puede esperar cualquier cosa —intervino el subinspector.

—Estoy de acuerdo. No podemos descartar ninguna hipótesis, pero debemos tener los ojos bien abiertos y los oídos bien entrenados. Nos jugamos mucho en el interrogatorio.

Habían citado a todos los implicados a las once de la mañana para que diera tiempo a que al coche policial que conduciría a Bernabé desde el hospital hasta Ciudadela llegara. Mientras tanto, ya en comisaría, Ferrer, Mendieta y los agentes que iban a colaborar con ellos se distribuyeron las tareas.

Fueron llegando a la masía de forma sucesiva, de menor a mayor rango, como si se tratara de un evento oficial y los reyes de España aparecieran los últimos, cuando todo estuviera preparado. Un agente de la comisaría de Ciudadela conducía, Ferrer iba sentado en el asiento del copiloto y el subinspector Mendieta detrás.

—Es fácil perderse por estos caminos —dijo el comisario nada más dejar atrás la carretera.

—Hasta los de aquí —intervino el agente— nos extraviamos alguna vez. Pero yo conozco de sobra la Torre Tudurí. De adolescente fui amigo de Carles, el hijo mayor, y en más de una ocasión los de la cuadrilla hemos venido a merendar.

—¿Y continúa la amistad?

—No como entonces. Ya sabe, cada uno va siguiendo su camino. Si nos vemos nos saludamos con simpatía, pero poco más. Ni él ni su mujer salen de la masía. Es difícil verlos fuera de allí.

—¿Qué tipo de persona es Carles? —Ferrer no perdía ocasión.

—Muy trabajador y muy responsable. Siempre tuvo la idea de que iba a encargarse de la hacienda familiar.

—¿Y su mujer?

—¿Petra? Es prima lejana de mi mujer. También es muy trabajadora, demasiado. No saben disfrutar de la vida. ¿Para qué quieren tanto?

—Además —intervino de nuevo Darío—, tampoco tienen hijos que mantener.

—Ese es un tema del que no se les puede hablar. Lo han intentado de todas las maneras, con tratamientos de todo tipo en Barcelona. En eso sí que no han reparado en gastos, pero nada. Ella estuvo bastante tiempo obsesionada con quedarse embarazada. La familia estaba preocupada. Ahora ya debe de estar más resignada.

Una vez dentro de la finca, en la pequeña explanada donde los mastines tenían sus casetas, se encontraban estacionados varios vehículos, uno de ellos de la policía. Los perros andaban de acá para allá, lo que les permitían las correas que llevaban, en ese momento sujetas a la higuera. En cuanto aparcaron, un agente uniformado se les acercó.

—Hemos tenido que llamar a urgencias —le dijo al comisario, que había bajado el cristal de la ventanilla.

—¿Y eso? —preguntó una vez fuera.

—La madre ha tenido una subida de tensión.

—Vaya… —dijo Ferrer, contrariado. A ver si después de tanto preparativo no iban a poder poner en marcha el interrogatorio múltiple—. Pero ¿ya ha venido el médico?

—Sí, sí, está atendiéndola en la masía.

—Y Bernabé Dolz, ¿ya está aquí también?

—Ha llegado hace media hora. Está con los demás. No ha faltado ni uno de los testigos.

—Eso está bien. Vayamos para allá.

Todos siguieron al agente. En el zaguán de la vivienda había un grupo de personas de pie, y algunos hablaban entre sí. El mismo agente que los había guiado hasta la masía presentó a Ferrer, a Mendieta y a los testigos. Como el comisario había previsto, ya los habían identificado y les habían tomado una breve declaración.

—La señora Consuelo está dentro con su marido y la doctora —señaló el mismo policía.

—Muy bien —intervino Ferrer—. Esperaremos. —Tomó el dosier que otro de los agentes le mostró y, junto a Mendieta, comenzó a hojear las anotaciones que acababan de hacer sobre los citados.

—¿Qué es lo que tiene mi madre? —Carles Dolz se dirigió con tono de preocupación a la doctora, que salía en ese momento de atender a la matriarca. Darío levantó la vista y se topó con la de Simonetta. ¡Ella era la doctora que había acudido a la llamada de urgencia de la familia! ¿Tan espeso estaba que ni se le había ocurrido aquella posibilidad cuando sabía perfectamente que era su médico? Ninguno de los dos hizo ningún ademán indicativo de que se conocieran.

Simonetta les explicó a los miembros de la familia que se aproximaron a escuchar sus palabras que Consuelo Tudurí había tenido una crisis de ansiedad, que por eso tenía la tensión arterial elevada y que, después del tratamiento que le había administrado, se encontraba mucho mejor. En cuanto acabó de hablar, Ferrer se acercó haciéndose un hueco entre los presentes y le preguntó si la señora Tudurí se encontraba lo suficientemente bien como para declarar ante la policía.

—Sí, no habrá problema —respondió la doctora Brey—. Además, ella desea hacerlo. No quiere que ustedes piensen que su indisposición es una excusa.

—De acuerdo —dijo el comisario—. Entonces, si no estoy equivocado, vamos a pasar todos a esa habitación, ¿no es así, agente? —preguntó, y señaló el cuarto de Laureano.

—Si desea que el señor Dolz padre esté presente, sí. Ya hemos dispuesto asientos para todos.

—De todas formas —continuó Ferrer, dirigiéndose a Simonetta—, si no le importa, le agradecería que aguardase aquí un rato por si la señora Tudurí vuelve a encontrarse mal. ¿Dispone de tiempo?

Simonetta consultó el reloj.

—Puedo quedarme una hora.

—Bueno, la aprovecharemos al máximo. Supongo, doctora, que todo lo que está presenciando y lo que puede presenciar quedará dentro del secreto profesional.

—Por supuesto, comisario, no tenga ni la más mínima duda.

—Entonces, adelante, comencemos sin mayor dilación.

Los policías, siguiendo las instrucciones que el subinspector Mendieta les había trasladado de viva voz, habían modificado el mobiliario del cuarto de Laureano Dolz. Más o menos en el centro habían dispuesto siete sillas, más el sillón reclinable del patriarca, en forma de círculo. Para los investigadores era tan importante la declaración de cada uno de los testigos como los gestos y las miradas que pudieran manifestar a lo largo del interrogatorio.

Todos tomaron asiento, Consuelo a un lado de su marido y el padre Eladio al otro. El comisario comenzó sin demasiados preámbulos.

—Al citarlos aquí y, posteriormente, tomarles los datos de filiación, los agentes ya les han informado del motivo de esta… llamémosla reunión. Estamos convencidos de que tanto Aleksander Dolz Thorsen como su madre, Marianne Thorsen, fallecieron a causa de un envenenamiento intencionado.

—Pero ¿está usted seguro? —exclamó Consuelo Tudurí, angustiada.

—Sí, estoy seguro, señora. Y no solo de eso, también de que el veneno ha salido de esta finca, y el asesino también. —Nada más pronunciar la frase, todos se miraron entre sí, asombrados y temerosos. Ferrer aprovechó para observar por encima de su hombro. Mendieta se encontraba apoyado en la pared con un cuaderno de notas y un bolígrafo y Simonetta aguardaba fuera, pero pegada a la puerta que el mismo Darío había dejado un poco entreabierta. En el otro extremo de la habitación, un policía sentado detrás de una mesa camilla grababa toda la conversación.

—Empezaré por una pregunta muy fácil. ¿Alguno de ustedes no sabe utilizar un ordenador? —Todos se miraron entre sí, pero nadie levantó la mano.

—Mi padre no entra en la pregunta, ¿no es así? —intervino Carles.

—Por supuesto que no —contestó el comisario—. Prosigamos. ¿Alguno de ustedes no sabe ordeñar una vaca? —Los testigos se miraron de nuevo, ahora con extrañeza. El padre Eladio y Bernabé levantaron la mano.

—Bien, muy bien… —dijo Ferrer con cierta parsimonia—. Creo que todos coincidirán conmigo en que los asesinatos de una madre y de su hijo son dos crímenes execrables, y que todos los crímenes tienen detrás una motivación. Las motivaciones para acabar con la vida de una persona son variadas, y la mayoría comienzan por un sentimiento. Si indagamos un poco en la personalidad y en el devenir de cada uno de ustedes en los últimos años en relación a las víctimas, la práctica totalidad tiene o ha tenido algún sentimiento reprobable hacia Marianne o su hijo. Y, si me apuran, hacia su esposo y padre, Bernabé. Y no lo digo como retórica o hipótesis, sino como evidencia, ya que hemos investigado la vida de todos ustedes. —Con cada frase que enunciaba el comisario, el rostro de los presentes denotaba más intranquilidad—. Eso nos ha llevado a concluir que todos y cada uno de los presentes ha podido ser el autor intelectual o material de ambas muertes. —En ese momento sí cundió la alarma.

—Pero ¿qué está usted diciendo? —prorrumpió Carles, indignado—. Todos o casi todos los que estamos aquí somos gente honrada que jamás ha cometido un delito. ¿Qué digo delito? Ni siquiera una infracción. ¿Cómo se le ocurre acusarnos de algo tan grave y, además, contra una pobre criatura y su madre?

—Todos los días se dan casos de gente en apariencia honrada que comete delitos inesperados hacia gente de su entorno, señor Dolz. Esa no es la cuestión. Lo que necesitamos saber es si alguno de ustedes tiene la certeza de que otro deseaba algún mal a cualquiera de las dos víctimas.

—¿Qué has querido decir con eso de que «todos o casi todos»? —preguntó Bernabé a su hermano con aspereza.

—Lo que has oído: todos o casi todos.

—¿Te referías a mí con lo de «casi todos»?

—Tú sabrás. Eres el único que te das por aludido.

—¿Insinúas que he tenido algo que ver en la muerte de mi mujer y de mi hijo? —saltó, enervado.

—Solo he dicho que la mayoría somos gente honrada que no ha cometido ningún delito. ¿Acaso entras en ese grupo?

—¿Tú qué tienes que decir de mí, y menos aquí, en este momento y ante la policía? Eres un miserable. ¿No tenías tú motivaciones para desearnos el mal a mí, a mi mujer y a nuestro hijo? ¡Ni tú ni tu mujer nos podéis ni ver! ¡A mi mujer apenas la teníais en cuenta, apenas le dirigíais la palabra! ¡Parecíamos unos apestados en esta casa! ¡Unos apestados! ¡No nos dejasteis en paz hasta que no nos fuimos!

—¿Nosotros? —le replicó Carles, airado—. ¿Nosotros no os dejábamos en paz? ¡Serás canalla! ¡Si lo único que hacíamos era trabajar para manteneros, para daros de comer, mientras vosotros os levantabais al mediodía, a mesa puesta, y toda la tarde tirados en el sofá porro va y porro viene! Siempre has sido un parásito, ¿y encima dices que mi mujer y yo teníamos motivaciones? ¿Y tú? ¿Es que a ti no te molestaba tu mujer? ¿Y el niño? ¡Si no lo has cuidado nunca! ¡Cuántas veces me habrás dicho que te arrepentías de haberte casado y de haberlo tenido!

—¡Serás hijo de puta! —exclamó Bernabé, levantándose y dirigiéndose con agresividad hacia su hermano. Darío también se levantó y lo detuvo. El agente lo imitó, pero Ferrer le hizo un gesto para que no se moviera. El menor de los Dolz volvió a su silla.

—Hijo mío —intervino Consuelo, muy asustada—. ¿Cómo te atreves a decirle eso a tu hermano?

—¿Tú también, mamá? —exclamó Bernabé, de nuevo alterado—. ¿Lo vas a defender una vez más?

—Otras veces te he defendido a ti, y la mayoría sin razón.

—¿A mí? ¿A mí me has defendido? ¿Y a Marianne? ¿A ella también? ¡Si no la podías ni ver! ¡Y todo porque era extranjera! Marianne no podía ser más amable contigo y con todos. ¡Y tú le hacías la vida imposible! ¡Todo lo hacía mal! ¡Hasta sus gustos para la comida eran rarezas de niña mimada! ¡Vieja envidiosa!

—Bernabé, por favor, respeta a tu madre —dijo el padre Eladio.

—¿Qué? —repuso Bernabé, con cara de estupefacción, dirigiéndose al sacerdote—. ¿Usted también desea participar en este cónclave? Usted también es sospechoso, de lo contrario no estaría aquí, la policía no lo hubiera citado. Qué lista es la policía, hostia. Y me alegro, porque así darán con el culpable. Tanto el niño como la madre lo merecen. ¿No lo cree usted, padre? —El clérigo no contestó, desvió la mirada al suelo—. ¡Contésteme, joder! Usted conocía muy bien a mi mujer, ¿no es verdad? ¿A santo de qué un cura conoce tan bien a una mujer casada? Cita un día sí y otro no. ¡Y ella ni siquiera creía en Dios! ¿Acaso quería evangelizarla? ¿O es que estaba obsesionado con ella? Marianne se reía de usted, ¿se entera? ¡Se reía! Hacía con usted lo que quería, pobre ignorante. Al final yo también era partícipe de ese juego, claro. Marianne no tenía secretos para mí. ¡Otro posible culpable, señor comisario! En el fondo, todo cura es un hombre y tiene su orgullo, ¿no es así, padre?

El clérigo siguió con la vista baja, colorado y tembloroso.

—¿Y usted, Rodica? —intervino el comisario, intentando que el clímax no decayera—. ¿Tiene algo que decir?

—Yo solo he sido una simple empleada. Ni sé nada ni he visto nada. Cumplía con mi trabajo lo mejor que sabía, pero los problemas de la familia no me interesaban.

—Eso no es verdad —la interrumpió Consuelo—. Tú sabes muy bien por qué viniste a esta casa, además de por caridad. Aquí hay que poner todas las cartas sobre la mesa. Es imposible que alguien de la familia haya cometido un crimen tan atroz, y, por supuesto, tampoco el padre Eladio. Tú siempre has tenido obsesión por mi hijo Bernabé y has intentado engatusarlo muchas veces. Os pensáis que soy medio lela por mi edad, pero he estado siempre al tanto de todo lo que ha sucedido en esta casa. Detrás de tu fachada de cumplidora hay una puta que ha vendido su cuerpo por dinero. ¿Acaso no puede vender su alma para conseguir a un hombre?

Rodica, sin abrir siquiera la boca para defenderse, se echó a llorar. Darío tenía enfrente a Laureano. Hasta entonces había permanecido más o menos sereno, incluso cuando Bernabé se había levantado de la silla con la intención de agredir a su hermano, pero cuando Rodica comenzó a llorar desvió su mirada hacia ella con gesto de preocupación.

—Mamá, por Dios —le recriminó Carles—, no hace falta caer tan bajo. —Petra lo agarró del brazo, como para intentar que no siguiese.

—¿Es que la vas a defender? —lo increpó Consuelo—. ¿También a ti te ha comido el seso, como a otros?

—Por supuesto que no me ha comido el seso, pero es una persona.

—Una persona pecadora.

—¿Pecadora? ¿Y quién no ha pecado alguna vez? ¿Es que los pecadores no pueden redimirse? ¡Si tanta repugnancia te causa, no entiendo por qué la contrataste ni por qué estabas tan contenta con ella hasta hace una semana, que es cuando se fue!

—Cuando vino no querías que la contratara —intervino ahora Bernabé, elevando el tono—, te parecía una aberración que una chica de alterne entrara en esta casa. ¿Y ahora das la cara por ella?

—¡No estoy dando la cara! Simplemente no me ha gustado el tono que mamá ha empleado al referirse a ella. La ha puesto en el centro de la diana sin motivo y sin prueba alguna.

—Sin pruebas estamos todos —le replicó su hermano—. Si no, aquí sobraríamos la mitad. ¿No es así, comisario? —Ferrer ni se inmutó. Le estaban haciendo el trabajo, mejor seguir observando y disfrutando de la función—. Pero no me negarás que es fría, calculadora y sabe conseguir sus objetivos. Se ha camelado a papá. ¿Es que no os habéis dado cuenta? Mucha profesionalidad y mucha obediencia, pero se lo ha camelado. Ella sabe todo sobre la familia porque nos controla desde el silencio, como una estatua, y no nos damos cuenta de que, aunque no hable, oídos tiene, y también inteligencia. Conoce todos los cuentos que suceden en la Torre Tudurí y, a través de ella, papá. ¿O no es verdad? —le preguntó a su padre. El hombre no expresó nada, pero le sostuvo la mirada—. Habrá que ver si los cuentos que llegan a los oídos de nuestro padre son ciertos o no, pero contarle… ¡ya lo creo que le cuenta! Sobre todos nosotros. También sobre Marianne, a la que detestaba. La considero capaz de todo. Y si no, ¿por qué se fue de la masía de un día para otro sin avisar, al poco de morir Marianne? Dice usted que a mi mujer y a mi hijo los intoxicaron con un veneno que hay en esta finca. Rodica conoce a la perfección todos los rincones de la hacienda porque, eso sí, a trabajadora no le gana nadie, y ha hecho de todo en la Torre Tudurí. Puede haber escondido ese veneno en algún sitio que solo ella conoce.

—Rodica es la única de nosotros que ha podido cometer un pecado así —aseveró la matriarca.

—Hija mía —intervino el padre Eladio, en apariencia aliviado—, mejor será que confieses ahora tu falta, por muy grave que sea. Las autoridades lo tendrán en cuenta y Nuestro Señor también.

—¡Qué es esto! —estalló Rodica, con un grito que los sobresaltó a todos. Tenía el rostro congestionado y los ojos brillantes, casi proyectados fuera de las órbitas—. ¿Qué están diciendo sobre mí? ¿Cómo me pueden acusar de dos crímenes? —continuó, como si le hubiera dado un ataque de locura—. ¡Soy una puta! ¡Soy una chivata! ¡Pero no una asesina, por Dios!

Cuando terminó de pronunciar la última frase, como un quejido, el silencio en el cuarto era total. Todos quedaron sobrecogidos. Rodica suspiró profundamente, dando la impresión de estar recuperando la energía empleada en su rabiosa autodefensa.

—¿Y qué significa eso de que envenenaron al niño y a su madre? ¿Acaso yo sé de venenos? —volvió a intervenir sin tanta furia—. ¿Qué pruebas tienen contra mí? ¿Quién de ustedes conoce una sola prueba que me incrimine? ¡Esto es una encerrona! ¡Todos contra la pobre puta extranjera para que cargue con dos crímenes! Y usted, señor comisario, ¿no tiene nada que decir? ¿También la policía piensa que soy una envenenadora?

—Yo, por el momento, no me he pronunciado sobre en quién de ustedes recaen nuestras sospechas. Quiero que se tranquilice. Si realmente es inocente, no tiene nada que temer. Por fortuna, un delito hay que demostrarlo, no basta con que la policía o los testigos sospechen de alguien. Aquí se ha hablado de venenos. Yo mismo les he manifestado que tanto Marianne Thorsen como su hijo fueron envenenados y, en este punto de la reunión, voy a facilitarles más hallazgos que, sin duda, nos ayudarán a todos a poner fin a las especulaciones y a identificar al culpable. Pues bien, la primera información que les quiero transmitir es que Bernabé Dolz también ha estado a punto de morir envenenado, esa ha sido la razón de su ingreso en el hospital.

Consuelo Tudurí se llevó la mano a la boca y el asombro y el desconcierto fueron generales.

—Pero a mí los médicos no me han dicho nada de eso —dijo Bernabé, extrañado.

—Porque el tóxico en cuestión es imposible de detectar si no se sospecha antes, y los médicos no estaban al tanto del envenenamiento de sus familiares. No nos ha dado tiempo a informarles. Lo haremos en cuanto terminemos con el interrogatorio. A Dios gracias, usted se ha recuperado.

—¿Y cuál es ese veneno? —preguntó Carles, manifestando en voz alta lo que todos estaban pensando.

—Tremetol, ese es el veneno. ¿Alguien lo conoce? —Se miraron entre sí con gestos de no tener ni idea.

—El tremetol es el tóxico que contiene una planta que alguno de ustedes sembró en la finca, una planta que procede de Estados Unidos, la *Ageratina altissima*, y que crecía en el espacio exterior que tiene la vaca que crían aislada de las demás. Y digo «crecía» porque alguien, seguramente el asesino, la ha segado esta misma mañana. Si una vaca se alimenta de la planta, su carne y su leche se envenenan y causan una enfermedad, e incluso la muerte, a los humanos que comen la carne de la vaca o beben su leche. ¿Comprenden ahora cómo se intoxicó a las dos víctimas y a Bernabé? El o la asesina adquirió las semillas, que son difíciles de encontrar, las plantó, ordeñó la leche, la envasó separada del resto y la distribuyó hasta que llegó a los tres miembros de la familia Dolz Thorsen. La persona que la distribuyó fue usted, padre. Eso no puede negarlo. Conociendo o sin conocer el tóxico que contenía.

—¡Dios mío! ¡Dios mío! —es lo único que lograba articular el clérigo, tapándose la cara con las manos y aproximándola a las rodillas.

—Sin embargo —continuó el comisario—, no pudo ser él quien plantó las semillas, ordeñó la leche, la envasó… No tiene tanta libertad de movimiento por la finca y la fábrica de quesos. Además, estoy convencido de que no es el artífice del crimen ni el que lo planeó, por mucho alivio que sintiera cuando Marianne y Bernabé dejaron de reírse de él. Ellos lo utilizaron para transportar droga sin que se percatara y el asesino hizo lo mismo en el camino de vuelta para transportar el veneno. Qué siniestra carambola. O mejor, qué siniestro *boomerang*.

—Yo tampoco soy la asesina —lo interrumpió Rodica, con convencimiento. Parecía haber recuperado su hieratismo habitual—. No he podido segar la planta de la que habla. Esta mañana estaba en el piso que comparto en el centro de Ciudadela, esperando el coche de policía que me ha traído hasta aquí. No conduzco.

—Entonces… —dijo Consuelo Tudurí con cara de espanto, mirando fijamente a su nuera—. ¡Has sido tú! ¡Has sido tú, desgraciada! Tú tienes acceso a la vaca día y noche, tú encargas todas las semillas de la hacienda, tú estás al tanto del envasado de la leche… ¿Cómo has podido? —la increpó, levantándose de la silla—. ¡Qué maldición trajiste a esta casa el día que entraste en nuestra familia!

—¡Mala puta! —saltó Bernabé, que se levantó a su vez—. ¡Siempre has sido una mala puta! Siempre he sabido que odiabas a Marianne, ¡siempre! ¡No podías ocultarlo! ¡La odiabas con todas tus fuerzas! La odiabas por todo: por su belleza, por su encanto, por el hijo que tuvo, el nuevo heredero de la hacienda familiar! —gritó enfurecido.

Carles, pálido como un muerto, se giró hacia su mujer, mudo, horrorizado ante la cada vez más cercana posibilidad de que Petra fuera la culpable.

—¿Qué has hecho, Petra? —le preguntó con un hilillo de voz. La nuera de Consuelo Tudurí rompió a llorar.

Ferrer se levantó para intentar tomar las riendas de la situación de nuevo. Tanto Consuelo Tudurí como Bernabé seguían hablando a gritos, lanzando imprecaciones, andando de un lado a otro de la habitación como autómatas sin control. Darío no sabía cómo poner orden y algo de cordura en todo aquello. Miró de refilón al subinspector Mendieta, que seguía apoyado en la pared observando desde la distancia, y a Simonetta, que, poco a poco, había ido ampliando su punto de mira hasta dejar prácticamente abierta la puerta de la habitación. Captó al vuelo la mirada del comisario para, con un movimiento de ojos, señalarle al patriarca. Ferrer cogió al instante el cable que la doctora le lanzaba y se adelantó para observar a Laureano Dolz, al que nadie, excepto Simonetta, había tenido en cuenta. El anciano, ruborizado, trataba de expresarse emitiendo unos ruidos guturales y moviendo la cabeza con pequeñas flexiones de cuello. El comisario, salvando el lío, se acercó hasta él. Volvió la vista hacia la doctora en busca de ayuda y ella, mediante un gesto, le indicó que el enfermo podía escribir.

—¡Mendieta, traiga lápiz y papel de inmediato! —instó a su compañero.

El subinspector, adivinando lo que Ferrer le pedía, le aproximó a Laureano la libreta y le colocó el bolígrafo en la mano izquierda, la única que movía. Los dos policías aguardaron con impaciencia los trazos temblorosos del anciano. Como si alguien les hubiera advertido, el resto de los presentes se dio cuenta de lo que estaba sucediendo y fueron callando uno a uno hasta que el cuarto quedó en completo silencio. Todos estaban pendientes del padre de familia, de lo que pudiera transmitir a duras penas en aquel enigmático mensaje.

—A ver… —dijo Darío cuando el hombre concluyó. Los demás, incluida Simonetta, aguardaban con el corazón en vilo por la importancia de lo que en ese momento se estaba dilucidando—. «Es su hermana.» Esto es lo que ha escrito el señor Dolz. ¿No es así, Mendieta? —El policía asintió—. ¿Su hermana? ¿La hermana de quién? ¿A quién se refiere?

—¡Catalina! —exclamó Consuelo—. ¡Catalina es la culpable! ¿Cómo no se le ha ocurrido a nadie?

Petra, que también había permanecido atenta al escrito de Laureano, comenzó a llorar de nuevo.

—Catalina... ¡No puede ser! ¿Cómo ha podido hacerme algo así? —estalló Bernabé, anonadado.

—Pero ¿quién es esa Catalina? —preguntó el comisario.

—Es la hermana de Petra —contestó Rodica.

—¿La empleada de la fábrica de quesos a la que le da grima el busto del Cristo? —intervino esta vez Simonetta, inmersa ya en aquella confusión.

—Sí, la misma —contestó la rumana—. Entró a trabajar cuando Petra y Carles se casaron. Hasta vive aquí, en un pequeño apartamento que tiene dentro de la nave. Es una especie de guardesa.

—¿Eso es así? —le preguntó Ferrer a Consuelo, ahora sentada e intentando digerir la noticia.

—Es así. Mal nos ha pagado el pan que le hemos dado todos estos años. Que caiga la maldición sobre ella.

—Entonces —dijo el comisario—. ¿Ahora estará en la nave?

—Seguro —dijo Carles con la intención de colaborar mientras su mujer seguía sentada, llorando desconsolada—, yo los llevo hasta allí.

—Agente, quédese usted aquí —le dijo Ferrer al policía que estaba grabándolo todo— y que nadie salga. ¡Ah! Y que nadie utilice el teléfono. ¡Vamos! —le instó a Mendieta—, no hay tiempo que perder, la sospechosa puede darse a la fuga.

Precedidos por el primogénito de la familia, Ferrer, Mendieta y la propia Simonetta se dirigieron rápidamente hacia la zona de las naves, en la entrada de la finca. En la explanada donde estacionaban lo coches un agente hacía guardia.

—¿Ha salido alguien de la finca desde que nosotros hemos entrado? —le preguntó el comisario, casi sin aliento.

—Nadie, comisario. Han entrado dos trabajadores, pero, por el momento, no ha salido nadie por aquí. —Al sentir el guirigay, los mastines comenzaron a ladrar.

—Vamos a entrar y a preguntar por Catalina —indicó Ferrer—. Usted quédese aquí y vigile que no salga nadie de la propiedad —le dijo al agente.

Carles los condujo a través de la tienda donde vendían el queso hasta la zona de fabricación. Preguntaba a los distintos trabajadores que se iban encontrando si habían visto esa mañana a Catalina. Unos respondían que no y otros que sí la habían visto, pero a primera hora. Darío temía que, al percatarse de la presencia policial, hubiera podido escapar por alguna otra salida distinta a la principal. Tendrían que alertar a la Guardia Civil para que vigilaran los puertos, las carreteras y el aeropuerto. Estaban en una isla, las escapatorias se reducían.

En el extremo de la primera nave se encontraba el apartamento donde vivía Catalina. Constaba de una cocina comedor, un pequeño dormitorio y un baño. Todo bastante arreglado y acogedor. Parecía en orden. La cama hecha, la cocina recogida… De la fábrica pasaron a la granja, donde estaban las vacas. Mendieta le pidió permiso a Darío para inspeccionar el exterior mientras tanto.

—Perfecto, Mendieta. Y vaya llamando a centralita para que, de momento, envíen a otra patrulla desde Ciudadela, por si hay que buscar a la sospechosa campo a través.

—De acuerdo, comisario.

Tampoco estaba allí, y el par de operarios que había ni siquiera la habían visto ese día.

—¿Ha podido escapar por otro sitio? —le preguntó Ferrer a Carles Dolz cuando ya habían salido fuera. Él se paró a pensar.

—No es difícil saltar el muro en este tramo, pero no hay otra salida. Tenemos toda la propiedad cercada.

—¡Comisario! ¡Comisario! —el subinspector llamaba a Darío desde la especie de corral donde tenían a la vaca—. ¡Venga, venga rápido! ¡Está aquí!

Ferrer corrió hacia allí, y detrás de él Carles y Simonetta. Los tres saltaron la valla de madera que rodeaba el jardín de la vaca para poder entrar en el cobertizo mientras esta reposaba en el suelo, mugiendo con indolencia. Como un trofeo de caza, como una res a punto de ser desollada por el matarife, el cuerpo de Catalina los aguardaba colgado de uno de los salientes del destartalado y cochambroso techo de uralita, desafiante.

40

SIMONETTA BREY HABÍA planeado comer en la terraza. Según las previsiones meteorológicas, ese iba a ser el último día con anticiclón y buen tiempo. A partir del domingo comenzaba de nuevo la inestabilidad y las lluvias, y, a la altura del otoño en que se encontraban, quizá no surgiera ninguna otra oportunidad para disfrutar de mesa y mantel en el exterior, con el mar y el cielo de telón de fondo. Se estaba esmerando con el menú porque la ocasión así lo requería. Acababa de elaborar la polenta, y el osobuco ya estaba cocinándose a fuego medio en la cazuela rodeado de cebolla, zanahorias, tomate fresco, vino blanco, caldo de carne, aceite de oliva, pimienta, laurel y sal. De la polenta había sacado una fotografía con la intención de que su madre le diera el visto bueno desde Milán, y así había sido. En su último viaje a la capital de Lombardía, le había introducido con disimulo en la maleta una bolsita con sémola de maíz, con la que se prepara el alimento básico del norte de Italia que durante siglos tantas vidas ha salvado del hambre. ¡Qué sabias eran las madres! Si hubiera sido por Simonetta, la bolsita se hubiera quedado en Milán por miedo a pasarse de peso en el equipaje, pero a su progenitora ese detalle le traía sin cuidado; lo que sí le preocupaba era la alimentación de su única hija, y con la polenta en la maleta le aseguraba una buena nutrición.

Como colofón y celebración del último éxito que ambos habían logrado como investigadores, Darío le había pedido una comida italiana. La polenta iba a cumplir un buen papel. Semanas antes, cuando su relación con Pau iba como la seda, había evitado encuentros a solas con Ferrer en Ciudadela para ahorrarse suspicacias por parte del pescador. Pero en el momento de la partida en el que se hallaba su relación, en la práctica, inexistente, ya no le importaba la opinión de su casero. O, al menos, eso era de lo que la doctora se estaba autoconvenciendo.

A la hora prevista oyó aparcar el coche y sonar el claxon. Por una vez ella había llegado antes, pensó, contenta con la perspectiva de pasar un rato con Ferrer y expectante por oír todo lo que le quedaba por conocer del caso de Marianne Thorsen y su hijo. En las últimas cuarenta y ocho horas, el comisario había llevado a cabo un minucioso trabajo para completar la investigación, según le había transmitido a Simonetta. Había atado cabos sueltos, completado las declaraciones de todos los testigos y puesto un brillante punto final a aquel funesto y enrevesado asunto.

—Doctora, a sus pies —le dijo Darío, inclinándose hacia ella para besarle la mano. Portaba un ramo de rosas blancas sin ningún adorno adicional, como le gustaban a ella.

—Sigues teniendo buena memoria.

—Para lo que me interesa, sí.

Subieron hasta el primer piso y entraron en el salón.

—¿Y dónde se supone que vamos a comer? —preguntó el comisario, mirando a todas partes.

—¿Al señor le parece bien en la terraza?

—¿En la terraza? No es mal sitio.

Simonetta colocó las flores en un jarrón. Al osobuco todavía le faltaban unos treinta minutos. Tomarían antes un aperitivo.

—¡Vermut! —exclamó Ferrer cuando vio la bandeja que sacaba la doctora—. Tú también tienes buena memoria.

—Ya ves… —dijo sentándose.

—Menudas vistas tienes desde aquí, italiana. Esto es extraordinario.

—Sí lo es. Difícil de igualar. Lo echaré en falta cuando me vaya de esta casa.

—¿Estás pensando en irte? —preguntó Ferrer, extrañado.

—Sí. Voy a comenzar a buscar otra vivienda que, soy consciente, no será como esta. Así que si te enteras de algo interesante…

—Entonces, con el pescador… *c'est fini*?

—Me temo que *c'est fini.*

—¿No pensarás irte de Ciudadela?

—De momento, no. Tengo un contrato de trabajo que estoy dispuesta a cumplir. Después, Dios dirá.

—Italiana —intervino Darío—, júrame que, mientras yo esté en la isla, no te vas a ir. —Simonetta se echó a reír—. ¿Por qué te ríes de mí? No estoy bromeando. Júramelo, hazme el favor.

—Pero qué niño eres, Darío. ¿Cómo te voy a jurar una cosa así?

—Tenemos que seguir trabajando juntos.

—Ahora descansemos una temporada. Al menos yo lo necesito.

—Pero no te busques otro amor, por caridad.

—En este momento no tengo ni la más mínima intención. Con lamerme las heridas tengo más que suficiente.

—Bueno, aquí tienes a un amigo para ponerte alguna tirita si hace falta.

—Por ahora no, pero guárdalas por si las moscas. Y ahora, ¿te parece que hablemos de lo nuestro? ¿De lo que nos ha absorbido el seso en las últimas dos semanas? ¡Estoy impaciente!

—¿Qué es lo que quieres saber?

—Quiero saberlo todo, por supuesto.

Una gaviota estaba a punto de abalanzarse sobre la mesa, donde Simonetta había puesto dos pequeñas bandejas de cristal con unos frutos secos y unas aceitunas. Darío la espantó con un movimiento brusco de brazo y el animal cambió de rumbo mientras emitía un graznido ensordecedor.

—Bueno, comencemos por el final… que nos conducirá al principio. —Simonetta permanecía atenta—. Catalina dejó una nota.

—¡Uf! Una buena noticia.

—Sí. Una buena noticia que nos ha facilitado el trabajo. Ahora, para entenderlo todo, vayamos al principio. Queda claro que Bernabé Dolz ha sido toda su vida, entre otras cosas, un mujeriego, ¿de acuerdo?

—De acuerdo.

—Era muy joven cuando comenzó a tontear con Catalina. Los dos eran los hermanos menores de sus respectivas familias. Carles y Petra ya eran por aquel entonces novios formales, y Catalina se hizo ilusiones pensando que la siguiente en casarse podría ser ella, sin que Bernabé le hubiera prometido, ni siquiera sugerido, absolutamente nada. Como el pequeño de los Dolz vio venir las intenciones de Catalina, bastante diferentes a las suyas, cortó la incipiente relación y continuó con sus conquistas. Cuando Petra entró en la familia y, junto con su flamante marido, ambos se hicieron cargo de la producción de la hacienda, ampliaron la pequeña industria productora de leche y también el personal que trabajaba para ellos. La misma Petra se había ilusionado con la relación de su hermana y Bernabé, y pensó que podrían volver cuando él madurase un poco más. Soñaba con compartir con su hermana la masía el día en que la matriarca falleciera. Tanto a Consuelo como a Carles les propuso que su hermana entrara a trabajar con ellos.

—¿Y Consuelo aceptó?

—Al principio, según su propio testimonio, corroborado por sus hijos, se resistió. Dudó en contratarla precisamente por ser familia directa de su nuera. En caso de que no realizara bien su trabajo, sería difícil echarla de la empresa. Ante los ruegos continuos de Carles, terminó por dar su brazo a torcer y consintió en tenerla como empleada. Las hermanas siempre habían estado muy unidas y esta circunstancia tampoco le hacía gracia a la matriarca, porque creía que una unión tan estrecha podría interferir en el joven matrimonio. Todos han coincidido, Petra también, en el temperamento celoso y dependiente de Catalina.

—¿Desde siempre?

—Sí, desde siempre, ya de niña. Sufría mucho si veía a su hermana con un chico o a una amiga con otra. Le parecía que las había perdido y se sentía muy sola. Como su hermana la conocía bien, propuso construirle un pequeño apartamento dentro de la primera nave, y al final lo consiguió. Allá se fue a vivir en cuanto Petra se casó con Carles.

—Y volvió a verse con Bernabé.

—Eso es. Volvieron a verse de noche en el apartamento, cuando ya no quedaba nadie por las naves. Pero esta vez no se trataba de una relación más o menos estable, sino que cuando Bernabé estaba por la hacienda se acercaba hasta la nave, se acostaba con Catalina y luego, sin que nadie se enterase, se volvía a dormir a su cama de la masía. Ni qué decir tiene que él seguía con su vida amorosa de manera paralela con la que le apetecía, incluida Rodica en el club de alterne.

—Practicaba el poliamor, vamos.

A Darío le hizo gracia el comentario de Simonetta.

—Algo así. En una de esas visitas nocturnas, Catalina se quedó embarazada. Antes de comunicárselo a Bernabé se lo contó a su hermana, que sabía de las andanzas de su cuñado con otras mujeres. Por aquel entonces, Petra ya sospechaba que no podían tener hijos, y la llegada al mundo de un sobrino de su sangre la colmó de felicidad. Cuando Bernabé se enteró de la noticia de boca de Catalina montó en cólera, y le echó la culpa a la joven por no haber tomado precauciones, por intentar «cazarlo» a costa del embarazo y cosas así. Catalina, en vez de replicarle, se hundió ante una reacción que ni merecía ni esperaba. Se echó a llorar y no había forma de consolarla. Bernabé, apurado porque su hermano pudiera enterarse de todo y lo obligara a casarse, procuró animarla prometiéndole que, en cuanto encontrara un trabajo estable, se casaría con ella y vendrían los hijos, pero que, en esa ocasión, debía abortar.

—Qué cabrón —interrumpió Simonetta.

—Un angelito no es, desde luego. Pues bien, Catalina abortó en una clínica privada de Palma en compañía de Petra. Nadie más de la masía se enteró. Poco después, Rodica llegó a la hacienda. Todos estaban al tanto de dónde procedía y también de que entre ella y Bernabé había habido algo. Catalina estaba celosa y vigilaba todos sus movimientos, pero nunca los vio juntos desde entonces ni oyó comentario alguno que indicase una nueva relación entre ambos. Petra, su confidente, la tranquilizaba y la animaba a esperar a Bernabé. Tarde o temprano maduraría, volvería a la masía y cumpliría su promesa de formar con ella una familia.

—Qué ingenua.

—Ya no sé si se trata de ingenuidad o de delirio —apostilló Ferrer—. Pues bien, entre tanto Bernabé sufrió el accidente laboral, pleiteó, consiguió una incapacidad… y conoció a Marianne. Según ha declarado, no sé si con sinceridad o sin ella, se enamoró de verdad y se casaron para que Marianne pudiera conseguir la nacionalidad española, y también porque él sabía que era la única manera de que su madre la aceptara. Cuando Catalina se enteró «se le partió el alma», en palabras de su hermana. Y a Petra, parecido. Ella la había animado a esperarlo, a confiar en su vuelta al redil, sobre todo cuando supo del accidente en el que perdió la mano. Habían transcurrido unos años y Catalina ya no era la joven muchacha encandilada, sino una mujer a punto de convertirse en una amargada. El día en que presentó a Marianne a la familia, siempre según Petra, fue el día más triste en la vida de su hermana.

—Menudo novelón —lo interrumpió Simonetta.

—¡Uy! Esto es solo el comienzo.

—Ya, ya, conociendo el final…

—El nuevo matrimonio —prosiguió el comisario— se instaló en la masía. Pero, por muy enamorado que Bernabé estuviera de su mujer, no dejaba de «frecuentar» a otras.

—Otra vez el poliamor. Si es que es tan bonito…

—Dentro de ese poliamor, como tú lo llamas…

—Es así como se llama. ¡Hay que modernizarse!

—Repito —dijo Ferrer, esforzándose por evitar la risa—, dentro de este poliamor, apareció de nuevo la ingenua y delirante Catalina. No ha quedado claro cómo, pero volvieron a verse. Bernabé volvió a visitarla por las noches y ella se ilusionó de nuevo con un futuro en pareja. Supongo que para conseguir «sus favores», él le hizo creer el cuento de que Marianne y él solo se habían casado por un tema de papeles, que en realidad de quien estaba enamorado era de Catalina, que el divorcio era inminente y que, al día siguiente de quedarse libre, formaría con ella una auténtica familia.

—Ya... Imagino el *shock* cuando anunciaron que Marianne esperaba un hijo.

—Se le cayó el mundo encima. A ella y también a su hermana, que se había tragado las mentiras de su cuñado de boca de Catalina.

—Una auténtica *folie à deux*.

—Más o menos. A partir de entonces, Catalina se obsesionó con Marianne, y después, como es de suponer, con Aleksander, un verdadero estorbo en su relación con Bernabé y en sus planes de futuro.

—¿Y Bernabé no percibió algo raro cuando estaba con ella?

—Tres meses antes del nacimiento del niño, Rodica le contó a Laureano que Bernabé y Catalina se veían por las noches. La rumana había cogido mucha confianza con el patriarca y le iba con todos los cuentos de la familia. A ella tampoco le había hecho gracia el matrimonio de Bernabé y, sobre todo, que no contara con ella en su... poliamor. ¡Qué bonito y sugerente término!

—Y Laureano —intervino Simonetta—, a pesar de que cuando pudo también había practicado el poliamor, no estaba de acuerdo en que su hijo lo hiciera prácticamente delante de las narices de todos.

—Qué bien los conoces. Laureano estaba muy ilusionado con la próxima llegada al mundo de su primer nieto y, a pesar de la vida alegre que él mismo había llevado, siempre había guardado las apariencias. Como pudo, le comunicó a su mujer las andanzas nocturnas del hijo menor y, tras advertirle y comprobar que no cambiaba de hábito, le mostraron la puerta de salida.

—Es cuando Marianne y Bernabé se fueron a vivir a Es Grau.

—Efectivamente. Por eso a Bernabé apenas le dio tiempo a comprobar la obsesión de Catalina y los celos que sentía hacia Marianne, porque sus vidas, una vez más, se separaron.

—Y ella ideó un plan para librarse de los obstáculos que la distanciaban de su gran amor.

—Así es. Ella pasaba muchos ratos sola. Desde que se había ido a vivir a la Torre Tudurí apenas quedaba con sus amigas de Ciudadela, tan solo se relacionaba con Petra, quien, en vez de tranquilizarla, azuzaba su monomanía contra la noruega en conversaciones interminables sobre el mismo tema, en las que culpaba a Marianne de su desamor y soledad.

—Pero ¿Petra conocía la intención de Catalina de acabar con la vida de Marianne y del niño? ¿Es cómplice de los asesinatos?

—Creemos que no. Tanto ella como Bernabé son cómplices de alguna manera, pero sin repercusión legal. Quiero decir que él se ha comportado siempre con ella como un sinvergüenza y Petra le ha fomentado los malos sentimientos, pero a ninguno de los dos se les ocurrió que Catalina pudiera llegar tan lejos.

—Lo que no acaba de cuadrarme —continuó la doctora— es por qué envenenó también a Bernabé. ¿Acaso no era su objetivo acabar formando con él su propia familia?

—¡Ah! ¡Es que no te he explicado el mensaje que contenía la nota! La escribió antes de suicidarse y la encontramos después en la mesita de noche de su dormitorio. En ella se responsabiliza de la muerte de Marianne, pero no de la del niño. Catalina no contaba con que la madre fuera a darle leche de adulto a un niño de su edad. Petra confirmó el dolor sincero que su hermana sintió cuando se enteró del fallecimiento de la criatura. Respecto a Bernabé, en la nota insiste en que es imposible que enfermara por la leche, puesto que él nunca tomaba lácteos debido a su intolerancia. ¿Tú qué opinas de esto? ¿No estaremos equivocados y el ingreso de Bernabé no ha tenido nada que ver con la leche envenenada?

—No estamos equivocados, Darío. Bernabé estuvo a punto de morir por mi culpa.

—¿Por tu culpa? ¿A qué viene eso?

—Como bien explicó Catalina en su nota, Bernabé y su hermano tienen intolerancia a la lactosa, por lo que hasta hace poco tiempo no podían consumir la leche de su granja. Pero yo le prescribí a Carles unas pastillas de lactasa, la enzima que digiere la lactosa, gracias a las cuales los intolerantes pueden ingerir sin problemas cualquier tipo de lácteos. Supongo que el propio Carles, o incluso su madre, se lo transmitió a Bernabé, porque durante el registro «no autorizado» de su casa encontré en el cajón donde guardaba las medicinas una caja de esas pastillas.

—¡Increíble!

—Pero real. Y me da la impresión —añadió Simonetta consultando el reloj— que el osobuco se ha convertido también en algo muy real a la espera de cumplir con su misión, que no es otra que saciar nuestro apetito y premiarnos por nuestros éxitos.

Por cada día que pasaba menguaba un minuto la luz de la tarde. Muy pronto iban a cambiar la hora y todavía anochecería antes. Cuando salió del agua después de haber nadado un buen rato en la cala solitaria, la oscuridad ya lo cubría todo. Qué sería de ella cuando abandonara la villa y no tuviera cerca la presencia de aquel brazo de mar. Se había acostumbrado a él, al plácido bamboleo de las olas, al embrujo de color de sus anochecidas, a su rumor hipnótico… Después de probar lo sublime, lo excelente nos sabe a poco. En la roca de siempre la esperaba la toalla. Recordó el día no tan lejano en que, junto a ella, la aguardaba un inesperado Pau para acogerla entre sus brazos. Brevísimo el tiempo de la felicidad. Sucede, y a pasar página. ¿Por qué? Había luz en casa del pescador y hasta le pareció vislumbrar una sombra cerca de la ventana. Ya no le importaba que él la pillara mirando directamente hacia su casa. La comunicación entre ellos había desaparecido.

Llegó a la villa y se duchó, no podía faltar a la fiesta de cumpleaños de Norberto Blasco. Hubiera preferido quedarse en casa leyendo y acostarse pronto. El ritmo que había llevado en los últimos tiempos bien merecía una buena cura de sueño, pero el dueño del Imperi también lo merecía todo. Había invitado a un puñado de amigos y ella no podía faltar, le había dicho Séraphine. Así sería.

Había preparado antes el traje de pantalón blanco que había traído de Milán y la blusa de gasa negra que tanto le gustaba. Se maquilló a conciencia. Al mal tiempo buena cara, y echó un vistazo a los mensajes de móvil que había olvidado contestar antes de bajar a nadar a la cala. Uno era de su madre. Lo contestó. Otro de Quique Coll referente a la fiesta de esa noche. «Sí, voy a ir.» Y el tercero… de Toni Sagrera. «Buenas tardes Simonetta. Ya he vuelto a Ciudadela para instalarme definitivamente. Espero verte pronto.» ¿Qué debía contestarle? ¿Qué es lo que en realidad quería contestarle? Ni ella misma lo sabía.

Abandonó la calle sin volver la vista hacia la casa de Pau, algo que no había dejado de hacer en los últimos seis o siete meses.

¿Un error? Casi con total seguridad. Si hubiera vuelto la mirada, lo habría visto en la puerta, observándola, dudando si llamarla o no, confiando en que reparara en él para comprobar su reacción y así poder actuar en consecuencia. Pero no fue así. En numerosas ocasiones nuestro devenir depende de un pequeño gesto, y a partir de ahí el azar nos conduce por un camino o por otro.

SIMONETTA SUSPIRÓ MIENTRAS rodeaba la rotonda de la plaça Europa. Qué poca iluminación había en el camí d'es Degollador. Y en el carrer del Nou de Juliol, tres cuartos de lo mismo. Maravillosa plaça des Born, de día y de noche, repleta de gente o en soledad.

Justo delante del Imperi había una plaza de aparcamiento libre. A esas horas la zona azul ya no funcionaba. ¿Estaría invitado a la fiesta Toni? Era uno de los amigos de Blasco. Todavía no le había contestado al mensaje del móvil. La inquietaba la idea de volver a coincidir con él, y en esas circunstancias más: fiesta, noche, copas... Lo conocía bien y volvería a la carga. Su «actuación» en Palma solo había sido el principio de un intento por reconquistarla. Mejor no encontrárselo, al menos de momento. No era demasiado experta en sortear las tentaciones. Debía aprender. Todos podemos mejorar.

De la puerta verde del Imperi colgaba un cartel que decía: «Cerrado al público. Fiesta privada». Abrió sin dificultad. No había nadie que controlara la entrada. Dentro había muchas luces indirectas que alguien, tal vez Séraphine o Francesc, había colocado para la ocasión. También las mesas y las sillas estaban dispuestas de forma diferente a la habitual, ese día en semicírculo, con un espacio central en el que algunos invitados se movían al son de la música de fondo, con copas y vasos en la mano. Simonetta echó un vistazo alrededor. Caras conocidas y otras a las que no les ponía nombre. Más personal del que esperaba encontrar.

—Qué raro que la doctora Brey se haya retrasado —oyó a su espalda. Era Quique Coll.

—¿Que me he retrasado? —le preguntó sorprendida.

—El evento comenzaba a las ocho y acaban de dar las nueve.

—¿A las ocho? Entonces entendí mal.

—Norberto ya ha dado su discurso. Divertido, como siempre.

—Siento habérmelo perdido. Voy a disculparme y, de paso, a felicitarlo.

—Sí, sí, felicítalo… y no solo por su cumpleaños.

—¿No solo por eso? ¿Hay algo más por lo que lo tenga que felicitar?

—Está enamorado.

—¿Enamorado? ¿No será una de sus bromas?

Coll se echó a reír.

—No sé. Quizá… —respondió con picardía.

Detrás de la barra, el anfitrión le daba instrucciones a un joven camarero que solía contratar los fines de semana. Cuando la vio se le acercó sonriente con cara de felicidad. Simonetta se disculpó por haberse liado con la hora.

—A ti te lo perdono todo —le soltó Norberto, medio en broma medio en serio.— Ven para acá —le dijo, conduciéndola detrás de la barra—. Como me he dado cuenta de que te retrasabas, te he guardado lo mejor —le confesó al oído, y le señaló dos bandejas de canapés—. Todo tuyo. —Se le veía muy contento, pero Simonetta no se atrevió a preguntarle sobre su posible enamoramiento.

Picó tres o cuatro canapés. Estaban de vicio. Qué detalle por parte de Norberto. Y qué hombre tan extraordinario. Siempre jovial, siempre generoso. Francesc se le acercó. Con la escasa iluminación casi ni lo reconoció.

—¿Queda algo por ahí? —le preguntó a Simonetta, haciendo como que se llevaba algo a la boca.

—Sí, sí, pasa. Tenemos de sobra para los dos. —El pintor le hizo caso—. ¿Has preparado tú el local? Ha quedado muy bonito.

—Entre Séraphine y yo. Ha sido improvisado, pero ha quedado bien, ¿no te parece? —La doctora asintió.

La música iba cambiando sin orden ni concierto. De pronto un tango, de pronto un *blues*, después música disco de los ochenta, Pitingo, Umberto Tozzi, Battiato… Francesc le hizo un gesto a Simonetta como diciendo «este no tiene arreglo», porque sabía que lo que se oía en el Imperi siempre era lo que elegía su propietario. Poco a poco fueron ganando terreno las baladas y hubo dos parejas que se animaron a bailar. Simonetta comenzó a dejarse mecer por la melodía y por la letra de las canciones. La siguiente la hizo sonreír. Reconoció la profunda y sensual voz de Luis Eduardo Aute, que se adueñaba de la sala, y pensó en Séraphine Bardot, su entregada y ferviente amante. ¿Por dónde andaría? Antes de que la pudiera localizar, recibió de Francesc un suave codazo. Se giró hacia él y miró en la dirección donde el pintor le señalaba con un movimiento de cabeza. No lo podía creer. Fuera del espacio donde en ese momento bailaban varias parejas, detrás de las mesas, en un lugar donde solo ellos dos podían verlos, otra pareja bailaba abrazada, acaramelada, compenetrada… al margen de todos los demás. Eran Norberto Blasco y Séraphine Bardot.

Quiéreme, aunque sea de verdad.
Quiéreme y permíteme el exceso.
Quiéreme, si es posible, sin piedad.
Quiéreme antes del último beso.

Quiéreme, haz que se incinere el mar.
Quiéreme, como el vendaval que pasa.
Por el resto de una brasa.
Dentro de un glaciar.

Quiéreme sin el mínimo pudor.
Quiéreme con la insidia de la fiera.
Quiéreme hasta el último temblor.
Quiéreme como quien ya nada espera.

Francesc se apartó y, sonriendo, se perdió entre el resto de invitados. ¿El romanticismo de Aute había conseguido ese mágico encuentro? ¿O era el verdadero amor el que había arrastrado a Séraphine a su ensoñación con el cantante? Los miró embelesada. Se alegró por ellos: dos aves migratorias que se hallan. Qué magnífico e inesperado final. ¡Por muchos años!

Quiéreme, ahora que llegó el final.
Quiéreme, sin más puntos suspensivos.
Quiéreme, aunque venga el bien del mal.
Quiéreme, como si estuviera vivo.

Quiéreme, que no entiendo qué hago aquí.
Quiéreme, si no quieres que esté muerto.
Porque todo es un desierto
fuera de ti.

Se entristeció. Pensó en sí misma: todavía amaba a Pau. Poco más tenía que hacer allí o la pena le clavaría la puntilla. Saldría sin despedirse, sin aguarle la fiesta a ninguno de los presentes con una explicación que a nadie le interesaba. Apuró el vino que le quedaba en la copa y, al volver la vista hacia la puerta, lo vio. Acababa de entrar y parecía como desubicado, mirando a todas partes. Por esa extraña fuerza que atrae hacia nosotros la mirada del que observamos con detenimiento, enseguida la localizó. Simonetta, de la impresión de verlo, no pudo ni mover un músculo. ¿Qué ocurriría después? ¿Era ella la razón de su presencia? Pau avanzó entre los invitados sin perderla de vista, con temor de que pudiera desaparecer por arte de magia o por su propia y respetable voluntad.

—De ninguna manera quiero perderte —le dijo él al oído cuando llegó a su altura. La música apenas la dejaba oír, la última pieza aún sonaba con mayor intensidad que las anteriores. Aunque lo que el cuerpo le pedía era llorar, Simonetta Brey lanzó una sonora y liberadora carcajada que el pescador recibió entre la sorpresa y el alivio.

—¿Ya sabes el precio que debes pagar? —le susurró, atrayéndolo hacia sí para bailar lo que quedaba de la canción. Y, de repente, como una burla del destino, todas las aventuras y desventuras de los días anteriores se esfumaron entre sus besos, como una pizca de veneno que se diluye en la inabarcable inmensidad del mar.

Sabes bien
que jamás te lo he pedido,
ni jamás te hice un reproche
por lo que esta vez te pido.

Ya que no es cosa de dos,
que tú seas quien me quiera
como nunca me has querido
esta noche del adiós.
Quiéreme.
Quiéreme.

Les costó separarse con las últimas notas de la melodía. Entonces, alguien gritó: «¡Más marcha, ya vale de parejitas! ¿Y los solteros, qué…?».

Pau le susurró:

—Espérame aquí, voy a pedir una canción para ti.

Feliz, lo siguió con la mirada mientras él se dirigía hacia la persona que se ocupaba de la música. Antes de llegar, uno de los camareros se le acercó, le dijo algo y le entregó un pequeño papel blanco doblado.

El pescador buscó un rincón donde había algo más de luz, desplegó el papel y lo leyó. Su expresión relajada mutó a otra cercana a la ofuscación. A Simonetta le dio un vuelco el corazón. Sin parpadear, vio que Pau se introducía la nota en el bolsillo, daba media vuelta y, sin ni siquiera mirarla, salía a toda prisa del Imperi. Simonetta vaciló un instante porque tuvo la sensación de que las piernas no le iban a obedecer y después, a duras penas, intentó alcanzarlo a pesar de las rápidas zancadas de él y de los elevadísimos tacones que se le había ocurrido ponerse a ella. Estaba medio obcecada, pero aun así se percató de que el papel que el camarero le había entregado a Pau no había ido a parar a su bolsillo, sino que la estaba esperando en el suelo, recién pisoteado por una mujer que se había animado a bailar. Se lanzó a por él, lo alumbró con la linterna del móvil y lo leyó:

> Tengo algo de Marianne que puede interesarle.
> 609...

Salió a la calle todo lo rápido que pudo. Ni rastro de Pau. Con las manos temblorosas y sin pensarlo, marcó el número. Las palpitaciones de su pecho casi le impedían respirar. Un sonido, otro, otro... y, al final, el contestador: «Hola, soy el padre Eladio. Si deseas dejarme un mensaje, hazlo cuando suene la señal».

Agradecimientos

A Macarena Abeti, por la transcripción mecanografiada del texto.

A Blanca Yániz, doctora en Psicología, por sus orientaciones a la hora de abordar los pasajes en los que se relata una intervención psicoterapéutica.

A la doctora Ana Bermejo, catedrática de Toxicología, por su aportación para la resolución del caso.

Nadie está libre

¿Por qué la novela negra nunca pasa de moda? ¿Por qué sigue atrayendo a un conjunto variopinto de lectores que la intercalan con otro tipo de géneros o se entregan en cuerpo y alma a ella desaforadamente? ¿Por qué los autores seguimos escribiendo *noir*? Son preguntas que yo misma me hago e intento responderme como lectora y como autora. ¿Por qué desde la primera página nos imanta su proposición? ¿Por qué nos obliga a poner a trabajar la mente? ¿Por qué a los humanos nos seduce el misterio, nos fascina lo turbio, nos atrae la muerte, nos perturba el asesinato...?

«Todo es obra de un perturbado, si no, no se explica esta tragedia», reflexiona uno de los personajes de *Perturbación*. Y es así. Solo una mente perturbada puede llegar al crimen. Lo que ocurre es que las mentes ajenas son un enigma casi siempre indescifrable, y nuestra propia psique, un foso con los suficientes claroscuros como para desconfiar en buen grado de ella. Nadie está libre de sufrir una perturbación. ¿Acaso alguien no ha experimentado el ardor ciego de la pasión amorosa, el aguijón de la envidia, la embestida de la ambición desmedida, la soga de la avaricia o el envite de los celos? Las pasiones humanas pueden llegar a perturbarnos, ¡por supuesto! ¿Hasta dónde? ¡Ah!, ese es otro gran enigma, quizá el fundamental.

Al final de una tarde de verano tuve la ocurrencia de visitar uno de los poblados talayóticos que abundan en la isla de Menorca. Se encontraba en el término municipal de Ciudadela, en una zona rural. El cartel que anunciaba el desvío en la carretera era de suficiente entidad como para presuponer que la señalización sería buena. Yo había cometido la imprudencia de olvidar el móvil en casa y cuando caí en ello me acudió a la mente mi querida Simonetta Brey y lo que ella haría en una situación similar: sin duda, no volvería a buscarlo. Dicen que los protagonistas de las novelas son, de alguna manera, el *alter ego* del autor. Pues bien, en esa ocasión las tornas se iban a alterar: yo iba a emular a mi personaje, una médico como yo (tenía la mitad del camino recorrido), impetuosa, sagaz y valiente (eso quedaba por demostrar).

En cuanto salí de la carretera principal me percaté de que apenas había indicaciones, ni siquiera en algunos cruces de caminos. ¿Hacia dónde debía dirigirme? Como la luz iba desapareciendo a pasos de gigante tomé una de las sendas en busca de alguien que supiera orientarme, porque me había perdido. Una hacienda típica menorquina se me apareció de pronto. Allí podrían ayudarme. Entré en la finca cuando apenas ya se veía y aparqué delante de lo que se anunciaba como una tienda donde vendían queso. Nada más abrir la puerta de mi destartalado coche, dos mastines enloquecidos comenzaron a ladrar acercándose peligrosamente, a un segundo de no poder cerrarla. Aunque toqué el claxon una y otra vez, ningún humano apareció por allí. Tan solo la mortecina luz de una vieja farola señalaba que en el interior de la masía habitaba alguien. ¿Tal vez me estaba observando desde la oscuridad? Nerviosa como estaba en medio de aquella inhóspita propiedad, tardé en arrancar, titubeé al maniobrar, casi empotro el auto en un muro de piedra..., debo reconocer, por ridículo que parezca, muerta de miedo.

Pero, como premio por mi pequeño acto de osadía, salí con la imaginación poblada de una historia de pasiones humanas, de intrigas familiares, de mentes perturbadas... protagonizada de nuevo por la atractiva y tenaz Simonetta Brey, una médico de familia decidida a resolver los enigmas más complejos y a descifrar las debilidades más peligrosas, de las que nadie, absolutamente nadie, está libre.

Extracto de una entrevista de la autora para Zenda

Pasado y presente del *noir*

HACE AÑOS QUE la novela negra vive un *boom* en Europa, y actualmente es uno de los géneros literarios que atrapa a lectores de todas las edades, con un gran número de adeptos que va ampliando números en todo el mundo. La combinación de investigación criminal y crítica social tiene su origen a principios del siglo pasado en Estados Unidos, alrededor de 1920, y en ella encontramos tres nombres de autores norteamericanos que destacan por la calidad de sus obras y por haber creado un terreno llano y definido en el mundo de la novela negra.

Raymond Chandler fue un novelista y guionista británico-estadounidense que se convirtió en escritor tras perder su trabajo durante la Gran Depresión. Ejerció una gran influencia estilística en la literatura estadounidense, y la mayoría de sus novelas y relatos cortos han sido llevadas a la gran pantalla en más de una ocasión. Un año antes de su muerte fue elegido presidente de la Mistery Writers of America, y su obra *El sueño eterno* ocupó el segundo lugar en la encuesta de la Crime Writers Association. *El largo adiós* también formó parte de esa lista, novela muy elogiada dentro de la ficción detectivesca.

Mickey Spillane fue un brillante escritor de novela negra que se inició en la literatura escribiendo cómics (fue el creador de los guiones de personajes como Capitán América o Capitán Marvel). En 1946 escribe su primera novela, *Yo, el jurado*, impulsado por el fin de la Segunda Guerra Mundial y la pérdida de ventas de los cómics. A pesar de las duras críticas que recibió en sus inicios por el contenido violento de sus personajes, más tarde fue reconocido como uno de los autores más destacados de novela negra del siglo XX, y varias de sus obras fueron llevadas al cine o la televisión.

Dashiell Hammett fue autor de novela negra, cuentos cortos y guiones cinematográficos, además de activista político, creador de muchos personajes míticos entre los que destacan Sam Spade (*El halcón maltés*) y la pareja de detectives Nick y Nora Charles (*El hombre delgado*). El trauma provocado por haber servido en la Primera Guerra Mundial provocó años después sus primeros excesos con la bebida, pero también lo empujó a probar en el mundo de la creatividad publicitaria y finalmente con la literatura. Su estilo destilaba en un principio un exceso de violencia, que fue refinando hasta llegar a crear obras tan célebres como *El camino a casa*.

Los argumentos que no pueden faltar son un crimen que resolver, un asesino que desenmascarar y un detective (con o sin formación) encargado de destapar toda la trama ante el lector. Y, a partir de estos principios, existen tantas variedades de tramas y personajes como de autores con capacidad de crear un crimen por resolver más.

Con un lenguaje directo en el que es habitual utilizar la primera persona para situarse lo más cerca posible del lector y de la acción, el autor creará un relato lo más creíble posible, hacer dudar al lector sobre si lo que está leyendo está basado en hechos reales. Y para poder conseguir este objetivo es importante contar con unos personajes bien trabajados, cuyo pasado, evolución y retrato psicológico concuerde con su manera de ser a lo largo de la trama.

No podemos olvidar el peso que tiene la crítica social dentro de este género. La corrupción, la violencia (sobre todo hacia determinados sectores) o la burocracia actúan como base de esta crítica en la que la investigación es una forma de revolverse y luchar contra las carencias y vergüenzas de la sociedad en la que vivimos, y que el escritor ha recreado en su manuscrito a través de una ficción que, en muchas ocasiones, se parece demasiado a la realidad.

La influencia de la novela negra llega hasta el cine, la televisión o los videojuegos, la música, el cómic, los pódcast y la literatura infantil. En los últimos años, además, apenas hay ciudades en la Península que no cuenten con su propio festival de novela negra, donde autores y forofos de este género se encuentran por unos días para disfrutar y celebrar este género, e intercambiar opiniones para seguir impulsándolo.

La novela negra ha demostrado ser una fuerza que nunca pierde su atractivo y que no solo resiste, sino que también se supera a sí misma con el paso del tiempo. Un género en constante evolución, porque en el *noir* siempre hay historias fascinantes que descubrir.

Aquí puedes comenzar a leer el nuevo libro de **ROSA BLASCO**

Fatalidad

1

El ataúd estaba perfectamente dispuesto en el pasillo central de la iglesia. La familia del difunto, como es costumbre, aguardaba a que comenzara la misa funeral en la primera fila del templo, colocados uno al lado del otro con gesto en apariencia compungido. Simonetta Brey había decidido asistir in extremis cuando Sergi la llamó para comunicarle que él sí iba a acudir, y que opinaba que ella debía hacer lo mismo. Lo habitual era que tanto la doctora como el enfermero dieran el pésame por teléfono al familiar más cercano del paciente días después del fallecimiento de este. No se acercaban al tanatorio ni a la iglesia, en primer lugar, porque en una consulta de Atención Primaria las defunciones son algo habitual y, en segundo, porque si daban sus condolencias en persona y en público a una de las familias, las demás podrían molestarse si no se hacía lo mismo con ellas, máxime cuando vivían en un lugar como Ciudadela, en la que todo el mundo se conoce.

En esa ocasión, sin embargo, la muerte de Laureano Dolz tenía un significado especial para ellos dos.

—Doctora, ¿no cree que nosotros tenemos parte de responsabilidad?

A Simonetta Brey le dio un vuelco el corazón. Tan solo unos días antes, en la masía de los Dolz Tudurí la Policía Nacional había organizado un careo múltiple en el que participaron los principales sospechosos de las muertes de dos miembros de la familia. Esta maniobra, orquestada en buena parte por la doctora Brey, médico de familia, forense e investigadora en sus ratos libres, con la ayuda de Sergi, su enfermero, permitió identificar al culpable. Laureano, el patriarca, ya estaba delicado de salud, pero nadie sospechó que el estrés del momento, con sus allegados a punto de ser encausados como potenciales autores de dos crímenes execrables, podría afectarle tanto dolor como para originarle un infarto de miocardio fatal. Y así sucedió.

—Tienes razón —reconoció la doctora con pesar—. Algo hemos tenido que ver en el inesperado final de este hombre. Confiemos en que esta sea la última muerte en la familia por mucho tiempo.

Una vez decidida su asistencia, no se dieron prisa en llegar; no tenían intención alguna de saludar a los acompañantes de los Dolz Tudurí en el funeral, entre ellos, con seguridad, más de uno de sus propios pacientes. Como habían calculado, ya no quedaba nadie en la calle, aunque las puertas de la iglesia permanecían abiertas. Lo primero que a Simonetta le llamó la atención fue el hecho de que no estuvieran todos los bancos ocupados. El finado no era natural de Ciudadela, pero sí su viuda, Consuelo Tudurí, y también sus hijos y su nuera. Tan solo con parientes, amigos y conocidos, ¿no tendrían que haberse llenado? Sergi y ella se sentaron en la última fila, detrás de cuatro bancos vacíos. Reinaba un silencio denso. Al cabo de unos pocos minutos, empezó a oírse algún cuchicheo aislado, al principio con discreción, pero luego de forma evidente, al tiempo que muchos volvían la vista atrás a la espera de alguien que debía entrar por la puerta principal. Automáticamente, los dos sanitarios los imitaron, pero nadie apareció por el umbral del templo.

Cada segundo que pasaba, el murmullo iba in crescendo hasta casi convertirse en el guirigay de un gallinero.

Entre los que se impacientaban, Simonetta reconoció a Pity, la madre de una administrativa de Canal Salat, el centro de salud donde trabajaban, quien salía de la sacristía con semblante de preocupación. Esta echó un vistazo a la iglesia y, al percatarse de la presencia de la doctora, recorrió sin más dilación uno de los pasillos laterales hasta llegar a su lado.

—¿Se ha enterado? El padre Eladio tenía que venir a celebrar el funeral y aún no se ha presentado. ¿No lo habrá visto usted?

¿Sabe dónde está? —Simonetta negó con la cabeza. Conoció al sacerdote precisamente en la masía de los Dolz Tudurí y había coincidido con él en varias ocasiones. En una de ellas, durante un breve vuelo entre Menorca y Palma de Mallorca, el joven clérigo le confesó un delicado episodio de su vida, la relación de amistad que lo había unido a Marianne, la nuera de los Dolz Tudurí, fallecida en extrañas circunstancias. Estaba muy ligado a la familia—. Se hacen cruces de por qué no ha llegado todavía. Ya ve, con el difunto en cuerpo presente.

Tras cerciorarse de que la doctora tampoco sabía nada sobre el paradero del oficiante, Pity regresó a su lugar en uno de los bancos, no sin antes informar a Simonetta de que acababan de llamar a la parroquia para que algún otro eclesiástico solucionara el grave problema que se le presentaba a la familia en semejante circunstancia.

—Además —concluyó Pity—, como la muerte de Laureano fue tan repentina, ni siquiera pudo recibir la extremaunción.

Por fortuna, todo el mundo está hoy en día muy bien comunicado y, unos diez minutos más tarde, entraba en la iglesia a toda prisa otro sacerdote, que, en un pispás, se vistió en la sacristía, ofició la ceremonia y bendijo a los presentes.

A la salida, cuando el féretro ya estaba dentro del coche fúnebre, tanto Sergi como Simonetta se acercaron a dar el pésame a los Dolz Tudurí. Comenzaban a caer algunas gotas de lluvia y se había levantado tramontana, por lo que la gente se daba prisa en dar sus condolencias. Nadie mencionaba ya al padre Eladio ni a sus presuntos «novillos», y el enfermero y la doctora, después de saludar a la familia, se apresuraron a abandonar el lugar para alcanzar cuanto antes la plaza des Born, donde habían aparcado.

—¡Doctora Brey! ¡Simonetta! —Pity tenía un buen chorro de voz—. ¿Se han enterado? El padre Eladio ha desaparecido.

—¿Qué quiere decir con «desaparecido»? —le preguntó Simonetta, cobijándose bajo un balcón.

—Nadie sabe dónde está —le respondió la señora, sobresaltada—. Desde la parroquia han llamado a la residencia del señor obispo, que es donde vive el padre Eladio, y allí aseguran que no lo han visto en todo el día. Daban por supuesto que había comido en la masía de los Dolz Tudurí y que luego había acudido a oficiar el funeral, aunque les chocó que no anunciara, como siempre hace, que almorzaría fuera. Y no solo eso, sino que su coche, ese utilitario que lleva a todas partes, tampoco se encuentra estacionado donde él lo suele dejar.

—No habrá tenido un accidente… —intervino la doctora, cada vez más preocupada.

—Acaban de llamar a la Guardia Civil y parece ser que, en lo que llevamos de día, nadie ha comunicado siniestro alguno —prosiguió la mujer, mirando con atención a su interlocutora, como quien espera del oráculo la resolución de un gran enigma.

—Bueno… —A Simonetta se le pasaron mil hipótesis por la cabeza—. En ese caso, quédese tranquila, Pity. Ya verá como el padre Eladio aparece pronto con una convincente explicación. Tal vez el origen de todo sea un simple despiste y, en cuanto se dé cuenta de la que ha liado, quizá no se atreva a pisar la calle durante una buena temporada.

—¡Dios la oiga, doctora! —exclamó la mujer santiguándose. En vista de que la lluvia arreciaba y de que, en realidad, poco más le quedaba por añadir, la doctora le hizo un gesto de despedida y, colgada del brazo de su joven compañero, comenzó a correr hasta alcanzar el coche. De ninguna manera quería exponerse a que Consuelo Tudurí, que sentía devoción por el sacerdote, o bien algún otro de los parroquianos, imitara a la señora Pity e intentara obtener una información de la que Simonetta carecía. Además, esa misma tarde comenzaba unos días de vacaciones y quería dedicarlos al descanso en todos los sentidos, y no solo al estrictamente profesional.

—¿De verdad se cree la versión que le ha dado a la señora? —le espetó el enfermero nada más entrar en el Kia.

Simonetta meditó la respuesta.

—Me gustaría que fuera la versión definitiva.

—¿Y es la más plausible? —continuó Sergi, seguro de que la cabeza de la doctora bullía y de que ya tenía varias hipótesis dispuestas en la línea de salida.

—Sí, claro —respondió Simonetta, como ensimismada—. Es la más plausible, la más probable, la más frecuente… Pero tengo la premonición —prosiguió, ralentizando la frase— de que no va a ser la verdadera.

2

CON LA ENTRADA de la tarde y la llegada de la lluvia, la temperatura descendió de forma notable. Simonetta agradeció la calidez de la casa de Pau Martí, que la estaba esperando con el fuego de la chimenea encendido. Como buen hombre de mar, estaba acostumbrado a la humedad y al viento gélido, pero sabía que ella no. Desde que la conoció, desde que entró en su vida, primero como inquilina de la casita de la cala, justo enfrente de la suya, y después como amante —al pescador no le gustaba el término «pareja», que le recordaba a un par de jugadores de tenis, o de guiñote, o de la Guardia Civil— se esforzaba por agradarla, por mantener su sencilla vivienda en orden, apetecible para una mujer tan especial como ella.

Muertes inesperadas en una antigua cantera de Menorca

La doctora Simonetta Brey, establecida desde hace tiempo en Menorca acude junto a su enfermero Sergi a un funeral que debería oficiar el padre Eladio. Cuando este no se presenta, suenan todas las alarmas. Empieza entonces una búsqueda que encuentra su punto de partida en Lithica, la antigua cantera menorquina, donde aparece el coche del religioso.

En la habitación del sacerdote encuentran indicios sobre una supuesta relación entre él y el joven Zeus, un trabajador de un centro budista de la isla. Como el comisario Darío Ferrer está de baja, Simonetta deberá hacer equipo junto al subinspector Mendieta en una investigación que parece tener sus orígenes en Sevilla y unas relaciones desconcertantes con una conocida familia aristocrática.